Scarlet
스칼렛

www.bbulmedia.com

제가
한번
먹어 보겠습니다

SCARLET
ROMANCE
STORY

제가
한번
먹어 보겠습니다

정찬영 장편 소설

Contents

1.
오르되브르

제가 먹어 보겠습니다, 이 카나페

어른들은 항상 묻는다.

"현아야, 엄마가 좋아, 아빠가 좋아?"

처음 이 질문을 받았을 때 현아는 집안의 가훈인 '정직'에 맞추어 아빠가 좋다고 대답했었다. 하지만 실수였다. 네 살짜리 아이에게 엄마는 세상에서 가장 무서운 사람이다. 엄마는 현아의 모든 걸 지배할 수 있었다. 입는 것, 먹는 것, 자는 것, 심지어 싸는 것까지도.

한동안 엄마는 '아빠에게 해 달라고 해.'를 입에 달고 살았다. '엄마, 나 응가 했어요.' '아빠한테 닦아 달라고 해. 너 아빠가 더 좋다면서.' 그날 현아는 변기 위에 앉아서 서러움을 곱씹었다.

그래서 두 번째로 같은 질문을 받았을 때는 쌓이고 쌓인 2주간의 설움을 담아 소리를 질렀다.

"엄마가 제일, 제일, 세상에서 제일 좋아요!"

하지만 고모의 반응은 현아의 예상에서 벗어났다.

"너 지난번에는 아빠가 더 좋다고 했다면서? 그새 바뀌었어? 너 바람둥이구나?"

네 살은 생각보다 어리지 않다. 바람둥이가 뭔지는 모르지만 좋지 않은 뜻이라는 것쯤은 알 수 있는 나이라는 얘기다. 그날 현아는 '함정'이라는 단어의 의미를 깨달았다. 어른들이 정말 현아의 취향이 궁금해서 물어보는 게 아니라는 것 역시.

다행히 그 뒤로 몇 년간 현아에게 그 질문을 하는 사람이 없었다. 두 살 터울의 동생 현주가 제법 사람처럼 말하기 시작했기 때문이다. 어른들의 관심과 심술은 몽땅 현주에게 쏠렸다. 현아는 고독과 무관심이 얼마나 인간을 자유롭게 하는지 배웠다.

그리고 7살을 하루 앞둔 12월 31일 저녁.

사촌 오빠가 물었다.

"현아야, 엄마가 좋아, 아빠가 좋아? 너 예전에 엄마가 더 좋다고 했다면서? 아직도 그래?"

인생의 쓴맛, 단맛, 시큼털털한 맛을 다 본 6살 현아는, 이 지긋지긋한 질문을 오늘 끝장내야겠다고 다짐하며 되물었다.

"엄마랑 아빠 이혼해요?"

"뭐?"

호기심 가득했던 오빠의 얼굴이 의아함으로 가득 찼다. 오빠라지만 17살 터울이니까 사실은 삼촌이나 마찬가지다. 현아는 권위에 굴하지 않는 모습을 보여 주기 위해 일부러 어깨를 으쓱해 보였다.

"엄마 아빠 이혼하고 누구 따라갈 건지 알아보려고 물어보시는 거 아니었어요?"

그날 현아는 돼먹지 못한 자식에 대한 엄마의 교육철학을 엉덩이로 체감할 수 있었다.

세상엔 다른 곳보다 빨리 봄을 맞는 장소들이 있다. 1월부터 봄 신상품을 진열해 놓는 백화점, 형형색색의 꽃들로 가득한 꽃 가게 등이 그런 곳이다. 사람들은 연두색으로 점철된 옷을 사거나 하우스에서 키워 낸 동백꽃의 붉은색을 보며 화사하게 피어날 봄을 기다린다. 그들에게 봄은 두껍고 멋대가리 없는 겨울 코트를 벗을 수 있는 좋은 계절이었다.

하지만 모든 사람이 봄을 기다리는 것은 아니다. 봄 개편을 맞이하는 방송국 직원 중 시청률이 나오지 않는 프로그램 관련자들이 그 대표적인 예다. 특히 〈채널 100〉의 시청률 0.1%를 자랑하는 프로그램, 〈Bon voyage〉의 피디와 작가에게는 다가올 개편이 좌천으로 가는 급행열차나 다름없었다.

"난 아직 봄을 맞이할 준비가 안 되어 있다고!"

격분한 박 피디가 돌돌 만 서류로 휴게실 책상을 내려치자 주위 사람들이 현아와 박 피디가 앉은 테이블을 힐끔거렸다. 제대로 된 회의실은 시청률 빵빵한 프로그램 팀한테 다 빼앗기고 휴게실로 쫓겨난 사람들의 얼굴은 하나같이 푸르죽죽했다. 내 얼굴도 저렇겠지. 현아는 동병상련을 느끼며 서류철 모서리를 잘근잘근 씹었다.

"피디님이 아무리 준비가 안 되어 있어도, 방송국 시계는 돌아가고 봄은 옵니다. 분노할 에너지를 개편에 쏟아 주세요. 이번 봄에도 우리 프로그램 기사회생 못 하면 순서상 오지 여행이에요. 피디님도 그건 싫으시잖아요."

어떤 상황에서든 100번 채널을 사수하는 〈채널 100〉은 여행 전문 채널이었다. 시청률 높은 대부분의 프로그램이 여행을 소재로 삼은 예능이라는 점을 고려했을 때, 여행은 꼽사리고 예능이 주가 아닌가 싶기도 하지만 방송국이 공식적으로 천명하는 정체성은 아무튼 '전문 여행 채널'이다.

결코 여행 전문 채널이 아니다. 전문 여행 채널이다. 전문적으로 여행을 설명하는 채널. 참고로, 전문적으로 여행을 설명하는 것과 여행을 전문적으로 설명하는 것의 차이는 아무도 모른다. 관심도 없다. 휴게실에서 봄 개편을 논의해야 하는 사람들에겐 더더욱 안물안궁이다.

그래도 휴게실에 있는 사람들은 처지가 좀 나았다.

"그런데 오지파는 어디 가서 회의해요? 여기 다 국내여행파인 것 같은데."

"아까 임 피디랑 통화하면서 물어보니까 저승김밥 가 있다는데?"

"임 피디님 프로그램은 그래도 시청률 좀 나오잖아요. 그런데도 저 승김밥이래요?"

"대신 그쪽은 돈이 많이 들잖아. 국내파는 최소투자 최저이익, 오 지파는 중간투자, 최저이익. 그런 주제에 괜히 방송국 안에서 어정거 리다 국장님 눈에 띄면 피박이고, 좋은 식당 갔다가 국장님이랑 마주 치기라도 하면 독박이지. 이럴 때는 그저 열심히 하는 척, 불쌍한 척, 죽은 척이 답이니라."

가히, 처세의 진리라 할 수 있겠다. 현아는 목이 부러져라 고개를 끄덕였다. 방송국은, 절대 그래서는 안 되지만 철저한 계급사회였고 계급사회의 특징상 윗사람에게 어떻게 보이냐가 중요했다. 결과물을 내놓을 수 없으면 '하는 척'이라도 해야 살아남는 법이다. 휴게실 자 판기 근처에서 늘씬날씬쭉쭉빵빵한 국장님 비서를 본 두 사람은 잼싸

게 '하는 척'에 들어갔다.

"일단 중요한 건 콘셉트와 포맷이야. 생각해 보면, 우린 이제까지 너무 우직하게 풍광만 소개한 것 같아."

"그래서 예능이라도 하자고요? 피디님, 우리 프로그램, 프로그램과 프로그램 사이에 들어가는 꼭지 프로그램이에요. 앞뒤로 광고 다 빼면 20분 남아요."

"아니, 뭐…… 꼭 예능일 필요는 없지. 낚시와 여행을 함께 다룰 수도 있잖아. 계절마다 물 좋은 낚시터 찾아다니면서 주변 관광지도 소개하고, 교통편도 설명하고."

"좋네요. 겨울에는 빙어 낚시. 석 달 동안 빙어 낚시터란 낚시터는 다 다니겠네."

"너는 젊은 애가 생각이 왜 그렇게 단편적이니? 바다낚시는 왜 생각을 안 해? 겨울엔 제주도 가서 다금바리 잡으면 되지."

"어머, 우리 박 피디님 깍쟁이. 석 달 동안 다금바리 잡으셔서 혼자 부자 되시려고? 그리고 나 버리고 혼자 회사 그만두시려고?"

"죽고 잡냐? 자꾸 이죽거리지? 진지하게 안 해?"

"말이 되는 소릴 하셔야 진지해지죠."

"그럼 네가 좋은 포맷 좀 생각해 보든가."

급작스럽게, 짐이 토스되었다. 현아는 곰곰이 생각에 잠긴 '척'했다. 사실 프로그램 포맷은 시청률이 소수점으로 떨어진 순간부터 고민하고 있었다.

"요리는 어때요?"

"요리?"

"그러니까, 여행을 가서 그 지역에서 유명한 요리들을 하나씩 소개해 주는 거예요. 보통 요리 프로그램 보니까 요리 하나당 과정 샷까지 한 15분? 20분 걸리더라고요. 편집 잘하면 시간 딱 맞을 것 같은 데요. 요리와 여행의 하모니죠. 풍광도 보여 주고, 요리도 알려 주고. 님도 보고 뽕도 따고, 누이 좋고 매부 좋고, 도랑 치고 가재 잡고."

"오, 좋다! 진짜 박 작가가 최고다!"

박 피디가 화통하게 웃으며 현아의 등을 툭 쳤다. 80킬로그램에 육박하는 그녀로서는 살짝 친 것에 불과하지만, 바람만 불어도 날아갈 체구의 현아는 테이블 위로 꼬꾸라졌다.

"아, 피디님! 좀! 피디님 손바닥은 흉기라니까요!"

"그래. 소인국 백성에겐 걸리버의 숨소리도 폭풍이 될 수 있지."

"전국에 산재해 있는 160cm 미만의 소인국 백성들에게 돌팔매질 한번 당해 보실래요? 소인국 백성들은 돌멩이도 작은 걸로 고를 것 같죠?"

약점을 꼬집힌 현아가 으르렁거리자 박 피디가 혀끝을 날름 내밀었다.

"됐어, 됐고. 그럼 요리사를 구해야겠네?"

"요리사를 뭐하러 구해요? 그 동네에도 요리 잘하는 할머니, 아줌마, 아가씨, 아저씨, 할아버지, 아들 손자 며느리 수두룩 **빽빽**할 텐데."

"그런 일반인들은 TV에 노출되는 걸 싫어할 수도 있지. 뭐, 어떻게든 설득을 했다 치자. 대본 외우는 건 어떻게 할 건데? 내추럴하게 가자고? 비방용어는? 그때그때 다시 찍을래?"

"으음……."

"그리고 생각해 봐. 오후 6시 편성이라고. 시청자가 누구야? 대부분이 아줌마들 아냐. 저녁거리를 고민하는 아줌마들 눈에 할머니 할아버지들이 득실거려 봐라. 어이고, 그 프로그램이 잘도 되겠다."

과연 피디다운 통찰력이었다. 하지만 〈6시 내 고향〉처럼 소소한 프로그램을 지향하는 현아는 그 통찰력 사이에서 맹점을 찾아냈다.

"문제가 있어요."

"뭔데?"

"피디님이 말씀하신 포맷은 젊고, 요리도 잘하고, 아줌마들의 시선을 빼앗을 수 있을 정도로 잘생긴 남자 요리사가 할머니, 할아버지, 아줌마한테 요리를 배워서 시연하는 걸 보여 주자는 거잖아요."

"그렇취!"

"그런 사람이 있어요?"

"응? 뭔 말이야?"

"젊고 잘생기고 요리 잘하는 요리사는 날개 달린 말이나 뿔 달린 고양이 같은 환상 속의 동물 아니에요?"

"어, 그런가? 잠깐만. 잠깐만 기다려 봐."

코트 주머니에서 휴대폰을 꺼낸 박 피디는 심각한 얼굴로 주소록을 뒤지기 시작했다. 대학 동창, 패스. 제 코가 석 자인 놈들이 이런 괜찮은 포맷을 썩혔을 리가 없다. 고등학교 동창, 패스. 방송국 들어와서 짐승처럼 사느라 연락 못 한 지 십수 년이다. 일가친척, 패스. 있었으면 내가 진작 써먹었지. 시댁, 패⋯⋯.

"있다, 있어!"

"거짓말."

"진짜 있다니까. 우리 형님의 오빠의 아들인데, 요리해. 한 번 봤거든. 굉장히 스마트하게 생겼어. 자, 봐, 여기 페이스북 사진."

"그 사진 보고 제 눈 썩으면 오늘 점심 피디님이 쏘시는 거예요."

현아는 영 못 믿겠다는 투로 마지못해 박 피디의 휴대폰을 들여다봤다. 그리고, 심봤다.

"헤에?"

썩 잘 나온 사진은 아니었지만 식별 가능한 이목구비만 봤을 때 사진 속의 남자는 충분히 미남이었다. 특히 발군은 부드럽게 처진 눈꼬리와 무표정인 것 같음에도 불구하고 살짝 올라간 입꼬리다. 되다 만 마초인 대한민국 남편과 사는 아줌마들에겐, 강하고 날카로워 보이는 남자보단 다정해 보이는 남자가 어필하기 좋다.

"괜찮지?"

"우왕."

"목소리도 엄청 좋다?"

"우왕."

"그리고 해외파야."

"우와앙!"

현아가 피디님 최고라며 엄지손가락을 쳐들었고 박 피디는 엄지손가락 두 개로 응수했다. 제 심미안을 인정받은 박 피디는 크게 고무된 상태였다. 그래서 어쩌면 가장 중요할지도 모르는 사실을 늦게 말해 줬다.

"아! 그런데 문제가 있다."

"뭔데요?"

"성격이 나쁘대."

다시 휴대폰을 주머니에 넣은 박 피디가 민망한 듯 웃었다. 현아도 따라 웃었다. 그들은 암묵적으로 '피디님 형님의 오빠의 아들'이라는 존재에 대해선 잊기로 결정했다.

80분짜리 인기 예능 프로그램이든, 25분짜리 다큐 프로그램이든, 방송녹화란 꽤나 섬세하면서도 무지막지하고 서로 간의 엄청난 팀워

크가 요구되는 작업이다. 때문에 흥행이 보장되지 않는 이상 성격이 나쁜 사람은 쓰지 않았다.

하지만 이건 어디까지나 이상론이다. 금쪽같은 시간이 2주나 지나갔지만 새로운 포맷을 생각해 내지도, 그럴듯한 요리사를 구하지도 못한 박 피디와 현아는 '나쁜 성격이란 무엇인가?'를 주제로 진지한 고찰을 시작했다.

"잘난 척을 심하게 하는 걸까?"

"그렇다면 성격이 나쁘다고 하지 않고 재수가 없다고 하지 않았을까요?"

"어른한테 막 막말하고 그러나?"

"그 경우는 '싸가지가 없다' 쪽이 좀 더 적당한 표현일 것 같은데요."

"그래, 그렇지. 그건 싸가지가 없다 쪽이 맞지. 야, 근데 우리 왜 이걸 고민하고 있어? 그냥 물어보자."

"으악! 피디님, 잠깐! 웨이러미닛!"

박 피디가 휴대폰을 꺼내 들자 기겁한 현아가 그녀의 손을 쌀보리 놀이 하듯 붙잡았다. 키만큼 손도 작은 현아의 버릇이었다.

"누구한테 전화하시게요?"

"당연히 형님이지."

"미치셨어요? 형님한테 댁네 조카의 성격이 어떤 식으로 나쁘냐고 물어보시게요? 피디님 형님분은 무슨 관대함의 화신이에요?"

"조카?"

"형님의 오빠의 아들이라면서요? 그럼 조카죠."

"아, 그런가?"

박 피디는 우뇌로 촌수를 세어 보고 좌뇌로는 맹렬하게 형님의 성격을 분석했다. 결론적으로, 이도 저도 안 되었다.

"하지만 손아래 동서한테 자기 조카를 싸가지가 없다고 소개할 사람이라면 물어봐도 괜찮을 것 같지 않니?"

"저도 우리 엄마 험담하지만 다른 사람이 엄마 험담하면 기분 무지하게 나쁘거든요?"

"아따, 니 똑똑하다잉?"

"상식이죠, 이건."

현아는 한숨을 쉬며 앞머리를 이마 위로 넘겼다. 이쯤 되면 별수 없다. 깊은 산속 옹달샘은 토끼가 찾고 우물은 목마른 사람이 파야 하는 법. 그녀는 주섬주섬 짐을 챙겼다.

"가요."

"어딜?"

"그 사람 가게요. 압구정에 있다면서요. 직접 보고 견적 뽑아 봐요, 그냥."

"역시, 박 작가! 화끈하다! 남자다, 남자!"

가방을 둘러메고 따라온 박 피디가 정면 대결하는 거냐고 물었다. 현아는 무슨 뜻이냐는 의미를 담은 눈길로 박 피디를 째려봤고, 박 피디는 엄지손가락을 쳐들었다.

"우리 박 작가도 한 성깔 하잖아?"

그래서 현아는 압구정까지 가는 내내, 박 피디의 뒤통수를 때리는 제 모습을 상상하다 결국은 자괴감에 빠졌다. 펄쩍펄쩍 뛰어야만 가능한 행동이었기 때문이다.

❖

완벽한 것은 없다. 완벽한 인격도 없고 완벽한 체제도 없고 완벽한 사회도 없다. 인간인 이상, 어떤 요소가 괜찮으면 다른 요소에 하자가 있기 마련이다.

현아는 남자의 성격을 그런 맥락에서 이해하려고 했다. 프랑스 샤토 랭던 호텔에서 요리를 배우고 고국으로 돌아와 32살의 나이에 자기 가게를 차린, 잘생기고 목소리도 좋은 남자라면 성격 따윈 좀 나빠도 되는 법이니까.

현아의 그런 이해의 폭은 남자의 실물을 봤을 때 더 넓어졌다.

박 피디가 사돈파워를 이용해 불러낸 남자는 조금 피곤해 보였다. 하지만 불면증 환자에게서나 찾아볼 수 있을 법한 특유의 구겨진 이맛살도 남자의 단정한 이목구비를 숨기진 못했다.

이지적으로 보이는 외까풀의 눈과 살짝 처졌지만 답답해 보이지는 않는 눈꼬리, 반듯한 코, 그 코에 딱 적당한 크기의 콧구멍, 야박해 보이지 않는 입술, 턱보다 조금 짧은 인중, 날렵하지만 매정하지 않은 턱 선……

"임승효입니다."

무엇보다 압도적인 것은 그의 목소리였다. 일반적으로 '좋다' 하는 목소리와는 차원이 다르다. 바리톤도 테너도 아닌, 변성기를 아주 잘 보낸 파리나무십자가 소년 합창단의 청년 버전 목소리. 현아는 속으로 환호성을 질렀다. 올레! 저 목소리로 요리 설명하면 시청률 1% 찍겠구나!

"어머, 내가 그때도 잠깐 들었지만, 목소리 정말 좋다. 어쩜 이렇게 목소리가 좋아요?"

박 피디도 같은 생각이었는지 1·4후퇴 때 헤어진 동생을 만난 양 반갑게 그의 손을 잡고—보다 명확한 표현으로는 떡 주무르듯 주무르며— 호들갑을 떨었다. 그리고 승효는 굳이 대답할 필요 없는 그녀의 물음에 대답해 주었다.

"타고났습니다."

"……네?"

그것은 확실히, 칭찬에 대한 답으로는 부적절한 반응이었다. 무엇보다 겸손이라는 미덕과는 56억 7천만 년 정도 떨어져 있었다. 하지만 이해의 폭이 무한대로 확장된 현아는 그의 대답을 상식선에서 생각하는 우를 범하고야 말았다. 오해받기 쉬운, 솔직한 타입인가 보네.

"무슨 용건으로 저를 찾으셨는지 여쭤 봐도 되겠습니까?"

그는 자리에 앉기 무섭게 용건을 물었고, 박 피디는 호호하하 웃으며 사정을 설명했다. 물론 약간의 구차함과 구질구질함은 양념이다.

승효는 시종일관 진지한 태도로 박 피디의 말을 경청했다. 중간중간, '저런!'이라는 말로 두 여자의 안쓰러움을 위로하기도 했고, 두 여자의 처지를 이해한다는 듯 고개도 끄덕였다. 반전은 현아가 정식 제안서를 내밀었을 때 일어났다.

"아, 됐습니다."

자연스럽게 양손을 깍지 낀 그가 목소리만큼이나 부드럽게 웃었다. 현아는 주춤하며 의자에서 반쯤 뗀 엉덩이를 조금 더 들어 올렸다.

"이건 제안서인데요. 이걸 읽어 보셔야……."

"읽을 필요 없을 것 같습니다. 이제까지 프로그램이 망했으니까, 어디서 얼굴 반지르르한 셰프 '싼값에' 데려다가 요리 프로그램이나 찍어서 기사회생하자. 대략 이게, 이 제안서의 요지겠지요."

소름 끼치게 정확한 요약이다. 심지어 '싼값'엔 강세도 들어가 있었다. 그는 정곡을 찔려 당황하는 두 여자를 바라보며 찻잔을 들었다.

"출연료가 저렴한 건 괜찮습니다. 모든 계약이 윈윈, 혹은 제로섬이 될 수는 없으니까요. 당연히 한쪽이 손해를 볼 수도 있겠죠. 제 경우엔 돈이 되겠군요. 하지만 제가 재능기부를 하는 것도 아닌 만큼 두 분의 프로그램에 출연해서 얻는 이득이 무엇이든 있어야 하는데, 현재로써는 그게 전혀 보이질 않습니다. 저에게, 그 프로그램에 출연해야 하는 당위를 한 가지만 설명해 주시겠습니까?"

현아는 침을 삼켰다. 방송국 경력 6년 차, 별의별 사람을 다 만나 봤지만 사랑의 밀어를 속삭이는 듯한 목소리로 차가운 논리를 들이미는 사람은 처음이었다. 경력 15년의 박 피디도 마찬가지였는지 아무 말도 못 하고 있었다. 결국 사돈이기 때문에 처지가 더 애매해진 박 피디를 대신해 현아가 나섰다.

"뭔가 오해가 있으셨던 것 같은데요, 저희 예산이 넉넉하진 않지만 정말 말도 못하게 싼값에 모시려는 건 아니었어요. 방송국 예산이라는 게, 적다 적다 해도 몇 백은 훨씬 뛰어넘는 수준이거든요. 금전적으로 셰프님께 절대 손해가 아닐 거예요."

"몰랐던 것을 알려 주셔서 감사합니다. 하지만 돈에 구애받을 처지는 아니라서요."

아, 그래. 압구정에 가게 하나 가지고 있다 이거지?

현아가 박 피디를 바라보자, 박 피디가 이를 앙다물고 웃었다. 눈빛만 봐도 통하는 두 사람은 간단한 눈짓만으로도 대화가 가능했다.

'우리 형님 친정 엄청 부자임.'

'그런 부잣집 딸내미가 왜 피디님 시댁 같은 평범한 집안에 시집왔대요?'

'사랑하니까?'

'아, 네.'

어처구니가 없어진 현아는 두 번째 카드를 꺼내 들었다.

"그리고 방송 출연을 돈 때문에 하시는 분은 직업 연예인 말고는 거의 없어요. 광고 효과 보려고 하시는 거죠, 그분들은. 저희 프로그램이 지금은 비록 미약하지만 창대해지면 셰프님 가게도 홍보가 많이 될 겁니다. 그건 제가 장담할게요."

"홍보라면……."

그가 조용히 손을 들어 가게 입구에 놓여 있는 잡지꽂이를 가리켰다. 잡지마다 그의 얼굴이 표지를 가득 메우고 있었다.

"……."

이제 남은 것이라곤 한 가지 방법뿐이다. 바로 감정에의 호소!

"말씀하신 대로, 저희가 궁지에 몰린 건 사실이에요. 하지만 정말 저희는 셰프님이 너무 탐나거든요. 이런 상황에 찾아온 것이 죄송할 정도로요. 저희가 진짜 최선을 다해서, 셰프님께 큰 도움 될 수 있도록 프로그램 잘 살려 볼 테니까 한 번만 믿어 주시면 안 될까요?"

"말이 돌고 도는군요. 두 분의 상황은 충분히 이해한다고 말씀드렸던 것 같은데요. 제가 원하는 것은 제가 얻을 이익입니다. 제 설명이 부족했나요?"

아니, 안 부족했다. 안 부족해서 문제다, 이놈아!

현아는 당장이라도 튀어나올 것 같은 막말을 목구멍에 꾸역꾸역 집어넣었다. 이 남자는 모든 것이 완벽했다. 예의가 없다면 무례하다며 자리를 박차고 나가든가, 논리가 부족하다면 그 부족한 논리의 허점이라도 파고들었겠지만 그는 사소한 실수도 저지르지 않았다.

찔러도 피 한 방울 안 나오는 게 아니라, 도무지 찌를 틈이 없다. 정말 현아를 짜증나게 하는 것은 시종일관 사라지지 않는 그의 미소였다.

"죄송하지만 먼저 일어나도 되겠습니까?"

두 여자 모두 꿀 먹은 벙어리처럼 입을 다물고 있자 그가 벽시계를 힐끔 올려 봤다. 점심시간이 다 되었는지 손님들이 하나둘씩 들어와 빈 테이블을 채우고 있었다. 더 이상 그를 붙잡아 둘 명분이 없는 박 피디는 영업용 미소를 지으며 손사래를 쳤다.

"그럼요, 아우. 미안해요. 우리가 바쁜 사람 시간을 뺏었네요."

"괜찮습니다. 저만 시간을 뺏긴 건 아니니까요. 아, 식사 안 하셨을 것 같은데 제가 식사 대접해 드려도 되겠습니까? 먼 길 오셨는데 빈손으로 보내 드리기가 죄송합니다."

"아니, 저흰 됐어……."

이미 가방을 챙겨 일어나려는 현아의 손을 박 피디가 잡아끌었다. 그녀의 양쪽 눈썹이 따로따로 움직이고 있었다. '가만있어!'

"정말 그래도 될까요? 내가 너무 미안한 짓 하는 거 아닌가 몰라."

"미안하시긴요. 사돈이신데, 그 정도는 해 드려야죠."

그는 처음 등장했을 때처럼 선한 미소를 짓고 주방으로 사라졌다. 기다렸다는 듯, 검은색 에이프런을 걸친 종업원이 나타나 세팅을 시작했다. 현아는 종업원이 듣지 못하게 목소리를 낮추고 박 피디를 닦달했다.

"피디님! 제정신이세요? 우리가 왜 저 사람한테 밥을 얻어먹어요! 피디님은 자존심도 없어요? 사돈총각한테 거절당하고 밥 얻어먹게?"

"그게 뭐 자존심 상할 일이라고? 내가 달라고 한 것도 아니고, 자기가 주겠다고 한 건데."

"피디님이 자기 가게 와서 밥 얻어먹고 갔다고 형님한테 말하면 어떻게 하시려고요?"

"응? 저 총각은 그런 이야기는 안 해. 필요 없는 이야기니까. '고모, 올케가 우리 가게 와서 프로그램을 제안했는데, 내가 거절해서 밥 먹고 가라고 했어.' 이런 건 수다잖아. 수다는 필요 없는 이야기고.
알아? 저 총각, 네 이름도 안 물어봤어."

어디서 보고 들은 건 있어 가지고, 냅킨을 펼쳐 무릎 위에 올려놓
은 박 피디가 느긋하게 대꾸했다. 현아는 그와의 대화를 처음부터 끝
까지 되새겨 보았다. 정말 이름을 말한 기억이 없다. 그뿐만이 아니
다. 그는 두 여자에게 일과 관계된 질문을 제외하곤 아무것도 묻지
않았다. 하다못해 현아를 처음 만나는 사람이라면 누구나 물어보는
'몇 살이에요' 조차도.

"그렇지만…… 수다가 왜 필요 없는 이야기예요. 사람들 사이의
관계를 원활하게 해 주는 윤활유가 수다인데."

"그런 윤활유를 필요로 했으면 성격이 나쁘다는 평가를 받았겠니?
에이구, 우리 박 작가, 똑똑한 줄만 알았는데 사람 보는 눈은 영 맹탕
이구나?"

박 피디가 애 어르는 손길로 현아의 머리를 쓰다듬었다. 충분히 납
득했지만 납득하고 싶지 않은 현아는 머리통을 마구 흔들어 그녀의
손을 떼어 냈다.

"맹탕인 게 아니라, 저런 패턴이 처음이라서 그래요."

"하긴 그렇다. 나도 저런 성격은 처음 겪네. 그래도 싸가지 없고
막말하는 애들보다는 훨씬 낫지, 뭐."

"아니요, 나빠요. 저건 나쁜 성격이야. 기분 나쁜데, 기분 나쁘다고
할 수도 없잖아."

냉정한 것도, 무례한 것도, 막말을 하는 것도 아니다. 그의 문제는
대화를 단절시킨다는 점이었다.

"그래, 나빠. 누가 좋은 성격이래? 그런 애들보다 낫다는 거지. 아무
튼 우리 형님한테 내가 창피당할 일은 걱정하지 말고 맛있게 먹자. 정

통 프랑스 요리라잖니. 우리가 언제 공짜로 이런 거 먹어 보겠어······
어?"

　따끈따끈 김이 나는 수프를 기대하며 스푼을 든 박 피디의 얼굴이
딱딱하게 굳었다. 이야기하는 데 정신이 팔려 종업원이 뭘 두고 갔는
지도 제대로 보지 못한 현아 역시 뒤늦게나마 제 앞에 놓인 수프 접
시를 내려다보곤 눈을 크게 떴다.

　두 사람이 먹어야 할 것은 '정통 프랑스 요리'의 '정찬'이었다.

✢

　"이건 복수야! 복수가 틀림없어! 우리가 귀한 시간 뺏었다고 복수
한 거지, 당신!"

　하늘을 향해 주먹을 붕붕 휘두른 현아가 소리쳤다. 물론 2시간 동
안 찍소리도 못한 채 반강제적으로 테이블 매너를 배우고 온 그녀로
서는 당연히 할 수 있는 행동이었지만 지나가는 사람들이 보기에는
막 나가는 고등학생의 술주정으로밖에 보이지 않았다.

　"포크가 네 개라니! 그리고 빵 자르는 칼은 왜 그렇게 작아! 아웃
백에서 나오는 칼은 내 머리만 하다고! 뭐? 빵이 작으니까 칼도 작아
야 하는 건 당연해? 에라이! 그럼 이 바쁜 현대사회에, 나오는 데만도
두 시간 넘게 걸리는 프랑스식 정찬을 낮에 먹으라고 내놓는 건 당연
한 거냐!"

　그녀의 분노는 시간이 지날수록 더해졌다. 두 발을 모아 뛰고, 한
발씩 번갈아 가며 뛰고, 나중에는 레스토랑이 있는 건물 2층을 보고
삿대질까지 했다.

　그 기세가 얼마나 흉흉했던지, 박 피디는 사회적 지위를 땅바닥에

패대기치고 있는 그녀를 보면서도 말릴 수가 없었다. 이 모든 사달의 원흉이 현아였기 때문이다. 정확하게 말하자면, 현아의 '이 포크는 뭐 먹을 때 쓰는 거예요?' 라는 질문 때문에.

결국 그녀는 자기 자신에게 화풀이를 하고 있는 셈이었다. 이런 상황에서는 그냥 내버려 두는 게 답이다. 박 피디의 경험에 의하면 현아의 지랄발광은 오래가지 않았다.

"피디님, 죄송해요. 괜히 저 때문에 시간만 버리시고……."

과연 박 피디의 예상대로, 현아는 금방 정신을 차렸다. 박 피디는 피식 웃으며 현아의 이마를 콩 쥐어박았다.

"그러니까 그냥 먹지 그랬어. 대충 자르고 대충 찍어 먹으면 되지, 이 호기심 천국아."

"직원이 테이블에 계속 붙어 있는 건지 몰랐죠. 알았으면 저도 안 물어봤어요. 아니, 왜 밥 먹는데 옆에서 쳐다봐? 추잡스럽게."

잠시 시무룩했던 현아가 다시 건물 2층을 노려보았다. 이번에는 박 피디도 적극적으로 동의했다.

"그러니까 말이야. 체할 것 같아서 얼마 먹지도 못했네. 박 작가도 별로 못 먹었지?"

"전 시선보다 맛이 없어서 못 먹었어요. 뭔가 좀 밍밍하고 입에 짝 짝 달라붙는 맛이 없지 않았어요? 피디님은 괜찮으셨나 봐요?"

"고기였잖아. 그 귀하고 비싸다는 송아지 고기. 맛없어도 먹어야지. 손바닥만 한 거, 그거, 한 입 먹으니까 끝이더만."

박 피디가 손바닥을 들어 보였다. 그 손바닥만 한 고기를 절반도 먹지 못한 현아는 제 아랫배를 쓸었다.

"피디님, 저 배고픈데, 우리 배 좀 채우고 들어가요."

"그럴까? 나도 뭔가 포만하게 먹은 것 같지는 않다. 어디 갈까? 스파게티집 갈까? 가서 프랑스 요리 굴욕 한번 줘?"

"됐어요, 스파게티는 무슨……. 저기나 가요, 저승김밥. 난 저기서 파는 만두라면이 그렇게 맛있더라."

현아가 희희낙락하며 프랜차이즈 김밥 전문점을 가리키자 박 피디가 주저 없이 콜을 외쳤다. 그렇게 정통 프랑스 레스토랑을 차 버린 두 여자는 저승김밥에서 진정한 행복을 찾았다.

'근데 피디님, 정말 피디님 형님 왜 피디님 아주버님이랑 결혼하셨 대요?'

'사랑해서라니까?'

'에이, 말도 안 돼.'

'원래 사랑이 말이 안 돼.'

2.
앙트레

제가 먹어 보겠습니다,
이 콩소메

당신은 항상 묻는다. '엄마가 좋아, 아빠가 좋아?'

아이의 선택이 궁금해서 묻는 것은 아니다. 당신이 정말 알고 싶은 건 그 질문을 받았을 때 아이의 표정이다. 질문을 받은 아이들은 대부분 세상만사 모든 고민을 혼자 떠안은 것 같은 표정을 짓는다.

가끔 영악스럽게도 배시시 웃으며 고개만 흔들어 보이는 아이들도 있긴 하지만, 그런 아이들도 금방 대답하지 못하는 건 마찬가지다.(만일 당신의 아이가 별 고민 없이 당신의 배우자를 선택한다면, 당신은 좀 반성할 필요가 있다.)

그럼 이제, 대답하지 않는 아이를 채근해 보자. 아이스크림을 준다고 얼러도 보고, 어서 말하지 않으면 당신 마음대로 생각해 버린다고 엄포를 놓아 보자. 어른이 묻는데 대답도 안 한다며 꾸중을 해 보는 것도 나쁘지 않다. 어떤 방법이든 당신은 당신이 그토록 원했던, 울며 불며 당신에게 안기는 아이를 보게 된다.

아이는 숭고한 눈물을 흘리고 당신은 웃는다.

당신은 사디스트다.

……라고, 13살 임승효는 5살 먹은 동생에게 '엄마가 좋아, 아빠가 좋아?' 라고 묻는 고모를 보며 생각했다.

"어쭈, 임승효. 표정이 건방진데? 왜? 고모가 승연이랑만 노니까 질투 나?"

그의 시선을 눈치챈 고모가 눈을 부라렸다. 승효는 천천히 고개를 가로저었다.

"아뇨, 전 혼자 놀아도 괜찮아요."

"튕기지 말고 일로 와. 어디, 다 컸지만 그래도 한번 물어나 볼까? 우리 임승효는 어릴 때 엄마가 좋았어요, 아빠가 더 좋았어요?"

"엄마가 조아쪄요, 아빠가 조아쪄요?"

방금 전까지 펑펑 운 건 까맣게 잊은 듯, 고모의 팔에 매달린 승연이 방긋방긋 웃으며 고모의 말을 따라 했다. 아이들의 웃음은 전염성이 강하다. 승효는 승연을 닮은 그의 얼굴에 승연과 똑같은 미소를 만들었다.

"저는 항상 제가 가장 좋았어요."

❖

"잠깐! 스톱! 스톱!"

찢어지는 듯한 여자의 목소리가 7층 복도를 쩌렁쩌렁 울렸다. 여자의 목소리에서 당장 멈추지 않으면 세상 끝까지 쫓아가 복수하겠다는 의지를 읽은 한성은 막 엘리베이터의 닫힘 버튼을 누르려던 손을 뗐다. 곧장 여자 둘이 엘리베이터 안으로 뛰어 들어왔다.

"몇 층……."

"닫아, 닫아! 빨리!"

엘리베이터 벽에 기댄 박 피디가 헐떡거렸다. 현아는 재빨리 닫힘 버튼을 눌렀다. 위잉. 엘리베이터의 진동을 느낀 현아가 비명을 질렀다.

"헉! 위로 간다! 피디님, 우리 위로 가고 있어요!"

"뭐? 이런 젠장! 내려!"

"그래서 내가 몇 층……."

두 여자는 한성이 '그래서 몇 층으로 가냐고 물어보려고 했다.' 는 말을 채 끝낼 새도 없이, 엘리베이터 문이 열리자마자 바람처럼 뛰쳐나갔다. 시청률 2위 프로그램인 〈트러블, 트래블〉의 피디 이한성은 두 여자가 어디로 갈지 보지 않아도 알 것 같다는 생각을 했다.

현아와 박 피디는 미친 듯이 계단을 내려갔다. 보폭이 넓은 박 피디는 한 번에 두 계단씩 내려갔고 현아는 차근히, 하지만 빠르게 한 칸씩 계단을 밟았다. 8층, 7층, 6층…… 그리고 1층!

"저기 있다!"

목표물을 발견한 박 피디가 손을 뻗었다. 입구에서 두 여자를 기다리던 남자가 박 피디의 얼굴을 확인하곤 이내 웃었다. 보는 사람의 심성까지 선하게 만드는 웃음. 저것은 미소가 아니다. 사막을 방황하던 모세 앞에 나타난 불타는 가시덤불이다. 현아와 박 피디는 힘든 것도 잊고 자석에 이끌리는 쇠붙이처럼 그에게 다가가, 다짜고짜 팔짱부터 꼈다.

"임 셰프! 난 임 셰프가 마음이 따뜻한 사람이라는 걸 진작부터 알고 있었어요. 고마워요! 고마워!"

오병이어의 기적을 체험한 베드로가 이랬을까? 박 피디는 자신의 기쁨을 마구 터트렸다. 승효는 그녀가 불쾌해하지 않을 만한 선에서 그녀의 팔을 가볍게 뿌리쳤다.

"아니요, 저는 마음이 따뜻한 사람은 아닙니다. 그런데……."

그가 왼쪽 팔에 매달린 현아를 내려다보았다.

"두 분은 안 씻으신 것 같군요."

현아는 난생처음으로 제가 더러운 여자가 된 느낌을 받았다.

딱히 승효가 씻으라고 한 것도 아닌데, 괜히 찔린 두 여자는 승효를 회의실에 앉혀 놓고 화장실에서 허겁지겁 세수를 했다. 그사이 승효는 현아가 주고 간 프로그램 기획서를 읽고 있었다.

"원래 방송국 일이 밤샘이 많아요. 한 삼 일 집에 못 들어갔더니 좀 지저분하네요. 이해 좀 부탁해요."

티슈로 얼굴을 닦던 박 피디가 멋쩍게 웃으며 변명했다. 승효는 물기가 뚝뚝 떨어지는 그녀의 턱을 힐끔 보고 눈에 띄게 대충 고개를 주억거리며 말했다.

"회의실 문이 잠겨 있었습니다."

"어머, 그래요? 왜 그렇지? 아, 맞다! 이 회의실이, 문이 꽉 닫히면 밖에서 잠겨요. 그렇지, 박 작가야?"

박 피디가 현아의 옆구리를 쿡쿡 찔렀다. 현아는 최대한 천연덕스러운 박 피디의 미소를 따라 하기 위해 애를 썼다. 입이 찢어지면 찢어졌지, 혹시 도망갈까 봐 잠그고 갔다는 이야기는 절대로 할 수 없다.

"네, 맞아요. 무슨 최첨단 경비 시스템이라고 그러더라고요."

"경비는 밖에서 안으로 들어오는 사람들을 경계하는 것 아닙니까?"

"그게 일반적이긴 한데, 방송국 포맷 같은 걸 훔쳐 가는 건 내부 사람이니까요오…….”

밤이 길면 꿈도 길고 거짓말도 길어지면 횡설수설하는 법이다. 순식간에 제 동료들을 산업스파이로 만든 현아는 화제를 돌려야 할 필요성을 느꼈다. 그녀는 자연스럽게 기획서가 끼워진 서류철을 펼쳤다.

“이건 다 읽어 보셨어요? 좀 엉망이죠? 어제 연락받고 급히 만드느라.”

“다 읽었습니다. 말씀하신 대로 엉망이긴 하더군요.”

“아, 예에…….”

참자. 참을 인이 세 번이면 노트 한 권 들고 아마존 가는 사태를 막을 수 있어.

“정식 기획서는 아니에요. 정식 기획서는 국장님께 보고 올라갈 때 제출용으로 써야죠. 그전에 임 셰프님이 확정해 주셔야 되겠지만요. 그때는 제가 폰트랑 글자 포인트 딱딱 맞추고, 테두리도 화려하게 꾸며서 다시 보여 드릴게요.”

“글자 포인트 때문에 허접하다고 한 게 아닙니다.”

눈살을 찌푸린 그가 손가락으로 기획서 앞장을 넘겼다. 뭔가 무진장 마음에 안 든 표정이다. 현아와 박 피디는 테이블 아래에서 서로의 손을 꽉 잡았다.

“왜요? 포맷이 마음에 안 드세요? 셰프님이 프랑스 요리 전문가시고 외국에서 오래 살다 오셨으니까 이쪽이 나을 거라고 생각했는데. 문구도 잘빠졌어요. ‘정통 프렌치 셰프가 직접 배워서 시현하는 고국의 맛.’”

“김치 잘 먹고 불고기 잘 먹는 외국인 보면 호감도가 더 올라가잖아요. 약간 그런 느낌으로 다가가자는 거죠. 진짜 이렇게 싼 티 나게 광고할 건 아니고."

박 피디가 현아의 설명을 부연했다. 현아는 콧잔등에 잔뜩 힘을 주고 박 피디를 노려봤다. 오늘 참을 인 자 새기게 만드는 사람 참 많구나.

"기획은 어느 분이……. 아니, 됐습니다. 별로 중요한 건 아닌 것 같으니까 제 의견만 말씀드리죠. 우선 기획서가 너무 포괄적입니다. 대충의 포맷만 있을 뿐, 그 외엔 어디를 가는지, 어떤 요리를 소개하는지가 전혀 나와 있지 않군요. 초등학생의 방학생활 일과표도 이것보다는 구체적일 것 같은데요. 이런 기획서만 보고는 제가 결정을 내릴 수 없습니다."

참을 인 자 두 개.

"기획서가 구체적이지 못한 건 인정합니다. 하지만 어느 정도는 감안해 주셔야 해요. 저흰 어젯밤 갑자기 셰프님께 연락을 받았어요. 그전에 셰프님이 안 하신다고 하셔서 원래 기획했던 포맷을 완전히 엎었던 상황이었고요. 하루 만에 구체적인 기획서를 요구하시는 건, 좀 과하시지 않나요?"

"요약하자면 이런 이야기군요. '우리는 왜 네 마음이 바뀌었는지 모르겠다. 이러다 언제 또 마음 바뀌어서 안 한다고 할지 모르잖냐. 너한테 올인 할 수 없으니 기획서가 허접해도 이해해 달라.' 맞습니까?"

참을 인 자를 세 번째 써야 할 상황이었지만, 승효의 목소리에 홀려 글자 쓰는 걸 깜빡한 현아가 고개를 끄덕였다. 그녀는 무서운 속도로 자괴감에 빠졌고, 자괴감에 빠진 자신을 자각하자마자 승효를 원망했다.

이런 멍청이. 목소리에 정줄을 놓다니! 저건 그냥 사람의 목소리라고. 인어의 노랫소리나 돌고래의 울음소리가 아니야. 정신 차려! 그리고 당신은 쓸데없이 왜 그런 목소리를 가지고 있는 거야?

"불안요소가 있다는 건 이해합니다. 하지만 편하게 얻어지는 것은 없죠. 확실한 카드를 잡기 위해선 올인 하는 것이 나을 텐데요. 제가 박현아 작가님이라면 그럴 것 같습니다만."

"저희 아버지께서는 항상 저에게 계란을 한 바구니에 담지 말라고 하셨거든요."

"아버지께서 주식하시다가 살림 좀 말아 잡쉈나 봅니다."

딱 걸렸다. 본의 아니게 가족사를 발설하게 된 현아는 눈물이 글썽글썽한 눈으로 박 피디에게 무언의 도움을 요청했다. 하지만 돌아온 것은 위로 솟아오른 박 피디의 엄지손가락 두 개였다.

그래, 자폭하자.

"솔직한 것 좋아하시는 것 같으니까 솔직히 말씀드릴게요. 예, 아버지 주식 때문에 저희 집 형편이 어려워졌던 것 맞고요, 지금 올인이 힘든 상황이라는 것도 맞고, 그래야만 하는 상황이라는 것도 알아요. 하지만 편하게 가려는 건 셰프님도 마찬가지 아닌가요? 적어도 '이렇게 하면 계약해 주겠다.' 라는 식의 희망은 주셔야죠."

"아쉬운 건 제가 아니니까요."

"측은지심이라는 것이 있지 말입니다. 측은지심! 인의예지, 사단 중에서 왜 인이 가장 먼저 있냔 말입니다. 어질어야 비로소 사람답다고 할 수 있는 거죠."

"의, 예, 지만 있으면 사람이 아니라는 주장이시군요."

"당연하죠! 짐승들도 자신들만의 옳고 그름이 있어요. 자신들만의 예의도 있죠. 주인은 물지 않는다, 주인의 밥은 탐하지 않는다, 남의 영역에서 소변을 보는 것은 싸우자는 뜻이다 등등등! 돌고래보다 머리가 나쁜 사람도 있잖아요. 그렇다고 해서 그 사람을 사람이 아니라고 할 수는 없죠. 인이 있으니까!"

"지(知)가 통상적인 knowledge를 의미하는 건 아닐 텐데요."

"시시비비를 가리려면 뭐가 선이고 뭐가 악인지를 알아야 하죠."

"선을 '알아야' 한다고 생각하시는 거라면, 박현아 씨는 성선론자는 아니시군요."

"네. 저는 성무선악론자예요. 하지만 앞으로는 성악론자가 될지도 모르겠어요."

당신 때문에!

테이블을 짚고 일어선 현아가 콧김을 내뿜었다. 박 피디는 강 건너 불구경하듯 이 세기의 대결을 흥미진진하게 지켜보았다. 지켜보는 것 외엔 할 수 있는 것도 없었다. 사단칠정이니 성선설이니 하는 동양철학과 박 피디는 서로 내외하는 사이였다. 비유하자면, 오래전 헤어져 이름도 잘 기억나지 않는 연인과도 같은 관계라고 할 수 있겠다.

잠시 정적이 흐르고, 그가 고요한 미소를 머금었다. 웃음이 그의 입매부터 뺨, 광대, 그리고 눈으로 퍼져 나갔다. 파문처럼 조용히, 하지만 현란하게. 현아는 정신이 혼미한 와중에도 승리를 예감했다.

"성악론자가 사단칠정을 논하는 것은 자가당착적이죠. 되지 않으시는 것이 좋겠습니다."

……아닌가?

"궤변이 섞여 있긴 했지만 설득력은 있었습니다. 인이 있어야 사람이죠. 이렇게 하죠. 올인이 힘들다고 하셨으니까, 기획서를 함께 만들어 보는 건 어떻겠습니까? 저도 제 시간을 어느 정도 투자하고 두 분도 두 분의 시간을 투자하는 겁니다. 공평한 방법 같은데요."

"에?"

"그리고 혹시 또 모르지요. 제가 투자한 시간이 아까워서라도 기를 쓰고 이 프로그램에 출연하게 되는지도."

"에에?"

"상의해 보시고 결정되면 연락 주십시오. 명함은 두고 가겠습니다. 그럼, 브레이크 타임이 끝나가서 돌아가야 할 것 같군요."

나직하게 덧붙인 그가 일어나 재킷을 여몄다. 자가당착 어쩌고가 나온 순간부터 또 다른 궤변을 준비하고 있던 현아는 정신을 차리지 못해 눈만 깜빡거렸고, 제3자적 관점을 유지한 덕분에 금방 정신을 차린 박 피디는 후다닥 따라 일어나 회의실을 나가는 그를 배웅했다.

"아유, 박 작가야! 넌 어쩜 이렇게 예쁘니? 네가 내 복덩이다, 복덩이."

박 피디가 현아의 어깨를 끌어안고 뺨에 입을 쪽쪽 맞췄다.

"앞으로도 논개처럼 손가락에 가락지 끼워서 꽉 껴안아. 도망 못 하게. 내가 딱 보니까, 저 총각 저런 거 좋아하네. 논리 대결. 어느 정도의 타당성만 있으면 일단 들어는 준다 이거지."

현아는 제 두 뺨을 찰싹찰싹 쳤다. 꿈인지 생시인지 확인해 보는 전통적인 이 방법은 효과도 확실했다.

아프다. 꿈은 아니구나.

"이런 예쁜 년, 논개 같은 년. 밥이나 먹으러 가자."

칭찬과 욕을 뒤섞은 박 피디가 회의실 문턱에 서서 손짓했다. 현아는 서류를 챙겨 가방에 쑤셔 넣었다.

"아, 현아야, 문 잠그는 거 잊지 마. 이 피디 문 열어 놓고 다니는 거 싫어한다."

"예."

어지간히 좋았는지, 박 피디는 평소 잘 부르지도 않는 현아를 이름으로 부르기까지 했다. 하지만 지난한 과정에 비해 결론이 너무 빠르고 쉽게 났다고 생각한 현아는 박 피디만큼 기뻐할 수 없었다. 그녀는 잠깐 콧잔등을 찌푸리고, 회의실 잠금 비밀번호 버튼을 눌렀다.

"빨리 와! 엘리베이터 왔다."

박 피디가 미적거리는 그녀를 재촉했다. 알았다고 대답하며 막 한 발을 떼던 현아가 걸음을 멈췄다.

"……내가 그 사람한테 이름을 가르쳐 준 적이 있었던가?"

'근데 피디님, 이 피디님이 이 회의실 쉽게 빌려 줬어요? 국장님이 전용으로 쓰라고 주셨다면서 엄청 아끼시잖아요.'

'물론 쉽게 안 빌려 줬지.'

'뭐라고 하셨어요?'

'정중하고 우아하게 부탁했지.'

'……이 피디님은 그렇게 생각 안 하실 거예요.'

❖

'좋은 비즈니스 파트너의 조건은 나를 귀찮게 하지 않는 사람이다.'

6년 전, 갓 입사한 현아에게 박 피디가 한 말이다. 그때도 박 피디는 25분짜리 꼭지 프로그램의 피디였고, 현아는 그녀의 프로그램에 막내 작가로 막 들어간 참이었다. 어리다면 어리다고 할 수 있는 나이임에도 속세에 찌들 만큼 찌들었던 현아는 그 말을 '나를 귀찮게 하지 마라.'로 이해했다.

알아서 척척, 혼자서도 잘해요, 자기의 일은 스스로 하자. 피디와 카메라 감독이 포기한 프로그램도 그녀의 손을 거치면 살아난다는 박 작가의 신화는 그렇게 시작되었다.

상대적으로 현아가 생각해 온 좋은 비즈니스 파트너의 조건은 '말이 잘 통하는 사람'이었다. 일단 말이 통해야 설득이든 협박이든 할 거 아닌가.

하지만 6년이 흐른 지금, 현아는 제가 얼마나 안일한 생각을 하고 있었는지를 깨달았다. 말이 잘 통하는 사람이라는 건 '나를 귀찮게 하지 않는 사람'이라는 절대명제 앞에선 개똥만큼의 가치밖에 없었다. 만약 상대가 임승효라면 개똥도 후한 평가다.

임승효. 그는 정말 말이 잘 통하는 사람이었다.

"시간이 촉박하니까, 기획서 굳이 타이핑하지 않으셔도 됩니다. 대강 종이에 적으시죠. 아, 혹시 악필이십니까?"

"눈 달렸으면 알아보실 정도는 돼요."

"다행히 두 개나 달려 있군요."

외국 생활을 오래 한 게 맞나 싶을 정도로 아는 것도 많았고,

"거제도 졸복도 복어입니다. 자격증 없으면 조리가 불가능하죠. 차라리 죽순이 나을 것 같습니다."

"어? 거제도에서 죽순 나오는 건 어떻게 아셨어요? 죽순 하면 담양이라고 생각하던데."

"그 생각이 이상한 겁니다."

얄미울 정도로 바른말만 했다.

"민어전? 박현아 작가님, 민어가 얼마나 손질하기 어려운 생선인 줄 아십니까? 작가님이 말씀하신, '집에서 가벼운 마음으로 TV를 시청하고 있을 주부' 중 민어 손질할 줄 아는 주부가 몇이나 될 것 같습니까?"

41

"수산시장에서 사 올 때 손질해 달라고 하면 될⋯⋯."

"그럼 민어철까지 기다려야죠. 수산시장에서 철도 아닌 민어를 가져다 놓을 리가 있습니까? 참고로 민어철은 8월입니다. 민어의 본향은 광주가 아닌 목포고요."

"아, 예."

"그리고 6월에 백합죽, 이건 곤란합니다. 백합조개는 5월에서 11월 사이가 산란기입니다."

"마트 가면 항상 팔던데요? 백합⋯⋯."

"신고해야겠군요."

"아니에요! 생각해 보니까, 봉지조개였어요. 봉지바지락처럼 봉지에 파는 거. 유통기한 넉넉해요. 자주 사 먹어서 알아요."

장하다, 박현아. 멀쩡한 마트를 영업정지의 위기에서 구해 냈구나. 그녀는 보이지 않는 손을 들어 제 머리를 토닥였다.

"된장찌개라도 끓여 먹는 겁니까?"

"네? 설마요. 자취생이 무슨 집에서 된장찌개를 끓여 먹어요?"

"그럼 봉지조개를 어디에 사용하는 거죠?"

"그냥 물에 끓여서 소금 넣고⋯⋯ 소주 안주로⋯⋯."

"해감은?"

"다 되어 있다고 그러던데요? 좀 이상한 건 칼로 입 벌리게 만들고."

"⋯⋯박현아 작가님, 집에 칼이 몇 개입니까?"

당연히 한 개다. 자취 생활 십 년 차 아가씨 집에 한 개 이상 있는 건 옷밖에 없다. 칼도 한 개, 컵도 한 개, 밥그릇도 한 개, 접시도 한 개.

승효는 그 칼을 소독한 적이 있냐고 물었고, 현아는 고개를 저었다. 그날 현아는 장염비브리오균이라는 존재에 대해 장장 20분 동안 설명을 들어야만 했다. '육류와 어패류를 손질한 칼과 도마는 교차오염 방지 차원에서 꼭 소독해야 한다.', '물은 생수라고 안심하지 말고 꼭 끓여 마셔라.'

"박현아 작가님, 여름에 식중독 걸려서 폭풍설사하고 싶습니까?"

왼쪽 눈이 살짝 찌그러지는 미소를 지은 그가 물었다. 그녀는 생선 조리용 회칼을 하나 더 사다 놓겠다고 결심했다. 세레나데를 불러야 마땅한 목소리로 기껏 하는 말이 폭풍설사라니! 예술적 관점에선 범죄에 가까운 행위다.

그러나 진짜 암 걸릴 스토리는 따로 있었다.

"하아……."

"작가님 오셨어요?"

한숨을 푹푹 쉬며 레스토랑의 문을 열고 들어가자 단정한 이목구비의 미인이 현아를 맞았다. 처음엔 손님이라고 착각했을 만큼 청초한 분위기의 그녀는 레스토랑의 오후 시간대 캡틴이었다.

"수연 씨는 일찍 출근했네요?"

"오늘 예약손님이 많아서요. 6번 테이블로 가 보세요. 암…… 셰프님 기다리고 계세요."

현아는 마치 하품처럼 슬쩍 나타났다가 금방 사라진 '암'을 놓치지 않았다. 이거야말로 이름과 현상이 적절하게 혼합된 별명류 갑이라 할 수 있겠다. 눈물이 절로 나는구나.

그녀는 난감한 듯 애매하게 웃고 있는 수연에게 한쪽 눈을 찡긋해 보이고 문제의 6번 테이블로 걸어갔다. 그동안 얼마나 자주 왔는지 이제 테이블 번호와 사무실 위치를 외울 지경이다.

승효는 커다란 창문에 접한 6번 테이블에 앉아 창밖을 바라보고 있었다. 가만 보면 이 남자, 창문을 좋아하는 것 같다. 레스토랑에도 전반적으로 창이 많았고 그의 사무실은 아예 한쪽 벽면이 통째로 유리창이었다.

"아. 앉으시죠."

현아를 본 그가 자리에서 일어나 맞은편을 가리켰다. 곱게 세팅된 네 자루의 포크와 칼이 현아를 반겼다. 한 놈도 아니고, 오늘은 네 놈이냐? 현아는 속이 더부룩해지는 것을 느끼며 자리에 앉았다.

"뭐 보고 계셨어요?"

"그냥 바깥 풍경 구경하고 있었습니다."

창가 쪽 제일 끄트머리에 위치한 6번 테이블에서는 바깥이 특히 잘 보였다. 물론 '잘'이라는 건 평균 신장을 가진 사람들 기준이고, 남들보다 작은 현아가 '잘' 보려면 고개를 쭉 빼야만 했다. 그러나 어떻게든 포크와 나이프를 외면하고 싶었던 현아는 보초 서는 미어캣처럼 목을 늘였다.

풍경이라고는 하지만 삭막한 압구정 골목길에 볼 만한 건 없었다. 기껏해야 지나가는 사람들 옷차림이나 맞은편 가게 간판 구경하는 게 전부다. 네일아트 전문점, 옷 가게, 저승김밥, 빵집…….

어?

방금 뭔가 중요한 게 지나간 것 같은데?

"하반기 일정은 나왔습니까?"

하지만 그는 현아가 깊이 생각할 여유를 주지 않았다. 현아는 오래된 백열등처럼 깜빡거리는 생각을 떨쳤다.

"예. 대충은요. 근데 바쁜 거 아니셨어요? 캡틴 말로는 오늘 예약 손님 많다던데요. 바쁘시면 내일 오고요."

"메뉴 구상 중이었습니다. 그리고 캡틴이라뇨? 그게 누굽니까?"

"저기 홀에 수연 씨요."

"버거킹에서는 매니저를 캡틴이라고 하나 보죠?"

"어? 저 버거킹 알바한 건 어떻게 아셨어요?"

거참 신통한 재주라고 생각한 현아가 입술을 뽀족하게 모으자 그가 물끄러미 그녀를 쳐다보았다. 어쩐지 질책하는 듯한 시선이었다.

"왜 그러세요?"

"아뇨. 그냥 버거킹 알바했을 것 같았습니다. 버거킹에서는 뭐라고 하는지 모르겠지만 프렌치 레스토랑에서는 캡틴이라고 안 합니다. Chef de rang이라고 하죠."

뭐이시발?

대저 프랑스 본토 발음이란, 모르는 사람들에겐 '%#$$@#*!!' 정도로 들리기 마련이다. 못 알아듣는 말을 과감하게 흘려들을 줄 아는 현아는 씨익 웃었다. 이제부터 겪어야 할 시련에 비하면 '$132%^&&!' 같은 건 일도 아니니까 괜히 따지지 말자.

"식사 나오는군요. 먹으면서 이야기하죠."

검은색 유니폼을 갖춰 입은 직원이 수프를 내왔다. 그는 작은 숟가락을 들며 현아에게 식사를 권했다. 이제 현아는 허리에서 묶는 검은색 앞치마를 입은 사람이 가르송이라는 것도 알고, 수프라기보다 국에 가까운 이 음식물의 이름이 콩소메라는 것도 알게 되었다. 딱 하나, 도무지 모르겠는 건―

내가 왜 이걸 먹어야 하는 건데?

"저기요, 셰프님……."

"말씀하시죠."

"저 점심 먹고 왔는데요."

첫날, 일에 치인 현아가 점심을 못 먹고 왔다는 걸 알게 된 이후로

승효는 꼬박꼬박 현아에게 점심을 먹였다. 그러나 현아는 그의 호의가 전혀 고맙지 않았다. 밥 먹는 현아를 바라보는 그의 눈은 어떤 광기에 휩싸여 있었다. 이건 무슨, 살찌워서 잡아먹겠다는 마녀도 아니고.

"……드셨다고요?"

"예에……. 오늘 피디님이 시간이 남으셔서 같이……."

거짓말이다. 편의점에서 혼자 우걱우걱 삼각 김밥과 컵라면을 먹었더랬다. 프랑스 요리에 둔화된 미각이 살아나는 느낌. 최고였다.

"뭐 드셨습니까?"

"삼각 김밥이랑……."

그의 눈썹이 꿈틀거렸다.

"컵라면이요."

"하아."

그는 한숨을 한 번 쉬고 아주 느린 동작으로 깍지를 껴 턱을 괴었다. 한숨과 상반되는 미소 때문일까? 그다음 말은 듣고 싶지 않았다.

"토하고 오십시오."

"넷?"

뭐 이 미친놈아?

"그런 거 먹으면 죽습니다. 토하고 오셔서 이거 드십시오."

"과식하면 배 터져 죽어요!"

"식감이 무뎌지셨을 테니 와인도 준비하겠습니다."

남의 말을 좀 들어!

"박 작가, 너 입술이 왜 그래? 밖에 많이 추워?"

휴게실에 앉아 있는 현아를 본 박 피디가 걱정스럽게 물었다. 휴게실 유리 탁자에 비친 현아의 입술이 새파랬다. 현아는 가슴을 부여잡았다.

"피디님⋯⋯."

"응?"

"저, 협심증 걸릴 것 같아요."

박 피디는 어이가 없었다. 나이가 많기나 해, 가족 병력이 있기를 해. 박 피디가 아는 한, 현아의 가족들은 모두 건강하고 질병으로 돌아가신 분은 피부암으로 사망하신 할아버지 한 분뿐이다. 100세 넘은 할머니가 아직 살아 계신 판국에 협심증은 무슨. 심지어 현아는 아프리카 난민이 의심될 정도로 말랐다.

"그래, 뭐⋯⋯ 성인병은 사람을 가리지 않으니까."

"장난 아니에요. 감시당하고 있단 말이에요, 저."

발끈한 현아가 항변했지만 박 피디는 코웃음만 쳤다.

"누가 그런 잉여냄새 나는 짓을 해?"

"당연히 임 셰프죠! 제가 요즘 만나는 사람이 피디님하고 임 셰프밖에 더 있어요?"

"정신 차려. 임 셰프가 박 작가 감시할 시간이 어디 있어? 박 작가, 혹시 자의식 과잉이니?"

"임 셰프 만나서 이야기하는 시간이 레스토랑 브레이크 타임이잖아요. 점심시간 끝나서고. 점심 안 먹었다고 하면 그 맛대가리 없는 프랑스 정찬을 먹이고, 먹고 왔다고 하면 자꾸 물어보는 거예요. 오늘은 뭐 먹었냐, 어디 가서 먹었냐, 뭘 잘하는 곳이냐. 극락돈가스 갔다왔다고, 극락돈가스. 극락돈가스에서 돈가스 먹지 뭐 먹겠냐고! 저승김밥이 뭘 잘할 것 같니. 당연히 김밥이지."

"그런 건 왜 물어본대?"

"제 말이요! 음식은 짠 걸 좋아하냐, 단 걸 좋아하냐, 매운 건 잘 먹냐, 고기를 즐겨 먹냐, 생선을 즐겨 먹냐……. 아니, 남의 식생활에 왜 그렇게 관심이 많아?"

아직도 귓전에서 '오늘도 극락돈가스 갔다 왔습니까?' 라는 물음이 울리는 것 같아, 현아는 양손으로 귀를 가렸다. 이제는 그가 입만 살짝 열어도 심장이 쿵쿵거릴 지경이었다. 사랑에 빠졌어도 이보다 덜 하면 덜했지 더하진 않았겠다.

"한번 물어보지 그랬어. 남의 식생활에 왜 그렇게 관심이 많냐고."

"물어봤죠."

"뭐래?"

"딴소리하던데요? 아니, 뭐 물론 딴소리는 아니었지만. 딴소리는 그쪽이 딴소리지. '박현아 작가님, 장흥삼합은 굳이 셰프가 필요 없습니다. 차라리 좋은 관자 고르는 법 위주로 방송하죠. 그런데 극락돈가스 메뉴 중 치즈 돈가스에 들어가는 치즈가 무슨 치즈인지 알고는 드시는 겁니까?' 아, 소화 안 돼서 얹힐 것 같아."

승효의 말투를 흉내 낸 현아가 가슴을 퍽퍽 쳤다. 하지만 자기 일이 아닌 박 피디는 실실 웃기만 했다.

"박 작가야, 하나도 안 똑같다."

"똑같으라고 한 거 아니거든요! 제가 피디님에게 요구하는 건 공감과 이해예요. 딱 들어도 피곤할 것 같지 않으세요? 저렇게 물어보면 제가 뭐라고 대답하겠어요? 알았다, 좋은 관자 고르는 법으로 가자. 근데 이렇게 말하면 또 물어본단 말이에요, 무슨 치즈냐고. 무슨 치즌지 알고 먹으면 소화가 잘되니? 집요해, 집요해. 그냥 넘어가 좀, 대충!"

"호오……."

박 피디가 휘파람을 불었다. 그의 집착에선 아무래도 수상쩍은 냄새가 난다.

"관심 있나?"

"관심이요?"

"그래. 첫눈에 반했다든가, 그런 거. 드라마틱하잖니?"

"웃기지 마세요."

　차라리 이게 관심과 사랑이라고 착각이나 할 수 있다면 억울하지나 않지. 과하게 발달한 현아의 현실 감각은 그런 착각조차 용납하지 않는다.

"제가 만나면 만날수록, 알면 알수록 매력적인 여자인 건 사실이지만 한눈에 반할 스타일은 또 아니거든요? 저 국문과예요. 주제 파악은 잘 하고 살아요. 그건 그냥 무시하는 거라고요. 네가 요리에 대해 뭘 아냐고. 잘난 셰프님이 유세 떠는 거."

"그건 그래."

　박 피디가 너무나 쉽게 긍정하자 현아는 머릿속이 복잡해졌다. 왜 그렇게 금방 넘어가냐고 하기엔 이미 한 말이 있고 함께 수긍하기엔 자존심이 상했다. 이러지도 저러지도 못하는 처지에서, 그녀는 모든 분을 승효에게 풀기로 마음먹었다.

"계약서에 사인만 해 봐, 아주. 갑질이 뭔지 제대로 보여 준다. 녹화 시간 1분만 늦어도 개진상을 피워 줄 테다. 피디님, 저 말리지 마세요."

"아니, 난 말리진 않아. 그런데 무슨 수로 갑질할 건데? 갑질은 을이 아쉬운 데가 있어야 가능한 거지. 임 셰프는 아쉬운 게 없잖아? 계약서는 그냥 요식행위에 불과하지 않을까?"

"그건 제가 알아서 해요. 그런데……."

새삼 이상한 점을 느낀 현아가 박 피디를 돌아보았다.

"왜 이런 고민을 제가 하고 있어야 하죠? 프로그램 주체는 피디님 이잖아요."

"피디랑 작가 달랑 둘 있는 프로그램에서 주체가 어디 있고, 객체 가 어디 있니? 프로그램 만드는 사람들이 다 함께 고민해야 좋은 프 로가 나오지. 박 작가도 엄연히 지분이 있어."

"하지만 아무리 포장해도 전 일개 작가 나부랭이죠. 피디님은 피디 고. 피디님이 월급도 훨씬 많이 받잖아요. 왜 월급루팡 하고 그러세 요?"

"에이, 아니야. 너의 오해야. 나 월급 별로 안 많아."

"통장 까 봐요."

"아니라니까, 너의 오해라니까? 그리고 네가 왜 작가 나부랭이니? 넌 박 논개지. 박 논개, 왜장을 부탁한다. 내가 까스활명수는 아낌없 이 제공하마!"

'오호호홋' 자못 악당 같은 웃음을 남긴 박 피디가 휴게실을 떴다. 여유로운 웃음소리와는 달리 발걸음은 경보 선수를 방불케 할 정도로 빨랐다. 뒤에서는 현아가 그녀의 인성과 인간으로서 정체성을 의심하 는 발언을 쏟아 내고 있었다. 배신자, 담 넘어가는 구렁이, 왜 고양이 목에 방울을 내가 달아야 해요 등등……. 그녀는 현아의 비난을 무시 했다.

협심증에 걸릴 사람은 한 명으로 충분하지, 암.

법률적으로, 계약서상의 '갑'과 '을'이라는 단어는 'one'과 'other' 를 의미하는 지시대명사에 불과하다.

……라고 어느 법학자가 말한다면 계약서를 한 번이라도 써 본 사

람은 무슨 잠꼬대 같은 소리냐고 할 것이다. 만사, 돈이 말하는 자본주의 사회에서는 돈 주는 놈이 먹이사슬의 최상위층에 있고 돈 주는 '갑'은 돈 받는 '을'에게 절대진리다. 갑의 지랄은 항상 정당하며 갑의 심술은 언제나 옳다.

……라고 어느 '을'이 말한다면 현아는 그런 패배주의적 감성이 야기하는 현대사회의 병폐를 예로 들어 그를 꾸짖어 줄 용의가 있었다. '야, 갑도 갑 나름이지!'

현아에게 있어 계약서상의 갑과 을은 법률적 의미와 완전히 일치했다. 언론권력, 수틀리면 출연자 뺨을 때린다는 진상 피디, 마감을 어기는 작가 같은 것은 잘나가는 피디와 작가에게만 해당하는 이야기다.

시청률 오지게 안 나오는 25분짜리 꼭지 프로그램의 작가란 그저, 인터뷰하지 않겠다는 낚시꾼을 어르고 달래고 술도 함께 마셔 주면서 인터뷰를 성사시키거나, 협심증과 소화불량이 의심되더라도 을의 비위를 맞춰서 어떻게든 계약을 따내야 하는 비루한 처지에 불과했다.

"아니지……."

비위를 맞춘 적은 없지.

현아는 심란한 표정으로 머리를 벅벅 긁었다. 불쾌하지만 그 점은 인정해야겠다. 임승효는 그녀에게 비위 맞추기를 요구하지 않았다. 눈치 백 단이라고 자부하는 그녀가 그럴 필요성을 느끼지 못했을 정도면 확실하다. 하긴, 태어날 때부터 한 손엔 논리, 다른 손엔 이성을 들고 태어난 것 같은 남자가 어련할까.

"그 잘난 논리와 이성과 지식도 오늘로 끝이다."

미친년처럼 혼잣말을 중얼거린 현아가 손에 들고 있던 서류철을 꼭 껴안았다. 서류철에는 승효를 한 방에 침몰시킬 히든카드가 들어 있었다.

목소리에 홀려서 지금 내 욕을 하는지, 트집을 잡는지 고민하다 반박할 기회를 놓친 지난날들이여, 안녕! 몸에 밴 노비근성 때문에 알아서 눈치 본 세월도 안녕! 잘 가라, 협심증. 좋은 사람 만나렴, 소화불량. 모두 모두 아디오스!

그녀는 그녀의 생애에서 가장 구질구질했던 일주일에 작별을 고하며 기운차게 레스토랑 문을 열었다. 딸랑, 딸랑. 문 위에 매달린 풍경소리가 그녀의 기분만큼이나 밝았다. 그녀는 마주치는 직원들과 친근한 눈인사를 나누고 사무실로 직행했다.

사무실 위치는 익숙하다. 익숙해지지 않는 것은 그 안의 모습이었다. 가드닝에 집착하는 주부의 베란다를 방불케 하는 많은 화분과 한쪽 벽면을 가득 채운 르누아르의 모작(현아는 그것이 모작이라고 믿고 싶었다), 리본 모양으로 묶여 있어도 전혀 이상하지 않을 것 같은 레몬빛 커튼, 옛날 영화에서 튀어나온 것 같은 크고 두꺼운 책들.

그 우아한 분위기 속에서, 승효는 마치 광합성 하는 식물처럼 창을 바라보고 서 있었다. 정오를 지난 햇살이 저물어 가며 그의 얼굴에 빛을 쏟아부었다.

인정할 수밖에 없다. 저 빛이, 이 공간이 저 남자와 한숨 나도록 잘 어울린다는 것을. 이럴 때만큼은, '문서는 사망했다.'고 외치며 전자책만 보고, 블라인드를 당연하게 여기고 르누아르 대신 피카소를 선택할 것만 같은 임승효가 아니었다.

"아."

인기척을 느꼈는지, 그가 뒤를 돌아봤다. 현아는 사무실에 들어올 때마다 정신 바짝 차리기 위해 수없이 되뇌었던 주문을 다시 한 번

반복했다. 저건 혈관엔 이성이 흐르고 좌심방에 논리가 박혀 있는, '그냥' 겁나 잘생기고 목소리가 좋고 꼴에 예의가 바른 남자 사람이다.

……장점이 너무 많은데?

"앉으시죠."

그가 특유의 미소를 지으며 현아가 앉을 의자를 빼 주었다. 처음에는 오징어가 되는 게 아닌가 싶을 정도로 어색했지만 그의 매너에 적당히 적응한 현아는 자연스럽게 의자에 앉았다.

"오후 캡틴 안 보이던데, 어디 가셨나 봐요?"

"정기휴가 갔습니다. 그리고 캡틴이 아니라 chef de rang입니다. 세 번째로 정정해 드리는 것 같군요."

무려 세 번째임에도 불구하고, 승효는 인상 한 번 찌푸리지 않았다. 인내는 그의 또 다른 장점이기도 했다. 당하는 사람에게 암이나 협심증을 유발하는 장점도 장점이 될 수 있다면 말이지. 속으로 불만스럽게 투덜거린 현아가 말했다.

"차라리 화를 내세요."

"화를 낼 만한 일이 아니니까요. 사소한 일 하나하나마다 화를 내면 세상 살기 힘들어지죠. 계약서는 가지고 오셨습니까?"

"그럼요."

대체 누가 누구에게 처세의 노하우를 가르치는 거야? 기가 찰 일이었지만 현아는 순순히 동의하고 계약서를 테이블 위에 올려놨다. 사인만 해 봐, 아주. 영혼까지 짤짤 털어 주마.

긴 손가락이 계약서를 집었다. 셰프의 손가락은 길이에 비해 끝이 뭉툭하고 손등엔 오래된 흉터들이 자리 잡고 있었다. 덴 상처, 베인 상처, 잘린 상처. 고퀄리티 3D 업종이라는 요리사의 손가락다웠다.

"흠……."

현아는 숨죽여 그 손가락의 움직임을 바라보았다. 정확하게 말하자면 그 손가락이 움직이는 위쪽, 그의 표정을.

"불쾌한 계약서네요."

그런 말을 웃으면서 하면 설득력이 없잖아!

"어느 부분이 불쾌하세요?"

"회당 출연료 100, 계약기간 1년. 을의 귀책사유로 인한 중도 하차시 출연료의 열 배를 배상한다. 이, 출연료의 열 배라는 부분이 특히 불쾌합니다."

"아! 그건 관례예요. 신경 쓰지 않으셔도 돼요."

"관례치고는 배상액이 상식선을 너무 벗어나는 것 같습니다만."

"쩨쩨하게 왜 이러세요. 돈에 구애받지 않으신다면서요."

"돈에 구애받지 않는다고 했지, 누가 내 돈을 도둑질해도 용서하겠다고 한 적은 없습니다."

"말씀이 과하시네요. 계약서에 적혀 있잖아요. '을의 귀책사유로 인한 중도 하차 시'라고. 중도 하차 안 하시면 되죠."

"을의 귀책사유라는 게 정확히 어떤 경우입니까?"

"지각해서 녹화를 완전히 펑크 낸다든가, 패널하고 멱살잡이하는 거죠. 물론 저희 프로에는 패널이 없으니까 멱살잡이는 없을 거고, 셰프님께서 지각하실 거라고는 생각하지 않아요."

순간, 현아와 승효 사이에서 불꽃이 튀었다, 라고 현아는 생각했다. 그녀는 그를 만난 이후 처음으로 함박웃음을 지으며 계약서의 사인난을 가리켰다.

"기획서가 마음에 들면 계약하겠다고 한 분은 셰프님이시잖아요? 이 기획서는 99.9% 셰프님께서 만드신 거고요. 마음에 안 드실 리가 없을 것 같은데요."

위약금을 운운하며 사인을 안 하면 쩨쩨한 남자가 되고, 계약을 하면 현아가 치밀하게 준비해 놓은 구박과 서러움의 구렁텅이에 빠지게 된다. 그것이 현아의 필살 카드였다.

그녀가 판단한 바에 의하면, 승효는 한 입으로 두말할 성격이 못 되었다. 이제까지 그가 하자는 대로 네네 하면서 따라온 건 다 이유가 있었다. 단지, 오늘, 지금을 위해서. 그가 신봉해 마지않는 논리와 이성의 도끼에 발등을 찍는 순간을 보고자 모든 설움을 견뎌 내었다.

일주일간 승효의 논리에 질식사한 현아에게 계약은 차후의 문제다. 사람 비위 상하게 하는 저 옅은 미소가 사라지기만 한다면 소화불량도 낫고, 사자들이 어린양과 뛰놀고, 참사랑과 기쁨의 그 나라가 도래하고…… 아무튼 모두가 행복할 것만 같았다.

"계약서는 당연히 마음에 듭니다. 전 자기애가 강한 사람이거든요. 자기애가 강한 사람들은 자기가 한 모든 행동을 다 사랑하죠."

"이해가 막 되네요."

그의 발언에 98% 이상 동조한 현아는 저도 모르게 고개를 끄덕거렸다. 동조하지 못한 나머지 2%의 이름으로는 '얄미움' 정도가 적당하겠다.

"하지만 너무 과하게 책정된 위약금은 계약자의 의도를 의심케 하죠. 한번 확인해 봐야겠군요."

누구한테, 뭘요?

그러나 현아가 미처 물어볼 새도 없이 휴대폰을 꺼낸 승효가 누군가에게 전화를 걸었다. 통화 소리를 확 올려놓았는지, 간헐적으로 통화연결음이 들렸다. 현아는 필사적으로 그의 통화 상대를 예측했다.

누구지? 박 피디님? 아니면, 혹시 국장님?

"형? 나, 승효. 어. 지금 통화 가능해? 뭐 좀 물어보려고. 아, 별건 아니고. 내가 무슨 계약서를 쓸 일이 생겼는데, 위약금이 너무 높은 것 같아서. 그게 법으로 정해 놓은 상한선이 있나? 형 민사 전문이잖아."

변호사구나!

"결혼중개업이랑 컴퓨터통신업…… 헬스? 그건 아니고, 미용업, 학습지업……. 아, 방송업도 지금 얘기 중에 있다고? 통과되면…… 9월, 정기 국회? 그전에는? 4월? 만약 그전에 도장 찍으면 어떻게 돼?"

그가 손가락 위에서 펜을 돌렸다. 펜은 불안하게 흔들리면서도 금방 균형을 잡고 잘만 돌아갔다.

"응, 불소급의 원칙, 알지. 선의의 제3자 보호……?"

힐끔, 잠시 손가락 운동을 멈추고 현아에게 눈길을 준 그가 피식 웃었다.

"저쪽이 '선의'를 가진 제3자는 절대 아니지. 계약자와 피계약자의 관계니까."

"악의를 가지고 있었던 건 아니……."

아닐까, 과연?

"아무튼 요지는, 이 상태에서 도장 찍으면 나는 보호를 못 받는다는 거지? 여차하면 소송까지 불사해야 하는 거고."

"저기요, 임 셰프님, 이보세요오오오오……."

"Oui, mercy. 나중에 봐. 그래? 가게로 오면 난 더 좋고. 네, Au revoir."

소송이라는 말에 똥줄 탄 현아가 애처롭게 그를 불렀지만 그는 유려한 프랑스 인사말과 함께 통화를 마쳤다. 승효는 당장이라도 의자

56

에서 일어날 듯 엉덩이를 들썩이는 현아를 보며 계약서를 그녀 쪽으로 밀어냈다.

"통화 내용은 대충 들으셨겠지요. 위약금 부분, 다시 이야기해 봐야 할 것 같지 않으십니까? 아니면 수정법안이 국회에서 통과되길 기다리셔도 저는 상관없습니다."

물론 상관없는 건 승효뿐이다. 다음 주까지 개편안을 완성해야 하는 현아에겐 시간이 없었다. 그녀는 입가에 경련이 일어날 정도로 억지웃음을 짓고 그가 물린 계약서를 받아 들었다.

"위약금 부분은 피디님과 다시 상의해 보겠습니다. 내일 다시 올게요."

"내일은 제가 없습니다."

"그럼 오후 캡틴한테 맡겨 놓을게요."

"chef de rang입니다. 그러시죠."

끝까지 호칭을 지적하는 그의 말에 현아가 이를 사리물었다. 안에서 뭔가가 부글부글 끓고 있었다.

"저기요, 셰프님."

"말씀하시죠."

"제가 수연 씨를 계속 캡틴이라고 하는 건, 셰프님의 발음을 알아듣지 못해서 그런 거거든요. 전 평범한 한국 사람이라서 정통 프랑스식 발음은 하나도 못 알아듣겠어요."

현아는 '평범한 한국 사람'에 힘을 가득 실었다. 잠시 정적이 흐르고, 묵묵히 현아를 바라보고 있던 승효가 종이를 꺼내 뭐라 끼적였다. 현아는 그가 건넨 종이에 적힌 글자를 읽었다.

셰프 드 랭(Chef de rang).

"평범한 한국 사람이 쓴 평범한 한글입니다."

"아, 예……."

"그런데 박현아 작가님, 오늘 점심은 뭐 드셨습니까?"

"……씨베리아 알파인스키김밥이요."

"그런 김밥도 있습니까? 씨베리아……."

"에헤이, 그렇게 경박하게 발음하시는 거 아니죠."

시베리아가 씨베리아로 들린 건 당신의 착각.

❖

돈도 써 본 놈이 써 보고 갑질도 해 본 놈이 하는 법이다. 경험의
차이를 무시하고 덤벼들었다가 큰코 제대로 다친 현아는 집으로 돌아
와 집 안을 난장판으로 만들었다.

목표는 책장이 부족해 거실 한쪽에 차곡차곡 쌓아 놓은 책들이었
다. 그녀는 과감하게 그것들을 발로 차 버렸다. 넘어진 책은 그 옆에
있는 화분을 넘어트렸고, 화분에서 탈출한 흙더미는 자유의 노래를
부르며 어제 먹다 남은 커피가 담긴 잔과 조우했고, 갑작스러운 운동
에너지를 이기지 못한 커피 잔이 쓰러졌고, 쓰러진 커피 잔에서 나온
커피가 이부자리에 스며들었다.

일부러 만들라고 해도 만들어 내기 힘든 도미노 현상이었지만 소
화불량이 토사곽란으로 변할 위기에 처한 현아는 괘념치 않았다. 그
녀가 사태의 심각성을 알아차린 것은, 벽지에 튄 커피 얼룩을 봤을
때다.

"아아아악! 벽지 안 더럽힌다고 약속하고 들어왔는데에!"

원룸에는 어지간해서는 안 해 주는 실크 벽지라며 으스대던 주인
의 얼굴이 생각난 그녀는 재빨리 수건에 물을 묻혀 벽을 닦았다.

실크 벽지는 뭔가 달라도 다르구나. 문지르자마자 싹 닦이는 것이, 얼핏 봐서는 뭐가 튀었었는지도 모를 정도였다. 역시 오까네가 이찌 방⋯⋯.

"으아아아! 천민자본주의, 천민자본주의!"

현아는 쭈그려 앉아 벽을 닦던 그대로 머리통을 부여잡았다. 하지만 잠시 후, 스스로도 그 자세가 옹색하다는 생각이 들어 근엄한 양반다리로 자세를 바꾸었다. 똥 싸는 자세로 사색하는 것은 어떤 철학서에서도 권장하지 않는다.

위약금 사건이 너무 허술해서 살짝 의심스럽기는 하지만, 그녀는 언제나 자기 앞가림만큼은 똑바로 해 왔다. 어릴 때부터 외동딸이냐는 소릴 들을 정도로 독립적이었던 성향은 아버지가 주식으로 살림을 홀딱 말아 잡수신 고등학교 3학년 겨울부터 더 심해졌다. 아무튼, 엄마가 제 대학 등록금 때문에 외삼촌한테 돈 빌리는 장면을 본 자식이라면 정신 바짝 차리고 살 수밖에 없다.

그러니까, 낮에 있었던 일은 그녀가 허술해서가 아니다. 다만 그녀는 '돈 많은 사람'의 행동 패턴에 무지했을 뿐이다. 승효의 가족 중에, 친구 중에, 선배 중에 판검사, 의사, 변호사 없을 리가 없다고 '생각'은 했지만 실감을 못 했다. 임승효는 법률상의 문제가 생겼을 경우 포털사이트 지식인에 물어볼 필요 없이 아는 사람에게 전화 한 통 때리면 되는 사람이었다.

더 창피한 것은 자신의 반응이었다. 그토록 유치한 욕이라니. 왜 말을 못해, 당신 재수 없다고 왜 말을 못 해! 씨베리아 십색 김밥이라고 왜 말을 못 하냐고! 그녀는 애꿎은 벽지를 노려보며 자신을 둘러싸고 있는 세상의 모든 부조리를 저주했다.

"빌어먹을 변호사! 빌어먹을 부르주아! 빌어먹을 퀼로트! 빌어먹지도 못할 실크 벽지! 아프리카에선 1분에 한 명꼴로 아이들이 죽어 나 간다는데. 벽지를 실크로 만들 돈이 있으면 기부나 해, 이것들아. 에 잇! 안 닦아, 안 닦아! 배 째!"

집주인이 눈앞에 있기라도 하듯 현아는 바닥에 대자로 드러누웠다. 벽지가 이미 '깨끗' 하다는 사실을 '깨끗' 이 무시한 그녀는 누운 채 무릎을 껴안는, 여러 가지 면에서 애벌레라든가 번데기를 연상케 하 는 모습으로 방을 굴러다니며 오늘의 치욕을 되갚아 줄 방법을 모색 했다.

하지만 '난 사실 걸레였던가?' 라는 생각이 들 때까지 방 안을 굴 러다녀 봐도 뾰족한 수가 생각나질 않았다. 도대체 무슨 생각을 하는 지 알 수 없는 남자는 어떻게 상대해야 하는 거야? 웃고 있지만 웃는 것 같지 않고, 무표정이지만 웃는 것 같은 남자. 이쯤 되면, 어릴 때 무슨 교육을 받았길래 그런 해괴망측한 표정이 형성되었는지 궁금해 질 지경이다.

"부잣집 아들이라 그런가? 아닌데? 강예림은 그래도 완전 솔직 한……. 강예림……?"

순간, 현아는 제 자세도 잊고 벌떡 일어났다. ……일어나려고만 했 다. 체조 선수나 바람돌이 소닉이 아닌 이상, 손으로 다리를 잡은 채 일어날 수는 없으니까.

"강예림!"

버둥거리다가 턱을 바닥에 찧었지만 그녀는 아픔도 느끼지 못했다. 유식한 말로 죽마고우, 일상화된 표현으로는 불알친구. 그 강예림이 존재하는 한, 현아에게 돈 많은 사람은 더 이상 불가해의 영역이 아 니었다.

"우하하! 강예림!"

감격한 현아가 활짝 벌린 양팔을 위로 쭉 뻗자 머릿속에서 종이 울렸다. 딩딩딩딩. 마지막 문제를 맞췄을 때나 울리는 골든벨이었다.

돈 많은 사람은 많다. 핵심은 '얼마나' 다. 적당히 많은 사람이라면 현아도 지겹게 봐 왔다. 월요일 오전 프로그램에 출연하는 돈 많은 변호사. 강남에 빌딩이 4채라던가? 같은 날 심야 시간대 출연하는 아나운서도 비슷한 수준이다. 처음에는 아나운서가 무슨 돈이 그리 많냐고 생각했었지만 그가 중간에 국회의원을 했었다는 걸 알고는 바로 납득해 버렸다.

그런 맥락에서 보자면 승효도 '적당히' 많은 사람 중 한 명에 불과하다. 그의 아버지가 프리커츠상을 여러 번 수상한 유명 건축가라거나, 어머니가 아직도 여성잡지의 표지를 도배하고 있는 사업가라고 하더라도 마찬가지다. 유명세가 부의 척도를 말해 주는 건 아니니까.

현아가 생각하는 '돈이 썩어 날 것 같은 부자' 는 TV나 잡지의 도움 없이 그냥 혼자 유명해야만 했다. 잡지에 실려서 유명해지는 것이 아니라, 유명해서 잡지에 실리는.

그 '부자' 의 조건에 한가함은 필수였다. 진짜 부자는 '열심히' 라는 부사와 인연이 없었다. '열심히 일했어요.', '열심히 살았어요.' 가 아닌, '태어날 때부터 좀 부자였고 어쩌다 보니 더 부자가 됐어요.' 가 진짜 부자의 실체를 설명하는 유일한 문장이었다. 일단 태어나자마자 통장에 10억 정도는 다이렉트로 꽂혀 줘야 진짜 부자라고 불릴 자격이 있는 것이다.

그래서 현아는 미국 시각으로 오후 한 시, 보통 사람이라면 열심히 일하고 있을 시간에 예림에게 전화해 놓고도 양심의 가책을 받지 않았다. 강예림이 이 시간에 일하고 있으면 내 손에 장을 지진다. 아마 전날 술을 떡이 되도록 퍼마시고 지금까지 자고 있겠지.

— Hallo, Frau Park?

"아침에 독일 우유 마셨냐? 말 똑바로 안 하지?"

뜻밖에도 전화를 받는 예림의 목소리는 말짱했다. 알아듣지 못할 (하지만 짐작은 가능한) 독일어에 현아가 신경질을 내자 깔깔 웃는데, 웃음소리도 숙취에 찌든 사람의 그것은 아니었다.

"뭐 해? 어디야, 너?"

— 나 지금 독일 가는 중. 거의 다 도착했어.

"독일은 왜? 너 어제까지만 해도 미국에 있었잖아."

— 어제 새벽에 술 마시는데, 갑자기 독일 맥주가 먹고 싶더라고.

"그래서 새벽에 전세기 불러서 독일로 날으셨다?"

— That's right!

예림의 터무니없는 스케일을 익히 알고 있는 현아는 기가 질리는 대신 감동해 버렸다. 과연 강예림. 촌동네 아파트 놀이터 바닥에 코르크 깔자고 한 너희 어머니 딸답구나. 너야말로 임승효를 돈으로 발라 줄 수 있는 내 유일한 수단이다.

"강예림, 난 네가 내 친구라는 게 너무나 자랑스럽다."

— 뻥치시네.

이년이?

"진심일세, 친구."

— 날 자랑스러워하는 년이 왜 나랑 같이 안 살려고 해?

"그거야 네가 60평짜리 아파트를 얻었으니까 그렇지! 난 잠자고 밥 먹고 똥 쌀 공간이 필요한 거지 축구장이 필요한 게 아니야. 어쨌든, 그 얘기는 됐고, 뭐 하나만 물어보자."

— 뭔데?

"예를 들면 말이야, 네가 어떤, 계약을 할 일이 생겼어. 근데 이 계약서가 좀 이상해. 뭔가 너에게 불리하다고나 할까? 그런 경우가 생기면 넌 어떻게 할래? 변호사한테 전화해서 물어보나?"

— 그거야 상대방이 누구냐에 따라 다르지.

"뭔 말이야?"

— 변호사를 불러야 할 상대도 있고, 마피아를 고용해야 할 상대도 있지 않겠어?

"……아, 예."

현아는 벽에 머리를 콩콩 찧으며 심호흡을 했다. 그래, 이건 강예림 스타일이니까. 예림은 그런 그녀의 속도 모르고 또다시 소리 내 웃었다.

— 뭔데? 왜 그러는데? 너 사고 쳤니? 아니지, 박현아가 사고 칠 사이즈는 아니지. 그럼 뭘까? 프로그램이 잘 안 돼? 이번에는 얼마야? 0.01%?

"0.01 같은 소리 하네. 아주 쪽박 차게 생겼다, 야. 내가 내년 이맘때쯤 한국에 없다면 어디 러시아 툰드라 지방이나 아마존 밀림에 가 있는 줄 아셔."

새삼스럽게 제 처지를 깨달은 현아가 어깨를 부르르, 떨었다. 이럴 때가 아닌데. 지금 임승효에게 한 방 먹이는 건 전혀 중요하지 않은데. 하지만 눈에는 눈, 이에는 이. 인맥으로 발렸다면 인맥으로 발라주라는 함무라비의 유혹은 너무나 강력했다.

— 흐음…….

현아에게서 대강의 사정을 들은 예림이 미심쩍어하는 듯한 마찰음을 냈다. 언제나 거침없는 그녀로서는 꽤 신중한 태도였다.

— 그니까 너네 프로그램에서 쫌 유명한 chef랑 계약 좀 하려고 하는데 계약이 잘 안 된다는 거지? 그리고 그 chef는 이상하게 널 스토킹 하고? 그런데 또 계약 안 하려고 트집 잡는 건 아닌 것 같고?

"그럴 타입은 아니야. 의도는 불분명해도 의사표시는 확실하거든."

— 그래서 넌 내가 뭘 해 주길 바라는데?

"네가 가장 잘하는 거. 돈지랄!"

— Why?

"왜긴 왜야. 나 오늘 완전 돈에 처발렸다니까?"

— 너 지금 살짝, 플라나리아? 맞나? 하여간 그런 식으로 많이 부족한 생물 같은 소리를 하고 있는 것 같은데 그건 일단 접어 두고. 그 chef, 첨에는 얘기도 안 들어 보려고 했다면서. 갑자기 마음이 바뀐 이유가 있을 거 아니야. 그런 의미에서의 '왜' 야.

"글쎄……? 이유는 생각해 본 적 없는데."

정확하게 말하면, 생각해 본 적이 없는 게 아니라 생각하기가 싫었다. 괜히 긁어 부스럼 만들 필요는 없는 거 아닌가. 호기심은 고양이를 죽이고, 테이블 매너를 배우게 한다.

— Frau 박, 시간은 돈으로 환산되는 거야. 그리고 부자들의 시간은 더 비싸. 그 chef도 좀 사는 집 자식이라 하니, 네 시간보다 그 사람의 시간이 훨씬 비싸지. 그런 사람이 무슨 이유로 시청률 0.01%의 네 프로그램에 출연하려고 하겠어? 그것도 매일같이 자기 시간 빼 가면서.

"0.01%는 아니거든? 네 멋대로 수치 낮추지 말고. 해 줄 거야, 말 거야?"

예림이 침묵했다. 고민하는 침묵이 아니라, 생각하는 침묵이었다.

— 한국, 지금 새벽인가? 2시 정도 됐지?

"어. 2시 15분."

— 그럼 이따가 오후 5시에 충무로 앰배서더 호텔 1층 카페에서 보자. 그 남자 데리고 나와.

"뭐? 야, 너 독일이라면서?"

현아가 휴대폰에 대고 소리를 질렀지만 성격 급한 예림은 전화를 끊어 버렸다. 망연자실한 현아는 전화가 끊기기 직전, 어렴풋이 들렸던 예림의 말을 떠올려 봤다. 'Back to Korea, now!' 비서에게 하는 말인 듯했다.

투투투투투.

아직 겨울이 한창인데, 여름철 불꽃축제에서나 들을 법한 소리가 들리자 사람들은 약속이라도 한 듯 하늘을 올려다보았다. 미국발 드라마를 보는 남자들은 그 소리가 꼭 헬리콥터 소리 같다고 생각했다.

"어?"

"진짜 헬리콥터다!"

물론 서울 하늘에서 헬리콥터 보기가 아주 어려운 것은 아니다. 하지만 도심을 이렇게 낮게 나는 헬리콥터는 분명 진귀한 구경거리였다. 딱정벌레처럼 동체에 까만 윤기가 흐르는 이 헬리콥터는 테일 로터가 식별될 정도로 낮게 날고 있었다.

대체 어디에서 내리려고?

보이지 않는 누군가가 충무로를 지나는 모든 사람에게 최면이라도 건 것처럼, 사람들은 모두 똑같은 생각을 했다. 서울의 한복판, 그 이름도 당당한 중구(中區)에는 군 기지도, 공항도 없다. 남산 반대편에 국방부가 있긴 하지만 저 고도로 날다간 국방부는 도착도 못 해 보고 상조회사 불러야 할 판이다.

"엄청난 민폐네."

수업을 마치고 지하철로 걸어가던 한 여학생이 눈살을 찌푸렸다. 헬기가 일으키는 바람은 수령 30년의 벚나무들을 짓이기고, 가뜩이나 추운 겨울을 더 춥게 만들었다. 사람들은 투덜거리며 바람에 마구 벌어지는 옷깃을 여몄다.

"어디 대통령이라도 타고 있나?"

"아무리 대통령이 타고 있어도 그렇지, 도심에서 저렇게 낮게 날면 어떻게 해? 허가를 누가 내준 거야?"

"뻔하지, 뭐. 중구청이지."

"미친 새끼들!"

한 떼의 남학생들이 중구청 쪽으로 가운뎃손가락을 날렸다. 그리고 그 순간, 남학생들과 약 100미터 정도 떨어진 앰배서더 호텔 로비 앞에 서 있던 현아 역시 같은 동작을 하고 있었다. 다만 현아의 손가락질은 마음속에서 이루어졌다는 점, 대상이 중구청이 아니었다는 점이 달랐다.

"아……. 강예림, 이 미친……."

살다 보면, 사는 동안 단 한 번도 써먹지 못할 지식을 얻게 되는 날이 있다. 현아에겐 오늘이 그날이었던 것이 틀림없다. 오늘 그녀는 인천공항에서 서울 중구까지 헬리콥터로 이동했을 시 50분이 걸린다는 걸 알아 버렸다. 궁금해한 적도 없는데!

차에서 내린 사람들이 하늘을 한 번 쳐다보고 기겁하며 로비 안으로 뛰어 들어갔다. 헬리콥터는 이제 호텔 바로 위에 와 있었다. 잠시 후, 광풍이 잦아드는가 싶더니 휴대폰 벨소리가 울렸다. 현아는 전화를 받자마자 최대한 순화된 욕을 내뱉었다.

"야, 이 또라이야."

— 응? 나?

예림이 천연덕스럽게 물었다. 휘오옹. 거인의 휘파람 같은 바람 소리가 그녀의 목소리에 섞여 들어온다.

"당연히 너지! 헬리콥터 타고 호텔 오는 년이 어디 있어? 여기가 두바이나 라스베이거슨 줄 알아?"

— 내가 가장 잘하는 거 하라면서. 돈지랄. 헬리보다 더 좋은 돈지랄이 어디 있다고 그래?

"그래, 지랄은 확실히 병이지. 병자에게 상식을 바란 내가 잘못이다."

— 그래도 기분 좋지?

"내가 왜 기분이 좋아야 하는데?"

— 여자 친구를 위해 헬리콥터를 등장시키는 남자들은 많지만…….

"없어, 그런 남자."

— 네가 모르는 세계에는 차고 넘쳐. 하지만 그 세계에도 친구를 위해 헬리콥터를 띄우는 사람은 없다고. 친구의 전화 한 통에 독일에서 15시간 비행해서 오는 친구도 없고. 감동적이지 않아?

"그 감동은 네 돈지랄이 성공한 뒤로 미루자. 언제 내려올 거야? 빨리 와. 약속 시간 다 됐어."

— 로비 도착 20초 전! 2층 올라가는 계단 왼쪽 구석에 있는 엘리베이터. 그 앞에서 기다려 주세요.

예림이 말한 엘리베이터 앞에는 슈트 차림의 남자들이 서 있었다. 하나같이 딱딱한 표정을 하고 있는 것이, 함부로 접근했다간 '이 엘리베이터는 현재 이용하실 수 없습니다.'라는 소리나 하게 생겼다.

편견이라고 할 수도 있겠지만 저런 사람들은 헬리콥터를 타고 다니는 고객과 유행이 한참 지난 검은색 코트를 입고 있는 현아가 친구라는 건 믿지 않는다.

"현아야!"

이래저래 설명하기도 귀찮아진 현아가 예림에게 전화를 걸려는 찰나, 어쩐지 칙칙해 보이는 털코트를 입은 예림이 등장했다. 현아는 갈색과 흰색이 괴상하게 섞여 있는 그녀의 코트를 위아래로 훑었다.

"뭐야, 이 눈 위에 설사 지려 놓은 것 같은 코트는? 모피 없어, 모피?"

"눈 위에 똥이라니! 담비 털이라고! 이 하얀 부분이 담비 가슴 부분이야. 모피보다 훨씬 비싸."

"담비?"

그런 것도 모르냐는 예림의 타박에 현아가 눈을 크게 떴다. 원래 키도 큰 데다 하이힐까지 갖춰 신은 예림의 가슴과 현아의 눈높이가 딱 맞았다.

"야, 이 미친! 멸종 위기 동물로 코트를 만들면 어떻게 해! 너 국제적으로 쇠고랑 차고 싶어?"

"아, 담비가 그래? 어쩐지 비싸더라. 괜찮아. 내가 잡은 게 아니거든. 난 선의의 제3자야."

"내가 최근 들어 급격하게 싫어진 단어가 하나 있어. '선의의 제3자'라고. 그리고 나처럼 너도 선의의 제3자는 아니지. 담비 털로 만든 코트를 뉴욕 5번가 매장에서 산 건 아닐 거 아냐?"

"이건 선물로 받은 거야. 그러니까 더더더더더 괜찮아."

"무식하다는 소릴 들어도 괜찮을까?"

"그것도 I'm okay. 나 무식한 거 다 알지롱."

예림은 아무렇지 않게 대꾸하고 현아의 어깨에 손을 턱 올렸다. 무식을 뽐내는 자세로는 가히 최상급이다. 갑자기 불안해진 현아는 관자놀이를 꾹꾹 눌렀다. 아무리 돈으로 딱지치기를 한다지만, 이런 애가 과연 임승효를 이길 수 있을까?

그리고 왜 슬픈 예감은 틀린 적이 없나.

"흐어억?"

현아보다 먼저 카페에 들어선 예림이 기성을 지르며 걸음을 멈췄다. 왜 그러냐는 현아의 물음에도 불구하고 다시 엘리베이터 쪽으로 뛰어가는 예림의 모습은 처음의 당당한 등장과 확연히 달랐다.

"어딜 도망가!"

현아가 닫혀 가는 엘리베이터 문 사이에 손가락을 끼워 넣자, 문이 도로 열렸다. 하지만 예림은 엘리베이터 벽에 딱 붙어서 움직이지 않았다.

"너 왜 그래?"

"네가 말한 그 셰프가 임승효야?"

"어? 내가 말 안 했어?"

현아에게 승효는 항상 인칭대명사로 표현되곤 했다. '그 남자', '그 셰프', '그 인간' 등등. 다행히, 나쁜 놈은 아니라서 '그 새끼'까진 안 갔다.

"맞아. 임승효, 임 셰프."

"하원 F&C 여사장 아들, 임승효가 맞다고?"

"어느 회사 사장인지는 모르겠지만, 어머니가 무슨 회사 사장인 건 맞다."

"어유, 이 멍청이! 그걸 이제야 말하면 어떻게 해?"

예림이 잘 세팅된 머리를 흔들며 소리를 질렀다. 현아는 자살을 진지하게 고민했다.

"강예림한테 멍청하다는 소리를 듣다니……."

"포인트가 그게 아니잖아! 임승효랑 난 완전 상극이라고. 아니, 그 인간은 누구와도 상극이야."

"너 임 셰프를 알아? 어떻게?"

"부잣집 자식들 네트워크 무시하니? 당연히 알지."

"그럼 더 잘됐네. 임 셰프도 네가 얼마나 부잔지 알 거 아니야? 뭐가 문제야?"

"현아야, 세상에는 두 종류의 부자가 있어. 그냥 부자와 유구한 역사와 전통을 자랑하는 부자. 임승효는 후자고, 징그럽게도 저 집안사람들은 다들 무지막지하게 똑똑하기까지 해. 저쪽 집안사람들이 보기엔 우리 집은 그냥 졸부야. 그나마 우리 아빠 학벌이 좋아서 대놓고 무시를 못 할 뿐이지."

부자에 대한 예림만의, 실전감각이 포함된 새로운 해석이었다. 예림은 열과 성을 다해 현아를 설득했다.

"돈지랄로 발라 줄 수 있는 상대가 아니란 말이야. 저 집 가훈이 뭔지 알아? '최선을 다했다면 최고가 되지 못할 이유가 없다.' 아마 임씨 집안사람 중 누군가가 부자 되기로 마음먹으면 대한민국 재계가 개편될걸?"

"에이, 뻥……."

"진짜!"

현아는 엘리베이터 문틀에 선 채로 핏발 선 예림의 눈을 보았다. 오랜 친구의 눈은 두려움과 혐오로 뒤섞여 있었다. 요즘 세수할 때 거울에서 종종 보는, 아주 낯익은 눈빛이다.

"……어릴 때 많이 당했냐?"

"오브 코스지! 한국말인데 하나도 이해할 수가 없는 아주 신선한 경험을 했다, 야. 그것도 만날 때마다. 내가 왜 한국 부자들 모임 안 가는 줄 알아? 임승효 때문이거든. 그나마 임승효가 프랑스로 유학 갔다길래 그 꼴 안 보고 사나 싶었지. 아니, 프랑스까지 가서 요리를 배웠으면 그냥 거기 눌러살 것이지, 뭐 좋은 꼴을 보겠다고 기어들어 와, 기어들어 오길? homesick냐?"

"물론 좀, 사람 질리게 하는 면이 있긴 하지만 그 정도까지는 아니던데……."

예림의 기분을 알 듯 모를 듯 한 현아가 자신 없는 투로 승효의 편을 들었다. 그리고 화들짝 놀랐다. 내가 왜 그 남자 편을?

예림은 비장하게 주먹을 쥐었다.

"난 가야겠어. 미안하다, 친구. 하지만 지금 내가 퇴장하는 게 사회적 지위와 명예를 지킬 수 있는 최선의 방법이라는 걸 너도 알게 될 거야."

"야! 네가 사회적 지위와 명예가 어디 있어?"

오랫동안 열려 있던 엘리베이터 문이 서서히 닫혀 감과 동시에 현아의 휴대폰이 울어 대기 시작했다. '암 셰프.' 발신자를 확인한 현아는 엘리베이터 문틈에서 한 발 물러나 카페 쪽을 돌아보고 엘리베이터 안을 향해 소리를 질렀다. 돌아온 예림의 대답은 간략했다.

"내 거가 아니고, 네 거!"

"뭐?"

"전화나 받아!"

어지간하면 적당히 걸다가 끊을 만도 하건만 승효는 끈질겼다. 어쩜 전화 매너도 참 그답다. 그 와중에 지나가는 사람들이 현아와 예림을 힐끔거리기까지 하자 현아는 반쯤 패닉 상태에 빠져 엘리베이터 문이 닫히게 내버려 두었다.

예림은 마지막으로, 자기가 머물 호텔을 알려 주며 떠났다. 헬기까지 동원한 등장치고는 퇴장이 너무나 허무해 현아는 웃음도 안 나왔다.

✛

호텔 1층에 있는 카페는 한쪽 벽면이 통유리였다. 승효는 그 유리창 쪽 테이블에 앉아 있었다. 현아는 호텔 직원들이 저를 보고 속닥이는 것 같다고 생각하며 카페 안을 가로질렀다.

물론 과대망상이다. 예림을 마중 나온 직원들이야 예림과 그녀가 함께 있는 걸 봤겠지만 카페 직원들까지 봤을 리는 없으니까.

현아가 가까이 다가가자 승효가 일어났다. 현아는 잠시 서서 그가 의자를 빼 주길 기다렸다. 그는 그렇게 했고 그녀는 아주 자연스럽게 그 의자에 앉았다.

"늦으셨⋯⋯."

"쉬는 날 불러낸 주제에 늦어서 죄송해요. 오다가 친구를 만났어요, 오랜만에. 얘기하느라 전화벨 소리를 못 들었나 봐요. 죄송합니다."

살가운 인사 따윈 기대도 안 한 현아가 속사포처럼 변명을 쏟아 냈다. 꼭 변명이라고만은 할 수 없는 것이, 일정 부분은 사실이었다.

"친구요?"

"예, 불알친구. 초등학교 때부터 친구예요."

하지만 이런 상황에서 '친구를 만났다.'는 그녀의 말에 '감동적인 우정입니다.'라는 대답이 돌아올 리 없다는 것은 알고 있었다. 과연, 그가 미간을 가볍게 찡그렸다.

"사리에 맞지 않는군요."

"예?"

"없으실 테니까요."

그의 시선이 테이블 아래로 향했다. 현아도 아래를 내려다보았다. 다리를 꼬고 앉은 자세 덕분인지 청바지의 가랑이 부분이 살짝 튀어나와 있었다.

"아……. 아닌가요?"

주어가 생략된 문장은 어렵다. 현아는 잠시 고개를 갸웃거리다, 이내 기겁했다.

"당연히 없어요!"

"부끄러워하시거나 수치스러워하실 필요 없습니다. 다양성은 존중받아야 하죠."

"없어요! 없다고요. 있다면 그건 그것대로 호러죠."

"그건 약간, 차별적인 발언이군요."

아니, 이놈이? 스스로를 훌륭한 21세기인이라고 생각하는 현아는 자신의 성정체성이 부정당한 것보다 자신의 사상이 부정당했다는 점에서 더 큰 모멸감을 느꼈다.

"멀쩡한 여자의 성별을 바꾼 게 훨씬 차별적이에요. 그리고 관용구를 못 알아듣는 건 무지죠."

"듣는 순간 여러 가지 생각이 들게 하는 관용구는 좋지 못한 표현 같습니다."

"유방친구나 젖가슴친구는 이상하잖아요."

"왜죠?"

"초등학생한테는 없으니까."

"2차 성징이 늦으셨나 봅니다."

"헙!"

지금의 심정을 표현하면 '들켰다, 닝겐.' 정도 될까.

"그건 그렇지만…… 아니, 그것보다, 남자는 태어날 때부터 육안으로 식별되잖아요. 그 대칭점이 여자의 가슴은 될 수 없죠."

"본질을 설명하긴 힘들다는 말이군요. 이해했습니다."

어쩐지 '이해했습니다.' 한마디로 끝날 상황은 아닌 것 같았지만 불알이니, 가슴이니 하는 주제에 질린 현아는 크게 반색하며 준비해 온 계약서를 내밀었다. 예림과 승효를 마주치게 하기 위한 도구에 불과했던 계약서 수정본이 이렇게 효과를 발휘할 줄이야.

처음과 다른 점이라고는 위약금 부분밖에 없었지만 승효는 계약서를 꼼꼼히 훑었다. 모든 것이 만족스러웠는지, 재킷 안주머니에서 펜을 꺼내는 그의 입꼬리가 살짝 올라가 있었다.

"오늘 아침은……."

사인을 끝낸 그가 입을 열었다. 현아는 그의 말이 끝나기도 전에 대답했다.

"아침은 원래 안 먹어요."

"……점심은 그럼……."

"극락돈가스에 새로 생긴 매운 카레 돈가스 먹을까 생각 중이에요. 캡사이신 팍팍! 빈속에 매운 거 먹는 건 안 좋은 식습관이라고요? 괜찮아요, 위는 튼튼해요."

비서였다면 보너스감이다. 승효는 20% 인상이라고 생각하며 그녀에게 계약서 반쪽을 넘겨주었다.

"약간 틀렸습니다."

"예? 뭐가요?"

"점심 뭐 먹을 거냐고 물어보려고 한 게 아니라, 같이 점심 먹자고 하려던 거였습니다."

"네?"

그녀는 굉장히 놀란 듯했다. 머리색과 같은 갈색 눈동자에서 까만 동공의 비율이 한참 줄어들었다.

포식자를 경계하는 길고양이처럼, 테이블 모서리를 손으로 잡고 몸을 납작 엎드린 그녀가 물었다.

"또, 프랑스식 정찬인가요?"

현아에겐 다행스럽게도, 바쁜 현대 사회에 적응한 호텔 레스토랑은 점심때 프랑스식 정찬을 내보내는 상식 파괴를 저지르지 않았다.

메뉴판도 굉장히 인간적이다. 수프, 타르타르소스로 요리한 로브스터, 레드와인을 이용한 송아지 안심 스테이크, 레몬 셔벗. 이 얼마나 알아먹기 쉽고 이해가 쏙쏙 되는 말인가. 그에 비해 승효의 가게는 한글로 써진 메뉴도 알아먹기 힘들었더랬다.

"카페 앙글레도 메뉴판을 이렇게 바꿀 생각 없으세요?"

"어떤 식으로 말입니까?"

"요리의 이름이 아니라 요리를 설명하는 거예요. 이것 보세요. '레드와인을 이용한 송아지 안심 스테이크.' 송아지의 안심을 스테이크로 구워서 위에 레드와인을 이용한 소스를 올렸다. 이해가 그냥 막 되잖아요."

"우리 메뉴판도 요리를 설명하고 있는데요."

어디가?

"'필레 드 솔 알라 베니시엔.' 필레는 순살, 드 솔은 서대의, 알라 베니시엔은 베네치아식. 종합하면 '베네치아식 순살서대구이.'. 이보다 명확한 설명이 또 있을까요?"

현아가 이해 못 했다는 듯 고개를 기울이자 승효가 조목조목 설명을 했다. 듣는 사람의 머리를 아프게 한다는 점에서 이보다 불명확한 설명은 없었다.

"그럼 애초부터 '베네치아식 순살서대구이'라고 쓰면 되잖아요."

"코리안 스타일 바비큐드 비프라는 말이 불고기에 대한 정확한 설명은 될 수 없죠. 필레 드 솔 알라 베니시엔이나 푸아그라 테린 알라 포르투게스 같은 경우도 있지만 칸놀로 같은 경우도 있으니까요. 칸놀로를 설명하려면 '밀가루 반죽 안에 리코타 치즈, 각종 과일, 밀크 초콜릿, 각종 견과류와 설탕, 와인을 넣어 만든 시칠리아식 과자'라는 아주 긴 표현이 필요합니다. 펄프 생산도 안 되는 나라에서 여러모로 종이 낭비군요. 표현의 통일성, 이해의 순수성, 자원의 활용성 면에서 저는 지금 우리 가게의 메뉴가 마음에 듭니다."

그는 저 긴 문장을 말하면서 숨도 쉬지 않았다. 현아는 감탄을 금치 못했다.

"와, 나 알아들었어."

"뭘 말입니까?"

"셰프님이 한 프랑스어, 다 알아들었다고요."

"아…… 요즘 신경 쓰고 있습니다. 그리고 칸놀로는 이탈리아어입니다."

괄목할 만한 변화라는 현아의 생각은 뒤이어진 그의 설명에 푸슈슈, 바람 빠지는 소리를 내며 꺼졌다. 여러 가지 면에서 피곤해진 그녀는 그냥 일 이야기나 하려고 했다. 그리고 그는 그녀의 식습관에 관한 이야기를 하려는 것 같았다.

"아시겠지만 촬영은 이 주일에 한 번이에요. 한번 가면 이틀 정도 촬영한다고 생각하시면 돼요. 저랑 피디님은 사전에 내려가거든요.

날씨가 안 좋거나 촬영할 수 없는 상황이면 미리 연락 드릴게요."

"촬영 가면 보통 뭐 드십니까?"

"사람 먹는 거 먹어요. 저희가 가서 유명한 맛집 다 둘러보고 있을 테니까, 셰프님은 그냥 맘 편히, 손가락 다섯 개만 들고 오세요."

"김밥 싸고 돈가스 튀기는 건 두 손가락으로도 가능합니다."

"김밥이랑 돈가스는 일정에 없거든요? 그리고 김밥이랑 돈가스가 어디가 어때서요. 셰프님은 패스트푸드점 같은 데도 안 가시죠?"

"영국에 있을 때 질리게 갔습니다. 패스트푸드점."

"어? 왜요?"

"영국 음식은 패스트푸드나 가정식이나 맛없기로는 똑같으니까요. 전 특히 버거킹을 싫어합니다."

"지금 제가 버거킹에서 알바했다고 버거킹 무시하시는 거예요? 주위를 좀 둘러보세요. 그것도 없어서 못 먹는 사람들이 얼마나 많은데. 음식 차별하는 것도 아니고, 원."

격분한 현아가 포크로 스테이크를 내려찍었다. 승효는 아프리카 난민에게 사과하는 뜻에서 스테이크를 철근같이 씹어 먹는 현아를 보며 깍지 낀 손을 턱에 가져다 댔다.

"개인적인 질문 하나만 하죠."

"셰프님이 이제까지 한 질문들 다 개인적이었어요. 점심 뭐 먹었냐는 게 무슨 범우주적인 질문이라도 될까 봐서요?"

"그럼 개인적인 질문의 연장선이라고 칩시다. 박현아 작가님, 주말에는 대체 뭘 드십니까?"

"라면이요, 라면. 셰프님이 분명 무시할 라면. 국물이 고소한 안성탕면, 매콤한 신라면, 면발이 살아 있는 삼양라면, 한국인의 김치라면, 밥 말아 먹으면 최고로 맛있는 진라면, 해장에 좋은 해물

탕면…….”

“안 질립니까?”

“질릴 때는 너구리!”

“……일요일도 라면인가요?”

“일요일엔 뷔페죠.”

“뷔페?”

“3분 카레, 3분 짜장, 3분 낙지볶음, 3분 제육덮밥. 3분 요리 뷔페…….”

그는 왠지 상처받은 눈을 하고 있었다. 현아의 목소리가 점차 잦아들었다.

“……골라 먹는 재미가 있어요.”

이럴 때는 딴짓이 정답이다. 현아는 어깨를 움츠리고 스테이크 플레이팅에 쓰인 바질 잎을 줄기에 맞춰 해체했다.

“박현아 작가님.”

긴 정적이 흐르고, 현아가 목표를 바질 잎에서 양파 슬라이스로 옮길 무렵 그가 그녀를 불렀다. 축 가라앉은 미성은 이런 순간에도 듣기 좋았다.

“네?”

“이곳, 그랑 아의 요리와 카페 앙글레의 요리를 비교해 보면 어느 것이 더…….”

부질없는 질문이라는 것을 깨달은 승효는 포크를 내려놓았다. 그녀의 대답은 소스까지 싹싹 비운 그녀의 접시와 이미 그의 질문을 예측한 동그란 눈동자가 대신해 주고 있었다. ‘이쪽이 훨씬 맛있는데요.’ 참 과하게 솔직한 표정이다.

그가 입을 다물자 테이블 위는 다시 조용해졌다. 먹는 데 열중인 현아의 포크와 접시 부딪히는 소리가 고급 레스토랑의 필수품이라 할 수 있는 관현악 연주와 어우러지는, 승효의 인생에서 두 번은 오지 않을 우중충한 점심 식사였다.

⋮ 제가 먹어 보겠습니다,
이 뷔페 프로와

  시간이 지나서 생각해 보면 별것 아닌 일이지만, 당시엔 엄청난 의미를 가지게 되는 순간이 있다. 수능이 끝난 직후, 대학교 원서 접수비와 입시설명회 참가비를 위해 하루 12시간 알바를 해야만 했던 현아에겐 버거킹 첫 면접 날이 그 순간이었다.

  그해 가을까지만 하더라도 제천엔 롯데리아밖에 없었다. 현아가 어릴 때 들어온 버거킹이 버거킹 체인점 역사에 길이 남을 철수를 결정한 뒤부터 제천은 패스트푸드점의 무덤이 되었고, 또다시 무모한 도전을 시도한 버거킹을 보며 사람들은 용감하다고 했다.

  한국식 햄버거에 익숙해질 대로 익숙해진 제천시민을 대상으로 체인점을 만들려고 한 버거킹의 용기와는 별도로, 버거킹 체인점이 생긴다는 건 분명 고용 창출의 기회였다. 그날을 손꼽아 기다리고 있던 현아는 체인점 건물 유리창의 투명 테이프가 떨어지자마자 바로 이력서를 넣었다.

시급 5,300원. 저승김밥이 아니고서야 돌솥비빔밥도 못 사 먹을 얄미운 가격이다. 하지만 갓 수능을 본, 기술 전무의 인문계 고등학교 여학생이 아르바이트를 할 데라곤 패스트푸드점밖에 없었다.

다행히 점장은 돈 많은 시골 아저씨의 전형이었다. 적당히 인심 후하고, 적당히 얄팍하고, 적당히 사람 좋은. 현아의 작은 체구를 보고 실망한 티를 더럭 냈던 그의 눈빛이 초·중·고등학교만 적혀 있던 현아의 이력서를 보고 바뀌던 순간을 현아는 잊지 못한다.

"제천여고 다니는구나?"

비평준화 지역인 제천에서 가장 공부 잘하는 여자애들만 간다는 제천여고의 위상은 엄청났다. 정작 현아는 모교를 개똥같이 여기고 있었지만 이건 면접이다. 그녀는 이제까지의 자신을 버리고, 모교에 대한 자부심이 충만한 여고생으로 변신했다.

"네. 역사와 전통을 자랑하는 제천여고생입니다!"

"기백 좋다. 어디 보자……. 19살이면 수능 봤겠네? 잘 봤어?"

"가채점해 봤는데 생각보다는 별로더라고요."

"그럼 대학은 어디 가려고? 충주대? 상지대?"

"연대 정도 생각하고 있어요."

짧은 시간, 점장은 정말 다채로운 표정을 보여 주었다. 충주대라고 할 때는 약간 흥분했지만 상지대를 말할 땐 티 나게 꺼졌고, 현아가 연대라고 하자 심하게 상기되었다. 아니, 왜요 아저씨? 아저씨 딸이 연대 간다는 게 아니에요.

"이야, 공부 열심히 했구나! 그래, 학생의 본분은 공부지. 공부 열심히 했으니까 이제 사회의 쓴맛도 좀 볼까?"

미친 듯이 공부해서 처음 겪게 되는 것이 사회의 쓴맛이라니. 입맛이 쓰구나. 현아는 텁텁한 혀를 목구멍 안쪽으로 굴리며 내일부터 나오라는 점장의 말에 활짝 웃어 보였다. 감사한다는 말도 빼먹지 않았다.

일을 시작하고 처음 삼 일은 일종의 수습 기간이었다. 그 삼 일간 그녀는 일당 3만 원을 받았고, 그녀의 친구들은 60만 원짜리 운전면허 학원과 100만 원짜리 논술학원에 등록했다.

그러나 감성적인 씁쓸함, 현실적인 한계를 떠나서 그때의 경험은 떠올릴 때마다 심장이 두근거리는 기억이다.

수습 기간이 끝나고 처음 유니폼을 입을 수 있게 되었을 때, 현금 영수증 번호를 입력할 수 있게 되었을 때, 주방에 약어로 오더를 넣는 게 어색하지 않게 되었을 때, 더 이상 메뉴판을 보지 않아도 손님이 무엇을 주문하는지 알게 되었을 때. 그리고 십 년 가까이 지난 지금도 그때를 생각하면 이불 속에서 이단 옆차기를 할 정도로 창피한 일을 겪었을 때도, 그녀는 항상 웃으며 말했다.

"어서 오세요! 버거킹입니다!"

❖

"어서 오세요! 버거킹입니다!"

보라색 유니폼에 보라색 모자까지 착실하게 갖춰 입은 알바가 귀청이 떠나가라 인사를 했다. 방송국 건물 안에 있는 패스트푸드점, 직원이나 손님이나 다 알 만한 사이라 인사가 무의미해진 곳에서는 이례적이라고 할 만큼 씩씩한 인사였다.

"아, 지겨워……."

버거킹 특유의 패티 냄새에 질린 현아가 중얼거리자 알바생의 얼굴 반쪽이 우그러졌다. 웃는 것 같기도, 당황한 것 같기도 한 표정을 보아하니 웃는 낯에 침 뱉는 고객 대응 방법은 아직 못 배운 것이 틀림없다.

현아는 뭘 먹어야 잘 먹었다고 소문이 날까를 고민하며 메뉴판만 보다, 뒤늦게 알바생의 표정을 깨닫고 사과를 했다.

"어? 아니에요. 인사가 지겹다고 한 게 아니라, 고기 냄새가. 이틀 동안 햄버거만 먹는 중이라서……. 미안해요."

"아! 그러셨군요, 고객님. 그럼 오늘은 저희 신제품인 라이스 치킹을 드셔 보는 건 어떨까요? 자신 있게 권해 드려요."

금방 미소를 되찾은 알바생이 매장 왼쪽 벽에 붙은 포스터를 가리켰다. '버거킹 치킨은 맛없다? 아니죠! 확 달라진 버거킹 치킨만의 새로운 맛! 버거킹의 새로운 킹, 라이스 치킹 출시!'

저렇게 강조를 하면 이제까지는 맛없었다는 걸 인정하는 꼴밖에 안 될 텐데. 현아는 저런 광고를 만든 회사와 저런 광고를 수락한 광고주, 둘 다 제정신이 아니라고 생각하며 알바생이 자신 있게 권한 라이스 치킹과 데미 소스 와퍼를 포장 주문했다. 와퍼는 박 피디 몫이었다.

"이 위에, 방송국에서 일하세요?"

주방에서 조리를 하는 그 몇 분 사이, 알바가 말을 걸어왔다. 아직 통통하게 올라온 젖살이 가라앉지 않은 나이답게 호기심도 많은 것 같았다.

"네. 방송국 사람들 여기 자주 와요."

"그러신 것 같아요. 근데 방송국이 무지하게 바쁜 덴가 봐요?"

"왜요?"

"다들 많이 피곤해 보이셔서요."

알바가 주먹으로 눈 주변을 문지르는 흉내를 냈다. 아, 다크서클.

현아는 고개를 옆으로 돌리고 피식 웃었다.

"눈 주위에 그러는 거 보니까 아직 심각한 건 못 봤네요. 하긴, 정말 바쁜 사람들은 아예 시켜 먹지. 나중에 배달 주문 들어오면 함 가봐요. 다크서클 무릎까지 내려온 사람들 보고 너무 놀라진 말고요. 상처받아요, 사람들."

"그 정도예요?"

"관 짜기 일보 직전이라고나 할까. 요즘 봄 개편 막바지라 특히 더 그래요."

"아직 2월인데 벌써부터 봄 개편을 해요?"

"여행 전문 프로그램이라 개편이 다른 방송국보다는 빨라요. 멀리 가야 하는 사람들도 있으니까요."

"아항."

그때, 트레이에 새 햄버거가 올라왔다. 현아는 시간도 절약할 겸, 콜라 포장에 애를 먹는 알바를 도와주었다.

"저보다 잘하시네요."

"나도 버거킹에서 알바했었거든요."

"우와, 선배님."

입사하고 6년 동안 현아를 선배라고 부르는 신입 작가들은 많았지만 파릇파릇한 나이의 알바생이 말하는 '선배님'은 느낌이 또 달랐다. 글자를 만지면 푸름이 물씬 묻어날 것 같은 상큼함. 현아는 히죽거리며 박 피디가 기다리고 있는 휴게실로 돌아왔다.

"박 작가, 넋 잡아. 아무리 바빠도 정줄 놓으면 안 되지. 우리 오늘 결재 받아야 하는데 머리에 꽃 꽂고 국장님 만나러 갈 순 없잖아."

박 피디가 현아의 눈앞에서 손가락을 튕겼다. 현아는 코를 쥐고 인상을 썼다.

"어우……. 시큼털털하다, 시큼털털해."

"뭐가 시큼털털해?"

"앙큼상큼한 버거킹 알바 보다가 피디님 얼굴 보니 어디선가 시큼털털한 냄새가 납니다요."

"뭬야? 버거킹 알바 바뀌었어?"

아무래도 박 피디에겐 감히 하늘 같은 피디님께 시큼털털하다고 한 현아의 막말보다 버거킹 알바가 꽃 같은 여대생으로 바뀌었다는 게 중요한 듯했다. 그녀는 현아의 옷자락에 얼굴을 박고 코를 킁킁거렸다.

"이야, 진짜 냄새 난다. 앙큼상큼 냄새."

"피디님 평소에 변태 같다는 소리 안 들어요?"

"안 들어. 이건 변태가 아니라 자연스러운 현상이니까. 너도 몇 살 더 먹어 봐라. 늙은이들은 그저, 어린애들 영기를 쪽쪽 빨아먹어야 사는 거야. 애들이 왜 늙는지 알아? 부모가 자식들 기운 빨아먹어서 그래."

"아. 그래서 내가 몇 년 만에 폭삭 늙었구나. 피디님한테 쪽 빨려서."

"무슨 소리야? 넌 처음 입사할 때부터 앙큼상큼 냄새는 안 났어. 엉큼음험 냄새가 났지."

"어머? 무례하세……! 푸푸푸푸!"

현아가 앙칼지게 소리를 지르려 하자 박 피디가 잽싸게 그녀의 입을 막았다. 평소 현아의 말이라면 그것이 무엇이든 '너는 짖어라, 나는 나 듣고 싶은 것만 듣는다.' 라는 식의 박 피디와는 다른 반응이다.

"조용히 해. 지금 여기 분위기 안 좋아."

아닌 게 아니라, 패배주의자들이 내뿜는 '하는 척' 으로 가득 차 있어야 할 휴게실의 공기가 묘하게 팽팽했다. 구성원의 면면을 둘러본 현아는 어렵지 않게 이 긴장감의 원인을 찾을 수 있었다.

"동요팀이 왜 여기 있어요?"

정식 명칭 '다 같이 돌자 제작팀', 별명 '동요팀.' 명실상부한 채널 100의 간판 프로그램 제작팀이 휴게실에 와 있는 상황은 아무래도 이해 가지 않는다. 어리둥절한 현아의 질문에 박 피디가 목소리를 낮췄다.

"쟤네, 이번에 국장님이 기획서 전면 재검토시켰대."

"엥? 왜요? 저 팀이 뭐 기획서 쓸 거나 있나? 지난 포맷 그대로 가면 되는데?"

"그 지난 포맷이 문제였던 거지. 기억 안 나? KBS에서 자기네 프로그램 표절이라며 걸고넘어져서 시끄러웠잖아."

"에이, 설마. 그것 때문에 국장님이 뭐라고 했다고요? 우리 국장님이? 광고와 시청률을 위해서라면 딸만 빼고 뭐든 다 판다는 우리 국장님이?"

"아니지. 광고가 세 개나 떨어진 게 문제지, 당연히. 표절은 그저 도울 뿐."

그렇다면 이해가 간다.

"양심을 챙길 이유로 충분하네요."

"그렇지. 그런데 핑계가 너무 노골적이면 안 되잖아. 그래서 이번에 기획서 올릴 땐 문제 일으키는 팀 다 사표 쓸 각오하라고 특별 지시 내려왔댄다."

"우리랑 상관없잖아요? 문제라는 것도 보는 사람이 있어야 생기는 거지."

"그러니까 괜히 눈에 띄지 말자고. 동요팀 미저리, 지금 아무나 걸리기만 해 봐라, 완전 이 포슨데. 우리랑 상관없는, 상관없을 일에 휘말릴 필요 없잖아."

하지만 이미 눈에 띈 것 같다. 박 피디의 말이 끝나기 무섭게 동요팀 수석 작가, 일명 미저리가 긴 머리를 찰랑이며 두 사람을 향해 걸어오고 있었다. 현아와 박 피디는 화다닥 버거킹 포장비닐에 고개를 처박았다.

"오! 데미 와퍼. 우리 박 논개, 역시 내 취향을 딱딱 알아맞히지."

"이틀 동안 데미 와퍼만 드시고 계시는데 못 맞히는 게 이상하죠."

"근데 이 치킨은 뭐야? 박 논개, 치킨 별로 안 좋아하잖아."

"앙큼상큼 알바가 권하는데 거절할 수가 있어야죠."

"오지랖도 넓어요. 너 누가 권하면 보험도 막 들고 그러지?"

"보험 들 돈이 어딨어요, 제가. 먹고 죽을 돈도 없는데."

"돈 있으면 들겠다는 이야기구나?"

"사람을 뭐로 보고!"

두 사람은 입에서 나오는 대로 지껄이면서 눈으로는 치열하게 딴 이야기를 했다.

'박 논개라고 부르지 마시라고요!'

'중요하지 않은 문제는 그냥 넘어가. 그것보다, 쟤 왜 계속 오니?'

'몰라요. 우리 먹는 거 구경하려고 그러나?'

'추잡스럽고로.'

"국장님 특별 지시, 얘기 들으셨죠?"

미저리는 의자에 다리를 꼬고 앉아, 앞뒤 다 잘라먹고 본론으로 들어갔다. 자신감이 과한지, 말투가 거만하기 짝이 없다. 비록 자신은 편할 대로 무시하고 있지만 남이 박 피디 무시하는 꼴은 못 보는 현아가 눈꼬리를 치켜 올렸다.

그러나 당사자인 박 피디는 신경 쓰지 않았다. 잘나가는 작가가 출세에 관심 없는 피디를 무시하는 일은 비일비재하게 일어나곤 했다. 족보 없는 방송국인 채널 100은 그 현상이 더욱 두드러졌다.

"들었어요. 미……영 씨 고생 많겠어요. 시간도 촉박한데 그 기획서를 언제 다 쓴다니?"

"날밤 까야죠, 뭐."

매우 다행스럽게도 미저리는 박 피디의 머뭇거림을 눈치채지 못한 듯했다. 다분히 의식적으로 머리카락을 손으로 턴 미저리가 상체를 현아 쪽으로 틀었다.

"박 작가는 어때?"

"저요?"

아, 왜 또 나야! 현아는 속으로 울부짖으면서도 짧은 단발머리를 귀 뒤로 넘겼다. 그녀 나름의 전투태세였다.

"뭐가요?"

"우리 프로그램, 정말 표절 같아?"

"작가님 본인이 당당하시면 아닌 거죠. 제 생각이 중요한가요?"

이런 대답은 아니 한 것만 못하다. 과연 미저리의 표정이 발로 콱 밟은 맥주 캔처럼 찌그러졌다.

"박 작가는 속 참 편하겠어. 꼭지라 준비할 것도 별로 없고, 날로 먹는 프로라 대본 쓸 것도 없고. 국장님 특별 지시 신경 쓰지 않아도 되고. 부럽네."

"꼭지 프로그램이라서 준비할 게 없다고 하시는 건 권 작가님이 월급루팡이라는 걸 드러내는 발언밖에 안 되는 것 같은데요."

"열심히 하는데도 시청률이 그 정도였어? 하긴, 열심히 한다고 모두가 잘되는 건 아니니까. 그렇지?"

"저는 잘나가는 다른 프로그램 장소만 바꿔서 베껴 오는 짓은 안 하거든요. 저의 노력은 그냥 노가다죠. 권 작가님처럼 두뇌 활동은 아니에요."

"그만, 박 작가! 그만해."

"미영 씨, 가자. 우리 지금 이럴 시간 없어."

미영과 현아의 말싸움이 과열 양상을 띠기 시작하자, 박 피디와 동요팀장 피디가 두 사람을 말리고 나섰다. 그러나 이미 화가 치솟은 미영은 장 피디의 손을 뿌리쳤다.

"너 지금 말 다 했어?"

"아뇨. 아직 많이 남았는데, 더 들으실래요? 내가 깜짝 놀라게 해 드릴게."

"야!"

미영이 벌떡 일어나 삿대질을 했다. 현아도 지지 않고 일어나려 했지만, 곧 생각을 바꿨다.

"왜요? 불렀으면 말을 하세요."

"너, 이씨, 난쟁이 똥자루만 한 게! 어디 하늘 같은 선배한테 따박따박 말대꾸야, 말대꾸는!"

"와! 나 진짜 수십 번 말한 것 같은데, 선배가 선배 같아야 입을 처다물고 있지요, 선배님. 선배다운 모범 좀 보여 주세요, 제발. 네?"

주지할 것은, 사람의 인격과 학력은 무관하다는 점이다. 그리고 모든 말싸움의 대미는 인격모독이 장식한다.

"이 초딩 얼굴이!"

"동안이라는 좋은 표현을 두고 초딩 얼굴이 뭐야, 초딩 얼굴이. 내가 초딩 얼굴이면 네 다리는 아톰 다리겠네!"

"너, 너……!"

허벅지와 종아리의 두께가 별 차이 없는 다리는 미영의 콤플렉스였다. 당장이라도 현아에게 달려들 듯 손톱을 세우는 미영을 동요팀 전부가 뜯어말렸다.

"미영아, 안 돼!"

"선배님. 지금 싸우시면 안 돼요. 국장님 귀에 들어가면 선배님 어떻게 될지 몰라요!"

"야, 막내! 권 작가 데리고 나가!"

입사한 지 반년도 안 된 남자 작가가 미영을 보쌈하듯 둘러멨다. 미영은 휴게실을 나갈 때까지 고래고래 소리를 질렀다. 말도 안 되는 욕이 대부분이었다.

엄청난 소란이 쓸고 지나갔지만 현아와 박 피디는 남 일인 양 덤덤했다. 전투를 끝낸 현아가 귀로 넘긴 머리를 다시 자연스럽게 흐트러 트리자 박 피디가 혀를 찼다.

"한 번쯤 넘어가 주지 그랬어? 미저리가 시비 거는 게 하루 이틀도 아니고."

"쟤가 저한테만 시비 걸었으면 저도 그냥 넘어가요. 쟤 진짜 이상하지 않아요? 25분짜리 꼭지 프로그램 좀 살려 보겠다고 아등바등하는 후배가 불쌍하지도 않나? 그것도 같은 학교 나온 직속 후밴데? 나 같으면 박카스 사 주면서 고생하라고 하겠네."

"쟨 그냥 박 작가가 싫은 거야."

"아니, 그니까 내가 왜 싫으냐고요. 잘나가는 작가님이 나 같은 쩌리를 싫어할 이유가 뭔데? 경쟁이 되기를 해, 내가 자기 자리를 위협하기를 해. 차라리 트러블 신 선배한테 가서 시비 걸면 이해라도 하겠어요."

"진짜 이유를 몰라?"

"몰라요. 이젠 관심도 없어. 우리 기상청 들어가서 날씨 확인이나 해요. 첫 촬영지 거제 지심도죠? 동백이 딱 알맞게 펴 줘야 하는데…… 하늘이 도와주려나?"

이미 미영에게 관심 끊은 현아는 시큰둥하게 대답하며 기획서철을 뒤적거리기 시작했다. 박 피디는 한숨을 쉬는 척, 그래서 미저리가 널 싫어한다는 말을 삼켰다.

✣

휴게실에 퍼진 흉흉한 분위기와 다르게 결재 받는 일은 전혀 어렵지 않았다. 예산편성을 본 국장님이 오만상을 찌푸렸을 때 잠깐 위기가 찾아오긴 했지만 그 역시도 현명하게 넘길 수 있었다.

엘리트라면 환장하는 국장님의 취향을 익히 알고 있는 현아는 승효의 이력을 최대한 포장해 두었고, 그녀의 예상대로 국장님은 크게 만족했다. 심지어 그 화려한 이력을 끝까지 들은 것도 아니다.

"부친이 임현수 씨라고, 유명한 건축가……."

"임현수! 그 양반은 나도 좀 알지! 우리 선배야."

서류에 사인하는 국장님의 손놀림엔 망설임이 없었다. 현아는 승효의 이력이 가득 적힌 A4용지 한 장을 아까워하며 통한의 눈물을 흘렸다.

개편 첫 방송은 3월 16일, 녹화는 그 전주인 3월 9일이었다. 박 피디와 현아는 8일 아침 해가 뜨기도 전에 거제도로 출발했다. 새벽밥 먹고 서두른 덕에 거제발 지심도행 10시 30분 배를 탈 수 있었다.

처음 현아가 프로그램을 맡은 3년 전까지만 하더라도 지심도 동백의 절정은 3월 말, 4월 초쯤이었다. 하지만 작년 4월에 왔다가 목 떨어진 동백꽃의 시체만 화면에 담아야 했던 두 사람은 일정을 좀 빨리 잡았고, 예상은 적중했다.

코를 킁킁거리면 겨울 냄새를 조금은 맡을 수 있는 지심도의 봄. 어느 곳으로 시선을 두어도 붉은 동백이 가득한 풍경이 장관이었지만, 현아와 박 피디는 아무런 감흥을 느끼지 못했다.

"이것도 삼 년째 보니까 질린다. 아우, 눈 아파. 갑자기 왜 이래? 늙었나?"

지심도에서 내려 걷길 20분, 동백숲에 도착한 박 피디가 눈을 비볐다. 현아는 어깨를 튕겨 자꾸만 줄줄 내려가는 카메라 배터리와 필름이 든 가방을 위로 올렸다.

"원래 붉은색이 그렇대요. 피로를 가중시키는 색이라던데."

"그럼 꽃이 왜 붉니?"

"화면발, 화면발. 화면발 모르세요? 잠깐만 보고 와아, 예뻐하라는 거지. 오래 보면 어떤 미인이든 질리잖아요."

박 피디는 그럴듯하다며 킬킬 웃고 그녀의 몸값보다 비싼 카메라를 어깨에 멨다. 전담 카메라맨도 없는 프로그램의 화면을 책임지는 것은 박 피디의 몫이었다. 영상학과 출신에 경험도 풍부한 그녀는 동백숲의 어디를 찍어야 하는지, 어떻게 찍어야 화면에 아름답게 담기는지를 너무나 잘 알고 있었다.

"어때?"

시험 삼아 한 곳을 스틸 컷으로 찍은 박 피디가 현아에게 화면을 보여 줬다. 현아는 탄성을 질렀다.

"와아……!"

붉은 동백이 화면 안에서 자신의 화사함을 마음껏 뽐내고 있었다. 촌스럽지만 화려하고, 자극적이지만 아름답다. 과연, 아무리 질려도 꽃은 꽃이다.

"이 정도면 그냥 쭉 찍기만 해도 되겠어요. 가끔 임 셰프 얼굴이나 보여 주면서."

"그렇지? 뭐, 별 기교가 필요 없는 것 같아. 제철 맞은 꽃은."

"좀 이르지 않을까 걱정했는데 다행이네요."

"그러게. 박 작가가 생각 잘 했다."

"3년 차에 이 정도 노하우도 없으면 죽어야죠."

하지만 그 노하우라는 것도 아무한테나 생기는 건 아니다. 그렇지 않고서야, 절정을 맞은 동백숲에 관광객이 이렇게 드물 리가 없다. 간혹 가다 보이는 사람들은 대부분 거제도나 부산 사투리를 쓰고 있었다. 아마, 진짜 외지인이 지심도에 오는 때는 다다음 주쯤일 가능성이 크다. 프로그램이 방영되는 시기를 생각하면 딱 적절했다.

"오케이, 끝!"

지심도의 끝이라는 마끝에 다다라, 바다와 섬을 한 화면에 담은 박 피디가 카메라에서 눈을 뗐다. 그녀는 자신이 찍은 스틸 컷들을 빠르게 돌려 보았다.

"괜찮네. 내일 날씨는 더 좋다니까, 내일 아침에 임 셰프한테 요리 배우게 하고, 점심때 풍경 같이 찍고, 저녁때 시연하는 거 촬영하면 되겠다."

"차라리 오늘 저녁에 오라고 할까요, 그냥?"

"가게 10시에 끝난다면서? 끝나고 서울서 출발하면 너무 늦을걸?"

"하긴……."

"그냥 내일 새벽에 오라고 해. 어차피 식당은 생각해 둔 데 있고, 바쁠 것 없잖아."

"역시 거긴가요?"

"거기밖에 없지."

"으훗, 으훗."

현아가 어깨를 들썩이며 자신만만하게 웃었다. 두 여자의 노하우는
단순히 개화 시기에만 한정된 것이 아니었다. 사람은 먹어야 하고, 같
은 장소를 매해 찾는 사람이라면 맛집 정도는 꿰고 있어야 했다. 그
런 노하우가 없었다면 애초부터 이런 포맷을 기획하지도 않았다.

"그럼 슬슬 이동해요."

"벌써?"

"막 배 4시 20분에 있었어요. 지금 안 나가면 끊겨요. 그리고 아
무리 그 가게 사장님이 카메라 좋아한다고 해도, 미리 양해는 드려야
하잖아요."

"그래, 그러자. 팩 사 올 시간은 드려야지."

"미용실 예약도 하실걸요? 아, 피디님 먼저 가세요. 저 임 셰프한
테 전화하면서 뒤따라갈게요."

박 피디는 알겠다고 고개를 주억이고 온 길을 되짚어갔다. 현아는
폰을 꺼내 승효에게 전화를 걸었다.

그의 통화연결음은 그의 목소리를 연상케 하는 부드러운 발라드였
다.

"더럽게 잘 어울리네."

못마땅하게 툴툴거린 그녀는 해안 절벽으로 난 길을 천천히 따라
걸으며 통화연결음을 흥얼거렸다.

— 고객님이 전화를 받지 않아 음성사서함으로 연결됩니다.

마침 카페 앙글레의 브레이크 타임이라 받을 거라고 생각했는데,
들린 것은 친절한 안내 음성이었다. 그녀는 통화 종료를 누르고 카톡
으로 미리 스샷 해 둔 거제 여객선 시간표와 내일 일정을 보냈다.

"빨리 와. 해 진다."

한참 앞서 간 박 피디가 손짓을 했다. 1은 그때까지도 사라지지 않았다. 답은 바로 못 하더라도 확인만큼은 칼같이 하던 평소의 그와 조금 다르다.

"네, 가요."

왠지 미련이 남은 현아가 마지못해 폰을 바지 뒷주머니에 쑤셔 넣자 바닷바람이 불어왔다. 습하고 따스한 바람이 그녀의 짧은 단발머리를 뒤헝클었다.

'죽순' 하면 담양을 떠올리기 쉽지만 거제 역시 아주 훌륭한 죽순 재배 지역이다. 생각해 보면, 따뜻한 지역에서 잘 자라는 수목인 대나무가 거제에 없다는 건 더 이상한 일이었다.

게다가 대나무는 히로시마 원폭에서 유일하게 살아남았을 정도로 질긴 생명력을 자랑했다. 아무 데나 대충 심어도 적당히 잘 자란다는 말씀 되시겠다. 농사꾼들이 바보 멍청이가 아닌 이상, 이렇게 키우기 좋은 작물을 놓칠 리가 없다.

60년대에 처음 재배된 거제 죽순은 70년대쯤 호황을 누렸지만 불행하게도 브랜드 파워에서 담양 죽순에 밀렸다. 그러나 브랜드 파워에 밀렸다고 해서 거제 죽순의 질이 담양 죽순에 비해 떨어진다는 말은 아니다.

거제 죽순으로 만든 요리 중에는 맛있는 것들이 꽤 많았다. 현아와 박 피디가 마음속으로 찜해 둔 곳은 그 거제 죽순이 주된 반찬으로 나오는 단골 한정식집이었다. 물론, 사장님이 TV 출연을 아주 반긴다는 사실 또한 두 사람의 낙점에 한몫했다.

"아이고, 내가 무슨 실력이 된다꼬? 근데다가 불란서에서 요리도 배와 온 요리쌤이라믄서. 그런 사람을 내 같은 아줌마가 우찌 가르치는데. 근데, 촬영은 언제고?"

입으로는 못한다고 하면서 손으로는 계속 거울을 찾던 사장님은 현아의 내일이라는 말에 비로소 안심한 듯 보였다. 그녀는 잠시 어딘가에 전화를 하고(아마도 미용실이었던 것 같다) 현아와 박 피디를 위해 거하게 한 상 차렸다. 메뉴는 작년과 별로 변한 게 없지만 양만큼은 운동부가 회식을 하고 남을 정도였다.

"사장님, 이거 저희 계산할 거예요. 지난번처럼 돈 안 받는다고 하시면 곤란해요."

"알았다. 닌 너무 깐깐하다. 묵기나 해라."

"잘 먹겠습니다아."

벨롱벨롱벨롱.

사장님에게 엄포를 놓은 현아가 막 숟가락을 든 찰나, 휴대폰이 울렸다. 승효였다. 현아는 벨소리 좀 바꾸라는 박 피디의 타박을 무시하고 전화를 받았다.

"셰프님, 카톡 보셨……."

— 방금 거가대교 넘었습니다. 어디로 가야 하죠?

"네엣?"

현재 시각 6시 20분. 장르를 판타지나 SF로 바꾸지 않는 한, 9시에 일을 마칠 남자가 6시 20분에 거제에 도착할 수는 없다. 현아가 반사적으로 소리를 꽥 지르자 승효가 잔잔한 목소리로 설명했다.

— 저녁 예약 손님이 없어서 브레이크 타임 시작하기 전 3시쯤 출발했습니다.

"그래도 거제까지 3시간이라니 말이 안 되는데요?"

— 세상에는 비행기라는 빠르고 좋은 대중교통이 있죠.

비행기는 대중교통이 아닌 것 같습니다만……?

하지만 박현아가 누군가. 얼마 전, 헬리콥터까지도 본 몸이다. 그녀는 비행기를 선택한 승효의 수수함에 감탄하며 신발을 신었다.

"김해공항에서 내리셨죠? 뭐 타고 오세요? 아, 택시요? 그럼 기사님한테 수월 사거리에서 내려 달라고 하실래요? 여기가 골목이라 설명하기가 좀 그래서요. 네, 제가 모시러 나갈게요."

5분 뒤, 정신없이 달려 수월 사거리에 도착한 현아는 자신의 부지런함을 후회했다. 거가대교를 타고 거제에 진입해서 수월동까지 오려면 20분은 족히 걸렸다.

다시 돌아가기도, 기다리기도 애매한 시간이다. 이럴 줄 알았으면 그냥 가게 주소 불러 주고 내비 찍으라고 할걸. 어떻게 할까, 잠시 방황하던 그녀는 사거리 편의점 앞에 쭈그리고 앉았다.

"대학생이에요? 이거 한번 읽어 보세요."

아마 현아를, 친구를 기다리는 대학생 정도로 생각한 듯한 여자가 그녀에게 전단을 한 장 내밀었다.

이제 보니 그녀가 쭈그리고 앉은 자리 옆에는 간이 책상을 가져다 놓고 사람들을 불러 모으는 한 떼의 사람들이 있었다. '피스&월드' 언뜻 보기에 뭔가 수상쩍은 종교단체처럼 보이는 그곳은 아프리카 난민 구호사업을 주로 하는 봉사, 기부 단체인 것 같았다.

"아프리카는 유니세프 통해서 기부하고 있는데요."

어정쩡하게 일어나 엉덩이를 턴 현아가 말했다. 여자가 쌩긋 웃었다.

"하나 더 하면 더 좋죠. 금액도 얼마 안 돼요. 한 달에 만 원부터 후원돼요. 소주 세 병만 덜 마시면 되겠네요."

씨알도 안 먹히는구나.

"근데 저 유니세프 말고도 여기저기 많이 하고 있는데……."

"기부 많이 하시는구나. 어디 어디 하고 있어요?"

"유니세프하고 세이브더칠드런하고 초록우산이요."

"다 아동 기부네요? 그럼 이건 어때요? 아프리카에 모기장이랑 약품 보내는 사업인데, 이것도 한 달에 만 원부터 가능해요."

"으음……."

보험 가입 권유나 방문판매는 매몰차게 거절할 줄 아는 현아였지만 이런 유의 제안에는 또 약했다.

"후원 많이 하시니까 잘 아시겠지만, 우리가 아이스크림 사 먹는 정도의 돈이 없어서 아프리카 사람들은 죽어 가요. 원래 아프리카는 못살던 나라가 아니었대요. 사람들의 욕심이 그들에게서 모든 것을 앗아 간 거죠. 이 아이들을 보세요. 이렇게 환히 웃는 아이들을요. 이 아이들이 죽어 가는 건, 결국 우리 모두에게 책임이 있어요."

거의 넘어온 현아의 속을 알아차렸는지, 여자는 무슨 공익광고에나 등장할 법한 말을 하며 아이들의 사진이 찍힌 사진첩을 넘겼다. 깡마른 아이들의 까만 눈동자를 외면하기란 어렵다. 아아, 이놈의 오지랖. 현아는 한 달에 기부금으로 나가는 돈을 계산하며 펜을 들었다. 만원 정도라면 뭐.

그때였다.

"왜죠?"

파들파들 떨리는 손으로 기부 명단을 작성하려는 찰나, 봄바람처럼 살랑대는 목소리가 뒤에서 들렸다.

"왜 그게 우리 모두의 책임이죠?"

이런 표현이 성립될지는 모르겠지만, 이 봄바람은 음침하고 음습하고 음울한 기운을 품고 있었다. 현실을 직시하고 싶지 않은 현아는 굼벵이보다 느리게 상체를 틀고 뒤를 바라보았다. 언제 도착했는지, 깃이 빳빳하게 다려진 두툼한 회색 봄 재킷을 입은 승효가 서 있었다.

여자는 그를 처음 만나는 사람 대부분이 그렇듯 그의 목소리에 홀린 표정을 하고 있다가, 그가 두 번째 물었을 때야 정신을 차렸다.

"예? 아, 3천 원, 5천 원이 없어서 우리가 굶어 죽지는 않잖아요……. 인간으로서 직무유기……."

"말씀하신 대로, 아프리카의 국가들은 그럭저럭 사는 편이었습니다. 그게 잘살았다는 건 아닙니다. 어느 시대, 어느 나라나 가난으로 죽어 가는 사람들은 있고, 아프리카가 특별히 더 심각한 건 아니었다는 말이죠. 그들이 가난을 넘어 빈민이 된 건 일찌감치 아프리카로 눈을 돌린 열강들의 무분별한 채굴과 사람사냥 때문이었죠."

"그, 그렇죠."

어렴풋이, 현아는 그가 무슨 얘길 하려는지 알 것 같았다.

"그런데 이 아이들이 왜 우리 모두의 책임이라는 말입니까? 그쪽이 진짜 책임을 논하고 싶다면 일차적으로, 제국의 이름을 계승한 유럽 국가에 국가적 차원의 배상을 요구하십시오. 인류라는 애매한 갈래로 묶인 사람들이 아니라 아프리카의 자원, 사람들로 인해 부유해진 식민지 제국의 후예에게."

인도적인 의미의 '책임'을 용납하지 않는 차가운 논리. 백 번 천 번 맞는 말이지만 온기는 없다. 현아는 제가 지금 기분 나빠 해야 하는지, 아니면 맞는 말이라고 고개를 끄덕여야 하는지 몰라 어물거리는 여자에게 좀 더 생각해 보겠다고 말하고 승효의 옷자락을 잡아끌었다. 애초부터 죽자고 달려들 생각은 아니었던 듯 그는 순순히 끌려왔다.

"셰프님 성격 진짜 별난 거 아시죠?"

"좀 더 풀어서 이야기하자면……."

"그냥 대충 듣고 넘기면 되지, 왜 거기서 애먼 사람을 잡냐. 좋은 뜻에서 일하는 사람인데. 물론 당신은 이렇게 말할 것이다. '좋은 뜻에서 나온 행위가 모두 좋은 결과로 이루어지는 건 아닙니다.' 혹은 '논리에 맞지 않습니다.' 안다. 하지만 어차피 당신하고는 상관없는 일이잖느냐. 당신한테 기부하라고 한 것도 아니고 나한테 하라고 한 건데. 혹시 공감 능력이 부족한 거냐."

계약서도 썼겠다, 무서움이 덜해진 현아는 그녀의 진짜 속마음에서 욕설만 살짝 뺀 설명을 곁들였다. 괜히 이 남자에게 걸려서 멘탈 제대로 털린 그 여자가 불쌍하고 한편으론 미안했다. 이것도 오지랖이라면 오지랖이다.

"……라는 뜻이에요."

"요약하자면, 너 사이코패스냐, 라는 뜻의 질문이군요?"

오냐.

"사이코패스라."

표정만큼이나 부드럽게 풀린 앞머리를 슬쩍 올린 그가 허리를 숙였다. 성장이 멈춘 중학교 2학년 이후로, 남자 친구 외의 이성과 이렇게 가까이서 눈을 마주한 적이 없는 현아의 얼굴이 화악 붉어졌다. 그냥 이성도 아니다. 잘생긴 이성이다.

와, 진짜. 성격이 생긴 것의 반만 따라 줬으면 좀 좋아. 이제 와 겉껍질에 속아 넘어가기엔 페로몬 발현 시점이 너무 늦었다고!

"공감 능력이 부족한 건 아니지만, 언제나 공감할 필요는 없다고 생각합니다. 하지만 이건 의원데요. 나름 도움이 되지 않을까 생각했는데."

"무슨 도움이요?"

"외부의 어떤 강압이나 상황에 끌려가는 것 없이 온전히 마음 내켜서 해야 하는 것, 그게 기부가 아닐까 싶어서요. 하지만 방금 작가님은……. 라온, 죽순요리 전문점이라. 저곳인가요?"

말하는 도중에 식당 간판을 본 그가 허리를 세웠다. 현아는 차분하게 양손으로 머리카락을 잡고 머리 묶는 시늉을 냈다.

"네. 맞아요."

"들어가죠."

들어가자고 한 그는 정작 현아가 따라오는지 보지도 않고 먼저 쏙 들어가 버렸다. 혼자 남겨진 현아는 그의 말을 곱씹으며 끊긴 말을 완성했다. '하지만 방금 작가님은 내켜하는 것 같지 않았다.'

배려해 준 건가?

에이, 설마…….

하지만 '설마' 싶으면서도 왠지 정말 그럴지도 모른다는 생각이 들었다. 수다를 불필요한 것으로 규정하는 남자가 배려에 능수능란할 리는 없으니까. 그건 정말 호러라고. 현아는 가만히 서서 짧은 머리를 손가락으로 비비 꼬았다.

"어쩌면, 생각보다……. 음."

조금 성급한 결론일 수도 있겠지만 가능성은 열어 놓기로 했다. 일도 결국은 사람 대 사람의 문제니까 삐딱하게만 볼 필요는 없지 않겠어? 좋은 게 좋은 거지. 그녀는 저도 모르게 엉덩이를 씰룩이며 걸었다. 그것이 너무 일찍 터트린 샴페인이라는 걸 깨닫는 데는 30분도 걸리지 않았다.

"으흥……."

세상엔 여러 종류의 입소리가 있다. 생각하는 '흠', 대답을 망설이는 '음', 귀여운 척하는 '으응', 그리고 '으흥'.

으응과 한 글자 차이인 으흥은 해석의 폭이 넓다. 때로는 긍정의 '응'이 될 수도 있고, 부정의 의미를 함축한 '음'이 될 수도 있다. 드물지 않게 '내가 그럴 줄 알았다.'라는 아주 복잡한 뜻을 내포하기도 하는데, 말하는 사람의 표정이 의뭉스럽다면 거의 100%라고 봐도 무방하다.

이렇듯 입소리에 일가견이 있는 현아였지만 죽순 된장찌개를 한 입 맛본 승효의 '으흥'만은 파악하기가 어려웠다. 하여간 감정을 알 수 없는 표정, 감정을 알 수 없는 목소리다.

그는 순차적으로 된장찌개, 죽순 영양밥, 죽순 나물, 죽순 고추장 볶음, 죽순 튀김을 먹었다. 현아와 박 피디, 그리고 가게 사장님은 마치 왈츠를 추듯 우아하게 움직이는 젓가락을 뚫어져라 쳐다봤다.

특히 자신의 TV 출연이 승효에게 달려 있다는 것을 눈치챈 사장님의 표정은 그야말로 호기롭게 올라왔다 번지점프대 앞에 선 뒤에야 '어이쿠, 이거 아무나 하는 게 아니구나.'를 깨닫게 된 사람의 그것과 비슷했다.

"밑반찬들 다 하시기 번거로우셨을 텐데, 감사합니다."

가슴 근처에서 양 손바닥을 모은 그가 공손히 인사를 했다. 무서운데 무서운 티도 못 내고 있던 사장님은 그제야 비로소 숨을 쉬었다.

"아이다. 이게 일이다 아이가."

사장님이 별말을 다 한다며 손사래를 치자 그가 빙긋 웃었다. 안심한 박 피디도 웃고 사장님도 웃고, 승효도 웃었지만 승효의 웃음에서 묘한 이질감을 느낀 현아는 웃을 수 없었다. 한쪽 눈만 살짝 찌그러지는 미소. 식중독 걸려서 폭풍설사하고 싶냐고 물어봤을 때도 저렇게 웃었지, 아마?

"그럼 녹화는 내일 사장님 영업 끝나고 하면 될까요? 아, 맞다. 사장님, 아침에는 몇 시에 시간 되세요? 시연하기 전에 살짝 맛보기로 우리 셰프님한테……."

"피디님."

목소리를 낮춘 현아가 들떠 내일 일정을 잡으려는 박 피디의 옆구리를 쿡 찔렀다. 박 피디는 불시에 저격당한 옆구리를 어루만지며 입만 벙긋거렸다. '왜?' 승효의 눈치만 보고 있는 현아를 대신해 그가 대답했다.

"제가 굳이 시간을 내서 배울 만한 요리가 아닙니다. 서로 시간 뺏길 필요는 없겠지요."

"와? 불란서에서 배워 오면 이런 음식은 성에 안 차나?"

"미원으로 맛을 낸 요리라면 굳이 배울 필요가 없다는 말입니다."

어떠한 상황에서도 영업용 미소를 잃은 적 없던 사장님의 얼굴에서 미소가 사라졌다.

"미원? 미원이 뭐꼬! 미원 같은 거 우린 안 쓴다! 니 눈이 삐었나. 저 밖에 간판 안 보이나? 좋은 가게. 조미료 안 쓰는 가게라꼬 딱 써 있다 아이가! 찌개 육수도 두포리랑 멸치 넣고 몇 시간씩 우려 갖고 하고 된장이랑 고추장도 직접 담아서……."

"육수에는 안 넣으시고 직접 담은 된장과 고추장에 미원을 넣으시죠. 그러니 방송국에서도 몰랐을 수밖에요."

"즈, 증거 있나?"

사장님이 벌게진 얼굴로 삿대질을 했다. 이쯤 되면 자백이나 다름없었지만, 철석같이 믿은 사장님에 대한 신뢰가 무너졌다는 배신감보다 안쓰러움을 더 크게 느낀 현아는 이마를 짚었다. 걸려도 하필 이런 남자한테. 오늘 이 지역 여자들 재수 옴 붙은 날인가 보다.

"제 혀보다 명확한 증거가 있을까 싶지만 정 원하신다면 이 가게에서 사용하는 장을 분석해 보도록 하지요. 베팅 해 보시겠습니까? 사장님 가게와 요리사로서의 제 경력을 걸고?"

경력을 걸자는 승효의 표정은 옅은 미소를 띤 처음처럼 흐트러짐이 없었다. 그리고 가게를 걸 자신이 없는 사장님은 대답하지 못했다.

"부연하자면, 비단 미원만의 문제는 아닙니다. 여기 상 위에 올라온 반찬 중 미원이 안 들어간 건 이거 한 가지입니다."

승효는 힘없이 늘어진 죽순 나물을 들어 올렸다. 현아가 유독 별로라고 생각했던 반찬이었다.

"처음에는 죽순의 향이 된장이나 고추장의 향에 묻히지 않도록 소금 간을 한 거라고 생각했습니다. 하지만 그것도 아니더군요. 죽순의 향을 생각했다면 참기름으로 양념하진 않으셨겠죠."

"그건 참기름이 들기름보다 맛이 좋아……."

"또, 바닷바람을 맡고 자란 죽순은 내륙 죽순보다 육질이 훨씬 두껍고 식감이 뻣뻣합니다. 나물이라는 건 본래 적당히 삶아야 하는데 그래서는 뻣뻣함이 가시질 않으니 삶고, 삶고, 또 삶고……. 아주 너덜너덜해질 때까지 삶으셨군요. 식초 한두 방울만 넣었어도 되는 것을."

"……."

"아마 이 나물이 사장님의 진짜 실력이었을 겁니다. 플레이팅 하신 걸 보면 어디서 배워 오신 솜씨 같은데, 재료에 대한 이해가 부족해서야 아무리 좋은 곳, 비싼 곳에서 배워 봤자 소용이 없죠. 맛을 낼 자신이 없어 조미료를 넣은 건 언급할 가치도 없는 행동이니 굳이 말하지 않겠습니다."

사장님이 고개를 떨궜다. 그는 호불호가 전혀 보이지 않는 눈으로 사장님을 쳐다보며 살짝 구겨진 재킷의 아랫단을 털었다.

"맛있었다는 말씀은 못 드리겠지만 아무튼 잘 먹었습니다. 먼저 실례하겠습니다."

말하는 사람의 의도가 어찌 되었든, 이럴 때 잘 먹었다는 말은 비아냥밖에 되지 않는다. 현아는 망연자실 앉아 있는 사장님을 위로하기에 바쁜 박 피디를 내버려 둔 채 룸을 나가는 그의 뒤를 쫓았다. 긴 다리로 어느새 훌쩍 가 버린 그는 막 카운터 앞에서 계산을 하려 하고 있었다.

"저기요!"

"아……. 이거 예산에서 나가는 거였나요?"

뒤를 돌아본 그가 지갑을 접으며 물었다. 천연덕스러운 표정이, 아무리 뜯어봐도 제 잘못을 반성하는 사람 같지는 않았다.

"당연히 예산에서 나가죠! 아니, 이게 아니라……. 어, 어디 가요!"

양심의 가책이라고는 추호도 찾아볼 수 없는 그의 태도에 질린 현아가 3초 정도 멍하니 서 있는 사이, 계산의 부담을 턴 그가 가게를 나갔다. 지리도 모르는 사람치고는 걸음걸이가 거침없다. 현아는 가랑이가 찢어져라 그와 보폭을 맞춰 걸으며 두다다, 말을 쏟아 냈다.

"제가! 한 이야기 또 하는 것 같은데, 셰프님 진짜 성격 별난 거 아시죠? 그런 이야기 많이 들으실 거예요. 아니라고 하지 마세요. 그런 말을 하시면 난 셰프님 주위 모든 사람의 인격을 의심할 거니까."

"제 주위 사람들에겐 다행스럽게도, 자주 듣습니다. 그리고 전 그때마다 묻죠. 어떤 부분이 별난 거냐고. 방금 전에도 제가 특별하게 '별나다'라는 평가를 받을 만한 행동을 한 것 같지는 않은데요."

"호의를 가지고 나를 대접한 사람에게 그렇게 면박 주는 게 특별히 별난 행동이죠! 좋게 좋게 돌려 말할 수도 있었잖아요. 맛은 있지만 셰프님이 원하던 요리는 아니라고 하든가! 하다못해 저한테 신호라도 줬으면 제가 알아서 해결할 수 있었어요. 이런 것까지 가르쳐 드려야 해요? 진짜 모르는 거예요? 아님, 사회성이 떨어지는 거예요?"

"사회성이 높다고 이야기하기는 힘들지만 필요성을 인지한다면 얼마든지 맞춰 갈 수 있습니다. 이 경우엔, 효율적인 면에서 빨리 해결하고 빨리 다음 단계로 넘어가는 게 낫다고 생각했을 뿐이죠."

"무슨 필요성? 무슨 효율성? 다수가 동의하지 못하는 필요성과 효율성은 안 필요하고 안 효율적인 거예요!"

"공리주의적인 관점이군요."

"히……!"

사실 그녀는 '야'를 말하고 싶었다. 집어치워, 이 인간아! 공리주의는 개뿔이 공리주의냐! 이건 상식이라고!

하지만 조혈세포 구석구석에 박혀 있는 을의 비굴함은 그녀를 놓아주지 않았고 자유롭게 뻗어 나왔어야 할 '야!'는 숨을 틀어막는 '헉'으로 변했다. 제풀에 놀란 그녀가 입을 틀어막자 그가 고개를 갸웃거렸다.

"히?"

"히야……. 정확하세요!"

그녀는 두 개의 검지 앞으로 내밀며 총 쏘는 시늉을 했다. 이런 자신의 비굴함이 저주스럽지만 막말을 해도 될 만큼 신뢰가 쌓이지 않은 관계에선 어쩔 수가 없다. 그저 분노 게이지 터지지 않은 것에 감사할 수밖에.

"아, 아무튼, 셰프님 방금 좀 심하셨어요. 저희 입장도 생각해 주셔야죠. 저랑 피디님 처음 거제 왔을 때 저 사장님한테 도움 많이 받았단 말이에요. 하루 이틀 안 사이도 아니고 무려 3년인데, 이러면 제가 뭐가 되겠어요?"

"그 부분에 대해서는 사과드리겠습니다. 확실히 좀 무례했죠. 하지만 지금 시급하게 고려해야 할 건, 말씀드렸듯 필요와 효율입니다. 중요도가 높은 문제부터 처리하고 넘어갔으면 합니다만."

밤이 되어 올라온 수염이 걸리적거리기라도 했는지, 턱을 가볍게 매만진 그가 고개를 기울였다. 아까만큼은 아니지만 이 거리도 꽤나 가깝다.

"그러니까…… 무슨 필요와 효율인데요?"

"촬영, 내일 아닙니까? 조리 과정은 내일 저녁에 찍는다 하더라도 섭외는 미리 해 놔야 하지 않나요?"

"뭐?"

부지불식간에 반말을 내뱉은 현아는 재빠르게 시간을 확인했다. 7시다.

"……으아아아악! 으헉! 아악!"

현아가 머리를 쥐어뜯으며 비명을 질렀다. 비명은 서서히 앓는 소리가 되었다.

"끄아아아아아……. 꺼어어어……. 7시이이이이……."

"아, 참고로 저는 박현아 씨가 들이미는 그 어떤 식당도 거부할 계획입니다."

뭐?

"설마, 지금 이 시간에, 거제에 있는 죽순 요릿집을 다 뒤지자는 말씀? 진짜? 레알? 진심?"

"예."

"아니, 왜요? 어째서요? 왜 때문에요? 이건 월권이죠. 이 프로그램의 주체는 저와 피디님이고, 저와 피디님에게는 노하우가 있어요! 그걸 왜 전부 무로 만들어요?"

"그거야 박현아 씨의 입맛이 병자니까요."

뭐?

"아, 나 너무 충격 먹어서 헛소리가 들……."

"마약 중독자에게 마약이 든 음식을 먹인 뒤 맛이 어떠냐고 물어보면 당연히 맛있다고 하겠죠. 중독은 병이고, 박현아 씨는 병자입니다."

그러나 앞뒤 맥락을 따져 봤을 때, 아무래도 헛소릴 들은 것 같지는 않다. 현아는 전혀 감을 잡지 못한 채 눈만 깜빡였다.

"무슨 중독? 무슨 병자?"

"MSG 중독."

편의점 간판 불빛을 뒤로한 그가 잔잔하게 웃었다.

"전 중독자는 신뢰 안 합니다."

이건 화룡점정.

❖

자신의 인생이 시한부라는 걸 알게 되었을 때 사람들의 반응은 이러하다.

1단계, 부인.

"아냐, 이럴 리가 없어……. 벌써 7신데, 처음부터 다시 시작하자고 할 리가 없어……. 셰프님도 양심이 있는데…… 이제 와서 언제 알아보고 언제 다 먹으러 다녀……. 거제에 있는 가게들은 문도 일찍 닫는데……."

"그렇군요. 오늘 안에 섭외하려면 발바닥에 땀 나도록 뛰어다녀야겠습니다."

2단계, 분노.

"왜 나만? 왜 나만! 왜 나만 고생해야 해? 피디님은 뭐 하고!"

"박 피디님 내일 카메라 들고 다녀야 한다면서 쉬라고 하신 건 현아 씨 아니었습니까?"

3단계, 흥정.

"셰프님, 우리 합리적으로 생각해 봐요. MSG는 나쁜 게 아니에요. 오랜 역사를 지닌 조미료라고요. 그리고 제가 알기론, 그거 일반 자연계에서도 흔히 찾아볼 수 있는 물질이거든요? 그게 정말 나쁜 거라면 아무것도 먹지 말아야죠. 우리 몸에서도 만들어진다는데, 그럼 우리 몸도 나쁘네! 안 그래요? 그렇죠? 어때요? 와, 합리적이다. 완전 합리적이다. 합리성의 끝판대장이다."

"MSG의 문제는 그 원료가 건강에 나빠서가 아니라 더 강한 맛, 더 자극적인 맛을 찾게 만들기 때문입니다. 그래서 박현아 씨가 라면과 3분 카레만 주구장창 먹고 있는 거고요."

"라면이 어디가 어때서요? 라면 좀 먹는다고 당장 죽는 것도 아니잖아요."

"대신 빨리 죽겠죠."

4단계, 공포.

"으아아아악! 벌써 11시야! 벌써 11신데 아직까지도 못 찾았어! 망했어, 망했어. 내일 촬영 망했어! 으허어엉, 어머니! 절 왜 낳으셨어요!"

"저 같으면 거기서 전봇대에 머리 박고 있을 시간에 한 군데라도 더 돌아다녀 보겠습니다."

5단계, 수용.

"방금 저기도 별로셨죠?"

라온과 비슷한 죽순 정식집에서 나온 현아가 물었다. 이제 그녀는 승효의 눈가 주름만 봐도 그의 만족도를 알아챌 수 있는 경지에 다다라 있었다. 아니나 다를까, 그가 고개를 끄덕였다.

"저 집은 두 분이 찜해 둔 곳보다 별로더군요."

"제가 그렇게 생각했을 정돈데 셰프님은 오죽하셨겠어요."

운전석 위쪽 손잡이를 잡는 현아의 팔에서 힘이 빠졌다. 촬영용으로 가지고 다니는 SUV는 현아가 아무런 도움 없이 오르기엔 너무 높았다. 그녀는 짜증이 덕지덕지 붙은 눈으로 한 발만 슬쩍 들어 조수석에 올라타는 승효를 노려보았다. 밉다, 밉다 하면 상대방 눈가에 난 점도 밉다더니, 다리 길이까지 미워지는구나. 뭐 저렇게 길어?

"내가! 진짜! 꼭 찾아내고야 만다! 조미료 안 쓰는 가게!"

죽음이 확정된 사람의 마지막 반응은 보통 '수용'이다. 그래, 인생 뭐 있냐. 어차피 다 죽는 거. 어차피 해야 할 거라면 그냥 하자. 어찌보면 현명하고 타당하다.

하지만 현아의 경우는 수용이 아닌 오기를 선택한 듯싶었다. 승효는 주먹을 불끈 쥐고 처음 보는 기계를 만지작거리는 현아를 흥미롭게 지켜보았다.

현아가 시동을 걸자 트렁크 뒤쪽에 달린 안테나가 삐죽 솟아 나왔다. 그녀는 한 손엔 콜택시 운전기사들이 사용하는 무전기 비슷한 것을 들고, 다른 한 손으로는 오래된 라디오처럼 생긴 장비의 버튼을 빙빙 돌렸다.

"뭐 하는 겁니까?"

"처음 가 보는 지역에 갈 때…… 어디를 가야 할지, 뭘 먹어야 할지 모를 때, 누구한테 물어봐야 가장 정확한 답을 들을 수 있는지 아세요?"

"글쎄요? 관광안내소?"

"노노노노. 관광안내소에 가면 남들 가는 데밖에 못 가죠. 거기 사람들은 매뉴얼대로만 알려 주니까."

"그럼?"

"첫째는 지역 공무원, 두 번째는……."

치직. 치직. 긴 잡음이 들리더니 웅성거리는 사람들의 목소리가 라디오에서 흘러나오기 시작했다. 무전기 마이크를 입 가까이 가져간 그녀가 말했다.

"택시 기사."

"어차차차차차앗!"

침묵의 미덕이 강요받는 상황이거나, 언어 사용에 불편함을 느끼는 사람이 아닌 이상 기지개를 켤 때 괴이쩍은 소리를 내는 것은 만국 공통이다. 그것은 거제 고현 터미널에서 오매불망 태워 갈 손님만 기다리고 있던 쉰 살의 택시 운전기사 김종배 씨에게도 해당되는 일이었다.

"우짜면 이래 손님도 없고 나댕기는 개미 한 때까리도 없노. 마 오늘도 기름값만 벌릿네."

아무래도 평일이라 그런지 터미널을 이용하는 사람이 적다. 입맛을 다신 종배는 십 년 전 30만 원을 주고 구입한 무선 장비를 켰다.

아마추어 무선 통신, 속칭 HAM. 한때 거제에만 5개가 넘게 있었던 HAM 동호회도 컴퓨터와 스마트폰에 치여 사라지고 지금은 종배가 속한 〈거제개인택시 기사 HAM동호회〉 한 개만 덜렁 남았다.

시대에 뒤처지는 기계인 HAM이지만 스마트폰으로 수다를 떨 수 없는 택시 기사들은 HAM을 놓지 못했다. 운전 중 휴대폰 사용은 지양하는 바다. 무엇보다 HAM에는 HAM만의 매력이 있었다. 자격증을 따고 고가의 장비를 구입하고 콜 사인을 받아야 하는 번거로움을 감수할 만큼.

— CQ, CQ. 여기는 FKL33S 모빌 파이브. 수신되시는 국장님 계십니까?

"으잉?"

가용 주파수만 맞으면 아무와나 대화할 수 있다는 HAM의 특징상 무전기에서 생판 처음 듣는 사람의 목소리가 흘러나오는 것은 이상한 일이 아니다. 하지만 목소리의 주인이 젊은 여자라면 이야기가 다르다. 심지어 그 목소리가 낭랑하기까지 하다면 그다음 일은 명약관화했다.

— FKL33S, 시그널 파이브 나인으로 아주 잘 들어온다. 여기는 DW2GWV 모빌 파이브.

— FKL33S, 목소리가 예쁘다. 여기는 ES4XPR 모빌 파이브.

— 여기는 QVH0ST, 145. 200 이 주파수는 우리 동호회가 사용하고 있다.

아니나 다를까, 조용하던 기사들이 개떼처럼 몰려 어색한 표준어를 남발했다. 평소 편하게 말하는 것과 다르게 꼬박꼬박 콜 사인을 말하는 게 놀라웠다.

"어이구. 이놈들아. 콜 사인 안 잊아삘 게 용하네. 하여간 뭐 달린 것들은 늙은 기나 젊은 기나 똑같다. 똑같애."

종배는 남자라는 성별이 가지고 있는 한계를 한심스러워하며 깍지 낀 손으로 머리를 받쳤다.

― 모빌 파이브라면 차가 경남에 있다는 건데, 위치가 어딘가? 여기는 거제다.

― 그럼 혹시 지역동호회 분들이십니까?

― 그렇다. 개인택시 동호회다.

― 와아! 저도 거제입니다. 친구랑 둘이 여행 왔습니다.

"이야. 아가씨가 운이 억수로 좋네."

― 그런데 오다가 길을 잘못 들어서 너무 늦게 도착했습니다. 아! 택시 기사님들이라면 잘 아시겠네요. 이 시간에 문 연 식당이 있을까요? 거제도 죽순이 그렇게 맛있다고 해서 기대하고 왔거든요.

군인 같던 다나까 말투가 붙임성 좋게 변했다. 귀여운 아가씨네. 종배는 반사적으로 그가 자주 가는 식당들을 떠올렸다.

― 지금? 지금은 너무 늦었지. 차라리 술집을 가는 게 낫겠다.

― 제가 술을 잘 못 마셔서요. 친구는 운전해야 하고요.

"그래, 그래. 여자라면 자고로 술, 담배를 멀리해야지. 참으로 바람직한 처자로다."

― 라온은 지금 닫았나?

― 거긴 10시면 칼같이 닫지.

― 거기, 거기 어디지? 그, 검문소 앞에 식당 큰 거.

― 〈죽순내음〉? 내 거긴 안 가 봤는데. 누구 가 본 사람?

― 근데 거기 늦게까지 하나?

"으이그. 모자란 것들. 하여튼 저것들은 어데가 좋은 데인가를 몰라."

귀여운 아가씨의 요청에 택시 기사들은 아는 식당을 모두 끄집어내고 있었다. 비 맞은 중처럼 중얼거리던 종배가 드디어 무전기를 들었다.

— 아가씨요. 인자사 죽순 먹을라카믄 하청으로 가야지.

"아싸!"

낯선 목소리가 무전기에서 들려왔다. 말한 곳도 현아와 승효가 가
본 데만 골라 말하던 택시 기사들과는 확연히 다르다. 현아는 일단
주소부터 부르라는 말을 꾹 참고 최대한 귀여운 목소리를 냈다. 거제
에 처음 여행 온 아가씨가 하청이 어딘지 안다면 코스프레 실패.

"하청이 어디예요?"

— 하청 저 면에 가면 맹종죽순 나는 데 안 있나.

"아직 문 열었을까요?"

— 문 열고 자시고 없다. 고마 할매가 밤잠도 없고 마, 가서 밥 도
라 카면 줄 끼다.

"어떻게 가면 돼요?"

— 있으 봐라. 내 주소를 불러 줄 낀게네, 딴 데 가지 말고 일로
바로 가라. 적을 준비됐나?

"잠시만요!"

메모지를 찾던 현아의 눈에 무슨 기이한 심해 생물 보듯 저를 바라
보고 있는 승효가 들어왔다. 가만 보면 이 인간, 이제까지 처먹고 투
덜거리고 사람 속만 뒤집었을 뿐 한 게 아무것도 없다. 울컥한 그녀
는 갑을관계 같은 구질구질한 것들을 모두 잊고, 감정을 잔뜩 담아
그의 팔뚝을 꼬집었다.

"……!"

남자 목소리가 들어가면 만사 끝장나니까 숨도 쉬지 말라는 현아
의 말을 착실하게 지키고 있는 승효에게 이런 공격은 너무 가혹한 것
이었다. 그가 인상을 찡그리며 팔뚝을 문지르자 현아가 손으로 뭔가

쓰는 흉내를 냈다. 과연 중요도가 높은 일부터 처리하자던 그는 자신의 말대로 폰을 꺼내 메모 앱을 켰다.

"준비됐습니다."

종배는 혹 현아가 잘 못 알아들을까, 한 자 한 자 또박또박 주소를 불러 주었다. 현아는 승효가 주소를 다 받아 적은 것을 확인하고 종배를 비롯한 다른 택시 기사들에게 감사하다는 인사를 수십 번쯤 한 뒤, 무전기 전원을 아예 꺼 버렸다.

"이거 뭡니까?"

현아에게 꼬집힌 팔뚝을 가리킨 승효가 물었다. 현아는 이제 봤다는 듯 화들짝 놀라는 시늉을 했다.

"엄마나! 죄송해요. 너무 급해서 힘이 많이 실렸나 봐요. 멍들면 어떻게 하죠? 어디, 계란이라도 좀 사 둘까요?"

어떻게 해, 어떻게 해 하며 호들갑을 떠는 현아의 표정은 꽤 걱정스러워하는 것처럼 보였다. 감정이 다분히 섞여 있는 것 같았지만 이미 지난 일을 따지고 드는 것도 다소 좀스럽다 생각한 승효는 한발 물러나기로 했다.

"아까 그 무전…… HAM 맞습니까?"

"예? 예. 맞아요."

"자격증 있어야 사용할 수 있는 걸로 알고 있는데요."

"땄죠, 당연히. 제가 법 없이도 살 수 있는 사람인데. 처음에 방송국 들어왔는데, 막내 작가라고 시답잖은 일은 다 시키면서 알려 주는 건 아무것도 없는 거예요. 맨땅에 헤딩하기 너무 힘들었는데 그때 여행 많이 다니는 친구가 알려 줬어요. 택시 기사들이 HAM 많이 한다고. 그래서 따 봤죠. 확실히 도움은 되더라고요."

"그럼 애초부터 그분들께 물어보는 게 낫지 않았을까요?"

"세상에 좋기만 한 게 어디 있어요. 부작용이 있으니까 잘 안 쓰려고 하는 거지."

휴대폰 내비게이션에 주소를 입력한 현아가 입술을 삐쭉 내밀었다.

"뭐, 기사님들 대부분이 남자니까 같은 남자보다 여자 목소리가 들리면 더 좋아하는 건 이해하는데요, 가끔 자기가 직접 안내해 주겠다고 하는 분들도 계시거든요. 감사하긴 한데, 어쨌든 전 친구와 여행 다니는 대학생 콘셉트잖아요? 들켜 봤자 서로 좋을 게 없죠. 그렇다고 한없이 거절하기도 그렇고. 그래서 잘 안 써요."

"위험한 호의군요."

"에이……. 아니에요, 그런 거. 그냥 다들 제가 당신 딸 같고 조카 같고 동생 같아서 그러시는 거죠. 여자애들 둘이서 여행한다고 하면 누구라도 걱정스럽지 않겠어요?"

창밖을 내다보던 그가 반문했다.

"정말 그럴까요?"

"……그렇지 않을까요?"

"……."

"그렇게 믿고 싶은데요……."

"……."

"사람이 왜 그렇게 부정적이에요?"

그는 의미심장하게 침묵했고, 아니라고 했지만 아까 전 무전 내용을 곰곰이 되새기던 그녀는 자신의 순수함을 오염시킨 승효를 원망하며 힘차게 액셀을 밟았다. 방송국 딱지가 달린 검은색 SUV는 스포츠카를 방불케 하는 속도로 거제 시내를 벗어났다.

12시가 가까워져 가는 시각이라 그런지 하청 읍내에 불 켜진 가게는 다방과 방앗간 사이에 위치한 식당, 딱 한 개밖에 없었다.

"할매식당……."

언제 쓰러져도 이상하지 않을 것 같은 건물답게 위풍당당한 이름이다. 차에서 내린 현아는 가게의 정체성에 대해 고뇌하며(할머니가 돌아가시면 이름을 바꿔야 하나?) 식당 안으로 들어갔다.

카운터 앞에 앉아 TV를 보고 있던 할머니가 두 사람을 물끄러미 쳐다봤다. 얼굴의 주름만 봐서는 가는귀가 먹은 정도가 아니라 아예 귀가 먹었어도 이상하지 않을 연세인 것 같은데, 용케 사람 들어오는 건 놓치지 않는다. 아귀가 맞지 않는 미닫이문이 열릴 때 나는 소리 덕분인 듯했다.

"밥 무러 왔소?"

추정 나이 70세 이상의 경상도 할머니가 하는 식당에서 친절한 인사를 바라는 건 실례다. 무뚝뚝한 주인의 성향에 맞게 가게엔 메뉴판도 없었다. 현아는 당연한 할머니의 질문을 어서 오라는 인사로 알아서 해석하고, 주문했다.

"예, 할머니. 죽순 주세요."

"죽순하고 돼지괴기하고 볶은 긴데. 그거 묵을라요? 한 사라에 6천 원인데."

"그럼요. 그게 맛있다고 해서 온 건데요."

"맛은 무신……. 짜달시리 별 맛도 없는 긴데 오만 데서 다 찾아오네. 거 아무 데나 앉으소."

할머니는 동그란 테이블을 턱으로 가리키고 주방으로 쏙 사라졌다. 술에 취해 인사불성이 된 취객 두엇이 있었지만 도둑맞을 염려 따윈 안 하는 듯했다. 현아는 얼떨떨해하는 승효의 손을 잡아끌고 카운터에서 가장 가까운 곳에 자리를 잡았다.

"친절한 식당은 아니군요."

"이런 데는 원래 좀 이래요. 그래도 여기 할머니는 친절하신 편인데요? 적어도 앉으라고는 하셨잖아요."

"친절한 편이라고요?"

"암말도 안 하고 당신들 하실 일만 하는 분들도 계세요. 아, 맞다! 여기선 이게 당연한 거니까, 친절하지 않다고 막 화내고 그러시면 제가 엄청 엄청 곤란해지고, 내일 촬영은 100% 펑크 나고, 그럼 저 죽어 버릴 거예요. 저 한다면 하는 여자예요."

스윽, 현아가 손날로 목을 그어 보였다. 승효는 등받이도 없는 플라스틱 의자에 앉아 다리를 꼬았다. 건장한 체구의 성인 남성이 앉기엔 너무 작은 의자였다.

"그런 식으로는 죽기 힘드실 텐데요. 사람의 근육이라는 게, 초심자가 쉽게 자를 수 있는 게 아닙니다."

"그러는 셰프님도 초심자이긴 마찬가지일 텐데 잘 아시네요? 설마 한니발 렉터 같은 건 아니죠? 요리하는 연쇄살인범."

"굳이 말하자면 저는 백정에 가깝죠. 생닭, 생선, 생고기를 다루니까. 제 경험과 상식을 종합해 볼 때 산 사람의 목을 잘라 죽이는 게 생닭 목 비트는 것보다 힘든 건 자명하고, 저는 먹지도 못할 것의 목을 자르는 짓은 안 합니다."

"왜요? 인육을 먹는 풍습도 있잖아요. 사람고기 맛있다던데."

"말 그대로 풍습이죠. 배를 채우기 위해서, 맛이 좋아서 먹는 게 아닌 의식의 일부일 뿐입니다. 그리고 사람고기 맛있다는 건 낭설입니다. 이론적으로, 사람고기는 맛있을 수가 없습니다. 사람이 사람을 먹어야만 하는 상황들이 열악하기 때문에 그런 이야기가 나오는 거죠. 시장이 반찬이라고 하지 않습니까?"

"이론적?"

"잡식성 동물이니까요. 짐승 고기는 초식동물이 맛있습니다. 잡식성 동물, 예를 들면 개고기 같은 경우는 취향을 많이 타죠. 잡내도 많이 나고. 사람처럼 아무거나 주워 먹는 짐승의 잡냄새를 빼려면 어떻게 해야 하는지, 전 짐작도 안 가는군요."

승효는 '아무거나 주워 먹는 짐승'을 말하며 현아를 위아래로 훑었다. 이런 무시가 익숙한 현아는 기분 나쁜 투로 팔짱을 꼈다.

"그렇게 따지면 갓 태어난 신생아나 우유만 먹는 갓난아기는 맛있겠네요."

불현듯, 테이블 위에 고개를 처박은 채 서로 할 말만 하던 아저씨들이 슬금슬금 일어났다. 그들은 주인 없는 카운터에 돈을 던져 두고 부리나케 도망쳤다. 별 문제의식을 느끼지 못한 승효와 현아는 대화를 이어 갔다.

"이론적인 면에서, 인정합니다. 하지만 당장 먹을 게 없어서 굶어 죽을 상황이라면 모를까 갓난아기나 태아를 요리하고 싶진 않군요. 호기심 충족을 위한 행위라고 정당화하기엔 너무 비도덕적이라."

"셰프님이 도덕률을 따지는 분이셨어요?"

"제가 재수가 없는 건 사실이지만 비도덕적인 짓을 하거나 경우와 예의에 어긋나는 짓을 한 적은 없는 것 같습니다만."

할 말을 잃은 현아는 속으로 그 재수 없음이 문제라고 구시렁거리며 고개를 돌렸다. 그녀의 난감함을 구해 주기라도 하는 듯, 마침 할머니가 주문한 음식을 내오고 있었다.

"할머니, 거기 두세요. 제가 가져갈게요."

현아가 할머니에게서 쟁반을 받아 들자 할머니는 딱히 고맙다는 말도 없이 다시 주방으로 들어갔다. 테이블 위에 음식을 내려놓고, 냉장고에서 물병을 꺼내 오고, 아무것도 없는 빈 테이블 대신 옆 테이블에서 젓가락과 수저를 챙겨 오는 그녀는 마치 식당 아르바이트생처럼 빠르고 능숙했다.

택시 기사가 맛있다며 칭송해 마지않았던 음식은 우선 비주얼적인 면에서 현아를 불안하게 만들었다. 이름은 아마 '죽순 돼지고기 고추장볶음' 정도 될까? 슬쩍 들여다보기만 해도 어떻게 만들었고 무엇이 들어갔는지 확연히 알 수 있었다. 아이고, 할머니. 고명으로 깨 정도는 올려 주시지.

"참…… 소박하네요."

"음식이란 만든 사람의 취향과 성격을 반영하니까요."

"괜찮으세요? 이런 거, 성의 없어 보여서 안 좋아하실 것 같은데."

"이 가격, 이 양에 더한 걸 요구하는 건 짜장면 사 올 돈 주고 탕수육 사 오라고 하는 거랑 마찬가지입니다."

걱정이 무색하게, 승효는 음식의 허접스러운 외양을 문제 삼지 않았다. 사람을 앞에 두고 면박을 주던 태도와 완전 딴판이었다. 이쯤 되면 개념이 출중한 건지, 극도의 자본주의자인지 이도 저도 아닌 단순한 이중인격자인지 감을 잡을 수가 없다.

"먹어 보시죠."

죽순 먼저, 그다음 고기, 그리고 고기와 죽순을 함께 먹어 본 그가 말했다. 그는 한 손으로 접시에서 발견한 할머니의 머리카락을 냅킨 위에 올리고 있었다. 현아는 그를 분석해 보려는 무의미한 시도를 관두기로 했다.

"어?"

죽순을 한 입 베어 문 현아가 부지불식간에 입술을 가렸다. 맛있다. 생각보다 훨씬 맛있었다. 혹시 이것도 고추장에 MSG를 넣었나?

불안한 눈으로 그를 쳐다보자, 그가 빙그레 웃었다.

"그냥 고추장입니다."

"정말요? 근데 어떻게 이렇게 맛있지?"

현아의 젓가락질이 바빠졌다. 주요리의 맛은 충분히 봤다고 생각한 승효는 작은 접시에 담긴 튀김을 뒤적거렸다. 튀김인 건 확실한데 재료가 뭔지 도무지 모르겠다. 완자같이 생겼지만 고기는 아니고, 야채는 더더욱 아니다.

"할머니, 이게 무슨 튀김이죠?"

"조포. 조포 갖다 으깨서 이래이래 똥글뱅이로 말아가 튀긴 기요."

할머니가 손바닥으로 뭔가 말아 보였다. 생소한 단어에 어리둥절한 승효가 재차 물어보려는 찰나, 현아가 말했다.

"두부예요. 두부튀김."

"두부?"

"이쪽 사람들, 두부를 조포라고 하거든요. 요즘은 거의 안 쓰는데 연세 많으신 분 중에선 조포라고 하는 분들 꽤 있어요. 할머니한테 자꾸 묻지 마시고, 사투리 못 알아듣는 거 나오면 저한테 물어보세요. 질문 많으면 귀찮아하신단 말이에요. 녹화 뜨려면 미리 잘 보여야죠."

"아……."

"근데 이것도 되게 맛있네요. 할머니 솜씨 짱짱!"

할머니 들으라는 듯 부러 목소리를 높인 현아가 엄지를 치켜들었다. 할머니는 승효가 알아듣지 못할 사투리로 뭐라 웅얼거리며('아고, 마. 치아소.') TV 리모컨만 만지작거렸다.

"힘들지 않겠습니까?"

"뭐가요?"

"촬영한다고 하면 할머니가 싫어하실 것 같아서요."

"아, 그럼 음식은 마음에 드셨다는 말씀? 확실하죠? 무르기 없기예요?"

"그러죠."

"오케이. 그럼 섭외하러 가 볼까?"

그녀는 마치 삥 뜯으러 가는 동네 날라리처럼 손바닥을 탁탁 털고 할머니에게 다가갔다. 처음, 다소 건들건들해 보였던 그녀의 모습은 할머니 앞에서 살갑고 친근하게 변했다.

승효는 흥미로운 얼굴로 턱을 쓰다듬었다. 두 여자의 대화에 귀를 기울여 봤지만 할머니의 말을 거의 알아듣지 못한 탓에 현아의 말에서 흐름을 추론하는 수밖에 없었다.

"에이, 할머니도. 사기 아니라니까요. 여기 제 명함. 밖에 방송국 차도 있어. 그래도 영 못 믿으시겠다면 방송국에 전화해 보세요. 휴대폰 드릴까? 전화해 보실래요?"

"아고 마. 됐소. 내 못 믿어서가 아이고, 이기 뭐라꼬 텔레비에 나온다 카요. 우사스럽구로……."

"안 창피하셔도 돼요. 제가 오늘 하루 종일 거제에 죽순 요릿집만 다녔는데, 할머니 요리가 최고로 맛있었어요. 진짜 짱짱! 저기 저분이 우리 프로그램 요리사님인데, 프랑스에서 요리 배워 오셨거든요. 그런데 저분도 정말 맛있대. 농담 아니야."

"배찌 방송 나가가꼬 우사시킨다고 우리 영감이 한 소리 할 낀데……. 무신 녹화를 한다꼬요?"

대화가 길어질수록 할머니의 말은 알아듣기 힘든 수준을 벗어나, 아예 다른 나라 말이 되었다. 하지만 현아는 뭐라고 되묻는 것 한 번 없었다.

"그냥, 우리 요리사님한테 저 요리 가르쳐 주시기만 하면 돼요. 자연스럽게. 나머지는 저희가 알아서 할게요."

"내보고 음식 하는 걸 갈쳐 달란 말이요?"

할머니의 눈매가 무서워졌다. 섭외에서 가장 어려운 순간이 바로 여기다. 현아는 천연덕스럽게 할머니의 손을 비비적거리며 한쪽 눈을 찡긋거렸다.

"할머니, 비법 있으시구나? 그런 건 안 가르쳐 주셔도 되고, 그냥 흉내만 내시면 돼. 한 30분 녹화하시면 제가 출연료도 드릴게."

"돈 주 봤자 영감탱이가 싹 다 가지갈 낀데 뭐⋯⋯. 하이고, 영감 땜에 응상시러버서⋯⋯."

"그럼 제가 현금으로, 봉투에 살짝 찔러서 드릴게요. 영감님 모르게."

"아고 마⋯⋯ 오늘 장사도 영 별로드만⋯⋯."

할머니가 흐트러진 머리카락을 정리했다. 어쩐지 수줍어 보이는 저 행동은 '일단 수락'을 의미했다. 아니나 다를까, '진짜지? 할머니 진짜죠?' 하며 다짐을 받은 현아가 냉장고로 달려갔다. 자리로 돌아오는 그녀는 양손 가득 술을 들고 있었다.

"그건 뭡니까?"

"할머니가 오늘 매상이 별로라고 하시더라고요. 매상 좀 올려 드려야죠."

"술로요?"

"그럼 뭘 주문해요? 이 가게에서 가장 비싼 게 이 죽순볶음이라는데? 먹다가 배 터져 죽으라고요? 이럴 때는 술이 최고예요."

"술 잡술라카요? 그라믄 이거랑 같이 잡숴 보소. 잔도 필요 없고마. 이거 껍데기에다가 소주 따라 무보소. 맛이 기가 막히요."

기다렸다는 듯, 할머니가 돌멍게를 내왔다. 탱탱한 육질이 상등품이다. 그녀는 능숙하게 소주병 뒷부분을 팔꿈치로 치고 뚜껑을 땄다. 잔에 술을 따른 그녀가 승효에게 건넸다.

"먹고 죽어 보죠. 셰프님 술 잘 마시세요? 내기할까요? 먼저 꽐라 되는 사람 버리고 가는 걸로. 에이, 또 뭘 그런 표정을 하고 그러세요. 술 못 드시면 못 드신다고 하면 되지."

그가 노골적으로 이마를 찌푸리자 현아가 술잔을 물렸다. 그의 안색이 더 굳었다.

"못 먹지 않습니다. 다만 술 내기는 바보들이나 하는 거라는 생각을 하고 있는 거죠."

"아, 네."

그녀는 영혼이라고는 눈곱만큼도 찾아볼 수 없는 수긍을 하며 호로록, 술을 마셨다. 술 못 마시는 사람들이 온갖 핑계를 다 가져다 붙이지. 그 속마음을 눈치채기라도 한 듯 승효가 술잔을 들었다.

"이기는 병신이 되겠습니다."

❖

"컷, 컷! 임 셰프, 잠깐. 스톱!"

박 피디가 소리를 빽 지르자 승효가 칼질을 멈췄다. 느닷없이 들린 목소리에 신기한 듯 승효를 구경하고 있던 할머니가 깜짝 놀라 머리를 감싸 안았다.

"아고 마!"

"임 셰프, 설명이 너무 빨라요. 그리고 칼질도 너무 빨라서 도마 소리가 너무 커. 그럼 사운드가 자꾸 뭉개지거든요? 우리 음향 장비가 좋지가 않아요. 설명도, 칼질도 조금만 천천히. 오케이, 지금 딱 좋다. 할머니 저쪽으로 가서 옆에 서 계세요. 거 옆에 서서, 저분이 좀 잘못하면 옆에서 막 뭐라고 하시면 돼요. 카메라 없다 생각하시고 손주한테 가르쳐 주는 것처럼만 하세요."

할머니가 쭈뼛거리며 승효의 옆에 섰다. 현아는 울렁거리는 속을 쓰다듬으며 기지개를 켰다.

간밤의 내기는 승효의 승리였다. 술 취해 인사불성 된 사람이 없으니 정확하게는 무승부에 가깝겠지만, 해가 떴을 때 결과는 천양지차였다. 밤을 꼴딱 새우고 시작된 아침 촬영에서 그는 쌩쌩했다. 카메라 렌즈에 비친 그의 얼굴을 본 박 피디가 감탄했을 정도면 분명하다.

촬영은 생각보다 순조로웠다. 승효의 손놀림에 홀린 할머니는 카메라를 전혀 의식하지 않았고, 요리에 여념 없는 승효는 사람도 카메라도 신경 쓰지 않았다.

바로 그 점이 현아를 분노하게 만들었다. 그래, 이기는 병신이 돼서 기쁘냐? 뭘 그런 거에 승부욕을 불태우는 거야, 왜? 왜 못하는 게 없어? 난 이렇게 땡땡 부었는데 당신은 왜 그렇게 멀쩡해?

"사람이 인간미가 저렇게 부족해서야……."

처음 카메라 앞에 서는 사람이라면 NG 수십 번쯤은 내 줘야 마땅하건만, 그래서 피디와 작가를 빠치게 만들어 줘야 촬영할 맛도 나고 하련만, 처음에 설명하는 걸 깜빡 잊은 그가 두어 차례 NG를 낸 뒤로는 모든 것이 자연스럽게 흘러갔다.

현아는 촬영이 생각보다 일찍 끝났다며 희희낙락하는 박 피디를 무시하고 할머니의 앙고라 조끼 주머니에 네 번 접은 봉투를 찔러 넣었다.

"아이고, 뭐 이런 걸……."

"에이, 약속한 거잖아요. 할아버지는 걱정 마세요. 제가 아까, 할아버지한테도 조금 챙겨 드렸어요. 이건 완전히 할머니 쌈짓돈."

할머니가 가지런한 틀니를 드러내며 웃었다. 할매식당을 떠나가는 세 사람을 배웅하며, 할머니는 꼭 다시 오라고 몇 번을 말했다. 승효는 뭐가 아쉬운지 할머니 손을 꼭 잡고 거제 오면 꼭 들르겠다고 하는 현아를 바라보았다.

"에이, 참!"

장승포 여객 터미널에 올 때까지 그의 시선이 떨어지지 않자 어깨에서 음향 장비 가방을 내린 현아가 그에게 가방끈을 내밀었다.

"알았어요, 알았어. 그렇게 들어 주고 싶다는 눈으로 쳐다보시면 어쩔 수가 없잖아요. 전 괜찮지만 셰프님이 원하시는 것 같으니까 양보할게요."

가방을 땅바닥에 내려놓은 현아가 승효를 뒤에 남겨 놓고 종종걸음을 쳤다. 그녀는 승효가 쫓아와 기어코 한마디 하리라는 것을 100% 확신하고 있었다. '짐 들어 주는 건 계약상 없습니다.' 따위의 정나미 떨어지는 말을 하겠지.

하지만 의외로 잠잠한 그는 현아가 불안하게 뒤를 돌아보았을 때도 싱긋 웃기만 했을 뿐, 별말이 없었다. 비꼬는 것도, 화를 내는 것도 아닌 도통한 신선 같은 웃음이 그녀를 더욱 불안하게 만들었다.

그가 손가락을 들었다. 그 손가락이 가리킨 곳엔 지심도까지 운행하는 배가 정박하고 있었다. 현아의 얼굴이 누렇게 떴다.

"우욱!"

입을 틀어막은 현아가 난간으로 달려갔다. 5초 후에 벌어질 사태를 예상한 박 피디가 멀찍이 떨어지며 말했다.

"박 작가야, 첫 녹화에 토하면 대박 난대. 그냥 토해 버려."

"때리는 남편보다 말리는 시어머니가 더 미운 거 알…… 우욱!"

현아는 난간 아래쪽에 고개를 처박고 어떻게든 토기를 참으려 애를 썼다.

"그냥 하시죠?"

무슨 바람이 불었는지, 승효가 다가와 그녀의 등을 쓸었다. 그것은 분명 호의였지만 이런 호의는 사양하고 싶다.

"쓰다듬지 마……시고……. 넘어와요……."

"포기하면 편해집니다."

"아, 안 된다니까요. 바다에서 토하면 갈매기들이 우르르……."

"갈매기가 왜요?"

"토한 거 먹으려고 온단 말이에요. 얼마나 무, 무서운데……. 이 동네 갈매기들은 잘 먹어서 통통하기까지, 으아!"

그녀의 허리가 난간 밖으로 넘어갔다. 승효는 무심하게 현아의 허리를 잡고 배가 나아가는 방향을 응시했다. 빨간 동백꽃이 만개한 섬이 윤곽을 드러내고 있었다. 순간, 바람이 두 사람의 주변을 훑고 지나갔다. 그가 입을 열었다.

"결정했습니다."

날 바다에 빠트리기로?

"뭐가……요?"

"이제까지는 현아 씨 혀가 구제불능이라고 생각했습니다. 하지만 어제, 할머니 음식 맛있다고 하는 걸 보니 아주 몹쓸 혀는 아닌 것 같더군요. 그렇다는 것은 결국 관성의 문제란 얘깁니다. 익숙한 것을 찾아가는. 그래서 결정했습니다."

"그니까, 뭘 결정했……냐고요오옥!"

"이제부터 매일 한 끼는 무조건 저와 먹어야겠습니다."

펄럭펄럭. 깃발처럼 그의 봄 재킷이 펄럭였다. 바람 소리, 옷자락이 부딪치는 소리가 현아의 귓전을 세차게 때렸다.

"관성을 깨부수어야겠지요. 대신 현대사회의 상식에 걸맞게, 먹는데 두 시간씩 걸리고 너무 작은 브레드 나이프가 나오는 풀 코스는 드리지 않겠습니다."

정신이 혼미한 와중에도 현아는 기이한 익숙함과 엄청난 불안감을 느꼈다. 술이 깨고, 멀미가 달아난다.

"……보셨어요……?"

"그렇게 난동을 부리는데 못 보기가 더 힘들지 않을까요?"

"소리는……?"

"독순술을 좀 배웠습니다."

대단하다, 대단해! 그런 대단한 재능을 이렇게 악용하다니!

"아, 그리고 저와의 약속을 피해 가려는 꼼수가 보인다면 가차 없이 응징하겠습니다. 제가 언제든 계약을 깰 수 있다는 사실을 잊지 마십시오."

최악의 불상사를 경고하는 그의 말에 현아는 상호 합의하에 한 약속이 아니라는 말도 못 했다. 그녀는 양손을 천천히 들어 뺨에 가져다 댔다. 에드바르트 뭉크가 보았다면 경탄해 마지않았을 표정과 자세였다.

관광객들을 가득 태운 여객선 갑판에서 혀의 자유를 빼앗긴 여자의 처절한 절규가 터져 나왔다.

3.
아페히티프

제가 먹어 보겠습니다,
이 캄파리

"아, 지겨워."

"동감."

갈색 소스에 버무려진 돼지고기를 앞 접시 위에 올려놓은 정하가 말했다. 승효는 동의한다는 뜻에서 포크를 내려놓았다. 슈바인 학센(Schweins Haxen). 아사 직전의 두 남자를 구해 준 음식이다. 구운 돼지 앞다리살의 식감이 족발과 비슷한 면이 있어 그동안 선택의 여지 없이 즐겨 먹었지만 이제는 시큼한 소스 냄새만 맡아도 신물이 올라왔다.

"그냥 이탈리아나 호주로 갔어야 해. 아니, 바이올린을 때려치웠어야 해. 그랬으면 적어도 맛있는 음식은 먹었을 거야. 내가 미쳤지. 무슨 복락을 보겠다고 독일로 와서 이 고생을."

"넌 원래 미친놈이고."

"영국에서 독일로 넘어온 형한테 그런 말은 안 듣고 싶어. 나야 애초부터 쾰른 대학 찜하고 왔다지만, 형은 옥스퍼드로 진학했잖아. 아…… 나도 차라리 영국으로 갈걸. 이놈의 독일 놈들은 식도락에 취미가 없어, 왜?"

"네가 뭘 모르는 것 같은데……."

냅킨으로 입술을 닦은 승효가 맥주잔을 들었다.

"영국 음식은 독일보다 맛없어. 하다못해 독일은 맥주라도 있지, 영국은 그런 것도 없다. 독일 사람들이 먹는 데 관심이 없다고? 장담하는데, 관심이 없는 게 나아. 미식의 미 자도 모르는 사람들이 먹는 데 관심이 많으면 이상한 요리들을 만들어 내거든. 생새우를 갈아 넣은 칵테일이라든가 청어가 통째로 들어간 파이 같은 것들."

"파이에 청어를 넣는다고?"

"그래. 머리부터 꼬리까지 전부. 상상이나 가냐?"

"아니, 안 가. 상상하고 싶지도 않아."

정하가 고개를 흔들었다. 슈바인 학센을 바라보는 정하의 눈에 감사함이 어렸다.

승효는 세 끼 먹는 일이 고문이었던 영국 유학 시절을 생각하며 자기 최면을 걸었다. 이것은 맛으로 먹는 것이 아니다. 삶을 위한, 생명을 위한 섭취다.

하지만 음식 맛없기로 유명한 나라들에서 4년을 살다 보면 최면에도 내성이 생긴다. 아이러니한 것은, 최면에는 내성이 생기는데 입맛에는 내성이 생기지 않는다는 점이다. 4년째면 적당히 주워 먹고 적당히 소화시켜도 되련만.

"너무 고급 음식만 먹고 자랐던 거지."

"어? 뭐라고 했어?"

"그냥 혼잣말."

결국 숭고한 섭식 행위를 포기한 승효는 허기를 잊고자 가게 안에 설치된 TV에 집중했다. 마침 TV에선 〈여왕 마고〉라는 오래된 프랑스 영화가 나오고 있었다.

"형, 근데 올해 학기 끝나잖아. 끝나면 뭐 할 거야? 한국으로 돌아갈 거야?"

입맛 없기는 매한가지인 듯, 맥주로 입가심을 한 정하가 물었다. 승효는 TV에서 눈을 떼지 않은 채 대답했다.

"프랑스……."

"프랑스? 어디?"

"음, 소르본?"

"소르본? 거기도 구조공학이 있어?"

"몰라."

"모른다고? 그런데 왜 하필 소르본이야?"

되묻는 정하에게 승효는 대답 대신 턱을 앞으로 튕겼다. TV를 등지고 앉아 있던 정하의 고개가 휙 돌아갔다. 여왕 마고의 결혼식 축제 장면은 화려하고 장엄하고, 결정적으로…….

"음식이 맛있어 보여."

음식이 맛있어 보였다.

응용과학분야의 촉망받던 인재의 진로가 요리사로 비틀리는 순간은, 그렇게 갑작스럽게 찾아왔다.

❖

"오늘은 돼지고기 뷔페 프로와와 부야베스, 그라탱꽁플레, 드라제를 올린 티라미수를 준비했습니다."

"와. 맛있겠어요."

현아가 영혼 없이 환호했다. 승효는 둘 다 아는 사실을 굳이 지적하는 시간 낭비 대신 그녀의 건너편에 앉았다. 그녀는 잠깐 움찔했지만, 이내 뷔페 프로와를 입에 넣고 오물거렸다.

"음…… 고기에 간을 안 하는 요리인가 봐요? 고기 본연의 맛을 살리는 그런 건가."

"충분한 정도의 소금과 후추가 들어갔습니다."

"아……. 근데 이건 굉장히 맛있어요!"

"……그건 플레이팅용 양파 튀김입니다."

"아, 네."

'틀렸어! 수습이 안 돼!' 그녀는 무슨 생각을 하는지 너무 잘 보이는 표정을 가지고 있었다. 그래서 승효는 그녀의 정직함에 침을 뱉고 싶은 유혹에 시달려야만 했다.

"셰프님."

부야베스를 한 입 떠 먹은 현아가 조심스럽게 입을 열었다. 이다음 말은 안 들어 봐도 뻔하다. '비누 맛이 나요.'

"비누 맛이 나는데요."

"사프란 향을 그렇게 느끼시는 분들이 종종 있더군요."

"사프란은 섬유유연제……."

"세상에서 가장 비싼 향신료입니다. 무게당 가격이 금과 똑같죠."

"히익!"

만약 다채로운 표정이 죄가 되는 세상에 살았다면 현아는 감형 없는 무기징역을 선고받았을 것이다. 그녀는 '왜 이런 걸 나한테 주느냐?' 라는 억울함과 '그래도 금을 버릴 수는 없지!' 라는 비장함이 뒤섞인 얼굴로 부야베스를 몰아넣었다.

"이 그라탱은 정말 맛있네요. 크림소스가 입에 짝짝 붙어요."

맛있다는 평가가 진짜인 듯, 그녀의 눈이 반짝반짝 빛나고 있었다. 승효는 한숨을 쉬었다.

"메이드 인 레토르트입니다. 상태 파악을 위해 비교대조군으로 가져다 놔 봤습니다."

"……죄송해요."

"죄송할 건 없죠. 긴 재활기간을 필요로 하는 것뿐이니까."

"긴 재활기간이 필요한 게 아니라 재활이 불가능하다는 생각은 안 드세요?"

"안 듭니다."

"아침에 단호박 수프라도 잡수셨어요? 그러지 마시고 잘 생각해 보세요. 그런 생각이 드실 거예요. 아, 이 여자는 안 되겠다. 이런 포기. 포기하면 편해진다고 셰프님이 그러셨잖아요. 그러니까 저를 그냥 포기하세요. 제가 최대한 MSG를 덜 먹는 식단에 '알아서' 익숙해지도록 할게요."

"고양이한테 생선을 맡기겠습니다."

"진짜 노력하겠다니까요? 왜 안 믿으세요? 우리 사이가 어떤 사인데! 이 정도 신뢰는 있잖아요."

"우리 사이를 규정하자면, 비둘기 모이만큼의 신뢰도 없는 사이라고 할 수 있겠군요."

"에헤이! 그건 아니죠. 매일 만나서 매일 밥 먹는 사이죠, 우리는. 그것도 두 달째. 남들 같으면 만리장성을 쌓았겠다."

"그렇군요. 제 생각이 짧았습니다. 그 두 간의 제 노력과, 제 노력을 무색하게 만드는 현아 씨 입맛을 생각하면 없던 증오도 생길 만한 사이라고 정정하죠."

"바로 그거예요!"

머쓱하게 웃은 그녀가 양팔을 앞으로 펼쳤다. 그를 설득할 만한 좋은 꼼수가 생각난 듯 보였다.

"생각해 보세요. 두 달이에요. 무려 두 달! 8주! 60일! 두 달 동안 셰프님께서 저에게 쏟은 정성을 어떻게 말로 다 하겠어요? 그런데 결과는 이래요. 세상엔 안 되는 일도 있다니까요? 제 혀는 구제불능이에요. 셰프님 좋아하시는 효율 면에서도 이건 전혀 도움이 안 되잖아요."

"효율을 생각했으면 애초부터 갱생 프로젝트에 들어가지도 않았습니다."

애원과 간청, 타협과 자기비하를 빙자한 설득이 난무했지만 그는 그 모든 걸 깡그리 무시했다.

그녀의 말대로 벌써 두 달이다. 그동안 새로 개발한 메뉴는 몇 개고, 처음 시도해 보는 조리법은 몇 개던가. 이 정도 정성이면 심 봉사도 눈을 떴을 텐데, 정작 그녀의 혀는 도무지 나아지질 않았다. 가끔은 그녀가 저를 엿 먹이기 위해 이러는 건가 하는 생각까지 들었다. 그런 주제에, 반성은 못할망정 어떻게든 빠져나갈 생각만 해? 괘씸죄 추가다.

"중독 초기라면 모를까 두 달 만에 갱생에 성공하는 예는 드물죠. 만리장성 이야기가 나와서 하는 말인데, 한 만 일 정도 투자할 생각을 하고 있습니다. 그 정도면 얼추 되지 않을까 싶은데요."

"만 일? 30년이요? 에이, 농담이시죠?"

"지극히 진지합니다."

"좋은 시절 다 보내고 성공하는 갱생이 무슨 의미가 있어요? 죽는 게 낫지."

"개똥밭에 굴러도 이승이 좋다는 말 모르시나 보군요."

"똥밭도 똥밭 나름이죠. 아니, 잠깐만요. 오해의 소지가 있을 것 같아서 말씀드리는데, 셰프님 음식이 싫다는 건 결코 아니에요. 다만 식단의 자유가 있어야 한다는 거죠. 의식주! 인간의 기본 권리잖아요."

"그 소중한 권리를 저승김밥 들어가는 순간 쓰레기통에 버렸다는 생각은 안 드십니까?"

"그게 몇 달 전인데 아직도 꽁해 있으신 거예요. 쿨하지 못하게. 이제 그만 잊으세요. 네?"

아무런 예고 없이 그녀가 그의 손을 꽉 잡고 위로 들어 올렸다. 그녀의 손은 어디 아픈 게 아닐까 걱정될 정도로 뜨겁고, 작았다. 승효는 슬쩍 치기만 해도 나가떨어질 것 같은 그 손을 뿌리치지 못했다.

"……쿨몽둥이로 맞아 봐야 정신 차리겠군요."

"미맹이 저 혼자만은 아닐 텐데 저한테 왜 이러세요?"

"심증과 물증의 차이죠."

"뭘 모를 때, 음식의 가치를 잘 모르는 철없던 시절에 저지른 실수잖아요. 죄송해요. 반성하고 있어요."

"사과에는 영혼 좀 싣는 게 어떻겠습니까?"

"안 보이세요? 가득 찬 영혼으로 무거워진 이 사과가? 그러니 이제, 저의 비천한 혀가 저지른 죄를 관대하게 용서해 주시고 이 고귀한 손가락을 진정한 미식가들에게 돌려주시는 게 어떨까요?"

"어디서 약을 팝니까?"

살벌하기 짝이 없는 대화에 지나가던 직원들이 힐끔거렸지만, 말로 상대를 죽이는 데 여념 없는 두 사람은 걱정스러워하는 그들의 시선을 눈치채지 못했다. 두 사람에게 말싸움은 일종의 코스였다. 어뮤즈 부쉬가 나오면 오르되브르가 나와야 하고, 한 입 먹었으면 싸워야 한다.

"배고파졌어……."

말싸움 뒤에 느끼는 허기는 본식이다. 승효가 금쪽같은 시간을 버려 가며 그녀와 말싸움을 하는 이유도 그 때문이었다. 게다가 식사와 식사 사이의 싸움 코스는 사람에게 망각까지 선물했다. 스스로 비누 맛이 난다고 총평했던 부야베스의 맛을 현아는 싸우는 동안 까맣게 잊었다.

"우웩!"

아무 생각 없이 부야베스 국물을 들이켠 그녀가 콜라 대신 간장을 먹은 아이 같은 표정을 지었다. 억울함, 분함, 황당함. 승효는 터져 나오려는 웃음을 꾹꾹 눌러 참으며 티라미수 접시를 내밀었다.

"단 거 먹으면 좀 낫습니다."

"엄마도 그랬어요. 빨랫비누 잘라 놓은 걸 제가 치즈라고 착각하고 먹었을 때. 그래도 셰프님은 우리 엄마보다 양심적이시네요. 엄마는 그냥 사탕 한 개 덜렁 주고 말았는데. 아, 아니구나. 상황이 다르지? 그때는 완전 내 잘못이었지만 이번에는……."

새삼 분이 복받친 듯, 그녀가 그를 쏘아보았다. 쌍꺼풀이 눈의 끝 자락에서만 드러나는 눈매는 그녀가 호락호락하지 않은 여자라는 걸 여실히 보여 주고 있었다. 그는 제가 갑이라는 사실에 크게 감사했다.

"이번에는 더 바보 같았죠. 부야베스 맛을 잊어버린 건 현아 씨니까."

"네. 맞아요. 전 바보예요. 우리 엄마는 이런 날 낳고도 미역국을 드셨겠죠."

"아. 패륜개그는 서로 자제하는 걸로 합시다."

개그가 아닌 진심이었지만 상대가 너무 진지하게 나오니 무어라 말하기가 힘들다. 민망해진 현아는 그의 눈을 피할 겸, 돌아다니는 직원들을 쳐다보았다. 오후 영업을 준비하는 브레이크 타임치고는 움직임이 분주했다.

"오후에 예약 많으신가 봐요. 셰프님 안 바쁘세요?"

"약 팔지 말라고 얘기했던 것 같은데요."

"에헤이! 사람을 뭐로 보고. 이건 진짜 궁금해서 물어보는 거란 말이에요. 어라? 그 웃음은 뭐죠? 그러지 마세요. 저 이래 봬도 선을 아는 여자예요. 약 팔아야 할 때와 팔면 안 될 때 정도는 구분한다고요."

"이제까지 약 팔았다는 건 인정하는 거군요."

"팔았다기보다는 설명? 소개? 그쪽이죠. 못 팔았으니까."

뻔뻔한 대답이 싫지 않다. 하지만 승효는 질색하는 척, 팔짱을 꼈다. 그녀의 안색이 순식간에 어두워졌다.

"화나셨어요?"

"아니요."

"근데 왜……."

"개인적인 문제입니다. 중요한 건 아니니 넘어가죠. 질문에 답을 하자면, 오후에 예약은 한 건뿐입니다. 안 바빠요."

"다른 사람들은 되게 바빠 보이는데요."

"그건 코스가 길어서 그런 겁니다. 어뮤즈 부쉬부터 데세흐(dessert)까지 각 세 개씩, 18 접시. 진짜 프렌치 풀 코스죠. 실버가 많이 필요하니까 직원들은 바쁘고, 저는 별다를 거 없습니다."

"헤. 엄청난 미식가가 오나 봐요?"

"딱히 미식가는 아닙니다."

"그런 것 치고는 신경 많이 쓰시는 것 같은데요? 저 접시, 잘 안 내놓으시는 거 아니에요?"

그녀가 가리킨 접시는 그가 프랑스에서 유학할 때 그의 요리 선생이 선물로 준 것이었다. 감인지 관찰력인지. 하여간 끝내준다.

"손님이라기보다는 전우라고 해야겠죠. 독일에 있을 때 만난, 아는 동생입니다."

"에? 셰프님 원래 독일로 유학 가셨어요? 독일 음식 맛없다던데……."

"요리 배우려고 간 게 아니니까요. 원래 전공은 구조공학이었죠. 영국에서 2년, 쾰른에서 2년 있었습니다."

"근데 왜 갑자기 프랑스로 가셨어요?"

"음식이 맛이 없어서요."

"예에?"

"독일 음식이 맛이 없어서 프랑스로 갔습니다. 구조공학 공부하다가 굶어 죽을 순 없잖습니까?"

그녀의 입이 서서히 벌어졌다. 짙은 고동색의 눈동자가 이렇게 말하고 있었다. '미친놈.' 그리고 이런 말도 했다. '역시 이과생이었어!' 드디어, 그녀의 정직함에 침 뱉어 줄 기회를 잡았다.

"그렇게 감탄하실 필요 없습니다. 현아 씨도 곧 맛보게 되실 거니까요. 18종류의 실버가 나오는 진짜 프렌치를. 두 달째면 시도할 때도 됐습니다."

"에엣?"

"음. 두 개 정도는 빠지겠군요. 아무래도 한국에선 재료가 한정되어 있어서 플라로 내놓을 만한 게 많지는 않으니까, 플라 드 주르로 가죠. 아쉬우시겠지만 16개로 만족해 주십시오."

"에에엣?"

"언제가 좋을까요? 이번 주 주말? 나쁘진 않군요. 데이트할 만한 남자친구는 없으신 것 같은데."

"자결권을 주장합니다!"

"그 혀가 정상을 되찾기 전까지 현아 씨는 죽을 권리도 없습니다. 그 혀는 제 거니까요."

현실을 받아들이지 못하고, 아닐 거라는 미약한 기대에 기댄 그녀는 마치 바닥을 눈앞에 둔 실족자처럼 보였다. 사망 일보 직전이다. 두 손으로 뺨을 가린 그녀의 표정이 딱 그랬다. 승효가 진한 미소를 띠었다.

"그럼, 주말을 기대하고 있죠."

그는 곧 죽을 듯한 그녀의 그 표정을 볼 때 쾌감을 느꼈다.

❖

처음엔 산발적으로 만다린 소스와 식힌 가리비 관자, 안달루시아식 차가운 살모레호(Salmorejo: 차게 식혀 먹는 토마토 수프), 블루베리를 이용해 반죽한 비스킷 위에 올린 모차렐라 치즈. 연주를 시작하기 전 악기를 조율하는 어뮤즈 부쉬.

그다음은 가볍고 전통적인, 파슬리를 올린 에스카르고, 코코넛 가루로 반죽한 사블레와 캐비어, 향초오이를 곁들인 푸아그라. 그린과 아이보리. 꿈결처럼 흐르는 봄의 왈츠, 오르되브르.

꿈에서 깨어 갈 즈음 나오는 것은, 생크림과 올리브유로 조리한 바닷가재, 더블 콩소메에 조린 새끼양구이, 구운 사과를 올린 메추리 파테. 묵직하게 형태를 갖춘 교향곡의 2악장, 앙트레.

이어서 마데이라 와인으로 만든 소스를 끼얹은 사슴구이. 혼자서도 빛나는 오페라 아리아, 플라 드 주르(Plat du jour).

가지구이와 꿀에 조린 살구, 봄의 양배추 찜, 산딸기 무스. 서정적인 녹턴, 앙트르메…….

요리가 연주와 같다면, 조리 전 메뉴를 정하는 행위는 작곡에 해당했다. 곡을 완성한 승효는 자신이 적은 메뉴를 읽으며 그의 손끝에서 연주될 음색을 상상해 보았다.

관객은 단 한 명이었다. 파마가 거의 다 풀려 가는 갈색 머리, 똘망똘망한 고동색 눈동자, 화장기 하나 없는데도 희한하게 분홍색인 입술을 가진…….

너무 말랐어.

현아를 떠올린 그가 인상을 찌푸렸다. 처음부터 마른 체구가 신경을 긁었었다. 몇 달 지켜보니 왜 그렇게 가물었는지 이해가 되었지만 보기 싫은 건 여전했다.

가까운 거리는 무조건 걷고, 급할 땐 뛰는 박현아. 느긋하게 걷는 것도, 택시를 타는 것도 본 적이 없다. 가뜩이나 바쁜 직장 생활을 하면서 필요에 의해 햄(HAM) 자격증을 따는 여자라면 하루 종일 종종거리는 게 당연했다. 라면과 김밥으로 끼니를 때우는 일 역시 당연할 것이고.

그런 주제에 남이 신경 써서 진수성찬을 차려 주면 감사하다며 넙죽 먹을 것이지, 왜 그리 잔말이 많아? 혓바닥이 말하는 용도로만 존재하는 건 아닐 텐데.

"아…… 싫다, 정말."

최악이라는 표현과는 대조적으로 메모지를 잡은 그는 무의식적으로 자신이 선택한 메뉴의 5대 영양소를 분석했다. 단백질, 비타민, 탄수화물, 단백질, 무기질, 탄수화물……. 어뮤즈 부쉬부터 앙트르메까지, 완벽하다.

허리춤에서 진동이 느껴진 것은 그가 자신의 메뉴에 한창 도취되어 있을 때였다. 휴대폰 액정에 찍힌 발신자 이름을 확인한 승효는 심호흡을 크게 했다. 고모의 전화를 받기 전 꼭 해야 할 행동이다.

"예, 임승효입니다."

— 그럼 네가 임승효지, 박승효일까 봐?

이런 걸로 당황하기엔 아직 이르다. 그리고 승효에겐 더한 대답이 준비되어 있었다.

"박승효이고 싶군요. 고모랑 같은 성씨라는 게 한스러워서."

— 조카님은 어쩜 농담도 이렇게 진지하게 해?

"농담이 아니라서 진지한 거라는 생각은 안 드세요?"

— 응. 안 들어.

"……왜 전화하셨어요? 저 방금 완벽한 메뉴를 짜 놓고 즐거워하고 있었는데 고모가 그 기쁨 다 깨셨다는 것만 기억해 두시고."

— 아쭈? 너 지금 내가 네 시간 뺏었다고 꼬라지 내는 거야? 많이 컸다, 임승효? 고모가 너 똥기저귀 갈아 준 게 엊그제 같은데.

"용건요."

— 참 나, 성질하고는. 알았어, 알았어. 너 TV 나오더라? 왜 말 안 했니?

"TV 출연한 지 두 달 만에 고모가 알게 되셨다는 걸 놀라워해야 할지, 고모가 여행 TV를 본다는 걸 놀라워해야 할지 모르겠습니다."

— 내가 안 보지. 우리 시아버지가 보지. 그리고 내가 네까짓 거 스케줄을 꿰고 있을 정도로 한가한 줄 알아? 대한민국 주부가 얼마나 바쁜데.

"그토록 바쁘신 대한민국 주부님께서 TV 출연 축하해 주려고 전화하신 건 아니겠지요?"

— 아니야, 그것 때문이야. 내가 정이 좀 많잖니. 근데 너 화면발 좀 받더라? 실물보다 훨씬 나았어. 아예 그냥 그쪽 길로 쭈욱 가도 되겠던데 이참에 올리브 TV로 옮겨라. 너처럼 판타스틱하고 원더풀하고 그레이트한 셰프는 올리브 TV로 가야지, 여행 TV가 뭐니?

경험상, 고모의 칭찬은 독이다. 특히 이렇게 뜬금없는 칭찬이라면 틀림없다. 승효는 심드렁하게 폰을 고쳐 잡고 메모지에 아까 적은 메뉴를 다시 적어 내려갔다. 가리비 관자, 살모레호, 모차렐라 치즈, 에스카르고······.

"뭘 부탁하시려고 이러세요?"

— 부탁이라니? 이 고모가 그럴 사람으로 보여?

"당연히 그런 분으로 보이죠."

— 정확해! 퍼펙트! 알아주니 고맙다. 너 내일 쉬는 날이지? 오늘 저녁에 일 끝나고 우리 집에 좀 와 주셔야겠어.

"왜요?"

코코넛 가루, 사블레, 캐비어······.

— 와서 김밥 좀 싸.

······그리고 김밥.

빌어먹을 김밥!

"앞에서 실컷 판타스틱하고 원더풀하고 그레이트한 셰프라고 칭찬하시고 기껏 시키는 게 김밥 싸라는 겁니까?"

— 그 짧은 사이 그걸 다 기억했어? 아무튼 임승효, 지 칭찬하는 말은 놓치질 않아요.

"칭찬이 아닌 fact니까요. 6·25가 언제 일어났는지, 지금 대한민국 대통령이 몇 대 대통령인지 기억하고 있는 거랑 똑같아요."

— fact 같은 소리 하고 있네. 넌 그냥 나르시시스트, 자기성애자에 암 유발자야. 너한테 쓸모 있는 건 손가락밖에 없어. 그러니까 와서 김밥이나 말아.

심신의 안정과 평화를 위해, 승효는 시선을 창밖으로 돌렸다. 하지만 그러지 말았어야 했다. 저승김밥 간판을 본 그의 이마에 핏줄이 섰다.

"왜요? 라면도 끓이라고 하시죠? 어떤 브랜드 드세요? 신라면? 너구리? 아, 돈가스는 어때요? 캡사이신 꽉꽉 넣은 매운 카레 돈가스 해 드려요?"

— 매운 카레 돈가스? 그건 어디서 튀어나온 거야? 집에서도 풀코스 정찬 차려 먹는 네가 그런 걸 먹을 리는 없을 거고, 너네 가게 퓨전으로 업종 바꿨니?

"고모, 저 지금 진지하게 화내고 있거든요."

— 네 목소리는 항상 그 톤인데, 화가 났는지 안 났는지 내가 어떻게 알아? 너 욕할 때도 그렇게 말하지? 미친 새끼, 이렇게. 다 끓인 찌개 약불에 올려놓았을 때 나는 목소리로. 대체 성격이 왜 그 모양이야, 넌.

그의 목소리 높이를 흉내 낸 고모가 킬킬 웃었다. 승효는 자꾸 주름지려고 하는 이마를 문질렀다. 어차피 마흔 넘은 여자는 이길 수가 없다. 특히나 그 여자가 고모라면, 연 끊을 각오를 하지 않는 이상 백전백패다.

그는 제 성격이 이 모양이 된 건 고모 탓이라는 말을 억누르고 평정심을 찾았다. 물론 냉정함은 그의 내부에서만 이루어졌을 뿐, 밖으로 튀어나온 목소리는 여전히 부드러웠다.

"아무튼 오늘은 안 됩니다. 촬영 때문에 지방 내려가야 해요."

— 튕기지 말고. 네가 딴 건 몰라도, 음식은 기가 막히게 하잖아. 역시 맛있는 걸 먹고 자란 놈이 커서 요리도 잘해. 그런 점에서 우리 아버지가 일하는 아주머니 하나는 기똥차게 구했어.

"이제 와 다시 칭찬해 봤자 늦었어요. 그럼, 이만 끊겠습니다."

— 야, 임승효! 네 조카가 먹을 김밥이란 말이야! 야 이 배은망덕한 놈아, 너 전화 끊으면 죽어, 끊지 마! 너 내가 우리 동서한테 물어본다! 너 진짜 촬영 가는지! 끊지 마, 승효야! 조카님! 임 셰프! 이 개⋯⋯!

휴대폰을 귀에서 멀찍이 떨어트린 채 고모의 분노와 애원을 모두 듣고 있던 승효는 셰프님이 개새끼로 변화하려는 타이밍에 맞춰 정확하게 전화를 끊었다. 그리고 곧장 현아에게 전화를 걸었다.

메모지를 읽으며 통화연결음을 듣고 있던 그가 문득 고개를 갸웃거렸다. 메뉴와 재료가 빼곡하게 적힌 메모지 한 귀퉁이가 묘하게 허전하다. 허전할 게 없는데. 허전해서는 안 되는데. 완벽한 메뉴만이 그 비루한 혀를 감동시킬 수 있는데. 이번에야말로 '셰프님, 정말 맛있어요!' 라는 소리를 들어야 하는데.

— 네.

뭔가 보일 듯이, 잡힐 듯이 아른아른거리는 찰나, 현아가 전화를 받았다. 덕분에 그의 욕망은 더 이상 구체화되지 못했다. '네가 전화를 했으니 받긴 하지만 진짜 받기 싫은 거 알지?' 라는 의미가 가득 담긴 현아의 '네' 를 들으며, 승효는 심술이 뚝뚝 묻어 나오는 목소리로 말했다.

"임승효입니다."

— 아는데요?

이 여자가!

"어! 현아야, 일루 와."

이틀간 묵을 숙소 예약을 끝낸 현아가 커피나 한잔하러 방송국 내 커피전문점에 들어서자, 같은 프로그램 작가들과 수다를 떨고 있던 왕고참 신 작가가 그녀를 알아보고 의자를 내주었다. 친분이 깊은 사이는 아니지만 딱히 피해 갈 이유도 없기에 현아는 주문한 아메리카노를 들고 신 작가 옆에 앉았다.

"뭐 하고 계셨어요, 여기서."

"우린 그제 촬영한 거 편집본 나오면 자막 넣으려고 기다리고 있지."

"아, 선배님 지난주에 첫 방이었죠? 재밌던데요? 몇 프로 나왔어요?"

"2% 조금 넘어. 3%는 안 되고."

"와! 대박! 역시 선배님 관록이⋯⋯."

"대박은 무슨. 평타 겨우 쳤어. 우리보다야 너네 이번 개편이 진짜 대박이던데? 잘빠졌더라."

"언제부터 1.1%가 대박이었단 말인가요?"

"꼭지가 1% 넘으면 대박 맞지. 어차피 광고 없는 프로그램 사이사이에 들어가는 거, 뭘 더 바라?"

"국장님은 그렇게 생각 안 하시지 말입니다."

"국장님 신경 쓸 게 뭐가 있어? 넌 그냥 권미영이만 신경 써."

"권 선배? 권 선배가 왜요?"

"어라? 너 모르니? 걔 첫 방 완전 죽 쒔어. 1%도 안 나왔대. 꼴에 아는 사람은 많아 가지고 패널 엄청 빵빵하게 데려왔는데 얼마나 쪽팔리겠어. 그래서 너한테 이 바득바득 갈고 있다더라. 걔 너 못 잡아

먹어서 안달이잖아."

"그랬어요?"

왠지 뒤숭숭해진 현아가 뒷머리를 헝클어뜨렸다. 평소 관심이나 두던 사람이라면 잘됐다, 꼬시다, 비웃기라도 하지 아예 관심 밖에 있던 사람의 불행은 웃음거리도 안 되었다. 현아의 관심사는 미저리가 섭외해 왔다는 그 **빵빵**한 패널들이었다. 아, 그 예산의 절반만 줘도 내가 임승효 토사구팽 하는데.

"그래도 어떻게 국장님을 신경 안 써요. 제 월급이 국장님한테서 나오는데."

"얘가 얘가 아직도 뭘 모르네. 원래 여자들 질투가 성격 지랄맞은 사수보다 더 무서운 거야. 민대머리가 널 아무리 좋게 봐 주려고 해도, 여기저기서 네 욕만 해 봐. 열 번 찍어 안 넘어가는 나무 없다는 말이 괜히 나오겠어?"

"에이, 좀 넘어가면 어때요? 그렇게 잘생긴 호스트랑 프로그램 진행하면서. 저 같으면 권 선배도, 국장님도 다 신경 안 쓰고 프로에만 신경 쓰겠어요. 맛있는 거 먹고 훈남 셰프 보면서 눈요기도 하고. 그야말로 씹뜯맛즐! 박 선배 완전 땡 잡은 거라니까요?"

현아보다 두어 살 어린 다른 작가가 신 작가를 거들고 나섰다. 두 여자는 서로서로 승효에 관한 정보를 공유하며 여고생처럼 꺄악거렸다. 현아는 지들끼리 좋아 죽는 두 여자를 내버려 두고 몸서리치는 휴대폰을 집어 들었다. 이런 상황에선, 집안 좋고 잘생기고 목소리도 좋은 그 남자의 실체 같은 건 밝히지 않는 게 좋다. 어차피 듣지도 않을 테니까.

"헉!"

그녀는 얼결에 뱀이라도 잡은 사람처럼 손을 파다닥 떨었다. 발신자 암 셰프. 어느 날 밤, 잠자리에 들었을 때 방문 바깥에서 낯선 남자의 목소리를 듣게 된 팔순 할머니의 기분이 어떤 것일지 느껴진다. '박현아야으아야(에코), 박현아야으아야(에코).' '누, 누구시오?' '때가 되었다. 가자.'

그래, 먹으러 갈 때가 되었구나.

"누군데 그래?"

"글쎄요……. 저승사자쯤 되려나? 아니면 미래의 위대한 살인자 꿈나무?"

"잘생긴 살인자 괜찮지."

현아의 말을 농담으로만 받아들인 신 작가는 스스로의 결론을 긍정했다. 머리를 정돈하고 목소리를 가다듬는 현아의 태도는 분명 수상해 보였다. 두 여자는 썩어 들어가는 현아의 표정에도 아랑곳없이 자기들만의 나래를 펼쳤다.

"스톡홀름 신드롬은 언제나 유효한 거 아니겠어?"

"그게 진짜 썸 타는 거죠. 대놓고 사랑에 빠질 순 없잖아요."

과감하게 두 여자를 무시하기로 결정한 현아는 주변의 모든 공기를 제 폐 속에 집어넣을 기세로 심호흡을 하고 전화를 받았다. 그래도 오늘은 희망이 있었다. 사전답사 가는 날에도 와서 밥 먹으라고 하진 않겠지.

"네."

― 임승효입니다.

"아는데요?"

곧장 본론으로 들어갈 줄 알았는데, 뜻밖에도 그는 침묵했다. 현아는 고개를 갸웃하며 입술 가죽을 뜯었다.

"왜 그러세요?"

— 아무것도 아닙니다. 오늘은…….

"아, 셰프님. 저 오늘 사전답사 가요. 말씀 안 드렸던가요? 벌써 내려갈 필요 있냐고 물어보시려고 그러죠? 제가 중간에 잠깐 어디 들러야 하거든요. 들렀다가 남원 내려가면 시간 딱 맞을 것 같아요. 너무 아쉬워요, 오늘도 기대하고 있었는데."

오늘만이라도, 단 한 끼만이라도 맘 편하게 짜장면이나 라면, 김밥 같은 것을 먹고 싶은 현아는 입에 침도 안 바르고 거짓말을 쏟아 냈다. 어차피 내일 만나면 또 지적당하겠지만 중요하지 않다. 주말에 풀코스를 먹으려면 속 좀 비워 줘야지.

하지만 언제나 그렇듯, 승효는 그녀의 머리 꼭대기에 올라가 있었다.

"예? 예? 아니, 왜요? 아니, 괜찮아요. 안 그러셔도 돼요. 저 가서 그냥 숙소만 잡을 거예요. 내일 오세요, 내일. 아니, 정말 괜찮다니까요? 셰프님 바쁘시잖아요. 아니, 사양한다니까요?"

그 순간 현아의 전화 상대를 깨닫고 귀를 쫑긋거리고 있던 두 여자는 확실히 보았다. 현아가 죽은 것을. 비유적인 의미가 아니다. 현아는 푸르뎅뎅한 안색으로 자신에게 사망선고를 내리고 있었다.

"왜? 왜? 뭐야? 호스트가 너 사전답사 가는 거 따라온대?"

"와! 완전 젠틀! 근데 박 선배 표정은 왜 그래요?"

거대한 스캔들의 냄새를 맡은 두 여자가 어서 말해 보라며 현아를 채근했다. 분노와 좌절, 절망과 공포를 한꺼번에 맛본 현아는 두 여자의 손길을 뿌리쳤다. 커피숍을 뛰쳐나가는 그녀의 뒷모습은 마치 석양을 향해 달리는 어느 만화의 비극적인 주인공 같았다.

아아, 웃고 있어도 눙물이 난다.

순수함이 전제된 하얀 거짓말은 악의로 똘똘 뭉친 비난보다 나쁘다. 다른 사람의 동의를 얻기 힘들지 모르지만 아무튼 승효는 그렇게 생각했다. 하루 이틀 사이에 자리 잡은 생각이 아닌, 근 두 달여간 차곡차곡 쌓인 확신이었다.

가장 최악은 그 하얀 거짓말을 들키는 것이다. 예를 들면, 접시에 담긴 고기를 씹기도 전에 맛있다고 손가락을 치켜든다거나, 곧 죽을 상을 해 가지고 나타나 '셰프님하고 같이 내려가면 심심하진 않겠어요!' 라고 발랄하게 말하는 것과 같은 행동들. 정말 천인공노할 일이 아니라 할 수 없다.

거짓말할 자신이 없으면 하지를 말든가, 했으면 들키지나 말지.

"예? 뭐라고 하셨어요?"

벨트를 매던 현아가 물었다. 생각이 입 밖으로 튀어나온 모양이다. 본의는 아니지만 나름 포커페이스라는 소리를 듣는 승효는 이 상황이 익숙하지 않았다. 하여간 평정심을 깨트리는 데는 일가견이 있는 여자다. 모르긴 몰라도 어느 절에 던져 놓으면 스님 여럿 잡았겠다.

"아뇨. 운전하시죠."

오늘 일만 해도 그렇다. 함께 내려가는 걸 질색하는 게 보이기에 볼일 있어서 빨리 출발한다는 말도 거짓말인 줄 알았다. 하지만 그건 진짜였고, 덕분에 그는 서울 시내의 퇴근길 정체를 온몸으로 체감하게 되었다.

바로 이런 게 싫다. 괜히 의심한 사람만 나쁜 놈 만드는 이상한 솔직함. 진실도 아니고 거짓도 아닌 애매한 경계선. 적어도 그녀는, 정말 맛이 없다고 느낄 땐 입을 다무는 현명함까지 가지고 있었다.

문제는 그 침묵의 발생 빈도가 너무 높다는 점이다. 어떻게 그럴 수 있을까? 아무리 혀에 MSG를 처발랐어도 두 달이면 좀 바뀌어야 정상일 텐데. 증세가 너무 심각해서 한 끼로는 안 되나? 그럼 역시 하루 세끼를 다 먹여야…….

"어우, 추워. 갑자기 왜 이러지?"

오한이라도 느꼈는지 양손을 가랑이 사이에 끼운 현아가 어깨를 움츠렸다. 놀랄 만한 육감이었지만 승효는 감탄하지 않았다. 본래 사람의 육감이라는 건 다른 감각들의 부족함을 채워주기 위해 발달한 경우가 많으니까, 저 몹쓸 미각을 대신하려면 어지간한 육감으로는 턱도 없다. 승효의 관점에서 현아는 진작 신내림이라도 받았어야 했다.

"셰프님, 많이 더우세요? 괜찮으시면 에어컨 좀 꺼도 될까요?"

아마 그녀는 자신이 느끼는 한기의 정체가 에어컨 바람이라고 생각하는 것 같았다. 승효는 현아가 알았다면 백 리쯤 달아날 계획을 숨기고 태연하게 고개를 끄덕였다.

밀폐된 차 안은 에어컨을 끄기 무섭게 후덥지근해졌다. 대기오염 때문인지, 이상기후 때문인지, 서울에선 더 이상 봄을 찾기 어려웠다. 셔츠 자락으로 바람을 만들어 내는 승효의 행동에 그녀가 창문을 열었지만 차와 사람으로 가득 찬 도로는 공기 순환에 전혀 도움이 안 되었다. 룸미러로 승효의 눈치를 보던 현아가 혼잣말처럼 중얼거렸다.

"기름 넣어야 하는데…….'

"그 짧은 줄임표를 언어로 바꾸자면, 기름 넣어야 하는데 주유소 좀 들러도 되겠냐, 란 뜻이겠군요. 아, 그렇게 감동할 필요 없습니다. 제가 안 된다고 할지도 모르니까요."

"트렁크에 신나 있어요."

"신나는 왜……."

되물으려던 승효는 시너를 넣어도 차가 굴러간다는 사실을 뒤늦게 깨닫고 경악했다. 전직 공학도인 승효에겐 있을 수도 없고 있어서도 안 되는 일이었다.

"실험해 봤습니까?"

"기름값이 한계선 뚫었을 때 한 두 달 넣어 봤는데요. 누가 알려 줘서."

"그런 짓 하면 차 내구연한 짧아집니다."

"괜찮아요. 연식 십 년 된 중고차였거든요. 비싼 차였으면 저도 그런 짓 안 했죠. 근데 이 차는 비싸거든요. 그러니까 기름 좀 넣고 갈게요."

주유소 표지판을 본 그녀가 우측 깜빡이를 켜자, 차들이 마지못해 공간을 내주었다. 가격 면에서 좀 값싼 외제차에 준하는 고급 SUV는 별 어려움 없이 주유소에 도착할 수 있었다. 기름깨나 먹는 SUV의 등장에 주인이 반색하며 뛰어나왔다.

"얼마치 넣어 드릴까요?"

"아저씨, 저 좀 많이 넣을 건데 두 번 결제 돼요? 2만 원, 18만 원 나눠서."

주인은 잠시 난색을 표했지만 선선히 그러마, 했다. 하긴 땅 파서 장사하는 것도 아니니 그렇게라도 버는 게 이익이다. 그녀는 18만 원 짜리 영수증을 따로 챙겨 영수증철에 넣었다.

"회사 제출용이군요."

"영수증 안 챙기면 얄짤 없거든요."

"그럼 굳이 나눠서 결제할 필요 없지 않나요?"

"회사 차잖아요."

아주 당연하다는 듯, 그녀가 대답했다. 승효는 짧은 시간 필사적인 사고의 과정을 거치고 나서야 그 당연한 대답이 뜻하는 바를 이해할 수 있었다.

"2만 원어치는 개인적인 볼일에 사용했으니까?"

"그렇죠. 역삼에서 그냥 양재 IC로 빠지면 될 걸 고속터미널로 왔잖아요. 돌아왔죠. 이따가 동부이촌동도 가야 하고. 먼 거리는 아니지만 그래도 찜찜해서요. 에게? 20만 원이나 넣었는데 이만큼밖에 안 올라가?"

그녀는 기름값이 너무 올랐다며 한 번 투덜거리고 시동을 걸었다. 쓸데없는 도덕심이라고 할 수도 있겠지만 싫지 않다. 승효는 시선을 왼쪽 아래로 내려, 기어를 만지작거리는 그녀의 손을 바라보았다. 변속기에 비해 한참 작은 손이 꼬물거리고 있었다.

차는 사람이 걷는 것과 비슷한 속도로 달려, 겨우겨우 고속터미널에 도착했다. 아무래도 그녀의 개인적인 볼일이란 터미널 그 자체에 있는 듯했다. 그녀는 잠시만 기다리라는 말과 함께 사라졌다가, 약 10분 후쯤 나타났다. 그런데 다시 돌아올 때는 혼자가 아니었다.

"남자……?"

아니, 과연 남자라고 할 수 있을까? 고등학교 들어가고 나면서부터 급속도로 늙는 대한민국 청소년들의 특징을 고려해 볼 때, 아직 뽀송 뽀송해 보이는 일행의 나이를 16세 미만이라고 추정하는 건 합리적인 판단이다.

하지만 단정할 수만은 없는 것이, 키가 너무 컸다. 커도 너무 크다. 잔디인형처럼 뽀족뽀족 솟아난 머리카락 높이를 빼도 180은 훨씬 넘는다. 이 역시, 고등학교 들어간 이후에도 크는 남자들의 보편적인 성장 속도를 생각할 때 저놈, 혹은 저 남자가 얼마나 클지는 짐작조차 할 수 없다. 뭐냐, 너? 티탄족이냐?

남자가 뭐라고 했는지, 현아가 깔깔 웃으며 그의 등을 쳤다. 폭력적으로 보이지만 대단한 친밀감의 표시다. 호의와 관심이 가득한 몸짓과 환한 웃음. 아무래도 업무상 아는 사이 같지는 않았다.

불쾌함과 배신감을 동시에 느낀 승효가 다리를 떨었다. 불쾌함의 원인은 업무보다 개인적인 볼일을 우선시한 그녀의 방만한 태도 때문이다. 하지만 배신감은 어디서 오는 걸까?

서로 이야기 나누는 데 정신이 팔린 두 남녀는 주위를 돌아보지도 않았다. 방송국 딱지가 붙은 차량을 발견한 남자(혹은 청소년)가 다짜고짜 조수석 문을 열자 현아가 손을 뻗었다.

"한림아, 거긴……!"

"어?"

낯선 얼굴과 맞닥뜨리게 된 한림이 멈칫했다. '청소년이군.' 상대의 나이를 확신한 승효는 어쩐지 느긋해진 기분이 되어 앞머리를 쓸어 올렸다.

"누구시죠?"

"아, 셰프님, 얘는 제 친구 동생이에요. 지난번에 말씀드렸던 그 가슴친구 있죠? 걔 동생. 아들 아니냐고 묻고 싶어 하시는 듯한 그런 표정은 관두시고요. 나이 차이가 많이 나는 동생일 뿐이거든요? 한림아, 인사드려. 누나 프로그램 호스트분. 굉장히 유명한 셰프님이야. 압구정에서 가게 하시니까 나중에 여자 친구랑 데이트라도 할 계획 있으면 미리 잘 보여 둬."

장황한 현아의 설명으로 소개를 대신한 두 남자는 각자의 방법으로 인사를 했다. 승효가 손을 내밀자 한림이 고개를 꾸벅 숙였다. 승효는 무안해진 손을 바지 주머니에 찔러 넣었다.

"……임승효입니다."

"강한림이요."

그리고 아무런 변화도 일어나지 않았다. 당황한 현아는 조수석에 달라붙은 듯 꿈쩍도 않는 승효와 짝다리로 선 한림을 번갈아 가며 바라보았다.

"제가 거기 앉아야 할 것 같은데."

"어째서죠?"

"원래 뒷좌석에 앉는 사람이 더 어른이라고 배웠거든요."

"어른이라 뒤에 앉아야 한다니. 권위에 굴복하는 성격인가 보군요."

예쁘다는 표현 대신 구리다는 말을 입에 달고 살고, 친구를 때린 뒤 '누가 너 때리면 좋아?' 라는 선생님의 말에 '네, 좋아요. 완전 좋은데요?' 라고 대답해야 직성이 풀리는, 그리고 그걸 멋있다고 생각하는 청소년에게는 심히 모욕적인 발언이었다. 한림은 가방의 어깨끈을 잡은 손에 힘을 주었다.

"누나랑 할 이야기도 많아서요. 이야기하려면 뒷자리보다 앞자리가 편하잖아요."

"그 편리함은 좀 이기적이네요. 내가 뒷좌석으로 가도 한림 군 내린 뒤엔 다시 앞으로 와야 할 텐데요. 편리함은 차치하고서라도, 시간의 효율적인 소비라는 측면에서 내가 여기 앉아 있는 게 맞습니다."

"오케이! 거기까지!"

대체 왜 이렇게 되는지는 모르겠지만, 돌아가는 상황이 하 수상하다고 여긴 현아가 끼어들었다. 두 남자의 주의를 끄는 데 성공한 현아는 누구 편을 들어야 후환이 덜할지 생각했다.

결론은 쉽게 났다. 자존심 상한 임승효가 저에게 어마어마한 코스 요리를 내미는 것보다, 동생이 무시당했다는 걸 알게 된 예림이 임승효에게 암살자를 보내는 게 훨씬 무섭다. 정확하게는 승효의 사망으로 인해 두 달 동안 프랑스 요리를 먹은 그녀의 노고가 물거품이 되는 게.

"셰프님이 뒤로 가세요."

"말했듯이 시간의 효율적인……."

"시간을 효율적으로 사용하고 싶었다면 말싸움을 말았어야죠. 그 시간에 자리를 옮겼으면 백번은 옮겼겠네. 됐고, 셰프님이 뒤로 가세요."

"왜요?"

"제 차니까!"

'내 거야.' 예로부터 전해 내려온 가장 확실한 한 방이다. 내 거니까 손대지 마, 우리 집이니까 너 나가, 내 차니까 네가 뒤로 가. '내 거'라는 대전제는 모든 논리를 무용지물로 만들었다. 물론 이 비싼 SUV가 방송국 차라는 사실을 지적할 수도 있었지만 현아는 그럴 기회도 안 주었다.

"셰프님은 방송국 차라고 하고 싶으시겠죠. 하지만 방송국에서는 저를 믿고 차를 내준 거거든요? 사고 나면 제 책임이고, 그러니까 이 차는 제 차예요."

한 손을 허리춤에 올린 현아가 뒷좌석을 가리켰다. 더 이상 말해 봤자 소용없겠다고 판단한 승효가 내리자, 한림이 냉큼 조수석에 올라탔다.

승효는 되바라진 한림의 태도에 불쾌해하고, 말도 안 되는 억지까지 써 가며 한림의 편을 들고 나선 그녀의 어리석음에 불쾌해하고,

결정적으로 그녀의 어리석음에 불쾌해하는 자신에게 불쾌해하며 뒷좌석에 앉아 다리를 꼬았다. 무릎이 조수석 시트 뒷면에 부딪쳤지만 불쾌함을 표현할 수만 있다면 불편함쯤은 감수할 수 있었다.

하지만 불쾌함을 느낀 사람은 승효뿐이었다. 할 이야기가 많다는 말이 사실이었던 듯, 현아와 한림은 뒤에 앉은 승효를 인식 밖으로 내던져 버리고 끊임없이 수다를 떨었다.

"서울 집으로 바로 데려다 주면 되지?"

"아, 나 간만에 서울 왔는데. 강남에 내려 주면 안 돼요?"

"헛소리한다. 내일 경시대회 나가는 녀석이 강남은 무슨 강남이야? 네가 이럴까 봐 니네 누나가 나 보냈지."

"정말 우리 누나가 보냈어요? 엄빠가 아니라?"

"아줌마가 전화하기 전에 니네 누나가 먼저 전화했어. 걔가 널 얼마나 신경 쓰는데."

"에이, 거짓말. 3살 된 동생 머리를 샤프로 찍은 우리 누나가 날 신경 쓴다고? 엄마한테 혼날까 봐 피 철철 흘리는 동생을 책상 밑에 숨겨 둔 우리 누나가?"

"야, 그땐 너희 누나도 어렸잖아. 잊어, 잊어. 그런 건 잊는 게 좋아. 현재만 바라보란 말이야."

관심 없는 척, 두 사람의 대화에 신경을 곤두세우고 있던 승효가 고개를 저었다. 그가 파악한 바에 의하면 꼬맹이는 좀 사는 집 자식이고('서울 집이 있으면 부산 집도 있냐?'), 공부를 좀 하고('공부 잘하면 뭐하나? 싸가지가 없는데. 이래서 부자들이 안 돼. 인성교육 알기를 개똥으로 알아.'), 누나랑 사이가 안 좋았다.('샤프로 머리를 찍었다고? 죽었어야 하는 거 아니야?') 그리고 현아는 꼬맹이의 성장 과정 전반을 알 만큼 꼬맹이의 누나와 친했다. 아니, 꼬맹이와 친했다.

배신감이 섞인 불쾌함처럼, 정체를 명확하게 규정할 수 없는 감정이 또 한 번 몰아쳤다. 굳이 비유하자면 친구라고는 나밖에 없는 줄 알았던 내 절친에게 사실은 다른 친구들도 많다는 걸 알게 되었을 때 느끼는 감정과 비슷했다.

하지만 이건 그저 비유에 지나지 않는다. 그리고 비유는 본질을 결코 설명할 수 없다. 일단 그와 현아는 '절친하다' 라는 형용사를 붙일 만한 관계가 아니었다. 절친한 원수, 절친한 앙숙, 절친한 견원지간 같은 언어도단격인 단어가 성립된다면 모를까.

원인 불명, 정체불명의 모호한 감정은 여름날 녹아내린 버터처럼 기름졌고 발효가 잘못된 빵처럼 흐물거렸다. 파악하려고 애를 쓰면 손가락 사이로 빠져나가 버려 왠지 모를 허전함을 주었던 그의 레시피 같았다.

……찜찜하군.

복잡다단한 감정만으로도 충분히 골치가 아픈데, 레시피까지 떠올리자 머리가 울렸다. 승효는 오만상을 찌푸리며 창문에 머리를 기댔다. 마침 조수석 창문이 열려 있어, 사이드미러에 비친 한림의 얼굴을 볼 수 있었다.

승효와 눈이 마주친 한림이 씨익 웃었다. 나이가 믿기지 않을 정도로 성숙한 비웃음이었다. 그 웃음을 본 승효는 한림이 사라지는 순간이 두통도 사라질 것임을 직감했다.

얕은 언덕길을 올라간 차가 어떤 집 앞에 섰다. 담벼락 위로 보이는 지붕이 고풍스러운 그 집은, 국경일에 집 면적에 따라 태극기를 걸어야 한다면 8개는 걸어야 할 정도로 컸다. 승효는 처음보다 더 초조한 마음으로 동부이촌동에 이 정도 규모의 집을 가질 만한 사람을 꼽아 보았다. 탁 떠오르는 사람은 아무도 없다.

"다음에 봐요, 누나."

차에서 내린 한림이 창문으로 얼굴을 집어넣었다. 빨리 들어가라며 현아가 손을 흔들었다.

"그래. 들어가서 쉬어."

"누나는 한참 뒤에나 쉴 수 있겠네요. 조금만 기다려요. 내가 면허 따면 누나 가는 데 다 따라다니면서 공주님처럼 모실게요."

"여기서 날 새울 생각이 있으시다면 저는 가 보겠습니다. 출발할 때 연락하시죠."

아쉬움 가득한 두 사람 사이에 승효가 끼어들었다. 현아는 손사래를 쳤다.

"아, 아니에요. 강한림, 빨랑 들어가. 내일 시험 잘 보고. 내려갈 때 연락하고."

"예스, 마이 마제스티(majesty)."

씩씩하게 대답한 한림이 군인처럼 거수경례를 하며 웃었다. 하지만 한림의 웃음은 승효의 작은 손짓 한 번에 와장창 깨졌다. 뭔가 손바닥을 간질이는가 싶더니, 손바닥이 조금 더 높이 올라갔다. 한림은 현아를 대할 때의 공손한 태도를 집어치우고 뻬딱하게 물었다.

"뭐죠?"

"위치가 틀렸어요."

"어른스럽지 못하시네요."

"아이의 잘못을 바로잡아 주는 게 어른의 역할이죠."

벨트를 맨 승효가 한림을 돌아보며 고요하게 웃었다. 그 웃음이 저의 머리 넘기기와 같은 전투태세라는 것을 알고 있는 현아는 액셀을 밟았다.

"예, 예. 갑니다, 가요. 한림아, 누나 간다."

"어? 누나! 진짜 그냥 가요?"

한림이 차 뒤를 따라오며 소리를 질렀다. 승효는 현아가 눈치채지 못하게 사이드미러로 한림을 확인했다. 집에 들어가지 않고 대문 앞에 서서 하염없이 손을 흔드는 모습이 보였지만 신경 쓰이는 그 모습도 차가 언덕길을 내려가면서 사라졌다.

크게 만족한 그는 시트를 뒤로 눕히다 또 한 번 만족했다. 다리를 쭉 뻗기엔 한림이 앉았던 자리가 그에겐 조금 비좁았다. 아, 역시. 다리는 내가 더 길어. 그제야 공평무사한 평소의 임승효답게 한림의 장점을 인정할 수 있었다.

"잘생겼더군요."

"누구……? 아, 한림이요? 네. 잘생겼죠? 쟨 뭘 해도 굶어 죽진 않을 거예요."

기분이 다시 나빠졌다.

"저런 성격으로는 사회생활 힘들 것 같은데요."

"……."

승효가 읽기에 전혀 난해하지 않은 침묵이 흘렀다. '똥 묻은 개가 겨 묻은 개 나무란다더니.'

"난, 성격이 좋진 않아도 유능하니까 괜찮습니다. 나 정도로 유능하기가 쉬운 줄 압니까?"

"한림이도 유능해요."

"유능을 운운할 나이는 아니죠. 기껏해야 공부 '좀' 하는 수준이겠지."

"죄송해요. 전국 1등이 '공부 좀' 잘하는 수준인 줄은 삼십 평생 몰랐어요."

기분이 더 나빠졌다.

"나도 해 봤습니다. 전국 1등."

좀스러워졌다.

"아, 예."

그리고 성의 없는 현아의 대답이 그를 더 좀스럽게 만들었다.

"저런 어린애가 현아 씨 취향입니까?"

"제가 법 없어도 살 사람이라는 말씀 안 드렸어요? 사람을 왜 원조교제녀로 만드세요?"

"원조교제만 아니면 된다는 뜻처럼 들리는데요."

"그럼 좋죠. 잘생겼잖아요."

"나도 잘생겼습니다. 그럼 나도 현아 씨 취향이겠군요."

허리를 한껏 세워 전방을 주시하고 있던 현아가 그를 돌아봤다. 오늘은 화장을 좀 한 듯 눈 주위가 약간 불그스름했다. 평소보다 약간, 아주 좁쌀만큼 다른 그 눈매에 어처구니없게도 침이 마른다.

그는 혀로 입술을 축이고 현아의 대답을 상상했다. 가능성이 높은 것은 '얼굴에도 스타일이란 게 있잖아요.' 날카롭고 진한 이목구비를 가진 한림과 부드럽고 단정한 인상의 그는 확연하게 다르게 생긴 얼굴이었다. 잘생겼다는 공통점만 빼면.

그리고 그녀는 언제나 그가 원하는 대답을 정확하게 피해 갈 줄 아는 여자였다.

"아, 저 얼굴보다 성격 봐요."

……이 여자가!

"진짜예요. 전 나이 좀 있는 남자 좋아한단 말이에요."

불신으로 가득 찬 그의 눈빛을 읽었는지 그녀가 화급하게 설명을

162

덧붙였다. 엄청난 오해를 불러일으키는, 참 좋은 설명이었다.

"법 없이도 살 사람이라고 안 했습니까? 잘 모르는 것 같은데, 어린애나 유부남이나 법에 저촉되는 건 똑같습니다."

"셰프님 가만 보면 참 부정적이세요. 나이 좀 있는 남자가 다 유부남은 아니잖아요. 노총각도 있고, 돌싱도 있고. 세상의 절반이 남잔데."

하마터면 나도 나이 많다고 할 뻔한 승효는 가까스로 위기를 넘기고 가슴을 쓸었다. 잘생긴 건 사실이지만 나이가 많다는 건 사실이 아니다. '많다.'라는 건 지극히 주관적인 표현이니까. 잘생김의 '잘'도 지극히 주관적인 표현이라는 사실 따위는 무시하자. 그는 의식적으로 왼쪽 눈을 찡그렸다.

"뭐, 일단 그렇다고 칩시다. 그런데 아직 나이 많은 남자와 성격을 우선시한다는 취향 사이의 인과관계는 설명 안 했습니다."

"남자와 김치는 익어야 제맛! 나이 많은 남자가 정서적으로도 안정되어 있고 마음 씀씀이도 좋더라고요."

"엘렉트라콤플렉스군요. 어머니랑 사이가 안 좋았나 보죠?"

"셰프님, 오늘 되게 이상하신 거 아시죠?"

"내가요?"

"네. 엄청 이상해요. 왜 이렇게 꼬치꼬치 물어보시는 거예요? 한림이한테 관심이 있으신 거예요, 아니면 캐릭터가 바뀌신 거예요?"

"잠깐만. 한림이라니? 왜 내 관심 대상이 그 청소년이 되는 겁니까? 이 상황에서는 차라리 현아 씨에게 관심 있냐고 물어보는 게 타당하지 않나요?"

"안 타당하죠. 저에게 관심이 있었으면 진작 물어보셨을 테니까. 저와 셰프님 사이가 하루 이틀 된 사이는 아니잖아요. 그런데 오늘 갑자기 이러시는 데는, 오늘 갑자기 나타난 한림이 원인이겠죠. 그러니까 한림이한테 관심이 있다고 생각하는 게 맞죠."

예리한 지적이었다. 할 말은 잃은 승효는 그녀의 빌어먹을 육감에 찬사를 보내며 시트에 몸을 뉘었다. 근데 왜 반쪽짜리야, 왜? 어째서 그 청소년이 촉매제가 되었다는 생각은 못 하는 거야?

"만다린 소스를 얹은 가리비 관자. 정통 프렌치는 아니지만 프렌치가 아니라고 할 수도 없죠. 게다가 정통 프렌치는 만들었을 때 색감이 밝지 않아서 어뮤즈 부쉬로는 썩 적합하지 않습니다. 뽀얀 가리비 관자에 오렌지빛 만다린 소스가 어우러진, 어뮤즈 부쉬답게 눈으로 먹는 요리인 거죠."

"네?"

울컥한 그가 눈을 감고 나직하게 중얼거리자 현아가 기겁했다. 그녀의 '네?'는 단순한 질문 이상의 뜻을 내포하고 있었다. '설마 지금 그게 이번 주말 내가 먹을 요리는 아니겠죠?' 승효는 설마가 사람 잡는다는 걸 몸소 보여 주고 싶어졌다.

"두 번째 접시는 안달루시아식 살모네호입니다. 차게 식힌 토마토 수프라고 할 수 있겠군요. 안달루시아는 지금의 스페인 남부 지방인데, 15세기까지는 이슬람 문화권이었습니다. 살모네호는 스페인 전통 요리인 가스파초를 이슬람식으로 변형한 거죠. 가스파초보다는 조금 더 크리미한 맛이 특징이고 요리를 어떻게 하느냐에 색상이 달라지지만 첫 번째 접시에 맞춰 조금 맑은 붉은색을 띠도록 할 생각입니다."

"셰프님! 저 영화 보기 전에 예고편 절대 안 보는데!"

"전 예고편 꼭 봅니다. 세 번째 접시는 모차렐라 치즈를 올린 카나페입니다. 카나페 정도는 알고 있겠죠. 다만 카나페 반죽에 블루베리를 섞을 겁니다. 그럼 상당히 아름다운 보라색이 나오죠. 각자의 접시에 오렌지색과 붉은색, 보라색이 담겨 있습니다. 그래서 어뮤즈 부쉬를 오케스트라 연주 전의 악기 조율에 비교하는 겁니다."

"이건 불합리하고 부당하고 불온당해요! 추리소설 읽고 있는데 범인 알려 주는 거랑 똑같단 말이에요! 제 기대감을 지금 셰프님이 깨고 있으시다고요!"

"약 팔지 말라고 했죠? 어뮤즈 부쉬 다음은 오르되브르입니다. 오르되브르도 세 종류죠. 3은 완전한 숫자니까요. 첫 번째 접시는 파슬리를 올린 에스카르고……."

"아! 라디오 들어요, 우리! 교통방송!"

승효의 설명이 장황해질수록 현아의 목소리가 커졌다. 그녀는 분주하게 라디오를 켜고, 라디오에서 나오는 노래를 따라 불렀다.

"너의 모든 순간, 그게 나였으면 좋겠다. 생각만 해도 가슴이 차올라. 나는 온통 너로…… 왜 발라드야!"

아마 그녀는 영화관에 들어가기 직전, 스포에 의해 보려던 스릴러 영화의 결말을 알아 버린 관객의 심정을 고스란히 느끼고 있을 것이다. 심지어 기대하고 있던 영화도 아닌, 절친한 원수 때문에 억지로 보게 된 영화였다.

파르르르 떨리는 눈가, 부산하게 움직이는 눈동자. 주먹을 쥐었다가 펴고 이를 물어 하얀 목에 핏대를 세우는 그녀는 죽도록 재미없는 영화를 2시간 동안 봐야 하는 여자가 할 수 있는 모든 것을 보여 주고 있었다.

"플라 드 주르는, 굳이 번역하자면 주방장 추천요리 정도 되겠군요. 마데이라 소스를 곁들인 사슴고기. 본래 사슴고기는 가을이 제철이지만, 이번에는 새끼사슴 고기를 쓸 생각이라 계절적으로도 딱 맞습니다. 마데이라 와인은……."

"행복한 순간마다 내 곁에는 TBN 한국 교통방송. 랄랄라, 여러분의 TBN 랄랄라, 한국교통방송!"

"제 설명이 듣기 싫으신가 봅니다."

"아니에요! 좋아하는 노래라서 그래요."

그녀가 그를 바라보며 씨익 웃어 보였다. 이를 앙다물긴 했지만 어떻게든 웃고 있는 입과는 달리 억지로 웃지 못하는 눈은 완벽한 짝짝이를 그리고 있었다. 승효는 자꾸만 올라가려고 하는 입꼬리를 애써 내리고 무덤덤한 표정을 만들었다.

아아, 이래서 고모가 그렇게 승연이를 괴롭혔구나.

❖

두 사람은 자정이 다 돼서야 남원에 도착했다. 숙소는 지리산 자락에 자리 잡고 있는 콘도였다. 허름한 외관과 달리 내부는 깨끗했고, 평일치고 사람이 생각보다 많았다.

"이번 주에 무슨, 지리산 올레길 걷기 축제인가 뭔가 시작했거든요. 그래서 그런지 좋은 방이 다 나갔대요."

체크인을 마친 현아가 그에게 방 열쇠를 주며 변명 아닌 변명을 했다. 승효는 키를 쥐었다. 그가 받은 전자키에는 402호라고 적혀 있었다.

"현아 씨 방은 어디죠?"

"옆방이요. 온돌방이라선지 방이 몇 개 남아 있더라고요. 문제는 4층 리모델링이 아직 안 끝났다는 거죠."

과연, 4층 복도는 로비와 같은 건물이라는 것이 믿어지지 않을 정도로 지저분했다. 복도 구석구석 쌓여 있는 인테리어 자재와 이제 막

공사를 시작한 듯 페인트칠이 벗겨져 나간 벽, 음산한 복도 조명까지. 훌륭한 폐가가 갖춰야 할 거의 모든 조건을 갖추고 있었다.

"방 후진 거 드려서 죄송해요."

"괜찮습니다. 먼저 들어가시죠. 운전하느라 피곤하셨을 텐데."

"셰프님도 푹 쉬세요. 내일 일어나시면 연락 주시고요."

방음이 형편없는 듯, 여기저기서 산발적으로 투숙객의 목소리가 새어 나왔다. 엿듣고자 작정하면 뭐라고 하는지 구체적인 내용까지 들렸다. 현아를 먼저 들여보낸 승효는 문손잡이를 돌려 보고 밖에서는 열리지 않는다는 것을 확인한 뒤 그의 객실로 들어왔다.

객실 안은 복도에 비하면 경이로울 정도로 깔끔했다. 인테리어 전반에 느껴지는 촌스러움은 어쩔 수 없지만 이불 상태나 욕실 상태는 매우 만족스러운 수준이었다. 겉과 속이 이렇게 다르다니. 아무래도 이 콘도는 반전을 콘셉트로 잡은 것이 틀림없다.

"골라도 꼭 자기 같은 걸……."

또 다른 반전의 소유자를 떠올린 승효가 중얼거렸다. 그에 호응하듯 옆방에서 소리가 들렸다. '좋아! 좀 시끄럽지만 이불이 깨끗하니까 봐주겠어!' 그는 허리춤에 손을 올린 그녀를 상상하곤 소리 죽여 웃었다.

샤워를 마치고 욕실에서 나올 때까지만 하더라도 그는 분명 잘 생각이 있었다. 하지만 정작 이불 위에 눕자 잠이 안 왔다. 맘 편히 잠들기엔 옆방에서 흘러 들어오는 소리가 신경에 거슬렸다.

반대편 방에서 술 취한 남자 셋이 떠드는 소리보다, 가장 가까이에서 들리는 제 심장 소리보다, 그녀가 내는 소리가 압도적으로 컸다. 이럴 때는 소리에 집중하는 것도 하나의 방법이다. 가슴에 손을 올린 승효는 울타리를 뛰어넘는 양을 세는 대신, 소리를 따라 그녀의 동선을 머릿속에 그렸다.

위잉, 그녀가 머리를 말리기 시작했다. 짧은 단발머리는 금방 말랐다. 대충 물기만 털어 낸 그녀는 드라이기 코드를 빼고 선을 돌돌 말아 식탁에 올려놨다.

벽장에서 이불을 꺼내 바닥에 깔고 냉장고에서 물을 꺼내 마셨다. 젖은 수건을 턴 다음, 식탁 의자에 널어놓았다. 그리고 의자를 가지런히 줄 맞춰 정리했다.

약간의 집중력만 있다면 상상은 어렵지 않다. 위잉, 달칵, 풀썩, '아, 시원해.', 탈탈, 드르륵. 소리는 생각보다 많은 것을 전달해 주었다.

잠깐 조용해지는가 싶더니, 문 여는 소리가 났다. 방 키를 챙긴 그녀가 밖으로 나갔다.

밖으로……?

승효가 벌떡 일어났다. 멀어졌던 발걸음 소리가 그의 객실 바로 밖에서 들렸다. 그는 허겁지겁 옷을 갈아입었다. 나가기 전에 거울을 보고, 아직 다 마르지 않은 앞머리를 자연스럽게 흐트러트렸다.

"음. 역시 잘생겼어."

엄지를 치켜들자 네 말이 맞다는 듯 거울 안의 그도 엄지를 들어 주었다. 자기애와 자신감 장착 완료. 그는 지체 없이 문을 열었다.

두세 발짝 앞에서 걷고 있는 그녀는 편해 보이는 보라색 후드 티와 아이보리색 트레이닝 바지를 입고 있었다. 후드 티 앞주머니에 손을 찔러 넣고 어깨를 움츠린 뒷모습이 성장이 빠른 초등학생이라고 해도 믿을 정도였다.

"어디 가요?"

"히이이이이이이이익! 우아악! 우엇!"

뒤에서 사람 목소리가 들리면 어느 정도 놀라는 게 당연하지만 그녀의 놀람은 경기를 방불케 했다. 그녀는 승효의 얼굴을 본 후에도 계속 소리를 지르다, 그를 원망스럽게 쏘아봤다.

"셰프님! 놀랐잖아요! 왜 뒤에서 나타나시고 그래요?"

"앞에서 나타났으면 안 놀랐을 거라고 하는 것 같습니다?"

"좀 덜 놀라죠! 뒤에서 나타나는 건 연쇄살인마나 납치범이지만 앞에서 나타나는 건 기껏해야 변태니까."

변태보다 대단하게 봐 줘서 고맙다고 해야 할지, 사람을 범죄자로 만드냐며 기분 나빠 해야 할지 모르겠다. 그러나 어쨌든 말은 되었다. 승효는 주장의 타당성을 인정하고 현아와 함께 엘리베이터에 올라탔다.

"그런데 정말 어디 가려는 겁니까?"

"잠이 안 오고 배도 고프고 해서…… 뭐 좀 먹을까 하고요."

"콘도 안에 있는 식당들은 다 문 닫았을 텐데요?"

"한 15분 가면 늦게까지 하는 데 있거든요. 관광객들 상대하는."

"차로 15분이면 꽤 먼 거리군요."

"걸어갈 거예요."

"걸어간다고요?"

"네. 왜요?"

왜요라니. 그가 묻고 싶은 말이었다. 비록 초등학생으로 착각할 만한 체격을 가지고 있지만 현아는 어엿한 성인 여성이었다. 밤길이 안전한 나이가 아니라는 이야기다. 아니, 아이라면 오히려 더 위험할 수도 있었다.

"같이 가죠."

"예?"

"그렇게 소리 지를 필요 없습니다. 귀 안 먹었어요. 마침 저도 출출하던 참인데 잘됐군요."

"제가 가는 식당들 마음에 안 드실 텐데요!"

"뭐. 기적이라는 것도 있으니까."

"……아, 예."

콘도 앞에는 왕복 2차선의 자동차 도로 한 개뿐이었다. 승효가 어느 쪽이냐고 묻자 현아가 오른쪽으로 턱을 움직였다. 산을 깎아 만든 좁은 도로를 두 사람은 천천히 걸었다.

"왜 안 주무시고 계셨어요? 시끄러워서 잠이 안 오셨어요? 방이 너무 후지긴 하죠?"

"별로. 그럭저럭 괜찮았습니다. 그리고 저 잠자리 잘 안 가립니다."

까다로운 성격이긴 하지만 승효는 의외로 아무 데서나 잘 잤다. 침대가 없으면 바닥에서 잤고, 바닥이 더러울 땐 의자에 앉아 팔짱을 끼고 자는 것도 가능했다. 심지어 책상에 이마를 박은 채로 잘 수도 있었다. 주방 설거지부터 시작했던 프랑스 유학 시절에 쌓은 노하우 덕분이었다.

"16시간 동안 설거지하고 요리 배우려면 하루 24시간이 부족하죠. 어떤 날은 화장실 변기에 앉아서 잔 적도 있습니다."

"정말요? 프랑스에는 유명한 요리학원들 많잖아요. 그런 데 졸업해도 설거지부터 시켜요?"

"학원 안 다녔는데요?"

"엥? 왜요?"

"그야 당연히 돈이 없었으니까. 그래서 생활비도 벌 겸, 요리도 배울 겸 설거지를 시작한 거죠. 프랑스가 의외로 인종차별이 있는 나라라, 그 자리도 겨우 구했어요."

"왜……."

그녀의 눈에서 궁금증이 폭발했다. 승효는, 요리를 배우겠다고 했을 때 보았던 아버지의 분노와 어머니의 실망을 간략하게 줄였다.

"저희 부모님은 상식적인 분들이시거든요."

"아. 하긴. 원래는 공학도라고 하셨지. 그래서 그냥 허락도 없이 프랑스로 슝? 무일푼으로? 셰프님 생각보다 막무가내시네요."

"무슨 소릴. 원래 갈 때는 구조공학 공부를 하려고 했어요. 독일 음식에서 벗어나고 싶었던 거지, 요리를 배울 생각으로 간 건 아닙니다."

"그런데 어쩌다가?"

"어느 날엔가…… 사 먹으러 나가는 것도 귀찮아서 집에 있는 재료 가지고 오믈렛을 만들었는데 맛있더군요. 재능이 있었던 거죠. 하긴……."

앞머리를 쓸어 올린 그가 말을 멈췄다. 현아는 저도 모르게 까치발을 하고 서서 그를 올려다보았다. 사람 좋게 처진 눈이 눈가에 부드러운 주름을 만들며 웃는다. 잠깐, 심장이 펄떡하고 크게 뛰었다.

"뭐에든 재능이 없겠냐마는."

"……셰프님의 진정한 재능은 그 자기애인 것 같아요."

그녀는 잠깐이나마 그의 웃음에 홀려 반응해 버리고 만 제 심장을 꺼내 불을 싸지르고 싶었다. 정신머리 없는 심장 같으니! 이런 사람한테 무슨 심쿵이야!

"내 진정한 재능은 사람 얼굴하고 이름을 잘 기억하는 겁니다."

"에이, 그게 무슨 재능이에요."

"십 년 전에 잠깐 스치고 지나간 사람을 기억하는 게 재능이 아니면 뭡니까?"

"그건 그냥 머리가 좋으신 거죠."

"뭐, 그렇게 볼 수도 있겠군요. 아무튼 전 제 재능을 사랑합니다. 사랑할 만한 사람 아닌가요?"

"정신이 아득해지는 것 같네요. 아, 다 왔어요."

자세히 관찰하지 않으면 평지라고 착각하기 쉬울 정도로 얕은 내리막길이 끝나는 곳에 불 켜진 가게가 세 곳 있었다. 가게의 규모, 간판의 글자체, 문의 형태까지 똑같은 것이 형제나 자매가 같이 하는 가게라는 착각이 들게 했다.

이름도 비슷비슷하다. 남원 식당, 산내 식당, 춘향이 식당. 헷갈리기 딱 좋은 가게들이었지만 현아는 그녀가 원하는 가게를 정확하게 찾아냈다. 주저 없는 발걸음을 보아하니, 이미 여러 번 와 본 것 같았다.

"춘향이 식당?"

"여기 사장님이 미스 춘향 진이었대요. 그래서 그런지 오미자주가 맛있어요. 사모님, 저 왔어요."

남원 춘향골의 오미자가 유명하다는 것을 모르는 승효는 도무지 알 수 없는 상관관계라고 생각하며 가게 안으로 들어갔다. 그리고 크나큰 배신감을 느꼈다.

"장사 끝났…… 오메? 야가 누구여?"

문에 달린 종 소리를 듣고 주방에서 나오던 사모님이 눈을 끔뻑거렸다. 승효는 현아만 알아챌 수 있는 무표정을 지었고, 무언의 항의를 알아들은 현아는 사장님이 듣지 못하게 속삭였다.

"20년 전에요."

"거짓말."

"……35년 전……."

그렇다면 어느 정도 수긍할 만하다. 강산이 세 번 하고도 절반이나 바뀌는 시간 동안 젊을 때의 미모를 유지하고 있기란 힘든 일이니까. 미스 춘향 진이 하마가 되어도 인정할 수 있다.

"니 진짜 오랜만이네. 뭔 일 있디야? 촬영 왔대?"

"곧 춘향제잖아요. 자주 못 와서 죄송해요. 잘 지내셨어요?"

"죄송은 무슨. 연락은 자주 하잖여. 니는 근데 더 말랐네? 밥도 못 빌어먹고 다니는 겨?"

숨 막히는 포옹으로 반가움을 표시하는 사모님의 듬직한 품에 안겨 현아는 눈물을 글썽거렸다. '혀의 자유를 빼앗겨서 말랐어요.'

"이궁, 내 한 줌도 안 되네. 여기 앉거. 나 막 장사 끝내고 부침개랑 우동 국물에 소주 한잔하려던 참이니까. 같이 먹게."

"에이, 그럼 저 그냥 갈래요. 나중에 올게요."

"가긴 어딜 간대."

사모님은 괜찮다고 손사래 치는 현아를 기어코 자리에 앉혔다. 커다란 테이블에는 이미 한 상 펼쳐져 있었다.

"앉거, 앉거. 거기 총각은 일행이여? 오메, 잘생긴 거. 잘생긴 총각도 앉거. 니는 저시기, 거시기 주면 되지? 기둘려 봐."

웬일인지 승효를 현아의 옆자리에 앉힌 사모님은 좋은 오미자주가 있다며 가게 뒷문을 열고 사라졌다. 현아는 그녀가 없는 틈을 타 승효에게 무시무시한 경고를 날렸다.

"저랑 사모님, 엄청엄청엄청엄청 오래 알고 지낸 사이거든요? 십 년 거의 다 돼 가요. 그러니까 음식 맛 가지고 트집 잡지 않아 주시면 그 은혜, 백골난망으로 생각하고 주말을 정말 즐겁게 기다릴게요."

"어떤 사이길래 이렇게까지 비굴하게 나오는 거예요?"

"풍물패 할 때 알게 된 분이에요. 남원에 풍물 전수관이 있거든요. 그때 저희 사부님 아내분이셨어요."

"진짜 사모(師母)님이었군요."

"네, 네."

현아가 세차게 고개를 끄덕였다. 승효는 팔짱을 꼈다. 커 가면서 삐뚤어지긴 했지만 엄격한 아버지 밑에서 유교적 교육을 받고 자란 그에게 남의 사모를 비난할 정도의 무례함은 없었다.

"그럼 사부님은?"

"돌아가셨어요. 한 7년 전에. 그 뒤로 사모님이 폭삭 늙으셨죠. 제가 처음 봤을 때만 하더라도 진짜 미인이셨다니까요? 미스 춘향 진이 아무나 되는 게 아니에요."

"뭐여? 나 없는 사이에 이 과부의 과거사를 캐고 있는 거여?"

현아의 상체만 한 플라스틱 통을 들고 나타난 사모님이 말했다. 승효는 자리에서 일어나 플라스틱 통을 받아 들었고, 현아는 머쓱하게 혀를 내밀었다.

"캐긴 뭘 캐요. 사모님이 도라지도 아니고. 그냥, 이분이 사모님이랑 어떻게 아는 사인지 궁금해하시길래요."

"그것도 몰라? 니는 남자친구한테 내 이야기도 안 했대?"

"컥!"

기분 좋게 오미자주를 들이켜다 사레가 들린 현아가 켁켁거렸다. 승효는 주먹에 힘을 꽉 주고 그녀의 등을 쳤다.

"셰프님, 아, 아파……."

"사레 걸렸을 때 가장 빠르고 좋은 방법이죠."

"남자친구가 손이 매운갑지? 그려. 남자는 힘이 있어야 돼야."

"남자친구 아니에요! 저희 프로그램에 출연하시는 분! 오해금지."

174

"남자친구도 아닌데 야심한 시각에 왜 젊은 처자를 따라댕겨?"

"배고프시다고 해서요."

"그렇게 자주 만나면서 정들고 그러는 거여. 나는 안 그랬냐. 나도 그때 보건소만 안 다녔으면 이 나이에 과부 될 일은 없었어, 야."

자조적인 말이었지만 슬픔은 느껴지지 않았다. 무뎌진 건지, 잊은 건지. 안타까운 상실을 겪어 보지 못한 승효는 그녀가 어떤 감정인지 알 수 없었다.

"뭐여? 분위기가 왜 이랴? 마셔, 마셔. 총각도 한잔해. 내가 다른 건 몰라도 이 오미자주는 기가 막히게 담가."

갑자기 숙연해진 분위기를 느낀 듯, 사모님이 다시 국자를 들었다. 플라스틱 통에 담긴 오미자주를 푸는 그것은 술국자라 해야 옳을 것이다. 승효는 그녀가 따라 주는 술을 두 손으로 받고 고개를 돌려 삼켰다.

단맛과 신맛, 씁쓸한 맛이 강렬하게 목구멍을 타고 내려갔다. 가볍지만 경박하지 않고 묵직하지만 칙칙하지 않다. 그야말로 보석 같은 붉은색을 혀로 느끼게 해 주는 맛이었다. 타고난 간 기능을 자랑하며 어려서부터 온갖 술을 섭렵한 승효도 이런 오미자주는 처음 먹어 봤다. 과연, 자랑할 만했다.

"어때? 맛나?"

"최고……라는 말이 부족할 것 같은데요."

"뭘 좀 아네이. 자, 이것도 먹어 봐. 내가 우동 국물도 기차게 빼."

사실을 말할 수 없다면 사실을 말하지 않아도 되는 상황을 만들겠다는 승효의 다짐도 모르고, 사장님은 거푸 승효에게 국물을 권했다. 더 이상 거절하기 어렵다고 생각한 승효는 이를 악물었다. 그래, MSG는 우리 몸에도 있으니까. 오미자주로 혀를 씻어 내면 되지.

"어……."

국물을 넘긴 그의 표정이 묘하게 풀렸다. 나무아미타불 관세음보살, 하나님 아버지를 부르짖으며 빌고 있던 현아는 처음 보는 그의 표정이 의미하는 바를 알 수 없어 혼란스러웠다.

"왜…… 그러세요?"

"……맛있어서요."

"그럼 맛없는 걸 맛있다고 할 줄 알았간니? 내 국물 맛없다고 하는 사람은 야뿐이여."

"제가 언제 맛없다고 했어요. 좀 밍밍하다고 했지."

"그러니까 이것아, 짠 것 좀 작작 먹어. 니 그러다 나이 먹어서 훅 가야?"

현아의 입맛을 지적하는 사모님의 올바름에 감탄하며 승효는 국물을 접시째 들고 마셨다.

이상한 표현이 되겠지만 국물 맛은 오미자주의 맛과 똑같았다. 멸치육수 특유의 가벼움은 잃지 않으면서 깊고 진하다. 고기의 양을 두 배로 늘려서 오랫동안 끓인 더블 콩소메의 무게감은 저리 가라였다. 하지만 색은 일반적인 멸치육수처럼 맑았다.

액체에 불과한 국물을 씹고 씹고 또 씹어 본 승효가 중얼거렸다.

"까나리……?"

"오메? 혓바닥이 귀신이네? 그려, 까나리여. 멸치육수 끓일 때 까나리 액젓 넣으면 맛이 좋아야."

"하지만 까나리 특유의 비린내는요? 비린내를 어떻게 잡으신 겁니까?"

"뭐여, 이 총각은? 장래 희망이 요리사대?"

열성적으로 달려드는 승효를 의아하게 여긴 사모님이 현아에게 물었다. 곧이어 현아의 간략한 설명이 이어졌다.

"앞길이 창창한 공학도의 길을 버리고 혈혈단신 프랑스로 건너가, 빈털터리로 설거지부터 하시며 요리를 배워 오신 정통 프랑스 요리 셰프님이세요. 요즘 제가 하는 프로그램에 출연하고 계세요."

"아하."

사모님은 감탄했다.

"미친놈이구만."

"사모니임!"

"괜찮습니다. 상식적인 분이시라고 생각하겠습니다. 그런 것보다, 까나리 비린내를 어떻게 잡으셨는지…… 실례가 안 된다면 말씀해 주실 수 있겠습니까?"

"마늘."

소주를 한 잔 털어 넣은 사모님이 대수롭지 않게 답했다. 뭐 대단한 비법도, 실례도 아니라는 투다.

"잡내 잡는 데는 마늘과 생강이 최고여. 근디 생강은 향이 진하거든. 육쪽마늘 두어 개면 한약재고 뭐고 다 필요 없다이."

"육수 얼마 분량에 까나리는 어느 정도, 마늘은 몇 개나 넣습니까?"

"적당히."

"그 적당히가 얼만큼인지……."

"적당히가 적당히지 뭐대?"

아무리 물어봐도 사모님 입에서는 '적당히', 혹은 '알아서'라는 대답밖에 안 나왔다. 승효의 이마에서 핏줄이 돋았다. 그는 '적당히' 라는 단어가 가진 폭력성을 절감했다.

"사모님. 적당히는 수치로 환산할 수가 없습니다. 너무나 주관적이죠. 한 움큼, 한 줌도 마찬가지입니다. 사람의 손 크기는 다 다르니까요. 소위 말하는 손맛, 즉 요리에 감각이 있는 사람이라면 적당히, 알아서 잘 하겠지만 아닌 사람이 세상엔 너무 많습니다. 그런 사람들에게 '적당히'라는 표현은 너무 잔인합니다. 아, 오해는 말아 주십시오. 저는 손맛이 있는 사람이니까요. 제 말은, 자신에게 재능이 있어도 재능이 없는 다른 사람들을 고려해야 한다는 겁니다. 아니, 재능이 있기 때문에 더더욱 그래야만 하는 거죠."

"뭐, 뭐여?"

이놈 뭐냐는 듯 사모님이 현아에게 눈짓을 했다. 현아는 승효가 보지 못하도록 등을 뒤로 빼고 관자놀이 근처에서 손가락을 빙빙 돌리는, 유서 깊은 손동작을 만들었다. 자신의 판단을 확신한 사모님은 팔을 걷어붙였다.

"내가 시집오고 얼마 안 돼서, 집안 어른 중에 더위 먹고 헤까닥 눈 돌아가신 분이 생겼거든. 그때 우리 시엄니가 나한테 그런 말을 하셨어야. 미친놈은 때려야 한다고. 헛소리하는 놈한테는 매가 약이여."

사모님은 의미심장한 말을 하며 술국자를 쥐었다. 둘둘 걷어 올린 소매 아래로 보이는 팔뚝이 승효의 허벅지만 해 보였다. 승효는 그 어느 때보다 딱딱한 표정으로 반박했다.

"적당히는 마법의 단어입니다."

"헐?"

나는 몰라라, 방관자적인 자세를 취하고 있던 현아가 외마디 소리를 내뱉었다. 승효는 그런 그녀는 아랑곳하지 않고 공손하게 허리를 숙였다.

"알아서 잘 하겠습니다."

"그려. 이제 말귀를 좀 알아듣는구만."

기분 좋게 웃은 사모님이 빈 잔을 흔들었다. 잠자코 잔을 채우는 승효를 보며 현아는 주먹으로 손바닥을 때렸다. 거대한 깨달음이 그녀의 뒤통수를 후려쳤다.

저 남자의 입을 다물게 하려면 때려야겠구나!

❖

승효의 기준에서 '적당히'는 모든 것을 설명할 수 있는 마법의 단어다. '소금을 얼마나 넣었길래 이렇게 짜?' '적당히 넣었습니다.' '나 살쪘어?' '아냐, 적당해.' 모든 논리와 해명을 거부하는 '적당히.' 비슷한 역할을 하는 다른 단어로는 '내 거야.'가 있겠다.

하지만 커다란 플라스틱 통에 든 오미자주를 반 이상 비운 주제에 '적당히 잘 마셨다.'라고 하는 건 너무 몰염치하지 않아?

"후아, 이제 그만 마실래요. 더 먹으면 배불러서 잠 못 잘 것 같아요."

"그려. 술은 적당할 때 그만 마시는 게 딱 좋은겨. 나도 지금이 적당해야."

현아가 잔을 내려놓자 사모님이 플라스틱 통의 뚜껑을 닫았다. 사모님이 비운 소주병을 세어 본 승효는 제 안에 뿌리 깊이 박힌 공학도의 기질을 체감했다. 4병은 그냥 4병이지, 적당히는 될 수 없다. 되어서도 안 됐다.

어질러진 테이블을 대충(승효는 이 표현도 마음에 들지 않았다) 정리하고 가게에서 나오니 벌써 3시였다. 사모님은 이 시간엔 택시 위험하다는 현아의 만류를 뿌리치고 콜택시를 불렀다.

"집이 지척인데 뭐더러 남의 집에서 잔다냐."

"걱정되니까 그렇죠. 택시가 얼마나 무서운데."

"걱정도 팔자다이. 하루 이틀도 아니고, 내가 전화하면 콜택시 아가씨들이 먼저 알고 주소 찍어 줘야. 걱정 하덜덜 말고 얼렁 드가. 나보다는……."

조심스럽게 주위를 살핀 사모님이 허리를 굽혀 현아와 높이를 맞췄다. 비밀 이야기를 하는 사람이라면 마땅히 취해야 할 전형 같은 그녀의 태도에 현아는 괜히 발가락을 꼼지락거렸다.

"니나 조심혀. 남자는 다 늑대니까니."

"예에?"

"예에가 아녀. 남자란 족속은 지 이득이 없으면 손가락 하나 까딱 안 해야. 어디, 개도 안 물어 가게 생긴 놈도 그러는디, 저런 놈은 오죽하겠냐."

"배고픈데 콩도 식당이 다 문 닫아서…… 자기 이득 있어서 온 거예요."

해명을 하고는 있지만 당위성에 대해선 현아도 자신이 없었다. 저 임승효가, 저 암 유발자가 과연 배고프다는 이유 하나만으로 맛도 모르는 식당에 오는 사람이었나? 그것도 15분을 걸어서? 대답은 '아니'였다. 차라리 굶어 죽으면 죽었지, 기적이라는 요행수를 바라는 임승효는 상상조차 할 수 없다.

현아는 본능적으로 그를 찾았다. 승효는 조금 떨어진 곳에 서서 좌우를 살피고 있었다. 한 손을 바지 주머니에 넣고 스마트폰을 보고 있는 그는 세상 모든 것에 무심해 보였다. 어처구니없을 정도로 부푼 가슴이 언제 그랬냐는 듯 퓨슈슈, 꺼졌다.

"요리사잖아요. 먹는 데는 도전정신이 투철해요."

"그려? 글도 나는 니가 가는 식당은 안 가야. 니 어디 가서 춘향이 식당 안다고 하지 마라. 내 수준 떨어져야."

"사모님!"

"오메, 내 귀청. 귀청 떨어지기 전에 가야쓰겠다."

때마침 도착한 콜택시 기사가 사모님 휴대폰 뒷자리를 외쳤다. '4316!' 사모님이 손을 들었다.

"아자씨! 이짝이요, 이짝. 현아야, 나 간다이. 조심히 드가고, 드가서 연락해라."

"들어가세요! 도착하시면 문자 주시고요!"

급히 떠나는 택시의 뒤꽁무니에 대고 현아가 소리를 질렀다. 조수석 창밖으로 빠져나온 통통한 손이 살랑살랑 흔들렸다. 현아는 잠깐 보인 차 번호를 되뇌며 휴대폰 플래시를 터트리고 있는 승효에게 다가갔다.

"뭐 찍으셨어요?"

"택시요."

"그건 왜……."

"글쎄요? 유비무환? 번호를 외우는 것보다는 이쪽이 훨씬 더 효과적일 것 같아서."

그의 휴대폰 갤러리에는 차의 측면, 뒷면, 번호판까지 꼼꼼히 찍혀 있었다. 번호판 하나 외우고 만 자신이 부끄러워지는 순간이었다. 사진까지 찍은 그에 비하면 현아의 행동은 나태에 가까웠다.

"감사해요."

"천만의 말씀."

대수롭지 않게 대답한 그가 언덕을 오르기 시작했다. 현아는 빠른 걸음으로 그를 따라잡았다.

깊은 밤이 사방팔방 어둠을 흩뿌렸다. 달이 힘내고 있었지만 그믐을 막 지난 어린 달로서는 산중의 밤을 밝히기에 역부족이었다.

밤은 빛을 숨기고 마음을 드러내고 소리를 증폭시킨다. 별은 하늘에 못 박혀 움직이지 않았다. 들리는 것은 봄의 수해(樹海)가 내는 파도 소리와 현아가 흥얼거리는 노랫소리뿐이었다.

희미한 빛에 의지해, 승효는 도롯가 가드레일을 따라 자라난 강아지풀을 뜯으며 걷고 있는 그녀를 바라보았다. 약간 취기가 올랐는지 오물거리는 입술 옆의 뺨이 붉었다.

"감사해요."

마치 노래 가사처럼 들린 감사해요에 승효는 잠시 어리둥절했다.

"뜬금없이 뭐가요?"

"사모님한테 아무 말 안 하신 거요. 분위기 맞춰 주시려고 그런 거 알아요."

"그럼 거기서 죽자고 싸우겠습니까. 그것도 여자분이랑."

"죽자고 싸우시는 분이잖아요. 말싸움."

승효가 입을 다물자 어색한 침묵이 내려앉았다. 그는 질문으로 침묵을 깼다.

"아까 부른 건 무슨 노래죠?"

"창부타령이요. 전수관에서 배운 거예요."

"노래도 가르쳐 주는가 보군요."

"민요거든요. 풍물에 민요가 빠질 수는 없잖아요. 창부타령 말고도 여러 개 배웠는데, 다른 건 기억도 잘 안 나고, 가사가 좋아서 이 노래만 기억해요."

"아아."

승효는 동의한다는 뜻에서 고개를 끄덕였다. 한 번 들었을 뿐이지만 벌써 기억에 남는 가사가 있었다.

"풍물패 할 때는 뭘 쳤어요? 뭐 뭐 있더라. 북, 장구, 징……."

"꽹과리요."

그녀는 한 번의 대답으로 두 가지 질문을 모두 처리했다. 풍물에는 북, 장구, 징, 꽹과리의 네 가지 기물이 있고 현아가 다룬 것은 그중 꽹과리였다.

"꽹과리요?"

"네. 꽹과리요."

"개갱갱갱하는 그 꽹과리? 그거 꽤 시끄럽지 않습니까? 보통 여자들 보면 북이나 장구 많이 치는 것 같던데."

"북, 장구, 징은 무겁고 크다고 선배들이 안 줬거든요."

이를 바득바득 갈며 고개를 팩 돌리는 그녀는 친구들이 다 보는 앞에서 출석부로 머리를 얻어맞은 여고생 같은 표정을 하고 있었다. 하긴, 작긴 작지. 장구는 꽤 큰 기물이고 북은 무겁다. 쇠로 된 징의 무게는 말할 것도 없다. 현아의 체구라면 장구를 메는 게 아니라 장구에 매달리는 격이었을 거다. 승효는 납득했다.

"현아 씨, 몇 킬롭니까?"

"43킬로요."

"키는?"

"이런 씨……!"

일촉즉발의 순간, 현아는 가까스로 말을 먹는 데 성공했다. 승효는 빙글빙글 웃으며 팔짱을 꼈다.

"씨 다음엔 뭐죠? 베리아? 스루? 아니면…… 팔?"

"에헤이! 오해세요. 바람이 씨원하다고요. 서울은 찜통인데, 여긴 확실히 봄이네요. 아, 씨원하여라."

양옆으로 팔을 쫙 벌린 그녀가 과장되게 손을 파닥거렸다. 달빛도 희미한 밤, 나비처럼 나풀거리는 그녀의 모습은 어느 시골 동네나 한 명쯤은 있다는 누군가와 닮아 있었다.

"머리에 꽃만 꽂으면 완벽하겠군요."

"아하하하, 제가 쫌."

"그래서 키가 몇인데요?"

"여자의 키를 묻는 건 실례입니다."

"그건 몸무게죠."

"키도 포함됐어요."

"그래서 몇 센티?"

어떻게든 빠져나가 보려 했지만 애초부터 승효의 집요함은 현아의 상대가 안 되었다. 현아는 등을 쭉 펴고 발끝을 살짝 세웠다.

"162요."

"거짓말하지 마시고."

"……160."

"한 번의 기회를 더 드리겠습니다."

"에잇! 158.6! 158.6센티예요. 절대 158 아님!"

소수점까지 확실하게 강조하는 게 딱 그녀답다. 귀엽게 흡뜬 눈도, 부루퉁하게 불어 터진 입술도, 절대 158 아니라며 까딱거리는 손가락도 모두가 그녀였다.

그는 그 '모두'가 좋았다.

"반올림해서 159라고 해 드리죠."

"열라 감사해요."

"아까 전부터 감사를 말로만 하는 경향이 있는 것 같은데요."

"대신 진심이 담겨 있잖아요. 셰프님 같은 분이 뭐가 더 필요하시다고. 부족한 것도 없는 분이. 너무 많이 가지려고 하시면 안 돼요.

세상이 불공평해져요."

"원래 세상은 불공평한 겁니다. 요즘 애들이 그걸 못 배우고 자라서 문제죠."

"그래서 뭐, 뭐가 필요하시길래요?"

"아까 그 노래나 다시 불러 봐요."

"노래? 아, 창부타령? 그거 불러 드리면 되는 거예요? 뭐, 코스를 늘리신다거나 하지 않고?"

"재료가 많지 않아서 더 못 늘린다고 했을 텐데요."

"못 부른다고 트집 잡기 없기!"

"약속하죠."

"Ye, bro."

건들건들, 슬랭을 뱉은 그녀가 주먹을 수평으로 내밀었다. 아이들처럼 새끼손가락을 걸 수 없어 궁여지책으로 나온 행동인 듯했다. 승효는 흑인들 사이에서나 통하는 행동이라고 지적하며 그의 주먹을 맞부딪혔다.

노래방도 아니고, 누군가 듣고 있는 상황에서 노래를 부른다는 게 조금 쑥스러웠지만 현아는 그를 의식하지 않으려 했다. 밤바람은 청량하고, 달빛은 희미하고, 그의 모습은 잘 보이지 않는다. 혼자 있는 거나 진배없으니, 그냥 흥얼거린다고 생각하면 될 것 같았다.

창문을 닫아도 스며드는 달빛.
마음을 달래도 쏟아지는 사랑.
사랑이 달빛이련가, 달빛이 사랑인가.
텅 빈, 내 가슴속에는 사랑만 가득히 남았으니.
사랑 사랑 사랑이란 게, 사랑이란 게 무엇이더냐.

보일 듯이 아니 보이고, 잡힐 듯하다가 놓쳤으니.

나 혼자만이 고민하는 게, 그것이 사랑의 근본이냐.

"얼씨구나 좋다, 지화자 좋아라. 아니 노지는 못하리라……. 끝!"

착실하게 후렴구까지 부르고 나자, 뒤늦게 민망함이 밀려왔다. 그녀는 누구에게 쫓기는 것처럼 양발을 모아 앞으로 펄쩍 뛰었다. 그는 여전히 뒤에 서 있었다.

"셰프님, 뭐 하세요?"

"아아……."

그녀가 필사적으로 뛴 한 발을 승효는 너무나 편안하게 따라잡았다. 서로 보폭이 다른 한 발이었지만 섰을 땐 같은 자리였다.

"뭐 좀 생각하고 있었습니다."

"뭔데요?"

"놓치고 있었던 것."

보일 듯 안 보이고 잡힐 듯하다가 놓쳐 버린, 그의 메뉴에서 빠진 한 가지.

"Apéritif(식전주)……."

대화를 유쾌하게, 음식을 맛있게, 분위기를 부드럽게 만드는 식전주는 코스에서 필수적인 요소다. 그는 제가 그걸 빠트렸다는 걸 믿을 수가 없었다. 목적을 착각했기에 가능한 일이었다.

그리고 언제나, 놓쳐 버린 것들이 가장 중요했다.

"보일 듯이 아니 보이고, 잡힐 듯하다가 놓친 건 결국……."

"사랑! 나 혼자만이 고민하는 게, 그것이 사랑의 근본이냐."

그가 그저 노래 가사를 따라 하고 있다고 생각한 듯 현아가 뒷부분을 읊조렸다. 손으로 다리를 쳐 가며 박자를 맞추는 현아를 본 승효가 말했다.

"Apéritif는 캄파리로 해야겠습니다."

"아, 셰프님. 그 스멀거리는 불어 발음을 들으니까 뭔가 저랑 관계되어 있는 것 같다는 촉이 팍 오는데요."

"오미자주 좋아하는 것 같던데, 캄파리는 색도 맛도 오미자주와 비슷한 면이 있습니다. Apéritif는……."

"아, 추워. 산속이라 그런지 새벽엔 많이 쌀쌀하네요."

양팔을 옆구리에 낀 그녀가 걸음을 재촉했다. 낮은 경사를 오르느라 얼굴이 조금씩 상기된다. 그는 결코 서두르지 않는 걸음으로 그녀의 조금 뒤에서, 하지만 너무 멀지 않은 거리를 유지하며 그녀를 쫓았다.

"도망가 봤잡니다. 안 놓칠 거니까."

"놓쳐 주세요오……!"

통통 튀는 목소리가 바람 길을 따라 퍼져 나갔다. 공기를 타고 넘실대는 수해, 지열로 달궈진 아스팔트에서 느껴지는 온기, 바로 곁에서 느껴지는 인기척, 멀리서 보이는 콘도의 불빛…….

그 모든 것들이 당장이라도 손에 잡힐 듯 느껴져, 승효는 말없이 웃었다. 굴절된 곳 없고 비틀리지 않은 온전한 미소였다.

창문에 달빛이 스며들듯 그녀에게 마음이 스며들고 있었다.

4.
아직, 앙트레

"일요일 날 나랑 원주 가자."

소스가 덕지덕지 묻어 나온 햄버거 포장지를 뜯으며 예림이 말했다. 현아는 원주라는 지명에서 의아함을 느꼈다.

"원주는 왜?"

"옷 사러. 작년에 입은 코트가 작아."

"또 컸어?"

"아, 몰라. 아, 짜증나. 나 이러다 20살 넘어서도 크면 어떻게 하지? 너무 크면 징그럽지 않을까?"

"꺼져. 재수 없어, 강예림."

누구는 어떻게든 160 좀 넘어 보려고 다 큰 나이에 칼로리 폭탄인 분유까지 먹었는데, 그래서 체중이 무려 3킬로나 늘었는데 어떤 년은 더 크면 어떻게 하지 따위의 걱정이나 하고 있다. 세상 참 더럽게 불공평하다.

"근데 왜 원주야? 너 옷은 서울 가서 사잖아. 엄청 으리뼤까한 백화점에서."

"엄마가 서울 못 가게 하니까 그렇지. 나 용돈도 완전 끊겼어."

"왜? 아…… 한림이 땜에?"

"걔 얘기는 하지 마. 걘 내 인생 최대의 걸림돌이야."

예림이 고개를 팩 돌렸다. 하지만 그 문제에 관해서만큼은 예림의 편을 들어 줄 수 없는 현아였다. 방귀 뀐 놈이 성낸다고, 누가 누구에게 걸림돌이라고 하는 거야?

"니가 한림이 걸림돌이겠지. 너, 한림이 머리에 구멍 나서 바보 되면 그거 다 니 책임이야. 세상에 동생 머리를 샤프로 찍는 년이 어디 있냐? 찍었으면 병원에라도 데려갈 것이지, 그걸 또 이불로 싸매서 꽁꽁 숨겨 놓는 년은 또 어디 있고. 우리 엄마가 아줌마였다면 니 머리도 찍혔어."

"됐어. 난 뭐, 더 이상 바보 될 것도 없으니까."

표정은 퉁명스러웠지만 눈에 힘 팍 주고 눈물을 참는 걸 보아하니, 예림도 많이 반성하고 있는 듯했다. 동생과 사이가 좋은 현아는 알 듯 말 듯 한 심정으로 한숨을 쉬었다.

"그래서 일요일 언제 가게?"

"아빠가 몰래 보내 주는 거라서 일찍 들어와야 해. 아침 일찍 나가서 옷 사고 점심 먹고 들어오자."

"아침? 안 돼, 아침엔."

"왜?"

"교회 가야지."

"교회? 너 교회 다녔어?"

"죽을래?"

현아가 먹고 있던 감자튀김을 집어 던졌다. 내가 누구 때문에 교회에 다니게 됐는데!

"싫다는 나 끌고 교회 간 게 누군데 이제 와서 '너 교회 다녔어?' 라고라고라? 정신 안 차리지?"

"내가? 내가 언제? 나 교회 간 기억이……."

절대 모르는 일이라며 고개를 흔들던 예림의 머릿속에 교회 성화가 스치고 지나갔다. 뚜렷한 이미지가 분명 본 기억이 있는 그림이었다. 그녀는 말꼬리를 흐리며 턱을 괴었다.

"그러고 보니 생각이 날 것도 같고……."

"뇌를 휘저어 줄까? 그럼 기억해 낼 테냐?"

"아! 중 2때! 그때!"

"그래, 그때! 전재영인지 전재성인지, 대제중 다니던 놈한테 꽂혀서 교회까지 따라갔잖아, 니가! 난 너한테 질질 끌려갔고."

"야! 쉿! 쉿! 쪽팔리게!"

짝사랑하던 잘생긴 동네 교회 오빠 한 번 보려고 교회에 다녔다는 이야기는 너무 뻔해서 부끄럽지도 않다. 예림이 부끄러워하는 것은 그 짝사랑의 결과가 사랑의 라이벌인 학교 선배와의 육탄전으로 끝났기 때문이었다. 물론 절친인 현아도 같이 교회를 다녔고 같이 싸웠다.

"근데 난 그 뒤로 교회 안 나갔는데, 넌 계속 다녔어?"

"그럼 중간에 그만두냐? 한번 시작했으면 계속해야지. 그리고 안 나가면 교회에서 계속 전화한단 말이야. 엄마가 전화 안 오게 교회에 나가든지, 일요일 아침에 집안 식구들 잠 깨우지 말고 집을 나가든지, 할머니 따라 절에 다니든지 셋 중 하나를 선택하라고 했어. 어휴, 내가 그때 왜 집 전화를 적어 가지고."

"난 아빠가 전화선 그냥 빼 버리던데."

"단호하시네. 멋지다, 너희 아버지."

그렇게 어영부영 다니기 시작한 게 벌써 4년째다. 교리가 마음에
든다거나, 친구들이 좋다거나 한 건 아니었다. 그냥 시작했으니까. 죽
도록 싫은 이유가 생기면 모를까 일단 시작한 것은 놓지 않는 게 현
아의 성격이었다.

"그러고 보니까 너 한샘 오빠도 아직 좋아하지?"

"안 좋아해야 할 이유는 또 뭐야. 저질 범죄를 저지른 것도 아니
고."

"D-section 요즘 시들하잖아. 나와 함께 다른 오빠들을 찾아 떠
나보지 않으련?"

"너나 실컷 찾아 떠나셔."

예림이 입술을 동그랗게 모으며 애교를 부렸지만 현아는 냉정하게
고개를 돌렸다. 예림은 투덜거리며 감자튀김을 아그작 씹었다.

현아의 어정쩡한 신앙생활은 그녀가 서울에 있는 대학에 합격하면
서 끝났다. 중학교 2학년 때부터 다녔으니까 만 4년을 다닌 셈이다.
그녀는 초등학교 6학년 때 만난 예림과 여전히 친구고, 초등학교 5학
년 때부터 좋아하기 시작한 아이돌 스타를 아직까지 좋아하고 있으
며, 대학교 들어가면서 시작한 기부는 십 년째 하고 있다.

❖

〈채널 100〉의 모회사인 JCE는 음악 전문 방송, 게임 전문 방송,
영화 전문 방송을 비롯한 굵직한 케이블 채널을 6개나 소유한 방송재
벌이었다. 여행 전문 방송인 〈채널 100〉을 비롯한 바둑 채널, 다큐
채널, 격투기 채널 같은 변방 채널을 합하면 10개도 넘는다.

회사의 규모가 규모다 보니 〈채널 100〉의 직원들은 평소엔 모회사의 존재를 자각하지 못한 채 살았다. 1년에 한 번, 연봉협상 때나 '맞다. 나 JCE에 취직했었지.' 라고 깨달을까?

다큐 채널, 격투기 채널의 직원들도 사정은 크게 다르지 않았다. 예로부터 변두리 영주의 땅에 사는 농노들은 중앙의 일에 관심이 없었다. 아주 특별한 경우, 예를 들면 전쟁이 일어난다든가 국왕이 죽거나 하지 않는 한 말이다.

"총파업 결의안?"

그런데 정말 일어나 버린 것 같았다. '아주 특별한 일' 이. 현아는 전날 밤샘 자막 작업으로 빨개진 눈을 깜박이며 방금 제가 들은 이야기를 곱씹었다.

"그 총파업이라는 게 우리 채널만 말하는 건……."

"아니지, 당연히."

매사 될 대로 되라는 식으로 사는 박 피디의 얼굴에도 심각한 기운이 가득했다.

"오늘 밤에 투표해서 결정한다더라. 어휴, 노조에서 자꾸 뭐 붙일 때부터 알아봤어야 하는데."

"파업 이유는요?"

"채널마다 다 달라. 뉴스 쪽은 보도권의 자유. 그쪽 국장이 알아서 기는 수꼴로 유명하잖아. 명분도 있고 언론사답지."

"파워도 있고요. 하지만 보도권의 자유라니. 우리 국장님은 그런 거 전혀 신경 안 쓰잖아요. 그리고 바둑 채널에 무슨 보도권이 있어. 국수가 좌파라고 방송을 안 해 주는 것도 아니고. 지나가던 개가 웃겠다."

"변방 채널들은 아니지."

"그럼 뭔데요?"

"연봉협상."

대놓고 말할 건 아니라는 듯 소곤거리는 박 피디의 목소리가 천둥처럼 크게 들렸다. 월급쟁이들에겐 세상에서 가장 중요한 단어, 연봉. 그 중요한 연봉이 벌써 3년째 동결 중이었다.

"우리 사주, 지금 검찰에서 조사받고 있잖아요. 횡령으로. 그것 때문에 그런 거예요?"

"그래. 그리고 이건 노조에서 나온 오프 더 레코든데, 구속될 것 같다더라. 하긴 좀 해 처먹었어야지. 그래놓고 회사 운영이 어쩌고 하면서 연봉을 3년이나 동결해? 개새끼."

결국 국왕이 교황에게 소환되어 자리를 비운 틈을 타 농도들이 반란을 일으킨다는 고전적인 스토리 되시겠다. 빵이 아니면 죽음을 달라!

"혁명이네요."

"내전이 될 수도 있지."

여러모로 농노들에게 유리한 상황이었지만 산전수전 다 겪은 박 피디는 회의적이었다. 파업이 힘을 얻으려면 구성원 전원이 뭉쳐야 한다. 하지만 현실은 그렇지 못했다.

"채널 송출권은 회사에 있고, 프로그램 저작권도 회사에 있고. 그냥 외부 엔지니어들 데려다가 재방송 틀어 주면 되는걸."

"그래도 재방은 시청률 떨어지잖아요."

"신규도 나가니까 하는 말이지. 신 작가 하는 이야기가, 동요팀은 파업 참여 안 하기로 한 것 같더라. 어디 동요팀뿐이겠니. 그리고 동요팀 시청률 올라가면 트러블 이 피디도 똥줄 타서 오래 못 버틸걸?"

"놀랍지도 않네요."

아마 찾아보면 더 많겠지. 범위를 회사 전체로 넓혀 보면 더 많을 것이고, 그들을 비난할 수는 있을지언정 결정을 막을 수는 없었다. 현아는 어깨를 들썩였다.

"그래서 피디님은 어떻게 하실 거예요?"

"난 짤없이 참여해야지. 내가 무슨 CP 할 것도 아닌 이상, 노조에 빌붙어 있어야지 않겠니?"

"현명하십니다."

"너는?"

"저도 짤없죠. 피디님 없는데 저 혼자 뭘 해요."

"동요팀으로 보내 줄까? 거기 작가 두 명 파업 때문에 빠진다고 했다더라. 가서 자막이라도 넣어. 파업하면 월급 안 나와."

"됐어요. 모아 둔 돈 있어요. 그리고 동요팀이라니, 피디님 사실은 제가 싫으신 거죠?"

"어머? 들켰네? 쿄쿄쿄."

입을 가린 박 피디가 가증스럽게 웃었다. 이럴 때는 둘밖에 없는 것이 다행이었다. 무엇보다 의사결정이 쉽다.

그런데 뭔가 찝찝했다. 중요한 걸 하나 빠트린 기분, 출근했는데 선풍기 안 끄고 온 것 같은 기분, 똥 싸고 휴지가 떨어져서 한 칸을 네 번 접어 닦고 온 것 같은 이 기분의 정체는…….

"아."

"아."

두 여자는 동시에 바보 도 트는 소리를 내며 서로를 바라보았다.

"왠지 이런 거 싫어할 것 같지 않니?"

"사상적인 건 전혀 모르겠는데…… 그렇지 않을까요? 일단 부르주 아잖아요."

엄밀히 따지자면, 이건 갑 측의 계약 위반이다. 현아는 방긋방긋 웃으며 '이 기회에 계약 파기하시죠.'라고 말하는 승효의 얼굴은 상상조차 하기 싫었다. 파업이 파괴로 끝나지 않기 위해선 어떻게든 승효를 붙잡아 둬야 했다.

"네가 얘기해 봐."

"이런 건 피디님이 직접 설명하셔야 하지 않을까요?"

"무슨 소리야. 이건 대화와 설득을 통해 양해를 얻어야 하는 거라고. 대화와 설득 하면 또 우리 박 작가 아니겠어? 게다가 박 작가, 임세프랑 친하잖아. 맨날 같이 밥 먹는다면서."

"같이 밥 안 먹은 지 꽤 됐어요."

"꽤가 얼마냐야? 남원 촬영 갔을 때까지만 하더라도 주말에 풀 코스 준비되어 있다고 징징거려 놓고."

"그러니까 남원 촬영 전까지……."

현아의 목소리가 기어들어 갔다. 박 피디는 심각한 표정으로 팔짱을 꼈다.

"일주일 되셨다 이거지?"

"그렇죠."

"왜 갑자기?"

"모르죠, 저야. 그냥 연락이 없던데요? 주말에도, 오라고 할 줄 알았는데 문자 하나 보내서 급한 일 생겼다고 오지 말라길래 신경 껐죠. 그 뒤에도 연락 없었고. 왜요? 왜 그렇게 보시는 거예요?"

요즘 노안이 왔다며 끼고 다니는 안경을 코끝에 걸친 박 피디가 물끄러미 현아를 쳐다봤다. 박 피디와 눈으로 대화하는 현아였지만 지금 이 눈빛만큼은 명확하게 규정할 수가 없었다. 한심해하는 것 같기도 하고 안쓰러워하는 것 같기도 하고 어이없어하는 것도 같다. 분명한 것은 저 눈에서 강렬한 압박이 느껴진다는 거다.

"알았어요, 알았어. 제가 이야기할게요. 어차피 다음 촬영 때문에 오늘내일 중으로 만나려고 했어요."

현아는 그녀가 보는 앞에서 승효에게 전화를 걸었다. 통화연결음이 음성사서함으로 넘어간다.

"안 받는데요."

"그래서?"

"……찾아가 보겠습니다."

"잘 갔다 와."

가방을 어깨에 걸친 현아가 일어났다. 박 피디는 자리에서 꼼짝 않고 손만 흔들어 그녀를 배웅했다. 터덜터덜 걷는 현아의 뒷모습을 보며 500원짜리 커피를 우아하게 들이켠 그녀가 피식 웃었다.

"이렇게라도 안 하면 어디 국수나 먹겠어?"

따지고 들자니 괜히 사람 치졸해지는 것 같아 그냥 넘어갔지만, 금요일 저녁 승효의 문자를 받았을 때 현아는 약간 화가 났다. 이렇게 일방적인 약속 파기라니! 당신 시간만 귀하고 내 시간은 똥이라는 거야 뭐야? 나도 바쁜 사람이야, 왜 이래.

먼저 연락하지 않은 데에는 두고 보자는 심산도 약간 있었다. 하지만 일주일이 다 되어 가도록 그에게서 아무런 말이 없자 초연해졌다. 정확하게 말하자면, 신경 쓰고 싶지 않았다. 핍박과 압박과 협박에서 벗어난 기념으로 깨춤을 춰도 부족할 마당에 화를 내는 건 너무 이율배반적이다. 시간쯤이야 똥 좀 되고 말지.

"좋아. 일단 상황 설명하고, 싫어하는 것 같으면 약속 어긴 걸로 꼬투리 좀 잡고, 대충 퉁친 다음에……."

그녀는 카페 앙글레 문 앞에 서서 차분히 대화의 설계도를 그렸다. 이상하게도 손바닥에서 땀이 나, 그다음이 생각나질 않는다. 다음에, 다음은, 이다음엔…….

"아, 몰라. 임기응변, 임기응변. 어떻게든 되겠지."

포기하고 문을 열자, 클래식 음악이 들렸다. 입구 오른쪽에 자리한 계산대를 지나 빈 와인병으로 장식한 격자 나무틀 뒤로 돌아가면 조용하고 절도 있게 움직이는 가르송들이 보인다. 과장 조금 보태서 백 번은 본, 현아에겐 익숙한 광경이었다.

딱 한 가지만 빼고.

"작가님, 오랜만에 오셨네요?"

종소리를 듣고 나온 수연이 현아를 발견하고 알은척을 해 왔다. 현아는 다소 멍해진 기분으로 고개를 끄덕였다.

"네, 오랜만이에요. 그런데 무슨 일 있어요? 여기 분위기 왜 이래요?"

"분위기가 왜요?"

"어디 외국에 온 것 같은데요, 나."

원래 외국인들이 종종 찾아오긴 했지만, 지금은 카페 앙글레의 파리 분점이라고 해도 손색이 없을 정도로 손님의 태반이 외국인이었다. 순도 100% 한국인인 현아가 외려 이질적으로 느껴졌다.

"외국 잡지에라도 실렸어요?"

"잡지……라면 잡지겠죠?"

마치 비밀 이야기라도 하듯, 수연이 '후후' 웃으며 눈을 찡긋거렸다.

"뭔데요, 뭔데?"

"음……. 뭐, 작가님도 조만간 알게 되실 테니까요. 그래서 말씀

드리는 거예요."

"그러니까 어차피 알게 될 거, 말해 줘요."

"저희 올봄 발간된 미슐랭 가이드에 실렸어요. 별 두 개."

"헤에?"

수연의 말대로 외국 잡지라면 잡지다. 그 잡지가, '미식가들의 성서'라고 불리는 미슐랭 가이드라는 아주 사소한 사실만 간과한다면 놀랄 것도 없다.

"어, 그 책에는 외국에 있는 식당만 나오는 거 아니었어요?"

"당연히 아니죠. 미슐랭 본사가 프랑스에 있어서 유럽 쪽 할애가 많긴 하지만 아시아권 식당도 요즘은 많이 늘었어요. 그래도 아시아권에서 프렌치로 실린 건 저희가 처음일걸요? 그쪽에서 나온 얘긴데, 주변 경관이 별로여서 별 2개라는 이야기도 있었어요. 장소만 좋았다면 별 3개였을 거래요."

"그래서 외국 손님들이……."

미슐랭 가이드에서 규정하는 별 두 개는 '멀리서 찾아올 만큼 특별한 식당'이라는 의미를 가지고 있었다. 참고로 별 한 개는 특별히 맛있는 식당, 별 세 개는 오직 그 식당에 가고자 여행을 할 가치가 있는 식당이다. 서울 시내 호텔에 묵고 있는 외국인들이 호텔 레스토랑을 놔두고 카페 앙글레까지 오는 이유가 이해가 되었다.

"손님들도 거의 다 VVIP급이에요. 어디 대사, 유명 사업가, 정치인……. 일일이 다 셰프님 손 거쳐야 하는 분들이라 셰프님 요즘 매일같이 1시 넘어서 퇴근하세요."

아닌 게 아니라, 귀티가 줄줄 흐르는 얼굴들이 척 봐도 보통 사람들은 아니게 생겼다. 아마 옷은 아르마니 이하는 상종도 안 하고 시계는 무조건 롤렉스 이상 차고 있겠지. 아르마니보다 더 비싼 옷, 롤렉스보다 더 비싼 시계들이 즐비했지만 현아가 상상할 수 있는 수준은 기껏해야 그 정도였다. 현아는 슬그머니 셔츠를 내려 청바지 뒷주머니에 박힌 로고를 가렸다.

"전혀 몰랐어요. 잡지나 신문에서 난리가 났을 텐데."

"작가님은 식도락에 관심이 없으시잖아요. 셰프님 보러 오셨죠? 저 지금 주방 들어가야 하니까 같이 가세요."

아무렇지 않게 현아의 자기반성에 못을 박은 수연이 주방 쪽으로 움직였다. 현아는 마치 처음 카페 앙글레에 왔을 때처럼 쭈뼛거리며 그녀의 뒤를 쫓았다.

카페 앙글레는 정통 프렌치를 지향하는 식당답게 주방과 홀이 완전히 분리되어 있었다. 언젠가 승효는 그녀에게 '홀은 손님의 영역, 주방은 셰프의 영역'이라는 말을 했었다. 하품 나올 정도로 고전적인 그 규칙을 승효는 철저하게 지켰다. 음식을 내보내는 트레이 부분을 제외하면 홀에서 주방을 볼 방법이란 없었다. 주방으로 통하는 문도 평소엔 꽉 닫아 두었다.

수연이 'staff only'라고 적힌 문을 열자 불과 끓는 물, 승효의 나직한 고함이 뒤섞인 열기가 순식간에 뿜어져 나왔다. '당장 팬트리 가서 재료 확인해 봐!' 뭘 잘못했는지 승효에게 호되게 당한 코미 셰프 하나가 주방 뒤의 팬트리로 달려가며 두 사람 앞에 바람을 만들었다.

"셰프님, 박 작가님……."

"아니, 수연 씨. 괜찮아요. 부르지 마세요. 다들 바쁘신 것 같은데 저 그냥 가 볼게요. 나중에, 나중에 제가 셰프님께 따로 연락 드리면 돼요."

홀보다 한 칸 높은 주방 계단에 서서 승효를 찾는 수연을 현아가 말렸다. 그녀의 갑작스러운 심경 변화가 의아한 듯 수연이 고개를 저었다.

"왜 그러세요?"

"아무것도 아니에요. 아무것도……. 나중, 나중에…… 급한 거 아니니까."

"작가님?"

현아는 약간은 더듬고, 또 얼마쯤은 횡설수설하며 뒷걸음질을 쳤다. 그러다 벽에 뒤통수를 찧었다. 놀란 수연이 그녀를 불렀지만 하얀 접시에 색색의 요리를 올리는 데 모든 정신을 집중하고 있는 승효는 현아를 발견하지 못했다. 그녀는 쫓기듯 카페 앙글레를 나와, 버스 정류장까지 쉬지 않고 달렸다. 그리고 가장 처음 오는 버스에 무작정 올라탔다.

낮 시간의 버스는 이용하는 사람이 많지 않았다. 2인 좌석의 대학생 커플, 노약자석에 앉아 졸고 있는 할머니, 운전석 바로 뒤에 앉아 스마트폰을 보며 히죽히죽 웃고 있는 여학생, 다음 정거장에서 내리는 듯 벨을 누르는 아저씨…….

무엇 하나 별난 것 없고 평범하기 짝이 없는 모습들이다. 뒤늦게 통증을 느낀 현아는 뒤통수를 쓰다듬으며 맨 뒷좌석에 앉았다. 미친 듯이 뛰고 있던 심장이 조금씩 제자리를 찾자, 머리가 조금 맑아졌다.

주방이 셰프의 영역이라던 그의 말은 틀렸다. 그것은 영역이 아니라 '성역'에 가까웠다. 그 안에서 그는 절대군주이자 절대법칙이었고, 절대원리였다.

달콤한 목소리로 호통치는 절대군주와 우아한 셰프 드 랭, 분주한 견습 셰프들, 아르마니 슈트를 입고 롤렉스 시계를 찬 손님들이 있는 카페 앙글레. 그곳에 인터넷 쇼핑몰에서 산 셔츠를 입은 현아가 설자리는 없었다. 그녀는 완벽한 이방인이었고, 그녀의 시간은 정말 똥이었다.

멍하니, 차창 밖으로 지나가는 바깥 풍경을 바라보던 그녀가 중얼거렸다.

"집에나 갔다 올까……?"

✢

— 안 돼. 오지 마.

휴대폰 건너편에서 엄마가 말했다. 언제나 그렇듯, 엄마는 단호하고 시크하다. 현아는 서러워졌다.

"왜? 딸이 엄마 보러 집에 가겠다는데 왜 안 돼? 엄마는 나 안 보고 싶어?"

— 요즘 서울 덥다더니, 정신이 오락가락하냐? 쉬는 김에 용인이나 갔다 와. 진수 이혼했대. 세영이 봐 줄 사람 없다더라.

시조카의 이혼 소식을 전하는 사람치고는 너무 덤덤했지만 놀랍지 않기는 현아도 마찬가지였다. 다만 짜증은 좀 났다.

"이혼을 한 거야, 당한 거야?"

— 너희 고모 말로는 한 거라고 하는데, 내가 보기엔 당했어. 이혼 서류만 달랑 남겨 놓고 옷 가방만 싸 가지고 야반도주했다는데 그게 한 거야? 당한 거지?

"당했네, 당했어."

냉장고에서 맥주를 꺼내려던 현아는 생각을 고쳐먹고 식탁 의자에 주저앉아, 말라비틀어진 생라면을 오독오독 씹었다.

"사유는?"

— 내가 아니? 지난번에 언뜻 듣기로는 회사 사정 안 좋다고 하더라. 모르지, 뭐. 또 바람피우다 걸렸는지도. 걔 바람기는 너도 알잖아?

"알지. 이가 갈리게 알지."

아내가 산후조리원 간 사이 집 안에 여자를 끌어들이는 사람이 진수다. 여자와 뒤엉켜 있는 모습을 현아에게 들켰을 때 진수의 표정은 '내가 어쩌다 얘한테 들켰을까?' 였다. 사촌 오빠였지만 현아는 진수의 편을 들어 줄 생각이 손톱만큼도 없었다.

— 너희 고모가 그런 이야기 구구절절 할 사람도 아니고. 그러면서 세영이 봐 달라는 이야기는 잘도 하더라. 사람이 참 염치가 없어.

"뭐야? 엄마한테 부탁한 거네. 그럼 엄마가 가야지, 왜 내가 가?"

— 니네 박씨 집안 일이니까 박 씨들이 알아서 해결해. 나랑은 피한 방울 안 섞였어.

"엄마, 이럴 때 치사하게! 그렇게 따지면 나랑 진수 오빠는 1/4밖에 안 섞였거든?"

— 그럼 아빠한테 가라고 하든가.

"……그게 더 치사한 거 알지?"

집안 살림 쫄딱 말아 잡순 뒤부터 부쩍 힘이 빠진 아빠에게 엄마 잃은 아이를 돌보라고 하고 싶지는 않았다. 엄마 역시 마찬가지 심정이라, 현아에게 부탁을 빙자한 명령을 내리고 있는 것이었다.

"알았어. 가면 되잖아."

— 야, 그리고 너, 가서 또 오지랖 떨지 마. 네가 아무리 예뻐하고 안쓰러워해도 세영인 남의 자식이야. 적당히 봐 주고 말아.

"내가 언제 오지랖 떨었다고 그래?"

— 너 인생이 오지랖이잖아. 이상해. 내가 너 그렇게 안 키웠는데.

어릴 때는 야무졌던 게 크면서 지 아빠 닮아 가지고……

"그래서 씨도둑질은 못 한다고 하잖아."

— 시끄러! 엄마한테 못하는 말이 없어. 너 같은 애를 뭐라고 하는지 알아? 헛똑똑이라고 하는 거야.

"으, 의! 그만해."

현아는 끝없는 잔소리를 피해 잽싸게 전화를 끊고 용인으로 차를 몰았다. 사촌 오빠가 사는 아파트 단지는 최소 평수가 48평이었다. 최첨단 경비 시스템부터 대리석 바닥이 깔린 로비까지. 좋은 집이었지만 회사가 오늘내일한다는 사람이 살기엔 과했다. 뱁새가 황새 따라가다가 가랑이 찢어지는 격이다.

"고모다. 작은고모!"

집 안에는 이제 초등학교 들어갈까 말까 한 여자아이와 이혼당한 남자라고는 믿기지 않을 정도로 멀끔한 중년 남성이 서 있었다. 아직 아무것도 듣지 못한 듯, 아이는 해맑았다.

"어? 네가 왔구나? 하긴 너 말고는 올 사람 없지. 나 나가니까 세영이 좀 봐라. 아, 그리고 세영이 유치원에서 뭐 가정통신문 같은 거왔더라. 그거 보고 준비물 좀 챙기고, 내일 아침에 애 유치원도 좀 데려다 줘."

"뭐? 오빠 어디 가는데?"

제 할 말만 하고 나가 버리는 진수의 태도는 입주가정부를 대하는 것 같았다. 어떻게 된 거냐 물을 시간도, 앞으로 어떻게 할 거냐 물어볼 시간도 없었다. 현아가 닭 쫓던 개 지붕 쳐다보는 심정으로 닫힌 현관문을 향해 이를 갈자 세영이 그녀의 셔츠 자락을 잡았다.

"고모, 화나셨어요?"

"아니야. 화 안 났어. 세영이 가정통신문 왔다면서? 어디 있어?"

"식탁에요."

식탁으로 달려간 세영이 통신문을 흔들었다. 통신문을 읽던 현아는 어마어마한 혼란에 휩싸였다.

'신록이 푸르른 5월…….' 어쩌고로 시작하는 미사여구를 빼면 내용은 간단했다. '내일 흰구름반 반 소풍 감.'

어째서 유치원 반 소풍을 입장료 10만 원이 넘는 실내 수영장으로 가는지는 크게 고민 말자. 잘사는 동네니까 그럴 수도 있다. 하지만 집결지가 실내 수영장 주차장인 건 도통 이해가 가질 않았다. 요즘 트렌든가? 현아는 오늘 전화 무지 많이 한다고 생각하며 통신문에 적힌 번호로 전화를 걸었다.

유치원 선생님은 그 직업에 맞게 앳된 목소리를 가지고 있었다. 그리고 가르치는 애들만큼 생각이 없었다. 수영장 주차장까지 어떻게 가야 하냐는 현아의 질문에 대한 그녀의 답은 상상을 초월했다.

— 그건 알아서 오셔야죠.

"알아서요? 아, 네."

더 이상의 질문이나, 그런 무책임한 말이 어디 있느냐는 공박은 무의미하다. 아마 내일 그 수영장 주차장은 온갖 비싼 차들의 전시회장이 될 것이다. 짧은 시간 이 유치원의 분위기를 파악한 현아는 바로 예림의 번호를 눌렀다.

— Oh, my friend……

"시끄럽고, 나 뭐 하나만 물어보자."

— 안 아프게 물어 줘용.

"너 서울 집에 차 있어? 좋은 거, 비싼 거, 누구나 딱 보면 '아, 저집 좀 사는구나' 싶은 그런 차. 차 키도 있어야 해. 내가 운전할 거니까. 보험 든 걸로."

— 있지, 당연히. 사고 한 번도 안 탄 거 있어.

"뭔데, 뭔데? 아우디? BMW? 아니면, 그거 뭐지? 그 동그라미 안에 삼각형…… 아, 벤츠?"

— 롤스로이스…….

"그래! 좋다, 롤스로이스!"

하지만 사람 말은 끝까지 들어 봐야 했다.

— 팬텀.

"뭐?"

롤스로이스가 회사 이름인지 차종인지도 잘 모르는 현아였지만 '롤스로이스 팬텀'은 똑똑히 알고 있었다. 그건 일종의 고유명사였다.

"너 그거 말하는 거지? 아저씨한테 선물했다가 욕 바가지로 먹고 니 질질 울게 만들었던 그 차? 코끼리만 한 그거, 엄청 큰 거."

— 코끼리는 아니지. 코끼리는 랜드로버 디스커버리 같은 걸 말하는 거고.

"그럼 하마라고 쳐. 아무튼 그런 거 말고, 좀 노말한 거. 말했잖아. '누구나' 알 수 있어야 한다니까?"

— 롤스로이스 팬텀도 누구나 알걸?

"누구나 알아도 그건 안 돼. 내가 그걸 어떻게 타. 그건 아저씨처럼 키도 크고 덩치도 큰 사람이나 타는 거지. 내가 거기서 내리면 얼마나 웃기겠어?"

롤스로이스 팬텀 전고(차량의 제일 밑에서부터 가장 높은 곳까지의 높이) 163.4cm. 박현아 전고(머리부터 발끝까지) 158.6cm. 그 차는 사촌 조카 기 살려 주는 데나, 저의 사회적 품위 유지 면에서 하등 도움이 안 됐다.

— 아, 하긴 너 거기 운전석에 앉으면 앞에 안 보이겠다. 푹 꺼져서. 그럼 차 한 대 사 줄까? 평범한 아우디나 벤츠로? 아니면 운전사를 구해 줘?

"꺼지고. 진짜 없어? 평범한 아우디나 벤츠?"

— 없다니까. 그런 건 적당히 사는 사람들이나 타는 거야. 2년, 3년 리스하면 탈 수 있는 차. 돈지랄이 생활인 나 같은 사람은 주문 제작하는 거고.

"아, 예."

헬리콥터 타고 호텔 오는 년한테 평범함을 바란 내 죄지. 현아는 그때까지도 차를 사 주겠다는 둥 헛소리를 남발하고 있는 예림을 무시하고 가차 없이 통화 종료를 눌렀다.

뾰족한 수는 물론 없었다. 저장된 전화번호부를 아무리 뒤져 봐도 다 그만그만한 사람들뿐이었다. 그 많은 벤츠와 아우디는 누가 다 먹었을까?

"어떻게 이렇게, 좀 사는 사람이 다 씨가 말랐니. 송선영, 얜 면허도 없고. 송주철, 안 친하고. 아, 암…… 암……."

"내 친구들은 다 잘사는데."

현아의 혼잣말을 들은 세영이 말했다. 휴대폰에서 전혀 예상 밖의 이름을 발견한 현아는 심란해하며 성의 없게 주억거렸다.

"그래? 세영이 친구들은 다 잘살아?"

"네. 그래서 저랑 안 놀아 줘요."

벼락을 맞은 듯, 현아가 고개를 숙였다. 세영은 식탁 앞에 앉아 가정통신문에 낙서를 하고 있었다. 왜 그 생각을 못 했을까? 고만고만하게 잘사는 집 아이들이 득실거리는 유치원에서, 다소 처지는 형편의 아이가 왕따를 당하는 건 당연한 일이었다. 현아는 이를 악물고 이런 순간이 닥치기 전까지는 결코 염두에 두지 않았던 사람에게 전화를 했다.

굶주린 동물은 흉포하다. 그것은 분류학적으로 동물계에 속하는 사람도 마찬가지다. 하지만 동물이 아닌 '세포'에게도 그런 성향이 있다는 것을, 카페 앙글레의 셰프 드 랭 이수연은 오늘 처음 알았다.

"셰프님, 모레……."

영업이 끝난 뒤, 메뉴 체크를 위해 주방에 들어온 수연이 막 말을 꺼내려던 입을 다물었다. 양손으로 조리대를 짚고 선 승효가 그녀를 노려보고 있었다.

"뭡니까?"

"아, 저기…… 모레 예약자 때문에……."

"내일 하죠."

"내일은 정기 휴일인데요……."

사실을 말하는 데 이렇게 커다란 용기가 필요할 줄이야. 수연은 부들부들 떨리는 손으로 예약자 명단을 내밀었다. 종이를 낚아채는 승효의 손짓은 먹이를 노리는 매의 눈빛보다 날카롭고 발정기 캥거루보다 사나웠다.

"그냥 예약자 명단 아닙니까? 이런 것까지 제가 일일이 확인해야 합니까? 이수연 씨, 셰프 드 랭이 하는 일이 뭐죠?"

'잘못 걸렸구나.'라는 생각이 들기 무섭게 질문이 날아들었다. 뻔히 아는 것도 이렇게 물어보면 말문이 막힐 수밖에 없다. 수연은 당황했지만, 이내 가장 그럴듯한 답을 도출해 내는 데 성공했다.

"레스토랑 서비스의 핵심입니다."

"자격 이수할 때 받은 교재 머리말에 나와 있는 문구로군요. 알려 줘서 고맙습니다."

정곡을 찔린 수연이 고개를 떨궜다. 승효는 목소리 끝에 500kg의 짜증을 매달았다.

"요약을 잘 못하는 것 같으니 제가 설명해 드리죠. 셰프 드 랭은 데 미 셰프 드 랭(demi chef de rang), 코미 드 랭(commis de rang), 가르송의 관리부터 예약, 메뉴 추천, 주문, 예약 확인을 하는 사람입 니다. 특이한 메뉴를 요청하는 고객이 있어서 나와 상담을 해야 한다 면 모를까, 제게 예약자 명단을 들고 올 필요 없다는 말입니다."

"모레 오시는 분 중에 독일 대사 내외분이 계셔서 확인해 보시라 고……."

"독일 대사는 특별한 요리를 대접받아야 하는 사람이고 다른 사 람은 아니라는 겁니까? 내 요리, 내 접시에 나가는 요리는 프랑스 대통령이 와도 똑같습니다. 정 잘 보이고 싶으면 셰프 드 랭으로서 서비스의 질을 높이세요. 압니까? 그러다 독일 대사관에 취직할 수 있을지."

짜증도 이 정도면 핵폭탄 급이다. 수연은 고개를 꾸벅 숙였다.

"죄송합니다."

"알면 됐습니다."

차갑게 대답한 승효가 나가 보라는 듯 손짓을 했다. 수연은 그녀 가 낼 수 있는 최고 속도로 승효의 시야에서 벗어났다.

"뭐야, 진짜. 오늘 왜 저래?"

정나미 떨어지는 말투야 인에 박혔지만 오늘의 승효는 뭔가 달랐 다. 전반적으로 짜증이 너무 많았고 너무 무례했다. 평소의 승효를 생각한다면 독일 대사관에 취직할 수 있을 거라는 말은 어울리지 않 는다. 그건 인신공격에 가까웠으니까.

"퇴근 안 하세요?"

수연이 벌렁거리는 가슴을 진정시키고 있을 때, 코미 셰프 둘이 지나가며 수연에게 인사를 했다. 며칠 굶은 사람같이 퀭한 두 남자의 얼굴을 본 수연은 혹시나 하는 마음에 물었다.

"이제 해야죠. 근데 형철 씨, 오늘 셰프님 식사 혹시 안 하셨어요?"

"오늘요? 한 끼도 안 드셨을걸요? 저희도 아까 브레이크 타임 때 짬 내서 겨우 먹었는데 셰프님이 밥 먹을 시간이 어디 있어요."

혹시나가 역시나다. 수연의 이마에 내 천(川) 자가 그려졌다.

"진짜 배고파서 그런 거였어?"

"아하, 셰프님이요? 오늘 좀 이상하시죠? 호진이 너도 느꼈지?"

형철이 한쪽 눈을 찡긋거리자 다른 코미 셰프인 호진이 고개를 절레절레 흔들었다. 주방에서 몇 시간씩 승효를 상대해야 하는 두 사람은 그의 변화를 아침부터 알아차렸다.

"좀이 아니야. 다이어트 하는 여자보다 더해."

"맞아요. 엄청 히스테릭하던데요."

"에이. 신경 쓰지 마요. 자기가 지금 히스테릭하다는 건 셰프님이 가장 잘 알걸요? 그런 사람이잖아요. 그러지 말고, 우리 이거나 하러 갑시다."

혓바닥을 입천장에 부딪쳐 '딱' 소리를 낸 형철이 동그랗게 만 손으로 만국 공통의 제스처를 취해 보였다. 수연은 반색했다.

"꼴깍 좋죠. 호진 씨도 가실 거죠?"

"당연히 가야죠. 아, 순주도 부를까요? 걔도 아까 암 셰프한테 된통 까였는데."

"맞다. 가르송이 요리 설명한다고 엄청 혼났지……. 순주 이 근처

살지 않아요?"

"길 건너 살죠."

"불러, 불러. 다 불러요."

공동의 적은 성별과 나이와 지위를 초월하게 만든다. 순식간에 의기투합한 세 사람은 레스토랑 문 닫는 것도 잊고 임승효 욕을 하며 계단을 내려갔다.

"아니, 세포 주제에 배고파서 포악해진다는 게 말이나 돼요? 세상을 암 환자로 가득 채울 셈인가?"

"세포의 꿈일지도 모르죠."

"야, 하지 마. 무서워."

그들이 내려온 계단 위쪽으로 긴 그림자가 졌지만 걸으면서 위와 뒤를 보지 못하는 인간의 특성상, 알아차린 사람은 아무도 없었다.

"다 들려……."

열린 문틈에 어깨를 기댄 승효가 혀를 끌끌 찼다. 카페 앙글레 건물은 조금만 정신을 집중하면 거리에서 떠드는 소리를 들을 수 있을 정도로 방음이 형편없었다. 가게 내부도 마찬가지다. 일한 지 2년이 다 되어 가면서 그것도 모르나? 저러다 홀에서 손님 욕이라도 하면 곤란해지는데.

쫓아가서 한마디 할까 생각했지만 훗날의 즐거움을 위해 미루기로 했다. 주의로 시작할 목요일 아침이라니. 상상만 해도 짜릿하다.

물론 사심이라곤 손톱만큼도 섞여 있지 않은 순수한 '주의'다. 직원들이 자신을 어떻게 부르는지는 익히 알고 있었고, 일정 부분은 동의도 가능했다. 굶주림 때문에 짜증을 부렸다는 것 역시 사실과 크게 다르진 않다.

다만 수연이 생각한 것처럼, 밥을 못 먹어서 굶주린 건 아니다. 만약 임승효가 끼니를 챙겨 먹지 못했다는 이유로 짜증을 내는 사람이었다면 독일 유학 시절의 클래스메이트들은 이미 이 세상 사람이 아니었을 것이다.

"보고 싶잖아."

그는 평소처럼 차분하게 앞머리를 넘기고 평소와 같이 사실을 적시하는 데 주저 없는 목소리로 말했다. 감정은 진실이 되었다. 해는 동쪽에서 떠올라 서쪽으로 진다. 대기압이 1atm일 때 물의 어는점은 섭씨 0도다. π는 유리수를 계수로 갖는 유한 차수의 다항식의 해가 될 수 없는 초월수이다. 그런 것처럼, 언제든지 증명할 수 있고 반박의 여지가 없는 사실.

임승효는 박현아에게 굶주려 있다.

확실히 이건 금단증상이다. 그렇지 않고서야 겨우 일주일 못 본 것 가지고 미슐랭 가이드를 향해 욕을 퍼붓고 있을 리가 없다. 제기랄, 빌어먹을 놈들. 누가 너희들 멋대로 내 식당에 별점을 매기랬어? 별 두 개나 세 개를 주려면 내 의사를 물어봐야 할 것 아니야. 그리고 이 여자는 뭐야? 왜 연락 한 번을 안 해? 다음 녹화 안 할 거야?

"바쁜 틈을 타 빠져나갈 생각인 것 같은데, 사람 잘못 봤어. 박현아 씨."

그는 제가 얼마나 집요한 남자인가를 보여 주기 위해 하루 종일 꺼놓았던 폰을 켰다. 어제까지는 너무 바빠 연락할 시간도 못 냈지만 내일은 쉬는 날이었다. 지옥을 보여 드리지.

지잉, 지잉, 지잉, 까똑, 까똑, 디리링, 디리링.

폰을 켜자마자 부재중 통화 알림과 문자, 음성 메시지, 모바일 메신저가 무섭게 들어오기 시작했다. 대부분은 모르는 번호, 아는 번호도 별 두 개 축하한다는 내용이거나 인터뷰 청탁이 전부다.

[키친 메모리 기자 조경애입니다. 지난번에 한 번 연락드렸는데 기억하세요? 그때 말씀드린 인터뷰…….]

[야, 임승효. 얘기 들었다. 축하한다. 한턱 쏴야지? 아, 그리고 지난번에 잡지사 다닌다는 우리 처제 기억하냐…….]

[셰프님, 혹시 시간 되시면 전화 한번 해 주세요. 꼭 부탁드릴게요. 꼭꼭.]

내용은 제대로 보지도 않고 화면을 아래로 내리기에 바쁜 그의 손이 멈췄다. 현아의 카톡 뒤에는 양손을 머리 위로 모으고 'please'라며 부탁하고 있는 머리 큰 강아지 이모티콘이 딸려 있었다. 그는 메신저와 연동된 그녀의 번호를 누르며 고난 레벨을 지옥에서 연옥으로 하향 조정했다.

— 여보세요?

전화 오기만을 기다렸다는 듯 통화연결음이 들리기도 전에 그녀가 전화를 받았다. 어쩐지 조심스럽고 초조한 기색이었다. 설마 이것도 인터뷰 청탁은 아니겠지?

"무슨 일 있습니까?"

— 아, 셰프님. 제가 부탁드릴 게 있어서요. 무례한 부탁이라는 건 아는데요, 죄송하지만…….

"무례한 줄 알면 하지 마시죠."

— 근데 급하거든요. 죄송해요. 셰프님밖에 없어서 그래요. 물론 거절하셔도 돼요.

"들어나 봅시다."

— 셰프님 혹시…… 차 있으세요?

'혹시 인터뷰 좀 해 주실 수 있으세요?' 따위를 기대하고 있던 승효는 맥이 풀리는 것을 느끼고 이마에 손을 가져다 댔다.

"차요?"

— 예. 차요. 그러니까 티 말고 카. CAR, 카. 부릉부릉, 카요.

"알아들었으니까 한 번만 말해도 됩니다. 차 당연히 있죠. 설마 그걸 물어보려고 한 겁니까?"

— 아, 있으시구나. 죄송한데…….

"그만 죄송하시고, 물어볼 거면 빨리 물어보시죠."

— 아, 네. 혹시 차종이 뭐예요?

"시트로앵."

— 그게 무슨……. 아, 갈매기 두 마리……. 아, 그건 안 되는데…….
셰프님은 돈도 많으시면서 왜 그런 거 타고 다니세요? 벤츠나 아우디 같은 건 없으세요?

이젠 황당하다 못해 웃음이 나올 지경이다. 보통의 여자가 이런 말을 했다면 무시하겠지만 현아의 성격을 잘 아는 그는 왜 이러는가, 하는 심정으로 물었다.

"벤츠는 왜 찾습니까?"

— 필요해서요.

"왜죠?"

— 이유가 있어서요.

"그러니까 왜?"

— 그게…….

약간의 집요함을 발휘한 끝에, 그는 그녀의 의도를 알아낼 수 있었다. 사촌 조카 때문에 차를 빌릴 생각을 하다니. 그녀나 할 법한, 그녀와 지독하게 어울리는 짓이다.

"간단하게 말하면, 다른 사람한테 꿀리지 않을 차가 필요하다는 거군요."

— 예. 그런데 이젠 괜찮아요. 죄송해요. 전화 주셨는데.

"왜 내 차가 시트로앵밖에 없다고 생각하는 거죠?"

— 예?

"현아 씨 입으로 말했잖습니까. 나 돈 많다고."

— 어, 그럼 혹시 다른 차도 있으세요?

"당연하죠."

사실은 당연하지 않다. 심지어 거짓말이기까지 했다. 그는 얼마 전 사촌 형이 차를 새로 샀을 때 나눈 대화를 떠올렸다. '봐라. 이 튼튼한 바디감. 유선형의 미래적 디자인. 완벽하지?', '독일 차에서 무슨 디자인을 따져. 예술 감각 전무한 놈들한테.', '너야말로 차에 무슨 예술 감각을 따지냐. 튼튼하면 장땡이지. 독일 차 타면 사고 나도 잘 안 죽는다고.', '웃기지 마. 다이애나비도 벤츠 타고 있었거든?', '그건 벤츠고. 이건 BMW잖아.'

BMW군.

"BMW 정도면 되나요?"

— 진짜요? 진짜 빌려 주시는 거예요? 와! 감사해요. 제가 지금 가지러 갈게요.

"용인에 있다면서요. 오는 데 한 시간은 걸릴 텐데, 기다리기엔 제 체력이 지금 엉망이군요. 주소 불러 주시면 내일 아파트 앞으로 제가 가지고 가겠습니다."

— 그럼 너무 죄송한데.

"죄송의 단계는 넘어섰죠. 주소, 메신저로 보내세요."

— 예, 예. 감사해요. 진짜 감사드려요.

그녀는 고맙다는 말을 세 번 정도 연발하고 전화를 끊었다. 십여 초 후, 휴대폰 메신저에 주소가 찍혔다. 경기도 용인시 흥인로 253

솔레 유니온 아파트 102동. 주소를 확인한 그는 사촌 형에게 전화를 걸며 가게 안의 불을 순차적으로 껐다.

차가 필요하다고? 좋아. 주지. 하지만 썩 달갑지 않은 옵션이 딸려 있을 거야.

불 꺼진 카페 앙글레에 음산한 웃음이 울렸다.

✥

그날 밤, 결국 진수는 들어오지 않았다. 아침에 일어나 텅텅 빈 안방을 확인한 현아는 분노로 속이 부글부글 끓었지만 진수에게 전화를 걸어 욕을 퍼부어 준다든가 하는 적극적인 행동은 취할 수 없었다. 오지랖 떨지 말라는 엄마의 경고를 들어서가 아니다. 그냥 너무 바빴다.

"세영아, 너 아침 먹고 유치원 가니? 뭐? 토스트 먹어? 토스터는 어디 있는데? 아, 이거구나. 빵은 어디 있어? 빵-빵-빵-빵! 빵 나와라 빵!"

바람난 남편 옷 뒤지는 기세로 부엌을 뒤져 빵을 찾아낸 뒤 토스터에 넣고, 아직 세수가 서투른 세영을 씻겼다. 토스터를 처음 사용해 보는 그녀는 그것이 썩 믿을 만한 기계가 아니라는 걸 몰랐다.

"흥, 해. 흥. 옳지."

"고모, 무슨 냄새 나요."

"악! 빵 타고 있나 보다!"

냄새를 맡고 달려갔을 때는 이미 늦었다. 현아는 까만 빵을 혓바닥 삼아 메롱거리고 있는 토스터의 옆구리를 후려쳤다.

"이런 씨부엉!"

"고모, 옷 이거 입으면 돼요?"

그러나 분노도 시간이 있을 때나 나오는 감정이다. 7살 세영을 씻기고 입히고 먹이려면 출근 시간을 5분 앞두고 깼을 때보다 더 빠르게 움직여야 했다. 그 와중에 전화까지 오니, 미치고 팔딱 뛸 지경이다.

"예, 셰프님, 도착하셨어요? 어디요? 아파트 입구? 어 여기 아파트 입구가 한 갠가?"

반쯤 넋이 나간 채 중얼거리자 세영이 입구가 세 개라고 알려 주었다. 세 개란 말에 게슈탈트 붕괴 현상을 일으킨 현아의 사고는 그녀가 누구와 통화 중이었는지조차 잊게 만들었다.

"세 개라고? 뭔 아파트 입구가 그렇게 많아? 어디 어디 어디? 아니, 들어오면 뭐가 보이니?"

"집에서 가장 가까운 데는, 들어오자마자 유치원 있어요. 제가 다니는 데. 그리고 107동 입구에는 앞에 슈퍼 있고, 112동 입구에는 어, 뭐지……."

불현듯, 왼쪽 귀 쪽에서 목소리가 들렸다.

— 유치원 보입니다.

"와! 셰프님, 계셨어요? 아니, 아니. 거기 계세요. 제가 지금 나갈게요!"

'나갈게요.' 가 '날아갈게요.' 의 줄임말일 줄이야. 아이의 느린 걸음이 답답한 현아는 세영을 안고 정말 눈썹이 휘날리도록 뛰었다.

"아하하하! 고모, 더 빨리요!"

"이 녀석! 고몬 힘들어!"

그나마 세영이 진수를 닮아 작길 망정이지, 아니면 안을 엄두도 안 났을 것이다. 지금 당장은 세영이 친탁한 걸 위안으로 삼으며 뛰던

219

현아의 눈에 갓 뽑은 듯 윤기가 좔좔 흐르는 검은색 차가 들어왔다. 원 안을 정확하게 네 등분 하고 있는 하늘색과 흰색의 로고, BMW. 진정 크고 아름답다. 그리고…….

"이쪽입니다."

저 남자, 임승효.

현아의 걸음이 멈췄다.

그는 일부러 맞춘 것처럼 하얀색 리넨 바지와 하늘색 셔츠를 입고, 검은색 스카프 같은 것을 목에 매고 있었다. 어제 주방에서보다 한결 편안해 보이는 모습이다. 당연하다. 쉬는 날 앞치마를 두르고 누군가에게 호통을 칠 이유는 없으니까.

하지만 사적인 이유로 승효와 밖에서 만난 적이 없는 현아는 오히려 나른하게 풀린 그의 표정이 더 불편하게 여겨졌다. 원치 않게 남의 일기장을 훔쳐보거나, 성별이 남자이기만 한 친구의 지갑에서 콘돔을 발견했을 때의 느낌. 머리로는 인지하고 있는 일상이지만 그녀에겐 비일상이었다.

길 건너편 아파트 단지 틈새로 떠오른 햇살이 그의 등 뒤에 후광처럼 자리를 잡았다. 위치 선정 한번 기가 막힌다. 고모의 변화를 기민하게 알아차린 세영이 현아의 품에서 내려왔다. 현아는 세영의 손을 잡고 납덩이를 매단 듯 무거워진 발을 질질 끌었다. 아무런 준비 없이 타인의 일상과 마주하는 데는 생각보다 어마어마한 용기가 필요했다.

"늦어서 죄송해요. 아침에 정신이 없어서. 셰프님께선 가 보셔야죠? 근데 어떻게 가시지? 이 동네 교통편도 좀 그런데. 제 차 타고 가실래요? 아니다. 제가 택시비 드릴 테니까, 택시 타고 가시는 게 낫겠어요. 아, 맞다. 키. 키는 어디에 있어요?"

"여기."

그와의 마주침을 최소로 하고 싶은 그녀의 마음을 모르는지, 주머니에서 차 키를 꺼낸 승효가 허공에서 키를 흔들었다. 그녀는 아무 생각 없이 팔을 뻗었다.

"어? 앗? 얍! 얍! 히얍! 흐어업!"

그러나 키는 닿을 듯 말 듯 하며 점점 더 멀어졌다. 까치발을 해 보고 이상한 기합을 지르며 폴짝 뛰어도 봤지만 그의 눈높이에 있는 키를 잡을 순 없었다. 잠깐, 세영을 목마 태우면 얼추 높이가 맞지 않을까 생각하던 현아는 근본적인 다른 문제가 있음을 깨달았다. 비일상 같은 일상이고 나발이고. 대체 왜 이래, 이 남자?

"왜 이러세요?"

"맨입으로 달라는 건 좀 뻔뻔하다고 생각하지 않아요? 오가는 게 있어야지."

"……."

"지금 뭐 하는 겁니까?"

현아가 춘향이 식당 사모님 흉내를 내며 팔을 걷어붙이자 의아한 듯 승효가 물었다. 주먹을 꽉 쥐는 현아의 기세는 사모님 못지않았지만 승효의 반응은 그때와 판이했다. 두려워한다기보다는 웃겨 죽겠다는 표정이다.

현아는 승효를 위에서부터 아래까지 한 번 쫙 훑은 다음 제 주먹을 노려보고 울상을 지었다. 이 주먹으로 때려 봤자 모기 물린 정도의 고통도 못 줄 게 뻔하다. 차라리 모기였다면 끊임없는 가려움이라도 양산해 주련만.

"한 달 동안 셰프님의 손과 발이 되겠습니다."

남은 것이라곤 협상뿐이다. 하지만 승효는 그녀가 스스로를 모기보다 못한 존재로 격하시켜 가며 내놓은 협상안을 일언지하에 거절했다.

"필요 없습니다, 현아 씨의 손과 발."

"왜요? 은근히 쓸 데 많아요."

"사람을 패려고 해 놓고 상황이 불리해지니까 이러는 건 비양심적인 것 같은데."

"사람의 약점을 잡아서 괴롭히시는 게 더 비양심적이라는 생각은 안 드세요?"

"듭니다. 하지만 양심보다 조금 더 중요한 것도 있으니까."

"그게 뭔데요?"

"글쎄요…… 즐거움? 통상적으로, '진정한 즐거움'들은 도덕과 양심에 어긋나는 경우가 많죠."

"위험한 즐거움이네요. 경험적으로, 그런 즐거움들을 좇다가 패가망신하는 경우 많이 봤는데."

"꼭 그렇지만은 않죠. 예를 들면 사랑 역시 진정한 즐거움 중 하나지만 사랑이 항상 도덕과 양심에 부합하란 법은 없지 않습니까."

"응?"

왜 사랑이 튀어나왔는지 잘 모르겠다는 듯, 그녀가 그를 올려다보며 눈을 깜빡거렸다. 그리고 갑자기 다부진 표정을 만들었다.

"필살기를 사용하겠습니다. 주세요!"

불쑥, 다소곳이 모은 두 손이 승효의 눈앞에 튀어 올랐다. 현아는 어리둥절해하는 세영의 등을 콕콕 찔러 저와 같은 동작을 시켰다. 뭣도 모르는 세영은 그저 고모가 시킨 대로 손바닥을 내밀며 웅얼거렸다.

"주, 주세요……."

현아는 어깨를 들썩거렸다. 어때? 혈관에 논리가 흐르는 당신이라도 이건 못 배길걸? 게다가 세영이는 귀엽게 생겼다고! 귀여움 두 배, 기쁨 두 배. 이걸 무시한다면 당신은 사람도 아니야.

그는 아무런 말도 못 하고, 웃음을 참으려는 듯 입을 틀어막고 있었다. 힐끔 본 그의 귓바퀴가 온통 붉었다.

"주세요."

의도한 건지는 모르겠지만 '주세요.' 할 때 그녀의 미소는 유혹적인 눈웃음이었다. 조금만 더 보고 있다간 정말 차 키를 줘 버릴 것 같다고 생각한 승효는 아낌없이 주름을 소환하고 있는 현아의 웃음을 피해 고개를 돌렸다.

"주세요, 셰프님. 약속하셨잖아요."

"잘 생각해 보십시오. 차 빌려 주겠다고 약속한 적 없습니다. BMW가 있다고만 했죠."

"어, 하지만……!"

현아는 항의하다 말고 숨을 삼켰다. 정말 곰곰이 생각해 보니 빌려 주겠다는 확답을 받은 적이 없다.

"그럼 지금 BMW 있다고 자랑하시려고 이 아침에 용인까지 오신 거예요?"

"제가 그렇게 쓸데없는 짓 하는 사람으로 보입니까? 타기나 하시죠."

승효의 턱이 움직였다. 그 움직이는 방향을 좇던 현아는 말 그대로 기겁했다.

"운전해 주시겠다고요?"

"생사고락을 함께한 친구도 아니고 연인도 아닌 사람에게 차를 빌려 주는 것보다는 이게 낫죠. 어쨌든 현아 씨가 말한 필요성은 이해했으니까. 문제 있나요?"

"올 때는 어떻게 하라고요?"

"설마 걸어오라고 할까 봐서요? 기다리고 있다가 같이 올 겁니다."

"저희 소풍 가요, 소풍. 소풍 안 가 보셨어요? 사생대회처럼 찍고 올 수 있는 게 아니에요. 셰프님 엄청 바쁘시잖아요. 미슐랭 가이드에 실려서 가게 터져 나갈 것 같던데요. 오늘 하루는 쉬셔야죠."

"아, 가게에 왔었습니까?"

"그게 중요한 게 아니잖아요오오……."

현아는 양손으로 머리통을 붙잡고 신음했다. 머리에서 쥐가 날 것만 같았다.

"뭉그적거리는 거 보니까 별로 안 바쁘신가 봅니다."

차 지붕 위에 한 팔을 올린 그가 왼쪽 눈을 찡그렸다. 세영은 어떻게 하나는 눈으로 그녀를 쳐다보고 있었다. 오도 가도 못하게 된 그녀는 진퇴양난, 사면초가, 설상가상, 고립무원 등등의 고사성어를 떠올렸고 겨우 네 개밖에 생각해 내지 못한 자신을 한심해하며 세영과 함께 뒷좌석에 탔다.

"아니, 현아 씨는 거기 아니죠. 왜 사람을 운전사로 만들어요?"

딱딱. 그가 손가락을 튕겼다. 현아는 어깨에서 힘을 뺌과 동시에 모든 저항을 포기했다. 하지만 아주 작은, 콩알만 한 항거의식이 남아 있었나 보다.

"오늘은 운전사 해 주신다면서요."

"개인적으로는 운전사라기보다는 보호자라고 생각하고 있는데요."

"잠깐만, 잠깐만? 이거 인신공격인 거죠? 제 키는 제 개성이에요. 누구한테 비난받거나 칭찬받을 이유가 없는 개성. 저의 일부. 저를 이루는 특성!"

"비난한 것도 아니고, 칭찬한 것도 아닙니다만?"

"작다고 비난하셨잖아요."

"언제요?"

"보호자라면서요!"

"현아 씨 조카의 보호자라는 거였습니다. 한 명의 보호자보다는 두 명의 보호자가 좀 더 낫지 않을까요?"

"저 혼자서도 되게 잘 돌볼 수 있거든요?"

두 사람은 입으로는 끊임없이 떠들면서 손으로는 벨트를 매고 시동을 걸고 내비게이션에 수영장 주소를 입력했다. 수영장까지 가는 루트 중, 고속도로가 있다는 것을 확인한 승효가 뒤를 돌아봤다.

"어린이도 벨트를 매시죠."

"예? 예."

"이름이 뭐예요?"

"저요? 저 세영이…… 김세영이요."

세영이 어깨를 한껏 움츠렸다. 아무래도 7살 어린이에게 임승효처럼 큰 남자는 멋지다는 느낌보다 무섭다는 느낌을 줄 수밖에 없다.

"음……. 고모가 잘해 줘요?"

"네, 작은고모 되게 좋아요. 되게 잘해 주세요."

그의 미소가 평소보다 온화하다. 목소리는 아예 기름칠이라도 한 듯 매끄러웠다. 느끼해. 어떤 식으로든 그의 단점을 찾아내던 현아는 이어진 그의 물음에 안색을 굳혔다.

"그래요? 그럼 고모가 어제저녁에 뭐 해 줬어요?"

뭐 해 줬지? 뭐 해 줬지? 아무리 생각해도 기억이 나지 않는다. 정신없이 휩쓸린 아침의 여파인지, 아니면 어제가 전반적으로 힘들었기 때문인지, 어제저녁이 꼭 한 달 전 저녁처럼 멀게 느껴졌다.

하지만 영특한 세영은 어제저녁 메뉴를 확실하게 기억하고 있었다. 세영이 엄지를 치켜들었다.

"라볶이랑 라면땅이요! 완전 맛있었어요. 처음 먹어 봤어요!"

그녀는 절망했다.

지난한 협의의 과정을 거치긴 했지만, 승효가 세영의 보호자라는 점에 동의한 현아는 수영장 주차장에 도착하자마자 승효를 선택한 제 혜안에 찬사를 보냈다.

비싼 차들의 전시장이 될 거라는 그녀의 예상은 정확했다. 그 안에서 승효의 BMW는 튀지도, 꿀리지도 않는 아주 적당한 수준의 차였다. 그녀가 간과한 것이 있다면 차에 딸린 옵션이 때때로 차보다 더 튈 수도 있다는 사실이었다.

현아 일행이 유치원 팻말 쪽으로 걸어가자 먼저 와 있던 엄마들이 웅성거렸다. '쟤 세영이 아니야? 그럼 저 남자가 아빠야?', '아니야, 세영이 아빠 키 작아.', '옆에 여자애는 누구야?' 그녀들은 새처럼 지저귀고 바위에 부딪친 파도처럼 들썩였다. 그리고 모름지기 이런 구성원 중에 여성 잡지를 정기구독 하는 사람 한 명쯤은 있는 법이다.

"어머! 나 저 사람 알아. 봤어. 강남에서 프렌치 레스토랑 하는 사람이야. 유명해. 집안도 좋고."

"그런 사람이 왜 세영이랑 같이 와? 친척이야?"

"설마. 세영이네 그 집도 전세인 것 같던데."

거대한 불신이 그들 사이를 휩쓸고 지나갔다. 아줌마들의 불신은 유치원 선생님에게도 영향을 미쳤다.

"세영이랑 어떻게 되세요?"

분명 세영의 손을 잡고 있는 현아를 봤을 텐데, 선생님은 승효를 보며 물었다. 이것은 사실 '세영이를 데리고 온 이 여자랑은 무슨 사이냐?' 라고 묻는 거나 다름없다. 그 의미를 뻔히 알면서도 현아는 세영의 손을 뒤로 잡아당겨 한 발 물러났다.

　"아, 이쪽은 세영이 고몹니다. 그리고 전, 글쎄요……."

　그가 잠시 머뭇거렸다. 한마디로 규정할 수 없는 관계를 설명할 만한 단어를 고르고 있는 듯했다. 그 머뭇거림을 눈치챈 순간 현아는, 그의 대답을 기대하고 있는 자신을 발견할 수 있었다.

　"일단은 이 여자분의 혀의 소유권자라고 해 두죠."

　아니, 이런 대답 말고!

　"예?"

　무얼 상상했는지, 선생님의 얼굴이 붉어졌다. 현아는 다급하게 팔을 휘두르며 사태 수습에 나섰다.

　"아니에요! 저랑 아는…… 오빠, 네! 아는 오빠예요. 그냥 아는 오빠!"

　하지만 '그냥 아는 오빠' 란 화자의 의도와는 상관없이 청자로 하여금 여러 가지 오묘한 상상을 불러일으키는 단어다. 거기에 '혀' 라는 단어까지 겹쳐지면 상황은 돌이킬 수 없는 국면으로 치닫는다.

　" '그냥' 아는 오빠래요."

　"그런데 혀……. 어머, 어머, 어머!"

　"당당하네, 아주."

　"뭘요. 요즘 저런 애들이 얼마나 많은데."

　아줌마들의 웅성거림이 커졌다. 선생님은 멋대로 떠드는 학부모들을 방치하고 현아에게 정체 모를 서류를 내밀었다.

　"이건 프로그램 일정표고요, 밑에 안전 수칙 있어요. 읽어 보시고 보호자 동의란에 사인하세요."

묘하게 고압적인 선생님의 태도는 둘째 치고, 현아는 이 프로그램 일정이라는 게 도무지 마음에 들지 않았다.

9시부터 11시까지 수영장에서 자체 진행하는 레크리에이션 참여, 11시부터 12시까지 자유 수영, 12시부터 1시까지 점심식사, 1시부터 3시까지 또 수영장에서 진행하는 레크리에이션 참여. 유치원 소풍을 온 건지 수영장 행사에 온 건지 헷갈린다.

애를 키워 본 적 없는 그녀는 '요즘 유치원 소풍은 다 이런가 보다.'라고 스스로를 강제납득 시켰다. 싫은 소리 한마디 정도 해 줄 줄 알았던 승효도 조용한 걸 보니, 모르는 일에는 나서지 않기로 한 것 같았다.

수영장은 비싼 수영장답게 규모가 어마어마했지만 그만큼 사람도 많았다. 근처 유치원이나 초등학교는 이번 봄 소풍 장소를 죄다 여기로 정한 듯 보였다. 현아는 탈의실 입구에서 엄마들과 아이들, 선생님들에게 치여 가며 수영장 벽면에 걸린 안내문을 읽었다.

"흐음……. 수영복 안 입고 모자만 착용해도 된다고……?"

"다행이군요. 수영복 안 가져왔는데."

승효가 말했다. 현아는 그의 말을 금방 이해하지 못하고 눈동자를 굴렸다.

"수영복 안 가져오셨어요?"

"당연하죠. 어디 오는지도 몰랐는데."

"어, 제가 장소 설명을 안 했……네요. 그러고 보니까."

"차가 필요하다는 얘기 외엔 아무것도 안 했습니다. 부모는 어디 가고, 사촌 조카를 현아 씨가 봐야 하는지도."

바로 옆에서 들리는 그의 목소리에는 그가 원할 경우 간 쓸개도 빼

줘야 할 것만 같은 마성이 있었다. 집안의 치부를 드러내고 싶지는 않았지만 어느 정도의 설명은 필요할 것 같았다. 현아가 쓸개는 좀 그렇고 맹장 떼어 주는 걸로 안 될까라는 얼토당토않은 고민을 하고 있을 때 원생들을 일렬로 세운 선생님이 소리쳤다.

"흰구름반 남자 친구들은 체육 선생님 따라가세요!"

"네에!"

한 떼의 남자아이들이 일행에서 빠져나와 남자 선생님 뒤에 섰다. 마침 여자아이들도 탈의실로 들어가게 되어, 현아와 승효는 자연스럽게 헤어졌다.

탈의실 안은 밖보다 훨씬 더 정신없었다. 알몸으로 뛰어다니는 아이들을 피해 세영에게 수영복을 입히는 데 성공한 현아는 잠시 고민하다 수건으로 모자를 만들었다.

"양이다. 고모, 양 같아요. 메헤헤헤."

측면이 동그랗게 말린 현아의 모자를 본 세영이 양 울음소리를 흉내 내며 웃었다. 수건이 회색인 게 좀 아쉽다. 궁여지책으로 만든 모자가 쏙 들어간 건 좋지만, 아무래도 이건 더러운 양으로밖에 안 보였다.

수영장으로 내려가자 선생님이 세영을 불렀다. 딱히 보호자가 필요한 것 같지도 않기에 현아는 레크리에이션이 진행되는 풀장 가까이에 있는 비치체어를 두 개 대여했다. 풀장이 정면으로 보이는 명당자리는 먼저 온 엄마들 차지였다.

"랑부예메리노인가요?"

비치체어에 멍하니 앉아 있는 그녀의 위로 그림자가 졌다. 그녀는 고개를 위로 쳐들었다. 바지를 무릎까지 걷어 올리고, 목에 매었던 스카프로 머리를 감싼 그가 서 있었다.

"랑, 뭐요?"

"그거요."

승효는 아주 자연스럽게 현아의 옆자리에 앉으며 그녀의 머리를 가리켰다. 그녀가 양손을 옆머리에 가져다 대며 두리번거렸다.

"그거라뇨?"

"랑부예메리노종의 뿔이 그렇게 생겼죠. 옆으로 돌돌 말려서."

"양의 종류를 모두 꿰고 계신 건 아닐 거고, 식용 양인가 봐요?"

"먹기도 하죠. 먹는 것보다는 털을 얻는 게 이익이라 그렇지. 아무튼 잘 어울리네요. 귀엽게."

얼굴이 붉어지는 건 불가항력이다. 현아는 스치듯 지나가는 말일 뿐, 별 의미는 없을 거라고 스스로를 설득하며 주책 맞게 뛰는 심장을 꾸짖었다. 동네 슈퍼 아줌마도, 자주 가는 빵집 아저씨도, 지하철에서 자리를 양보해 드린 할아버지도 하는 말 '귀엽다.' 그녀에겐 흔하디흔한 칭찬이었다.

비치체어에 등을 기댄 그가 다리를 쭉 뻗었다. 무릎까지 걷어 올린 바지 아래로 보이는 다리가 곧고 깨끗했다. 남자라면 한 개 정도는 가지고 있을 그 흔한 꼬불거리는 털도 없었다. 자연스럽게 말 돌릴 주제를 찾던 그녀는 그의 다리가 그런 모양이라 참 다행이라고 생각했다.

"셰프님 다리는 안 휘었네요?"

"다리?"

승효는 반사적으로 그녀의 다리를 응시했다. 그의 시선을 느낀 그녀가 후다닥 다리를 굽혀 종아리를 끌어안는다. 그녀는 분주하게 꼼지락거리며 엄지발가락으로 다른 발가락들을 숨겼다. 발톱에는 밋밋한 노란색 매니큐어만 발라져 있었다. 화려하게 꾸민 다른 여자들의 발톱보다 훨씬 그녀다웠다.

"제 다리는 왜 보세요?"

"그 다리 '는' 이 왠지 불길하게 느껴져서요. 현아 씨 다리가 오다리면 '는' 이 이해 가지만 현아 씨 다리도 곧은 편이군요. 그럼 나한테 곧지 않은 다른 부분이 있다는 얘긴데."

"어머나."

"그 '어머나' 도 왠지 불쾌하군요. 알면서 그런다고 하는 것도 같고, 들켰다고 하는 것도 같고."

"웃으면서 남한테 독설하는 사람이 올곧은 인격이라고 하긴 좀 그렇잖아요."

"말할 때 웃는 건 훈련된 버릇이고, 사실은 독설이 될 수 없습니다. 독설로 받아들이는 사람들이 자신을 바로 보지 못하는 거지."

"무슨 그런 살벌한 훈련이 다 있어요?"

"아아……."

턱을 매만진 그가 다리를 겹쳤다.

"고모 한 분이 계신데, 초등학교 들어가기 전부턴가……. 저를 붙들고 온갖 게임들을 가르치셨습니다. 고스톱, 홀라, 블랙잭 같은."

"유치원생한테요? 오목, 오셀로, 민화투 이런 게 아니고?"

"아이의 정서나 두뇌발달을 위해 게임을 가르쳤다면 그랬겠죠. 우리 고모는 단순히 놀 상대가 필요하셨던 겁니다. 오목이나 민화투 같은 걸 어른이 재미있어할 리가 없잖습니까? 뭐, 그런 건 다 좋다 칠 수 있습니다. 덕분에 카드 게임해서 돈 잃어 본 적은 없으니까. 고모의 문제는 조카한테 도박을 가르치면서 단 한 번도, 예의상으로도 져준 적이 없다는 겁니다. 그뿐이면 말도 안 합니다. 지면 정말 돈을 따갔어요. 조카의 코 묻은 돈을 빼앗아 간 거죠."

"어…… 그건, 셰프님 고모님께 죄송하지만 약간……."

"네. 삥 뜯겼습니다."

그는 그 어느 때보다 단호하게 대답하며 팔짱을 꼈다.

"한 달 용돈 다 털린 적도 있습니다. 더 짜증나는 건, 망연자실한 나에게 억울하면 이기라는 식으로 말씀하셨다는 겁니다. 이기면 한 달 용돈이 두 배로 삥튀기 된다면서. 두 배의 용돈은 필요 없지만 계속 지다 보니 오기가 생겼죠. 결국 이겼습니다만 아이를 물질로 꼬드기다니. 어른이 할 짓입니까, 그게?"

현아는 이길 때까지 포커를 친 것도 아이가 할 짓은 아니라고 생각했지만 생각을 입 밖으로 내지는 않았다. 입을 열자마자 그의 고모님에 대한 찬사부터 터져 나올 것 같았기 때문이다. 단순히 임승효를 이겼다는 이유만으로 생면부지의 사람이 이렇게 존경스러울 수도 있구나.

"거의 아동학대 수준이었습니다. 그러다 나랑 나이 차이 좀 나는 여동생이 태어나고 나서 고모의 관심이 걔한테 옮겨졌죠. 그때 두 가지 사실을 알았습니다."

"뭔데요?"

"무관심이 인간을 얼마나 자유롭게 하는지. 또 고모가 진짜 원하는 건 내 우는 얼굴을 보는 거라는 걸. 그래서 찡그리거나 울지 않기로 결심했습니다. 애초에 좀 웃는 상이라, 포커페이스를 유지하기엔 웃는 게 편했죠. 왜요? 왜 그러고 있습니까?"

뜻하지 않게 그와의 공통점을 발견한 현아가 수건으로 만 양 뿔 사이에 손가락을 집어넣고 뱅뱅 돌리고 있자 그가 상체를 일으키며 물었다. 그녀는 머쓱하게 수건 모자를 벗었다.

"아무것도 아니라고 해도 또 물어보실 거죠?"

"지옥 끝까지 쫓아가서 물어볼 겁니다."

"전 천국 갈 건데요?"

"꼭 '너는 못 올 거다.' 라고 하는 것 같은데, 그럴 리는 없겠지만 만에 하나 못 가면 베드로와 진지한 대화를 시도해서 천국의 문을 열게 하면 됩니다."

그러고도 남을 남자다. 현아는 암에 걸려 시름시름 죽어 가는 성 베드로의 모습은 보고 싶지 않았다.

"엄마가 좋아, 아빠가 좋아 아세요?"

"우리 고모가 여동생한테 즐겨 쓰던 고문 방법이었죠."

"셰프님 여동생은 고모님뿐이었잖아요. 전 친척이 많거든요. 그 친척들이 다 한 번씩 그걸 물어봤어요. 뭐, 저도 그건 그렇다 칠 수 있어요. 어쨌든 어른이니까. 근데 한 번은 사촌 오빠까지 그러는 거예요. 세영이 아빠요. 아니, 나이 차이가 좀 많이 나긴 하지만 지나 나나 같은 항렬이고 어른들 눈에는 똑같은 앤데 그러니까 짜증이 팍 나잖아요."

팍!

그녀가 수건으로 비치체어를 후려쳤다. 승효는 상체를 현아 쪽으로 바짝 당기며 저의 호기심을 온몸으로 표현했다.

"그래서요?"

"그래서 엄마 들으라고 크게 말했죠. 엄마 아빠 이혼하는 거냐고. 이혼하면 누구 따라갈지 알고 싶어서 물어보는 거냐고."

"……어머니가 가만 놔뒀습니까?"

"셰프님 어머니셨으면 어떻게 하셨을 것 같아요?"

"우리 어머니는 정신 공격이 상당한 분이라서요. 생각날 때마다 그 이야기를 하셨을 겁니다."

"새삼 우리 엄마가 인간적이라는 생각이 드네요. 전 그냥 처맞았어요."

그의 입 근처 근육이 씰룩거렸다. 어느 정도의 비웃음을 각오하고 있던 현아는 이어진 그의 말에 기분이 왕창 상했다.

"어릴 때 그런 말 한 거 보니까 현아 씨도 '다리는' 안 휘었네요."

"무슨 농담을 그렇게 진심처럼 하세요? 전 '도' 죠. '다리도' 안 휘었다."

"현아 씨 농담은 섬뜩하군요. 설마 정말로 그렇게 생각하는 건 아니겠죠?"

"정말 그렇게 생각하는데요? 그러는 셰프님이야말로 저한테 그런 말 할 자격은 없으시거든요? 애초에 고모한테 이기려고 포커페이스를 연습했다는 것 자체가 이상해요."

"그러는 현아 씨는 어릴 때부터 훌륭하게 되바라진 아이였죠. 도긴개긴인데, 뭘."

두 사람은 상대가 더 이상하다는 걸 증명하기 위해 다수결의 원칙을 들먹였고('지나가는 사람들한테 길을 막고 물어보세요. 누가 봐도 셰프님이 더 이상하지.'), 플라톤의 철인정치론을 동원했으며('민중은 우중이라고 하지 않습니까? 무엇보다 인격이 다수결로 결정된다는 건 인정할 수 없습니다.'), 민주주의의 가치를 설파했고('그게 플라톤의 한계예요. 플라톤이 노예제도를 찬성한 건 아시죠?'), 구조역학까지 끌어왔다.

"콘크리트에 변형을 가해 만든 건물이 아무리 나무처럼 생겼어도 목조건물이라고 하지는 않습니다. 그건 그냥 콘크리트 건물이죠. 현아 씨의 되바라짐은 현아 씨를 이루는 근간입니다."

"어렸을 때잖아요. 사람은 성장하고 변한다고요."

"그럼 더 튼튼한 콘크리트 건물이 되었겠죠. 변형을 통해 강도가 더 세지는 경우도 있으니까."

이론을 빙자한 인신공격과 비난이 난무했지만 기분이 상한 사람은 아무도 없었다. 끝나지 않을 것 같은 궤변을 종식시킨 것은 날카로운 호루라기 소리였다.

삐익—

두 사람은 동시에 고개를 쳐들었다. 호루라기 소리에 맞춰 풀에서 나온 아이들이 한 곳으로 몰려가고 있었다. 몇몇 익숙한 얼굴을 통해 그 아이들이 흰구름반 애들이라는 것을 파악한 현아는 다급히 시간을 확인했다.

"와! 벌써 11시예요! 시간 엄청 빨리 가네. 근데 쟤네 어디 가는 거지?"

"저쪽은 간이식당입니다. 간식 먹으러 가는가 보죠."

"세영이! 세영이가 안 보여요."

"다른 애들이랑 같이 들어갔습니다."

당황해 방방 뛰는 현아와 달리 승효는 차분했다. 의외로 세영을 계속 보고 있었던 모양이다. 혼자서도 잘 돌볼 수 있다고 큰소리 탕탕 쳤던 것이 부끄러워, 현아는 세영을 찾아야겠다는 핑계를 대고 간이식당으로 달렸다. 아이들이 한바탕 휘젓고 간 탓인지 바닥이 물에 젖어 미끄러웠다.

"앗!"

"조심!"

몸이 뒤로 넘어가는 순간 그가 뒤에서 그녀의 허리를 확 낚아챘다. 그의 긴 팔이 허리를 완벽하게 휘감은, 상당히 로맨틱한 상황이라고 할 수 있겠지만 짐짝처럼 쑥 들린 자세로 로맨틱을 기대하는 건 무리

다. 그녀는 키 작고 말라서 겪은 굴욕 중에 오늘이 최고라고 생각하며 그의 품에서 빠져나왔다.

점심때가 가까워진 간이식당은 이미 아이들로 포화 상태였다. 선생님에게 제대로 된 설명도 듣지 못하고 애들 가는 대로 무작정 따라온 세영은 다양한 종류의 추로스를 보며 침을 꼴깍 삼켰다.

미리 엄마에게 허락을 받아 둔 듯, 친구들은 손목에 건 입장권으로 계산을 해 가며 추로스를 하나씩 물었다. 일단 계산하고 나중에 고모에게 허락을 받는 방법도 있었지만 세영은 그렇게 요령 좋은 아이가 아니었다. 그렇다고 지금 가서 먼저 허락을 받아 오기에는 추로스가 너무 탐났다.

"줄까?"

세영이 제가 들고 있는 추로스를 빤히 쳐다보고 있다는 걸 안 친구가 물었다. 세영은 머뭇거렸지만 결국 냄새의 유혹에 굴복했다.

"싫어. 네 돈 주고 사 먹어."

세영이 고개를 끄덕이자, 기다렸다는 듯 싸늘한 대답이 돌아왔다. 아이들은 킥킥 웃으며 추로스를 흔들었다. 엄마들이 하는 이야기를 주워들은 아이들은 세영이 자신들과 다르다는 것을 알고 있었다. 세영을 놀리고 무시해도 아무도 뭐라 할 사람이 없다는 것 역시.

"저것들이……."

"잠깐."

막 간이식당으로 들어와, 그 모습을 보고 눈이 뒤집힌 현아가 나서려는 찰나 승효가 그녀의 어깨를 잡았다. 그는 말리지 말라며 발버둥치는 현아에게 웃어 보이고 태연하게 추로스 파는 직원에게 다가갔다.

"추로스 세 개 주십시오. 그리고 아이스크림은 여기 있는 게 전붑니까?"

"예. 지금은 그게 전부입니다, 고객님."

"다 주세요."

"예?"

해적 모자를 맵시 있게 갖춰 쓴 직원이 눈을 크게 떴다. 승효는 강한 어조로 주문을 확인시켜 주었다.

"다, 주십시오."

냉장고에 들어 있던 구슬 아이스크림은 100개가 넘었다. 경악하는 어른들 사이를 유유히 뚫고 자리를 잡은 그는 직원 둘의 도움을 받아 테이블 위에 아이스크림 통을 쌓았다. 엄마에게서 영악함은 배웠지만 음흉함은 아직 못 배운 아이들은 숨넘어가는 소리를 냈다.

"좋아하는 거 먹어요."

추로스와 아이스크림을 늘어놓은 그가 세영에게 말했다. 산처럼 쌓인 아이스크림의 위용에 기가 죽은 세영이 먹어도 되냐는 듯 현아를 바라봤다. 어떻게 해야 할지 모르기는 현아도 마찬가지였지만 일단 도의적인 선에서 추로스 한 개와 아이스크림 한 개만 허락했다. 추로스가 시시하게 느껴진 세영은 일단 색색의 구슬 아이스크림부터 숟가락 가득 퍼먹었다.

"우와, 맛있다!"

아이들이 빈 냉장고를 힐끔거렸다. 남이 먹는 걸 보면 더 먹고 싶은 건 애나 어른이나 마찬가지다. 한두 명은 세영에게 나누어 먹자는 제안까지 해 왔다. 이번에도 세영은 현아를 바라봤고, 이번에는 현아도 승효를 바라봤다.

"내가 뭐라고 할 것 같은데요?"

"……안 된다고요. 세영아, 혼자 먹어. 절대 나누어 주지 말고."

"고모 근데요, 남는 건 어떻게 해요?"

"그러게……."

궁금한 시선이 또다시 그에게 꽂혔다. 설마 내 조카도 나처럼 배 터트려 죽일 계획이냐고 묻는 듯한 현아의 눈동자에 그가 사르륵 웃었다. 한쪽 볼만 살짝 움직이는, 일종의 조소였다.

"다 버리고 갈 겁니다."

"……!"

꽉꽉 억눌러 온 둑이 한꺼번에 무너진 듯 여기저기서 탄식과 비명이 터져 나왔다. 헉, 이럴 수가, 말도 안 돼, 엄마 나도 아이스크림 먹고 싶어, 나도, 아이스크림 사 줘, 다른 데 가서 사 줘, 사 줘, 아이스크림, 사 줘, 사 줘, 사 줘……. 아이들은 엄마를 졸라 댔고 엄마들은 승효를 노려봤다. 그러나 직접 따지는 사람은 없었다.

현아는 불편한 와중에도 이 사상 초유의 아이스크림 인질극이 꽤나 통쾌하다는 것을 인정했다. 괜히 긁어 부스럼 만든 거 아닌가 하는 생각도 잠깐 들었지만 세영을 바라보는 아이들의 눈을 보아하니 그럴 것 같지는 않았다.

"역시 돈 많은 사람의 생리는 돈 많은 사람이 아는가 봐요."

깍지 낀 손등으로 턱을 괸 현아가 말했다. 승효는 고개를 저었다.

"정말 돈 많은 사람들은 이렇게 안 놉니다. 양보할 건 양보하고, 줄 건 주면서 무시하죠. 친구와 추로스 한 개 정도는 나눠 먹을 수 있다는 걸 안 가르쳐 주는 건, 추로스 한 개가 엄청 비싸다고 생각하는 사람들이나 하는 짓이에요."

"하긴, 제 친구였다면 이 수영장 다 사서 입장권에 세영이 얼굴 사진 넣고 무료 배포했을 것 같아요."

"그런 친구도 있습니까?"

"제가 친교의 폭이 좀 넓거든요."

"나중에 소개해 주시죠. 그 넓은 친교의 폭 좀 보게."

"생각해 보고요."

마침 세영이 더 못 먹겠다며 플라스틱 수저를 내려놓았다. 쪼로록, 아이들의 눈동자가 세영의 손을 따라 움직였다. 세영의 손을 잡고 일어난 승효가 엄마들을 돌아보며 처음과 별로 달라진 것 없는 아이스크림 산을 가리켰다.

"남은 거, 애들에게 주고 싶으면 주십시오."

엄마들의 얼굴이 터질 듯 벌게졌다. 그는 유유히 간이식당을 빠져 나왔다. 현아는 배가 찢어지도록 웃었다. 잠깐 뒤돌아본 순간 보인 아이스크림 산과 아이를 달래느라 달아오른 엄마들의 얼굴, 잠깐 휘청거렸을 때 닿은 그의 팔이 참, 기분 좋았다.

❖

아이들이 가장 피로를 느낄 때는 한창 놀고 있을 때가 아니라 논 다음이다. 불과 1분 전까지만 하더라도 온 세상 어린이들을 다 만나고 올 기세로 뛰놀던 아이들이 '자, 이제 그만 가자.' 라는 한마디에 풀이 꺾이는 모습은 차라리 경이에 가까웠다.

게다가 아침 9시부터 3시까지 수영장에서 논다는 건 어지간한 어른도 소화하기 힘든 일정이었다. 그래선지 수영장에서 나오는 흰구름반 아이들의 얼굴은 자막 작업으로 삼 일 밤을 새운 현아와 유사했다. 세영도 다를 바 없었다.

"고모, 저 배고파요."

현아는 웃음을 참으며 기진맥진한 세영을 뒷좌석에 앉히고 안전벨트를 매어 주었다. 만약 이 소풍 일정에 아이들을 혼절시키려는 선생님의 음모가 숨어 있었던 거라면 엄청난 성공이라고 생각하면서.

"그래? 그러면 집에 가서 옷 갈아입고 밥 먹으러 나가자."

"옷 갈아입고 밥 먹으러 가면 언제 먹을 수 있어요?"

"한…… 한 시간?"

현아로서는 최대한 서두른 것이었지만 당장 배가 고픈 세영에게 한 시간은 내일이라는 말과 같았다. 세영이 울상을 지었다.

"한 시간 너무 길어요. 고모, 집에 가서 라볶이 해 주세요. 라볶이요."

"고모가 너 라볶이 해 주면 저승사자가 와서 잡아가."

"저를요?"

"아니, 고모를."

"팝!"

기이한 소리가 들려 옆을 보니, 핸들을 잡은 승효의 입 주변이 경련을 일으키고 있었다. 그도 저승사자가 누구를 지칭하는지 알아차린 듯했다.

"그거 괜찮군요. 요즘 잡아갈 사람이 없어 심심했는데, 라볶이로 소환 한번 해 보시죠?"

"납치 후 감금이 기다리고 있는 걸 아는데 제가 왜 그런 짓을 하겠어요?"

"아, 그건 감금이 아니라 은닉입니다."

감금이나 은닉이나, 부정적인 단어이긴 매한가지였지만 단어가 주는 느낌은 크게 달랐다. 감금은 수단이었고 은닉은 은닉 자체가 목적이다. 감금이 직접적이라면 은닉은 모호하다. 피하고 싶은 감금과 달리 은닉은 숨겨진 비밀을 기대하게 만드는 단어였다.

이 감각적인 차이를 그가 알고 말했는지는 모른다. 현아는 베일 뒤에 감춰진 것을 기대하는 심정으로, 베일을 들춰 보듯 가볍게 물었다.

"그 저승사자는 사람 은닉해 두고 뭐 하는데요?"

"글쎄요? 만 일 갱생 프로젝트를 하려나?"

그럼 그렇지!

"단어 사용의 적절치 못한 예를 체감한 것 같네요."

"그럴 리가. 이보다 적절할 수는 없습니다."

"됐습니다. 세영아, 고모가 저승사자한테 잡혀가는 건 싫지? 그러니까 라볶이 말고 다른 거 먹자."

콧방귀를 뀐 현아가 관심을 세영에게로 돌렸다. 세영은 검지를 모으며 고개를 끄덕였다.

"네, 다른 거……. 근데 다른 거 뭐 먹어요?"

"세영이 뭐 먹고 싶은 거 있어?"

"맛있는 거요."

"맛있는 거 뭐?"

"맛있는 거요."

누가 그랬던가. 여자친구와 데이트할 때 가장 알아먹기 어려운 요구가 '아무거나'와 '맛있는 거'라고. 현아는 도움을 요청하는 의미에서 승효의 어깨를 콕콕 찍었다.

"왜요?"

"한마디 해 주세요. '맛있는 거'가 가지고 있는 폭력성에 대해서."

"맛있는 거는 맛있는 거죠. 맛있는 거에는 폭력성이 없습니다. 설사 있다고 하더라도, 애들한테는 설교 안 합니다."

"셰프님은 참 캐릭터에 일관성이 없으신 것 같아요."

"일관성이 있는 거죠. 13세 이하의 아이는 사람이 아닙니다. 8세

미만은 말하는 짐승, 8세 이상은 숫자 계산할 줄 아는 짐승. 사람이 사람답게 되는 건 중학교 들어가서부터고, 설교는 말귀를 알아듣는 '사람' 한테만 하는 거죠."

"아하, 그래서 14살짜리한테 그렇게 설교를 하신 거구나. 13살이 지났으니까. 사람으로 치자면 한 살인데, 13살이 넘었으니까."

"무슨 뜻이죠?"

"한림이요. 14살이거든요. 아, 제가 나이는 말씀을 안 드렸던가요?"

그는 마치 처음 운전대를 잡는 초보운전자처럼 앞만 바라보고 있었다. 약점을 잡았다고 생각한 현아는 실실 웃으며 중얼거렸다.

"훔친 오토바이를 타고 달렸어. 갈 곳도 모르는 채. 누구에게도 속박당하고 싶지 않아 도망쳤던 그 밤에 자유로워진 듯한 기분이 들었어, 15세의 밤. 왜 저를 그런 식으로 노려보세요? 정말 있는 노래예요. 일본 노래긴 하지만. 근데 이건 15세네요? 사람으로 치면 2살인데 막 오토바이 타고 달리네요? 14세는 한 살 어려서 오토바이 못 타나 보구나!"

차의 속력이 눈에 띄게 느려졌다. 횡단보도 앞에서 정차한 그가 몸을 옆으로 틀어 세영과 눈을 마주치자 푹 퍼져 있던 세영이 후다닥 자세를 바로 했다.

"맛있는 거 먹고 싶어요?"

"네에……."

"아저씨 맛있는 거 잘하는데, 아저씨가 해 줄까요?"

"정말요?"

"안 돼, 세영아. 이 아저씨는 라볶이 같은 거 못하셔!"

약점을 강점으로 극복하려는 승효의 의도를 깨달은 현아가 만류에 나섰다. 어떻게 잡은 약점인데! 이런 걸로 무효화시키려고!

"이 아저씨는 프랑스 요리 하시는 분이야. 프랑스 요리는 말이지, 만드는 데 시간도 많이 걸리고, 굉장히 복잡하고 굉장히 비싸."

"프랑스 요리요? 와아! 저 프랑스 요리는 한 번도 안 먹어 봤어요."

그러나 이미 '프랑스 요리'에 꽂힌 세영은 시간도 많이 걸리고 복잡하고 비싸다는 프랑스 요리의 단점을 깡그리 무시했다.

"프랑스 요리에는 라볶이 없어요?"

"없어요. 하지만 더 맛있는 걸 해 줄 수 있어요."

"맛있는 거, 어떤 거요?"

"아무거나요."

세영의 눈이 초롱초롱 빛나고 있었다. 과연 맛있는 거에 맞먹는 '아무거나'의 효과는 확실했다. 맛있는 걸 해 주고 맛있는 걸 맛있게 먹어 주기로 약속하는 승효와 세영을 보며 현아는 임승효 약점 좀 잡아 보려는 제 꿈이 그렇게 허랑방탕한 것이었나, 고찰해 보았다.

"아저씨 최고! 아저씨는 잘생기고 키도 크고 맛있는 것도 만들 줄 아시고, 굉장히 멋지신 것 같아요. 고모는 라볶이랑 떡볶이밖에 못한댔어요."

……허랑방탕했다.

생각해 보면, 처음부터 미맹이었던 것은 아니다. 고등학교 들어가기 전까지만 해도 맞벌이하는 엄마를 대신해 동생의 간식을 만들어 주며 요리도 곧잘 했다. 기껏해야 라볶이나 샌드위치 정도였지만 계란 프라이 하나도 제대로 못 하는 또래 친구들의 상태를 고려했을 때 발군의 실력이었다.

주위의 증언에 의하면 맛도 있었다. 그 증언이, 현아가 팥으로 메주를 쑨다고 해도 믿을 예림과 현아가 아니라면 간식은 꿈에도 못 꿀 동생에게서 나왔다는 점에서 신뢰성이 좀 떨어지긴 하다.

그녀가 본격 미맹의 길을 걷게 된 것은 서울 올라온 후부터다. 자취하는 그녀를 위해 엄마가 반찬을 보내 주긴 했지만, 집에서 한가하게 밥 먹을 시간 따윈 공부와 과외와 알바에 치여 사는 그녀에게 없었다. 밥은 대충 편의점표 도시락으로 때웠다.

당시 그녀의 작은 소망은 요리 잘하는 룸메이트와 살거나 요리 잘하는 남자친구를 만나는 것이었다. 과외 가기 전 친구가 해 놓은 밥을 후다닥 먹고 나가거나, 집에서 공부할 때 부엌에서 도마 소리가 탕탕 들리면 얼마나 좋을까?

하지만 어머니에게서 성격뿐만 아니라 요리 실력까지 물려받은 예림은 요리를 기가 차도록 못했고, 요리 잘하는 애인은 백일몽에도 등장하지 않았다.

현아에게 섭식행위란 살기 위해 하는 최소한의 행동, 그 이상도 이하도 아니게 되었다. 요리 잘하는 남자친구의 꿈? 그런 꿈을 가지긴 했었는지, 이젠 기억도 가물가물하다. 그 오래된 꿈이 이런 식으로 실현될 줄은 상상도 못 했다.

물론 주인이 부재중인 집 부엌을 제 부엌마냥 차지하고 서서 양파를 썰고 있는 저 남자가 그녀의 남자친구는 아니었지만.

"뭐 찾으세요?"

승효가 두리번거리자 세영이 물었다. 요리하는 남자가 신기한 세영은 조리대에 딱 달라붙어 떨어지질 않았다.

처음 부엌에 들어섰을 때 도와주겠다고 나선 현아가 양파 한 개와 사투를 벌이는 모습을 본 뒤 가차 없이 퇴장 명령을 내린 승효도 세영은 가만 내버려 두었다.

"치즈가 어디 있을까요?"

"치즈! 여기 있어요!"

도마 밑에서 치즈를 찾아낸 세영이 헤헤, 웃었다.

"고마워요."

깊고 그윽한 목소리로 그가 말했다.

주객이 전도된 듯한 이 상황을 좀 길게 정리해 보자면, 임승효는 경력은 부족하지만 성실함만큼은 최고라 할 수 있는 코미 셰프의 도움을 받아 요리를 하는 중이었고, 코미 셰프 세영은 즐거워하는 중이었으며, 졸지에 뒷방 늙은이가 된 현아는 머리 검은 것 키워 봐야 소용없다는 엄마의 격언을 되새기는 중이었다.

하지만 지금 현아의 머릿속을 지배하는 건 처량맞기 짝이 없는 제 신세가 아니라 과연 저게 요리가 될까 하는 의문이었다.

프랑스 요리에 대한 기대로 부풀어 오른 세영 때문에 장 볼 시간도 없이 집으로 온 승효는 냉장고에 있는 재료들만으로 요리를 해야 했다.

물론 '냉장고에 있는 재료로 하는 간단 요리' 같은 것들이 블로그나 유튜브에 올라오긴 하지만 현아는 그 재료들이 정말 냉장고에 있다는 걸 믿지 않았다. 대체 어떤 가정주부가 냉장고에 가리비 관자랑 방어를 보관해? 제정신인가?

현아의 경험상 평범한 가정집 냉장고에 들어 있는 건 일주일 먹을 반찬과 찌개, 가공식품이 고작이었다. 특히 야채류는 전멸이다. 식구가 적은 집에서는 아예 파를 넣지 않는 음식을 개발하기도 했다.

그리고 역시, 세영의 엄마는 특출 나지도 특이하지도 미치지도 않은 평범한 가정주부가 맞았다. 유적 발굴하듯 냉장고와 부엌 베란다를 탈탈 뒤졌지만 승효가 찾아낸 것이라곤 소량의 감자와 양파, 랩에 싸여 수분이 쪽 빠져나간 애호박, 먹으면 안 될 것 같은 양송이버섯, 주스용 당근과 토마토, 마트표 수제 소시지와 햄, 치즈가 고작이었다. 치즈부대찌개나 해 먹으면 딱이겠다. 입가심으로는 토마토 주스 정도?

사정이 그러하니, 냄비를 두세 개씩 꺼내 놓고 요리하는 그가 불안할 수밖에 없다. 현아의 불신은 오븐에서 맛있는 냄새가 솔솔 풍기기 시작할 때까지도 사라지지 않았다. 피자 냄새가 났기 때문이다!

뭘 어떻게 해야 부대찌개 재료로 피자를 만들어 낼 수 있는 거지?

"앙트레는 포타주 파르망티에, 플라는 라타투이 에 그라탱, 데세흐로는 치즈 케이크가 제공됩니다. 겨우겨우 구색은 맞췄군요."

아이보리색 수프가 담긴 그릇 세 개와 식탁 한가운데를 차지한 넓은 냄비를 순차적으로 가리킨 승효가 개인 접시를 나누어 주었다. 아무래도 수프가 포타주 파르망티에, 바닥이 넓적한 도자기 냄비에 담긴 것이 발음하다 혀 씹을 것만 같은 라타투이 에 그라탱인 것 같았다.

현아는 냄비 안을 물끄러미 들여다보았다. 뭐라고 하면 좋을까, 이걸. 바닥이 없는 피자? 아닌데. 어쩌구 그라탱이라고 했는데. 그라탱은 치즈가 위를 가득 덮은 거 아닌가?

"안 먹고 뭐 해요?"

"예? 아⋯⋯."

그녀가 음식의 맛보다 정체성에 대해 고민하고 있자, 그가 재촉했다. 세영은 이미 포타주 파르망티에를 게걸스럽게 먹고 있었다.

"아저씨, 이건 뭘로 만드신 거예요?"

"포타주 파르망티에는 감자 수프를 말하는 거예요. 아까 아저씨가 감자 깎는 거 봤죠?"

"네. 와! 신기해요. 맛있어요! 진짜 맛있어요!"

맛있다가 무슨 옵션이라도 되는 양, 세영이 맛있다를 연발했다. 현아는 에라 모르겠다는 심정으로 수프는 건너뛰고 문제의 어쩌구 그라탱을 접시에 퍼 왔다.

치즈가 쫀득하게 늘어지며 식탁 위에 긴 줄을 남겼다. 수북이 쌓인 치즈 아래에는 어디서 본 듯한 애호박과 양파, 소시지 등이 토마토에 폭 감싸여 있었다.

"……맛있다……!"

조심스럽게 한 입 맛본 현아가 입을 가리며 탄성을 질렀다. 자극적인 면은 그녀가 사랑해 마지않는 라면과 비교해 훨씬 덜했지만 입에 착착 달라붙는 맛이 이제까지 먹어 본 임승효의 음식 중에서 가히 최고였다.

"이것도 카페 앙글레 메뉴에 넣으시면 안 돼요? 그럼 저 정말 기쁘게 먹을 수 있을 것 같은데."

"이건 내가 하는 음식이 아닙니다. 난 정통 프렌치죠."

"그라탱도 프렌치 맞다고 들었는데요? 사람들이 이탈리안으로 잘못 알고 있는 거라고."

"현아 씨, 정통 프렌치가 뭘 의미하는지 전혀 모르는군요?"

"미국이나 캐나다 같은 데서 배운 게 아니라 정말 프랑스 가서 요리를 배워 오는 게 정통 프렌치…… 아닌가요오……?"

이상한 낌새를 느낀 현아의 목소리에서 자신감이 급속도로 사라졌다. 그는 한숨을 쉬며 삐딱한 자세로 턱을 괴었다.

"프렌치에는 누벨 퀴진, 오트 퀴진이라는 두 가지 조류가 있습니다. 요즘은 좀 더 세분화되어 있긴 하지만 크게는 이 두 개죠. 대부분의 프렌치 셰프는 누벨 퀴진이나 누벨 퀴진과 오트 퀴진의 중간선에 있는 퀴진 모데르느 쪽이에요. 현아 씨가 아는 프렌치는, 절대적으로 이 두 계파라고 해도 좋을 겁니다."

"그렇게 말씀하시는 거 보니까 셰프님은 오트 퀴진이신가 봐요?"

"네. 그리고 이 오트 퀴진은 프랑스 궁정 요리에 뿌리를 두고 있어요. 현대인이 먹기에는 지나치게 비싸고…… 뭐랄까, 맛이 많이 무겁죠. 현아 씨도 느꼈을 겁니다. 내가 하는 요리가 육류 위주라는 걸. 산뜻한 데세흐 같은 건 별로 없죠."

현아는 고개를 끄덕였다. 프렌치 하면 연상되는 하얀 접시와 어우러진 빨간 야채, 노란 과일 같은 걸 그의 접시에서 본 기억이 드물었다.

"버터와 크림이 주가 되는 소스, 각양각색의 향신료들. 사치스러운 요리가 오트 퀴진이죠. 그래서 비난도 많이 받았어요. 하지만 모든 프렌치는 이 궁정 요리에 뿌리를 두고 있습니다. 그래서 사람들이 나에게 '정통' 프렌치 셰프라고 하는 겁니다. 지금 이 라타투이 에 그라탱처럼 있는 재료로 대충 만드는 가정식, 한식과 프렌치가 섞인 퓨전 같은 거, 나도 할 줄 알아요. 그런 요리를 무시하는 것도 아니고. 하지만 그건 내 요리가 아닙니다."

"왜요? 그래도 이것도, 결국은 셰프님이 만든 거잖아요."

"임승효의 절반이 만든 거죠. 임승효의 전부가 만든 건 카페 앙글레의 요리고. 그러니까, 어떤 감언이설을 해야 내 프로젝트를 백지화시킬 수 있을까 고민하는 표정은 집어치워요."

그의 꾸짖음은 준열했다. 표정을 고스란히 읽힌 현아는 바닥에 침을 뱉는 심정으로 인상을 우그러트리고 포크에 눌어붙은 치즈를 떼어 먹었다. 나, 속마음이 얼굴에 잘 드러나는 타입인가?

하지만 그녀의 자기 담론의 시간은 길지 않았다. 감자 수프를 다 먹은 세영이 라타투이 에 그라탱에도 마수를 뻗치기 시작했기 때문이다. 배가 고프다는 것을 몰랐다면 모를까, 맛있는 음식에 입맛이 살아나 버린 현아는 사촌 조카와 추잡한 싸움에 돌입했다.

"앗! 세영아! 먹을 만큼만 퍼 가! 고모도 먹어야지!"

"다 먹을 수 있어요!"

"다 못 먹어! 너 절대로 다 못 먹어!"

"그러는 고모는 왜 접시에 있는 거 다 먹지도 않고 또 퍼 오세요!"

"고모는 어른이잖아!"

"어른이 치사해!"

성장기 세영이 음식을 먹는 속도는 청소년기의 남자애를 방불케 했다. 현아는 끝없이 제 접시를 노리는 세영의 포크로부터 마지막 한 조각 남은 소시지를 보호하기 위해 뱀이 똬리 틀듯 몸을 말았다. 나이 차이가 스물을 훌쩍 뛰어넘는, 고모와 조카 사이라고는 도저히 생각할 수 없는 유치한 싸움이었다.

"아저씨, 저 다 먹었어요. 치즈 케이크 주세요."

고모에게서 소시지 뺏기를 포기한 세영이 접시를 내밀며 말했다. 질세라 현아도 접시를 내밀었다.

"저도 주세요, 치즈 케이크!"

소시지를 후다닥 몰아넣었기 때문인지, 그녀의 볼은 먹이 저장하는 다람쥐처럼 부풀어 있었다. 그에게는 경계의 눈빛 이상의 것을 보여주지 않았던 갈색 눈동자가 기대로 반짝인다. 승효는 그녀의 말대로 라타투이 에 그라탱을 정식 메뉴에 등극시키는 것을 고려했다.

그는 그런 생각을 하면서도 기분이 나쁘지 않다는 점을 놀라워했고 현아는 그와 밥을 먹는 게 불편하지 않다는 점을 놀라워했다. 놀랍다는 것 자체도 나쁘지 않다고 생각하며 그녀는 치즈 케이크를 한 입 베어 물었다. 프랑스에서 공수해 온 모차렐라 치즈도, 스위스에서 물 건너온 에멘탈 치즈도 아닌 마트표 치즈로 만든 케이크가 입에서 살살 녹았다.

✢

먹이를 배에 저장해 두는 동물들이 있다. 대표적으로 곰이 그 예다. 곰은 동면 직전 다량의 먹이를 먹어 에너지를 축적하고 자면서 그것을 소모한다. 오늘 현아는 그 곰과(科)의 동물에 세영을 추가했다. 첫 번째 이유는 밥 먹기 무섭게 세영이 졸려 했기 때문이고, 두 번째는 개구리보다 곰이 귀여웠기 때문이다.

이를 닦는 게 아니라 치약을 먹는 속도로 양치를 한 세영은 침대에 눕자마자 죽은 듯 잠들었다. 그럴 리는 없겠지만 만에 하나가 걱정된 현아는 세영의 코 밑에 손가락을 넣어 들락날락하는 숨을 확인한 뒤에야 세영의 방에서 나왔다.

"가시게요?"

세영의 방문을 마주 보고 있는 현관 통로 앞에 갈 채비를 마친 승효가 있었다. 그가 되물었다.

"뭐 또 할 거 있어요? 아, 미리 말해 두는데 나 설거지는 절대 안 합니다."

"무슨 소리세요. 그건 당연히 제가 해야죠."

"그럼 됐군요."

한 손으로 신발장을 짚고 신발을 신는 그의 태도는 일 끝마치고 나가는 서비스 센터 직원과 흡사했다. '해 줄 것 다 해 줬으니 너와 나 사이에는 이제 아무것도 없다.' 차라리 무언가를 요구했다면 마음이 더 편했을 것이다. 요즘은 서비스 센터 직원도 본사에서 전화 오면 말 좀 잘 해 달라고 부탁하는데. 현아는 이런 게 더 나쁘다며 속으로 투덜거리고 엘리베이터를 기다리는 그의 옆에 섰다.

"왜요?"

"바래다 드릴게요."

"누가 납치해 갈까 봐?"

"여자도 아니고 셰프님 같은 남자를 왜 잡아가요?"

"모르죠, 뭐. 새우잡이 배에 태울 수도 있고, 염전에 팔아넘길 수도 있고."

"누군지 모르지만 그 염전 주인에게 애도를 보내겠어요."

끌끌, 그녀가 혀를 찼다. 아랫입술을 살짝 비튼 모습이 새치름해 보인다. 하지만 밉상은 결코 아니었다. 승효는 도리 없다는 심정으로 막 도착한 엘리베이터에 올랐다. 잔뜩 찡그린 여자의 얼굴이 미워 보이지 않는 남자가 취할 수 있는 행동이라고는 '네 맘대로 하세요.' 밖에 없다. 뭐든, 그녀가 원하는 대로.

"안 피곤하세요?"

"하루 종일 한 거라고는 돈지랄밖에 없는데 힘들 이유가 없죠."

"돈지랄? 아……."

자기가 한 일을 돈지랄이라고 평가하는 객관성이 딱 그다워, 현아는 입을 가리고 웃었다. 상대적으로 현아의 주관은 그의 돈지랄이 싫지 않다고 말하고 있었다.

예림의 돈지랄보다 소박해서도, 예림의 돈지랄에 익숙해서도 아니다. 그녀의 뿌리 깊은 서민 의식은 그녀가 결코 돈지랄에 익숙해지지 못할 거라는 걸 끝없이 자각시켰다. 아까 남은 아이스크림이 95개였다는 걸 기억하고 있다는 것도 그 자각의 발로다.

그러니 만약 누군가가 왜 싫지 않냐고 묻는다면 그녀는 '그의 돈지랄이 세영에게 도움이 돼서'였다고 할 것이다. 그것이 지금의 그녀가 할 수 있는 가장 합리적인 대답이었다.

"안 피곤하시면 커피 한잔하실래요?"

세영을 떠올린 그녀가 물었다. 그가 물어본 적은 없지만 일이 왜 그렇게 되었는지 설명하는 게 예의일 것 같았다. 그리고 엘리베이터 안에서 남의 가족사를 풀어놓는 건 현명한 생각이라고 할 수 없다.

"그러죠."

다행히 그는 싫다고 하지 않았다. 로비 층에서 내린 둘은 아파트 단지 내에 있는 편의점에서 각자 원하는 커피를 샀다. 바리스타가 직접 내린 원두커피니, 콜롬비아 마운틴 블루 100%니 하는 기라성 같은 커피들이 많았지만 승효가 고른 것은 그녀와 같은 보통의 캔커피였다. 의외로 커피 취향은 까다롭지 않은 듯했다.

편의점 문을 열자 바람을 타고 아카시아 향이 들어왔다. 한껏 무르익은 봄밤의 향기는 멀리서 들리는 자동차 소리처럼 희미하고 그의 목소리처럼 달콤했다. 그가 단지 안 공원 산책로를 가리켰다. 어떤 제안이나 그에 따른 동의도 없이 둘은 산책로를 걸었다.

철저하게 세련미를 추구하는 산책로 유리 바닥에는 빛이 아래에서 위로 뻗어 나오는 할로겐 전등이 매립되어 있었다. 현아는 공중으로 퍼져 나가는 빛을 발로 휘저으며 뒷짐을 지었다.

가끔 제 손과 발이 어색하다고 느껴지는 순간이 있다. 지금이 그때였다. 어색함을 견디지 못한 그녀는 그가 무슨 말이든 해 주길 바랐다. 말하면서 손을 움직이는 건 전혀 이상하지 않으니까.

"다음 주 촬영은……."

"세영이는……."

우연의 작용인지, 두 사람이 동시에 말문을 열었다. 살면서 수백 번은 겪은 일이지만 괜히 유쾌해진 그녀가 방실 웃자 그가 손으로 그녀를 가리켰다. 그의 얼굴에도 미소가 떠올랐다.

"레이디 퍼스트."

"아……. 저기, 다음 주 촬영은 어떻게 될지 모르겠어요. 저희 회사 지금 파업 중이거든요. 혹시 들으셨어요?"

"아뇨. 요즘 일에 찌들어 살아서."

"하긴 그러셨겠다. 암튼 지금 상황이 안 좋아요. 저희 채널만 그런 게 아니라, 아, 저희 회사가 채널이 여러 개예요. 그 채널들이 한꺼번에 파업 들어간 거라서 빠지기가 좀 힘들더라고요. 눈치도 보이고."

"그래서 사촌 조카를 봐 줄 시간이 났나 보군요."

"네, 그건……."

자연스럽게 화제가 전환되었다. 현아는 맥없이 윗니로 아랫입술을 질겅거렸다. 마음의 준비를 했더라도 말 꺼내는 게 쉽지만은 않다.

"사촌 오빠가…… 이혼했거든요."

"아아. 왠지 그런 것 같았습니다."

승효는 텅 비다시피 한 냉장고를 생각했다. 야채는 오래되어 흐물흐물거렸고 가공식품은 수분기가 쪽 빠져나가 있었다. 아이를 키우는 엄마의 냉장고답지 않았다.

"억지로 살면서 애한테 안 좋은 모습만 보여 주는 것보다는 이혼이 낫다고 생각하지만, 글쎄요. 뭐가 낫다고 한마디로 단정 지을 수는 없는 거니까."

"저도 그래요. 세영이는 아직 모르거든요. 그런데 오빠가 그걸 말해 줄 사람이 아니에요. 아마 숨길 수 있을 때까지 숨길걸요? 고모는 새언니 욕만 할 거고. 그건 애한테 확실히 안 좋은 방법이죠. 그렇다고 제가 말해 줄 수도 없잖아요. 어쨌든 전 남이라서……. 그래서 복잡해요."

'휴' 그녀가 한숨을 쉬었다. 숨을 쉰다기보다는 가슴에서 끄집어낸다는 표현이 더 적합했다.

"저 오지랖 쩔죠?"

"의견을 묻는 것 같지는 않고. 신세 한탄인가요?"

"그런 이야기 많이 듣거든요. 쓸데없이 오만 데 다 신경 쓰고 다닌다고. 엄마랑 박 피디님한테 맨날 혼나요."

"이런 말, 소용없을 것 같긴 한데."

"경청할게요."

"흠."

짤막한 콧소리를 낸 그가 턱을 만지작거렸다.

"난 그걸 선택의 문제라고 생각하는데요."

"선택이요?"

"외면하는 것보다 신경 써 주는 게 편하니까. 내 몸이, 마음이 좀 피곤해도 궁극적으로는 그게 더 편해서 하는 선택. 외면이 더 힘들어서 하는 선택이 남들 눈에는 오지랖으로 보이는 거죠. 나쁠 것 없다고 생각합니다. 징징거리지 않는 한. 나 요즘 힘들어, 징징징징. 걔 때문에 힘들어, 징징징징, 걔 때문에 짜증나, 징징징징. 그런 식으로 자신이 선택해 놓고 징징거리지 않으면 상관없을 것 같습니다. 아니, 요즘 같은 세상에서는 오히려 권장할 만한 덕목이죠."

승효가 눈 근처를 주먹으로 비비며 아이 우는 흉내를 냈다. 그 모습이 너무 어색해 보여, 현아는 깔깔 웃었다. 아마 이 남자는 어릴 때 떼 한 번 안 써 봤을 것이다. 그렇지 않고서야 이렇게 어색할 수는 없을 테니까.

"현아 씨의 라이프 스타일에 내가 이러쿵저러쿵할 이유는 없죠. 다른 사람도 마찬가지일 것이고. 현아 씨 같은 사람은 오지랖 넓게 사는 거고, 나같이 이기적인 사람은 얄팍한 인간관계를 지향하면서 사는 거고."

"셰프님도 오늘은 오지랖 좀 쩌시던데요?"

"내가요?"

"네."

'세영이요.' 무슨 비밀 이야기 하듯, 양손을 입 근처로 모은 그녀가 세영의 이름을 말했다.

"창호지처럼 얄팍한 인간관계를 지향하는 사람들은 셰프님처럼 완벽한 타인에게 신경 안 써 주거든요. 어떤 상황이라도."

"완벽한 타인이 아닐 수도 있죠."

"세영이랑 셰프님이 완벽한 타인이 아니면 뭐예요? 친척? 아? 설마 이건 나의 출생의 비밀?"

"서른 될 때까지 몰랐던 출생의 비밀이라면 넣어 둬요. 그리고 친척이 완벽한 타인이 아니라는 근거는 뭡니까? 혈연?"

"보통은 그렇지 않나요?"

"그건 너무 시대착오적이군요. 어떻게 하느냐에 따라 친척도 완벽한 타인이 될 수 있어요. 나한테는 6촌 형제가 있는데 걔 얼굴 한 번도 본 적 없습니다. 존재만 아는 친척이라면 완벽한 타인이죠. 친구, 친척, 애인, 대리기사 아저씨……. 다 타인입니다. 단지 내가 그 타인과의 거리를 결정할 뿐이죠. 더 먼 타인, 더 가까운 타인. 이렇게."

"그 거리는 어떻게 결정하는데요?"

"글쎄요?"

빙글빙글 웃은 그가 고개를 기울였다. 현아가 눈동자를 굴려 시선을 피하자 허리를 숙인다. 그의 눈이 집요하게 그녀를 따라붙었다. 현아는 두 손으로 뺨을 감쌌다. 뒤늦은 피로가 이제 올라오는지 얼굴이 화끈거렸다.

"아무튼 오늘은 정말 감사했어요."

"커피 다 마셨으면 이만 꺼지라는 분위긴데요?"

"어머, 센스쟁이! 정확하세요."

장난스럽게 대꾸한 그녀가 반 이상 남은 커피를 쓰레기통에 버리고 척척 걸어가자 그가 천천히 따라왔다. 그녀는 마치 쫓기듯 걸었고, 공원 산책로는 무지하게 길었다. 현아가 상념에 젖을 만큼 충분히.

주변 사람들은 모두 그녀의 오지랖을 걱정했다. 그렇게 살다가 큰 코다쳐. 너 그러다 나중에 뒤통수 호되게 맞는다. 애정을 기반으로 한 조언들이었지만 너무 자주 듣다 보니 제가 진짜 잘못 살고 있는 게 아닌가 하는 생각을 한 적도 있었다.

하지만 그는 그녀의 '선택'이라고 했다. 유일하게 그만이, 그녀가 선택한 삶을 존중해 주었다.

그건 뭐였을까? 타인에게 무관심한 사람 특유의 객관성? 만약 그게 아니라면……

상념에 끝에 다다른 그녀는 소스라치게 놀랐다. 그게 아니라면 뭐? 뭘 기대하는 거야? 상대는 암세포라고. 먹을 수도, 먹어 봤자 소화시킬 수도 없어.

말도 안 되는 생각에 괜히 쑥스러워진 그녀가 옆에서 걷는 그를 올려다보았다. 시선을 느꼈는지, 그가 고개를 떨군다.

"왜요?"

그는 웃고 있었다.

원래도 예쁜 웃음이긴 하지만 지금 보는 웃음은 크게 달랐다. 손재주 좋은 누군가가 머뭇거리지 않고 한 번에 그린 예쁜 원 같은 웃음이었다. 미소는, 첩첩이 두른 베일 건너편을 알아서 짐작해야 하는 그의 말보다 솔직했다.

"아뇨, 그냥."

그러나 웃음은 말이 아니다. 진심이 표현되지 않은 그의 말은 산중에서 만나는 새벽 3시의 여름밤과 같았다. 여름 산에선 피어오르는 빛을 보고 해가 떴구나 생각하면 낭패를 당하기 십상이다. 그것은 해가 아니라 너무 밝은 여명일 가능성이 크다. 혹은 너무 환한 별빛일 수도 있다. 그녀는 상당히 즉흥적인 심정에서 손에 잡힐 듯 말 듯 하는 이것이 해인지 여명인지 별빛인지 판단하지 않기로 결정했다.

하지만…….

"먼저 올라가요."

로비 층에 도착한 승효가 그녀를 엘리베이터에 밀어 넣었다. 상념에서 헤어 나오지 못한 그녀는 데려다 주기로 한 사람이 저라는 것도 잊고 멀거니 고개를 끄덕였다.

위잉.

엘리베이터 문이 닫히고, 잠시 후 엘리베이터 창문으로 비치던 그의 발이 사라졌다. 허리가 사라졌다. 어깨가 사라졌다. 목이 사라졌다. 얼굴이 사라졌다. 그리고 아무것도 보이지 않게 되었다.

엘리베이터가 올라가고 있었다. 생각은 끝없이 이어졌다.

하지만.

그렇지만.

아니, 그래도…….

그녀는 가슴에 손을 대고 주먹을 쥐듯 옷자락을 움켜쥐었다. 꽉 막힌 엘리베이터란 상자 안의 공간처럼 그녀의 가슴도 그렇게 답답했다. 그리고 또, 휑했다. 딱 그가 빠져나간 자리만.

불빛 외에 아무것도 없는 엘리베이터 천장을 바라본 그녀가 중얼거렸다.

"꼭 소화시켜야 할 필요가 있을까……?"

그 말 한마디에, 그녀의 신발 밑에 꼭꼭 숨어 있었던 아카시아 향이 툭 튀어나왔다.

제가 먹어 보겠습니다,
이 카르보나라 떡볶이
— 그런데 이건 어느 나라 음식이죠?

옛 지방 명이 워낙 대중적으로 알려진 탓에 마치 하나의 도시 이름 같은 착각을 자아내긴 하지만, 프로방스는 여러 개의 도시를 아우르는 꽤 넓은 '지역'이다.

이런 경우 지역의 범위는 행정구역과 꼭 일치하지 않는다. 예를 들면 알프—마리팀과 보클레즈 시는 프로방스 지역에 살짝 걸쳐져만 있다. 하지만 사람들은 알프—마리팀도 프로방스라고 대충 설명한다. 지극히 감각적인 기준이었다.

혼란을 주는 명칭과 달리 사람들이 프로방스에 가지고 있는 초록색 이미지는 대체로 맞는 편이다. 아주 특수한 몇몇 도시만 제외하고 프로방스 지역은 일 년 내내 포근하다. 일례로, 지상 낙원이라는 니스가 이 프로방스 지방에 있었다.

여름인지 가을인지 기후만으로는 구분이 잘 가지 않는 도시. 지역을 구분하듯 감각적으로 계절을 구분해야 하는 어느 날. 휴가차 온 사람들이 하나둘씩 떠나기 시작하는 니스의 여름은 아름답고 반짝거렸고 초록이 무성했고 평온했으며…….

「어떻게 그런 말을!」

어디선가는 치정이 일어나고 있었다.

짝!

놀랄 건 없다. 철 지난 휴양지에서는 드문 일도 아니니까. 잔뜩 상기된 여자, 뺨을 맞고도 무덤덤한 남자. 어찌나 식상한 상황이었는지 두 남녀가 선 로즈마린 허브 밭의 로즈마린 꽃들이 바람을 따라 흔들리는 일상을 계속할 정도였다.

「마담, 죄송하지만 제가 마담에게 뺨 맞을 짓을 한 적은 없는 것 같…….」

짝!

이번에는 반대쪽 뺨이었다. 승효는 얼얼한 양 뺨을 어루만지며 상대 여자의 상식 수준과 이 여자를 길러낸 사회통념을 비난했다. 육체적 차이를 인정한다 하더라도 여자는 왜 이렇게 남자 때리는 걸 쉽게 생각하는지 도통 모르겠다. 남자는 맞아도 안 아프다고 배웠나?

「마…….」

「닥쳐!」

악을 쓴 여자가 또다시 손을 휘둘렀다. 이번에 그는 맞아 주는 대신 그녀의 손을 잡고 차분히 물었다.

「마담 드 모트. 성별에 상관없이, 인종에 상관없이, 종에 상관없이 폭력은 부당하고 무가치한 짓입니다. 그렇게 부당하고 무가치한 짓을 하는 마담에겐 마담 나름대로의 이유가 있겠죠. 제가 무슨 잘못을 했습니까?」

그의 말이 길어지자 볼썽사납게 일그러져 있던 여자의 얼굴에서 독기가 빠졌다. 울먹이는 그녀는 장밋빛 빰, 에메랄드빛 눈동자를 가진 보기 드문 미인이었다.

「정말 모르는 거야……? 아니면 모르는 척하는 거야?」

「뭘 모르는지, 혹은 모르는 척하는지 들어 봐야 알겠군요.」

「내가 오늘 밤 파리로 간다고 했잖아!」

「예. 그건 익히 알고 있습니다. 그래서 말씀드렸죠. 조심히 가시라고. Bon voyage.」

「어떻게 그런 말을!」

불과 몇 분 전에 한 말을 그대로 반복하며 그녀가 악을 썼다. 이래서야 똑같은 복사·붙이기밖에 안 된다. 오늘 맞은 빰 두 대로 일 년 치는 맞았다고 생각한 승효는 버둥대는 그녀의 손을 꼭 붙들었다.

「좋은 여행을 기원하는 말입니다. 제가 마담께 그 이상 어떤 말씀을 드려야 할지 모르겠습니다.」

「내가 왜 오늘 밤 떠난다고 했는지 모르잖아!」

「그 말을 한 마담의 의도를 말하시는 거라면, 아뇨. 압니다. 전 바보가 아니니까요.」

그가 단호하게 말했다. 마담 드 모트는 믿을 수 없다는 듯 커다란 눈을 깜빡거렸다.

「아마 마담은 제가 파리로 함께 가 주길 원하셨겠죠.」

「그럼, 너, 알면서도 그런 거야……?」

「아뇨. '알아서' 그런 겁니다.」

승효는 그녀의 손을 놨다.

「마담은 제 취향이 아니거든요.」

중심을 잃은 그녀가 비틀거렸다.

「저는 이 별장에 고용된 셰프고 마담은 별장에 놀러 오신 손님이었을 뿐입니다. 그 선을, 전 한 번도 넘은 적이 없습니다. 만약 마담을 대하는 제 태도 중 일반적인 예의를 벗어나는 게 있었다면 지적해 주시겠습니까?」

설명을 요구하는 그의 말에 그녀가 입술을 달싹거렸다.

「하지만 처음 봤을 때 파리가 좋다고…… 다시 가고 싶다고…….」

「예. 파리는 좋은 도시죠.」

그건 일종의 쐐기였다. '파리는 좋다. 하지만 당신은 내 취향이 아니다. 그러니까 파리가 좋다고 한 건 파리에 대한 순수한 찬양이다.' 단순하고 명쾌한 삼단논법을 완성시킨 그녀는 울면서 뛰어나갔다. 의미가 담긴 듯한 미소, 달콤한 목소리, 신사적인 태도……. 그 모든 것들이 그녀의 착각이었다.

그녀의 발짓에 로즈마리 꽃들이 마구잡이로 짓이겨졌다. 승효는 인상을 찌푸리며 꽃이 떨어진 로즈마리 줄기를 끊었다. 플레이팅으로 사용하면 괜찮겠다고 생각하는 그의 머릿속에 방금 전까지 그의 앞에 있던 미인이 차지하는 비중은 손톱만큼도 안 되었다.

「여자 눈에서 눈물 뽑고 편히 사는 남자는 본 적이 없는데.」

하지만 빙글빙글 웃으며 나타난 남자는 단박에 승효의 관심을 끌었다. 동유럽 특유의 창백함과 동아시안 특유의 날카로움을 고루 지니고 있는 이 남자가 그의 고용주이기 때문만은 아니었다. 물론 레드 마피아라는 남자의 전직도 문제 되지 않는다.

「하쟈인이시죠?」

「응? 뭐가?」

「마담 드 모트에게 바람 넣은 사람 말입니다. 일상적인 웃음과 매너를 관심으로 착각하게끔.」

하쟈인이라 불린 남자가 어깨를 으쓱했다. 부정도 긍정도 아닌 몸짓이었다.

「글쎄. 나이 서른에, 프랑스에서는 드문 이혼녀 딱지까지 달고 있는 여자가 누군가의 선동으로 남자에게 호감을 가지게 될 것 같지는 않은데?」

「당통이나 로베스피에르 같은 사람도 있지만 보들레르 같은 사람도 있죠. 어조가 분명하지 않다고 해서 선동가가 아닌 것은 아닙니다.」

「아아, 시인의 재능이 있다는 말은 종종 듣지.」

「하쟈인에게 어떤 재능이 있는지 관심 없습니다. 그러니 하쟈인도 저에게 관심 꺼 주십시오.」

하지만 승효의 바람과 달리, 하쟈인은 차갑게 돌아선 승효의 뒤를 졸졸 쫓아다니며 승효의 로즈마리 선별 작업을 방해했다. 그는 이 작은(키가 2미터에 육박하는 그의 눈에는 모두가 작아 보였다) 동양인 셰프에게 관심이 너무 많았다.

「마담 드 모트, 세실 그리고 누구였지? 마담 드부아의 딸…… 아, 에스텔까지 세 명이었나? 그대가 여름 동안 차 버린 여자들이? 작년 여름에도 한 네 명 되었던 것 같은데.」

「아줌마도 아니고, 남의 개인사를 왜 이렇게 꿰고 있습니까? 나이든 남자들이 에스트로겐 분비 때문에 여성스럽게 변화한다는 이야기는 들었지만 하쟈인은 아직 그럴 나이가 아닐 텐데요.」

「난 젊었을 적부터 남의 연애사에 관심이 많았지. 그러니까 말해 보게. 스타일은 다르지만, 눈 튀어나올 정도의 미인 셋을 거절한 이유를. 아, 혹시…….」

스스로 말을 끊은 하쟈인이 의미심장하게 웃었다.

「여자가 취향이 아닌 건가?」

「……..」

「프랑스에서는 드문 일도 아니지. 솔직하게 말해도 돼. 난 그쪽으로는 편견 없는 사람이거든.」

승효는 한숨을 쉬었다. 하쟈인의 말이 농담이라는 것쯤은 알고 있다. 그리고 농담으로 치부하며 무시하면 또 물어봐 올 것 역시 알고 있었다. 하쟈인이 너무 귀찮았던 그는 솔직히 대답해 주고 그를 떨궈내기로 결심했다.

「셋 다, 제 취향이 아니었습니다.」

「말도 안 돼. 섹시한 라틴 미인, 도도한 북유럽 미인, 청순한 동양 미인 중에 취향이 없다니. 어떻게 그럴 수가 있나? 설마 목 긴 아프리카 전통 미인이 취향인 건…….」

「외모 말고 중시하는 부분이 있을 거라는 생각은 안 드십니까?」

「안 들어. 가끔 외모보다 몸매를 더 중요시하는 남자도 있었지만 그런 경우도 외모는 보던데?」

이로써 하쟈인의 주변의 남자들이 어떤 타입인지 확실해졌다. 단지 같은 것을 달고 태어났다는 이유로 그런 남자들과 한 종으로 묶이는 건 억울하다는 생각을 하며 승효는 석양을 맞아 오므라든 로즈마리 꽃잎을 억지로 폈다.

「꽃이 예쁜 건 한때죠. 미인이다, 아니다를 떠나서 제 취향은 좀 더 디테일합니다.」

「어떻게 디테일한데?」

승효가 중얼거렸다. 하자인은 제 귀를 의심했다.

「뭐라고?」

「귀도 안 좋아지셨습니까? 밤새 대화를 나눌 수 있는 여자. 굳이 말하자면 그게 제 이상형이라고 했습니다.」

264

「그대와 밤새 대화를? 밤새워 섹스가 아니라? 맙소사, 그건 돈 많고 명 짧은 여자보다 수천 배는 어려운 조건이잖아. 돈 많은 여자의 수명을 단축시킬 수는 있을 테니까 말이야.」

폭언에 가까운 말이었지만 하쟈인은 진지했고 승효는 반박하지 않았다.

「이상형, 이상향이 다 그렇죠. 없으니까 '이상' 아닙니까?」

「그대의 그 냉철한 자기평가는 언제나 날 소름 끼치게 해.」

하쟈인이 입맛을 다셨다. 로즈마리를 충분히 채취한 승효가 식욕이 완전히 달아났다는 표정을 짓고 있는 하쟈인을 버려두고 민트와 애플민트가 심어져 있는 쪽으로 자리를 옮기자, 무슨 미련이 남았는지 하쟈인이 따라왔다.

「올해로 딱 3년째군. 어떤가? 처음 했던 말처럼, 올해 떠날 건가?」

「네.」

「계약 연장을 고려해 볼 의사는? 지금보다 파격적인 대우를 약속하지. 그대, 돈 필요하다면서?」

「계약은 give & take죠. 파격적인 대우 이면에는 파격적인 처리도 있을 것이고, 목숨 담보로 요리하는 일은 이제 그만하고 싶습니다. 그리고 돈은 필요한 만큼 모았습니다.」

「이런 건 어떨까? 그대가 생각만 있다면 내가 아는 방송국에 소개시켜 줄 수도 있어. 영국 BBC와 채널 4 정도는 무난하지. 그쪽에 지분이 좀 많거든.」

「제이미 올리버에게 양보하죠.」

「언제 적 제이미 올리버인가.」

매몰차게 거절당했지만 하쟈인은 기분 상한 기색 없이 껄껄 웃었다.

「그대만 한 오트 퀴진 셰프도 없는데 말이야. 내 집에서 1년 이상 버틴 셰프가 흔치 않아.」

버티지 못한 셰프들의 말로는 뻔하다. 승효는 익히 짐작하고 있는 사실을 입 밖으로 꺼내는 대신 심드렁하게 민트 잎 뒷면에 붙은 진드기를 털어 냈다.

「이제 어디로 갈 건가?」

「한국으로 돌아가야죠.」

「돈은 충분히 모았다고 했으니, 가면 그대 이름이 붙은 레스토랑을 차리겠군. 집에서 쫓겨났다고 했지? 돌아온 탕아의 금의환향이라……. 요즘 세상엔 드문 일이지. 자네 실력도 그렇고. 아무튼 아쉽군. 대신 오늘 저녁은 기대해도 되겠나?」

「지금 민트 따는 저를 방해하지 않으신다면요.」

「알았네. 이만 꺼져 주지. 아, 참.」

쫓겨나듯 뒤돌아선 하쟈인이 문득 걸음을 멈췄다.

「그대, 삶은 긴 여행과 같다는 말을 들어 본 적 있나?」

「흔한 경구죠.」

「흔하지만 아름다운 경구지. 아무리 완벽한 계획을 세웠다고 하더라도 예상 밖의 상황이 벌어지는 게 여행 아닌가? 한국으로 떠난 뒤 새로운 여행길에서 문제가 생기면 언제든지 연락하게. 그럼 봉 부야쥐.(bon voyage, 즐거운 여행 되길)! 밤새 대화를 나눌 수 있는 마드모아젤과 함께하는.」

'아, 마담도 상관없으려나?' 안 해도 될 법한 한마디를 굳이 첨언하고 돌아서는 하쟈인의 뒷모습을 길게 자란 히비스커스 줄기들이 삼켰다. 승효는 그의 뒷모습 너머로 보이는 정원의 풍경을 감상했다.

니스의 태양이 붉은 히비스커스 꽃잎 위로 떨어졌다. 얇은 광선조차 보석처럼 찬란한 니스의 태양 아래서는 화려한 붉은색도, 순결한 하얀색도, 촌스러움과 세련됨의 경계를 찾기 힘든 연보라색도, 정신 산란한 노란색도 모두 똑같은 색이었다.

이름을 붙이자면 햇빛색 정도나 될까? 아래에서 보면 원래의 색이고, 위에서 보면 파랗고 똑바로 보면 무지갯빛인 그 색에 어울리는 다른 이름을 승효는 생각해 낼 수 없었다.

여행객들이 보았다면 찬탄해 마지않았을 광경이었지만 승효는 금방 고개를 돌렸다.

처음 니스에 왔을 때부터 그는 니스의 아름다움에 별 관심이 없었다. 너무 많은 색과 너무 많은 과거가 공존하고 있는 니스는 그에게 너무 난해한 도시였다. 그리고 설사 그가 대단한 감수성의 소유자라고 할지라도 지금 같은 상황에서 니스의 아름다움을 돌아볼 여유는 없었을 것이다.

십 년 만의 귀향을 앞둔 사람이 으레 그렇듯 그는 들떠 있었다. 무엇보다 '설마가 사람 잡는다고, 진짜 해냈단 말이냐?' 하며 구시렁거릴 아버지의 모습을 보게 된다는 기대가 컸다.

그 커다란 기대 앞에서 일상의 아쉬움은 무기력하고 니스의 아름다움은 무의미하다. 미래를 상상해 본 그는 작게 소리 내 웃었다. 수십 가지의 변수까지 모두 고려한 그의 계획은 완벽했다. 하쟈인의 걱정은 나이 든 사람이 노상 하는 쓸데없는 걱정이었을 뿐이다.

나이 서른. 인생이 비틀린 후로 산전수전 다 겪었다고 자부하는 그는 삶에 대한 확신이 있었다. 밤새 이야기 나눌 여자 따윈 없다는 것 또한 그러한 확신 중 하나였다. 승효는 고맙지만 다소 귀찮은 마음으로 하쟈인의 'bon voyage'라는 인사만 마음에 새겨 넣었다.

아무튼 그때는, 인생이란 이제 더 이상 경험할 것이 없다고 생각했을 때 더 많은 경험을 하게 되는 법이란 걸 몰랐다.

✣

「잘 먹었어요.」

카드를 건넨 손님이 말했다. 그녀는 프로방스 억양이 강하게 느껴지는 프랑스어를 구사하고 있었다. 자신에게는 익숙하겠지만 대다수의 사람에게는 익숙하지 않을 프랑스어를 자연스럽게 꺼내는 걸 보니 승효의 이력을 알고 있는 듯했다. 승효는 호들갑스럽지 않게 반응하며 그녀에게 영수증 반쪽을 주었다.

「맛있게 드셨다니 다행입니다.」

「셰프님 맞으시죠? 원래 계산도 직접 하시나 봐요?」

「아니요. 셰프 드 랭이 잠시 자리를 비워서 제가 대신 나왔습니다.」

「제가 운이 좋았네요. 여기 음식 먹으려고 한국 처음인데도 호텔에서 꽤 멀리까지 나왔거든요. 그런데 셰프님을 직접 볼 줄은 몰랐어요.」

「여행 오셨나 보군요.」

「일 반, 여행 반? 일 다 끝나서 가볍게 돌아다니는 중이에요.」

「휴식은 중요하죠. 즐거운 여행 하시고, 건강히 돌아가십시오. bon voyage.」

「셰프님도요. bon voyage.」

손바닥만 한 클러치 백을 옆구리에 낀 그녀가 손을 살랑 흔들었다. 즐거운 여행 되라는 bon voyage의 대답으로 같은 bon voyage를 말한 건 일상적이라고 할 수 없지만 어색하지는 않았다.

위(oui, 네)나 메르시(merci, 고마워요)처럼 사용된 bon voyage. 남부 사투리가 섞인 그 말에 승효는 감회에 젖었고, 감회에 젖은 자신을 놀라워했고, 또 다른 bon voyage를 찾았다.

"흠."

스마트폰으로 뉴스를 검색해 본 승효의 이맛살이 가볍게 찌푸려졌다. 헤드라인에서 한참 밀려난 사회면 구석에 'JCE 노조 총파업, 오늘 오후 극적 타결'이라는 기사가 있었다.

촬영 몇 번 만에 방송국 돌아가는 분위기를 대강 파악한 그는 파업에서 복귀한 그녀가 무엇을 하고 있을지 짐작했다.

오늘은 목요일이고 프로그램 〈bon voyage〉의 본방송은 금요일 6시였다. 아마 그녀는 투덜거리며, 혹은 화를 내며, 혹은 체념한 채로 자막 작업을 하고 있을 것이다. 그냥 미리 해 둘 걸 그랬다는 후회도 빠지지 않는다.

승효는 턱을 매만지며 생각에 잠겼다. 몇 시쯤 퇴근할까? 촬영 끝나고 파업 들어가기까지 일주일 정도의 시간이 있었다는 걸 고려했을 때, 일부는 해 두었을 가능성이 높다. 일을 미루는 성격은 아니니까. 그렇다면 밤을 아예 꼬박 샌다고 생각하는 것보다 늦게 퇴근할 거라고 생각하는 게 옳다. 좋아, 그럼 그게 몇 시지?

그는 치밀하게 분석하고 논리적으로 사고했다. 하지만 결정은 지극히 충동적이었다. 고모에게 전화를 걸어 고모가 혹할 만한 몇 가지 조건을 제시한 뒤에 그가 원하는 대답을 얻어 낸 승효는 화장실에서 나오는 수연을 손으로 불렀다.

"예, 셰프님."

"마지막 손님 계산했습니다. 전 일이 있어서 먼저 나가 볼 테니까 뒷정리 좀 부탁합니다."

"예?"

웬일이냐는 듯 수연이 설명해 달라는 표정을 지었다. 승효가 남에게 뒷정리를 맡기지 않는다는 것을 아는 수연으로서는 당연한 반응이었지만 그는 설명하지 않아도 되는 자신의 위치에 고마워하며 재빨리 가게를 나왔다.

수연을 무시해서가 아니라, 미쳤다고 할 만한 지금의 즉흥성을 설명할 단어가 그의 언어 체계엔 존재하지 않았기 때문이다.

역사적으로 비폭력 투쟁이 성공할 확률은 얼마나 될까? 인류 전체의 역사까지는 잘 모르겠지만 현아의 인생 역사상 비폭력 투쟁의 성공 확률은 0%다. 인류 역사에도 드물긴 하다. 프랑스 혁명, 2월 혁명, 볼셰비키 혁명 모두 무장 투쟁이었다. 인도의 독립이 가능했던 것 역시 20년간 지속된 간디의 비폭력 운동 덕분이 아니라 2차 세계대전 이후 영국의 힘이 약해졌기 때문이다.

노조가 연봉 3% 인상에 합의했다는 걸 전해 들었을 때 현아는 투쟁은 무장 투쟁이 진리라는 평소의 과격한 생각을 확신했다. 애들 장난하는 것도 아니고, 3%라니. 3년간의 인플레이션만 계산해도 그보다는 더 올랐겠다.

그녀는 '노조에는 경제학과 나온 사람이 없냐?'며 투덜거리고, '하루만 더 늦게 합의했어도 재방 나갔을 거 아니야!' 하며 화를 내고, '젠장, 월급쟁이 신세가 다 그렇지.'라며 체념했다.

때마침 걸려온 박 피디의 전화는 그녀에게 바쁜 꿀벌은 슬퍼할 시간조차 없다는 것을 주지시켜 주었다.

진수에게 전화해 당장 집으로 오라며 소리 지르기, 유치원 선생님에게 전화 걸어 오늘 세영이 마중은 아빠가 나갈 거라고 통보하기,

청소하기, 설거지하기 등등 잡다한 일을 순식간에 해치운 그녀는 더도 말고 덜도 말고 딱 2시간 뒤 방송국 편집실에 앉아 있었다. 그리고 엉덩이에 땀띠 날 것 같다는 생각이 들 때까지 꼼짝 않고 일만 했다.

"아아아아아……. 그냥 미리 다 해 둘걸……."

"박 논개, 밥 먹자."

그녀가 한 치 앞을 내다보지 못한 자신을 자책하고 있을 때, 전화 받는답시고 한참 자리를 비운 박 피디가 돌아와 말을 걸었다. 원망할 힘도 남아 있지 않은 현아는 어깨를 축 늘어뜨리고 고개를 뒤로 젖혔다.

"지금 밥 먹을 상황이 아니에요."

"왜? 오늘 저승김밥 스페셜 메뉴 세일하는 날이야. 가자."

"스페셜 메뉴가 아니라 울트라 메뉴가 와도 안 당겨요. 입맛이 없어."

"왜?"

"한 삼 일 놀았다고 머리가 썩었나 봐요. 여기서 자막 한 번 넣어 줘야 하는데 아무런 생각도 안 나요."

"어딘데?"

대충 필요한 곳에 넣으면 되는 게 자막 아니겠는가 생각할 수도 있지만 자막 작업은 일종의 심리전이다. 자막을 너무 자주 넣으면 방송 내용이 죽고, 너무 드문드문 넣으면 시청자의 집중력이 떨어진다.

앞뒤 내용을 살펴본 박 피디는 여기서 자막이 나가야 한다는 현아의 말에 완벽하게 공감했다. 하지만 뭘 넣어야 할지는 그녀도 알 수 없었다.

"뭐가 있어야 자막을 넣지. 내용이 없어도 너무 없다."

"그러니까 왜 이렇게 찍으셨어요."

화면을 가득 채운 것은, 남원 어느 추어탕 가게 할머니에게 추어탕 끓이는 법을 배우고 있는 승효의 손이었다. 가끔 그의 얼굴까지 잡히긴 했지만 화면은 손에서 멀리 벗어나질 않는다. 대체 '손'으로 뭘 하라고. 피아니스트처럼 예쁜 손이기나 하면 또 몰라. 데이고 찔리고 베인 흔적이 역력한 셰프의 손은 아름다움이라는 형용사와 거리가 멀었다.

"피디님 손 페티시 있으세요?"

"얘가 뭐래? 내가 찍은 건 손이 아니라 저 손놀림이라고. 너도 눈이 있으면 봐봐. 저 칼질, 저걸 안 찍으면 뭘 찍니? 양파를 저렇게 눕혀서 쓰는 사람은 TV에서만 봤단 말이지."

"그럼 '현란한 칼질'이라고 할까요?"

"박 논개는 '현란한' 페티시야?"

"너무하긴 하죠?"

현아는 슬퍼하며 양손으로 얼굴을 감쌌다. 박 피디의 말대로, 이제까지 자막에 사용된 단어 중 가장 높은 빈도수를 자랑하는 단어를 꼽으라면 단연코 '현란한'이다. '현란한 붉은색', '현란한 미소', '현란한 하늘', '현란한 단청', '현란한 기술' ······.

"'놀라운'은 어때요?"

"너 정말 국문과 나온 거 맞니?"

"국문과 나온다고 어휘력이 폭발할 거라 생각하시는 건 오산이에요."

"그래도 4년 내내 장학금 받고 다녔다면서."

"그러게요······. 그땐 대체 장학금을 어떻게 받았지?"

가뜩이나 처진 현아의 어깨에서 힘이 더 빠졌다. 박 피디는 땅을 파고 들어갈 기세로 떨어진 현아의 어깨를 주물렀다.

"똑똑하고 성실하니까 받았지. 계속 처박혀서 일만 하니까 머리가 안 돌아가는 거야. 분량 얼마 안 남았지? 나머지는 내일 일찍 나와서 하고, 일단 퇴근해."

"에? 안 돼요. 내일 일찍 내레이션 넣어야 본방 나가죠."

"어차피 성우도 12시 넘어야 올 수 있다고 했어. 내가 편집 다 해놓을 테니까 편집해 놓은 부분만 자막 넣고 검수 없이 한 번에 가자. 그럼 시간 널널하잖아."

"아, 아까 전화 온 거, 성우분한테 온 거예요?"

전화받는다고 나간 박 피디를 떠올린 현아가 물었다. 박 피디는 고개를 끄덕였다.

"그래. 우리 파업한다고 해서 미리 일 잡아 놓은 게 있대. 프리랜서잖아."

"으음……. 그래도 왠지 찝찝한데……."

찝찝한 마음에 머리카락만 꼬고 있자 박 피디가 그녀를 일으켜 세웠다.

"뭐가 찝찝해. 나도 네 잔소리에서 해방 좀 돼 보자."

"어어어어? 이러시면 저 진짜 가요?"

"가, 가. 어서 꺼져."

장난처럼 박 피디가 발길질하는 시늉을 했다. 현아는 못 이기는 척 편집실을 나왔다. 사실은 어둡고 좁은 편집실이 답답하게 느껴지던 참이었다.

편집실과 부조종실, 주조종실이 모여 있는 복도는 전반적으로 어두컴컴했고 현아와 비슷한 처지일 것이 분명한 이들이 모여 있을 편집실에서만 노란 불빛이 새어 나왔다. 발 한번 헛디디지 않은 그녀는 거침없이 주차장까지 갔다.

이 주차장에서, 그녀는 두 번 당황했다. 한 번은 차를 주차해 둔 곳이 생각나지 않아 장장 10분을 헤맸을 때고 또 한 번은 차량에 내장된 시계를 봤을 때였다.

"11시? 진심?"

처음엔 시계가 고장났다고 생각했다. 하지만 휴대폰 시계도 똑같이 11시를 알리고 있었다.

"땡잡았네?"

당황도 잠시, 그녀는 콧노래를 부르며 집에 가서 뭘 할까를 고민했다. 할 일은 무진장 많았다. 독서, 청소, TV 시청……. 아, 밥도 먹어야지.

다행히 집 근처 슈퍼는 12시까지 영업했다. 그녀는 항상 그곳에서 라면과 맥주, 큐브치즈를 샀다. 가끔은 3분 카레도. 또 언젠가는 수제 냉동만두도. 동네 슈퍼치고 규모가 큰 그곳은 그녀의 식량 창고였다.

하지만 오늘은 대체 어째서 이런 것들을 산 걸까?

유독 눈길을 끈다 했다. 홀린 듯 그것들을 바구니에 담다 보니, 계산대 위에는 애호박, 감자 그리고 시판용 토마토소스가 올라가 있었다. 라면과 맥주, 큐브치즈 어디 갔니? 그녀는 심각하게 플라스틱 장바구니 속을 노려보았다.

도로 갖다 놓을까? 대체 내가 이걸로 뭘 할 수 있겠어? 라면 대신 감자로 배 채우고 애호박을 안주 삼아 토마토소스를 마실 것도 아니고.

수백 번 망설이다 계산대 위에 재료들을 올려놓자 대체 이게 무슨 조합이냐는 듯 계산대의 아주머니가 현아를 힐끔 바라봤다. 아무 의미 없는 마주침이었을지도 모르지만 괜히 찔린 현아는 괜한 애호박을 만지작거리며 뻘쭘하게 웃었다.

"호박이 싱싱하네요."

"그럼요."

건성건성 대답한 아줌마가 봉지 필요하냐고 물었다. 현아는 필요 없다고 대답하고 커다란 가방에 몽땅 다 쓸어 넣었다.

그녀가 사는 원룸은 11층 복도 제일 구석에 있었다. 코너를 돌아가야만 발견할 수 있는 곳이라 주의력 부족한 사람들은 그곳이 막혀 있다고 생각하곤 했다.

그녀는 그 사실을 너무 잘 알고 있었고, 그래서 코너를 돌아간 곳에 삐쭉 튀어나온 사람 그림자를 보고 가방을 움켜쥐었다. 여차하면 가방으로 후려칠 생각이었다. 토마토소스 병에 맞으면 머리는 깨지겠지만 죽지는 않을 테니까 양심의 가책도 덜하다.

하지만 만반의 준비는 그녀의 인기척을 먼저 알아채고 어둠 밖으로 나온 그로 인해 산산조각 났다.

"보통 이 시간에 퇴근해요?"

"끼요옷! 으하하아악!"

상당히 난해한 비명을 지른 그녀가 가방을 떨어트렸다. 가방에 무슨 연장이라도 넣고 다니는지 떨어지는 소리가 꽤 묵직하다. 호기심이 동한 승효는 여전히 허억거리고 있는 그녀에게 심술맞은 미소를 지어 준 뒤 가방을 주웠다.

"뭐가 들었길래……. 토마토소스? 이건 뭐야? 감자아……?"

"주세요, 이리 주세요!"

토마토소스까지는 이해하겠지만 가방에서 감자가 나오는 건 도무지 이해 불가능이었던 듯, 그의 목소리 끝이 갈라졌다. 사실 토마토소스도 이해받을 만한 품목이 아니라고 판단한 현아는 애호박이 등장하는 참사를 막기 위해 황급히 그의 손에서 가방을 빼앗아 품에 안았다.

"장이라도 봐 온 겁니까?"

"아니요! 설마요. 그럴 리가. 오해세요. 얻은 거예요, 얻은 거. 그런데 어쩐 일이세요?"

그녀는 일단 오리발부터 내밀고 자연스럽게 말을 돌렸다. 라면땅이나 만드는 주제에 요리한다고 말하기 부끄럽다. 천만다행으로 그는 어디서 얻었냐고 묻지 않았다. 좀 더 곤란한 질문을 했을 뿐이다.

"왜요? 오면 안 돼요?"

"네? 아니, 안 되는 건 아닌데…… 아닌 게 아닌가? 아닌가? 아니지. 잠깐?"

벽을 짚은 그녀가 고개를 확 쳐들어 그를 올려다보았다. 동그란 눈동자가 빛을 발한다. 승효는 혼란을 틈타 목적을 이루려던 그의 계획이 얼마나 어리석었는지 깨달았다. 역시 인생은 날로 먹는 게 아니다.

"오면 안 되는 게 아니라, 오실 수가 없는 거죠. 우리 집은 어떻게 아셨어요?"

"밥은 먹었습니까?"

"딴소리하지 마시고요. 전 분명 가르쳐 드린 적이 없거든요?"

"자신의 기억력을 맹신하지 말아요."

"이건 맹신이 아니라 논거가 확실한 결론이에요. 집 주소라는 건 상호작용이거든요? 택배를 생각해 보세요. 제가 택배를 보내려면 상대의 주소를 알아야 하지만 택배송장에 제 주소도 쓰잖아요. 그런 식이죠. 제가 셰프님께 집을 알려 드리지 않았다는 확실한 증거는 제가 셰프님 집을 모른다는 거예요."

"강남구 언주로 30길 56, 2011호. 이제 알게 되었군요."

"와, 나. 환장하겠네."

양손을 들어 옆머리에 가져다 댄 그녀는 심호흡을 했다. 머리가 찌부러드는 느낌이다.

"좋아요. 백 보 양보해서 셰프님이 어찌어찌 우리 집을 알았다고 쳐요. 내 개인정보가 어디선가 새어 나갔나 보지. 괜찮아요. 중요한 개인정보는 없으니까. 아무튼, 왜 오셨어요?"

"그러니까 오면 안 되냐고 물었잖습니까?"

"올 이유가 없죠."

"정말 올 이유가 없다고 생각해요?"

"네."

그녀는 반쯤은 반사적으로, 그리고 반쯤은 오기로 대답했다. 어쩌라고? 무슨 대답을 원하는 건데? 우리 사이, 아무것도 없는데 그럼 잘 왔다며 환영이라도 할까?

"무슨 일이 생겼대도 집까지 찾아올 만한 사이는 아니잖아요."

"흐음……. 그렇게 생각한단 말이죠?"

그가 턱을 매만졌다. 아, 저거 버릇이구나. 생각할 때 나오는 버릇.

"맞잖아요. 아무것도 아닌 사이. 아니에요?"

그녀 안의 여우가 풍성한 꼬리를 살짝 내밀었다. '그러니까 우리 사이를 정의해.' 그녀는 살짝 웃으며, 방금 전 네라고 대답한 건 심각한 것이 아니라는 듯 그의 답을 유도했다. 이런 영악함이 숨어 있었으리라곤 이날 이때까지 그녀도 몰랐다.

"두 달 동안 밥 먹으면서 만리장성도 쌓을 뻔한 사이가 아무것도 아닌 건 아니죠."

"쌓을 '뻔' 이잖아요. '뻔.' 그리고 셰프님 그때 분명 그러셨어요.

우리 사이는 없던 증오도 생길 사이라고."

"수영장도 같이 간 사이고."

"누가 들으면 제가 비키니라도 입었는 줄 알겠네요."

"사촌 조카 기도 살려 주고."

재잘재잘 잘도 떠들던 그녀의 입이 다물어졌다. 승효는 한쪽 입꼬리만 힘주어 올리며 비틀린 미소를 만들어 냈다.

"사촌 조카한테 밥도 해 주고."

"……."

"쉬는 날까지 상납해 가면서 여러 가지 일을 해 준 사이죠. 우리 사이는."

캥. 여우가 꼬리를 말고 도망갔다. 현아는 영악함 따윈 멀리 집어 던지고 공손함을 장착했다.

"어제는 감사했어요."

"지난번에도 말했던 것 같은데, 현아 씨는 감사를 말로만 하는 버릇이 있어요."

"제가 뭘 해 드려야 할까요? 힘닿는 데까지 노력하겠습니다."

기도하듯 두 손을 맞잡은 그녀가 눈을 동그랗게 떴다. 가련하게 보이려는 의도였겠지만 가련보다는 가증 쪽이다. 살다 보니 믿지 않은 가증스러움도 경험하는군. 그는 그의 의사와 상관없이 자꾸만 새어 나오려는 웃음을 꾹 눌러 참고, 팔짱을 끼었다.

"밥이나 같이 먹죠."

"가게에서요? 언제요?"

"가게 말고 집에서. 지금."

그가 손가락으로 그녀의 원룸을 가리켰다. 기겁한 현아는 문에 철썩 붙었다.

"우리 집에서요?"

"우리 집도 괜찮고요."

"선택의 폭이 너무 좁다는 생각 안 하세요?"

"선택지가 넓어 봤자, 결론은 하납니다. 저승김밥 메뉴는 수십 가지지만 현아 씨는 라면하고 김밥만 먹잖아요."

"가끔 만둣국도 먹어요. 돈가스도 먹고!"

"오늘은 그런 날이 아닌가 보죠. 선택해요. 라면이냐 김밥이냐."

"셰프님 집은 라면도, 김밥도 아니거든요?"

"그럼 우리 집은 돈가스라고 합시다."

요지부동, 난공불락, 금성탕지. 관대하게 두 팔을 벌린 그의 태도는 단단함을 뜻하는 어떤 사자성어를 가져다 붙여도 과할 것 같지 않았다.

더 심각한 건 저 철옹성이 자꾸 그녀를 향해 돌진하고 있다는 점이다. 진 빚도 있겠다, 도망갈 데라고는 집 안밖에 없는 그녀는 한참을 숙고했다.

"라면으로 하겠습니다. 우리 집."

"우리 집에 오는 건 좀 긴장됩니까? 왜요? 무슨 일이라도 있을까 봐?"

"조건은 똑같거든요? 셰프님 집으로 간다고 해서 일어날 일이 안 일어나고, 우리 집으로 간다고 해서 안 일어날 일이 일어날 것도 아니잖아요."

"그런데 왜 하필 라면이죠? 같은 값이면 돈가스가 나을 텐데."

그녀의 등 뒤에 선 그가 집요하게 물었다. 그녀는 콧방귀를 뀌고 잔뜩 찡그린 얼굴로 혀를 내밀며 대답했다.

"똥개도 제집에선 절반 먹고 들어가거든요."

당당하게 집 안에 들일 때부터 짐작하긴 했지만 그녀의 집은 상당히 깔끔한 편이었다. 일하는 아줌마가 치워 주지 않으면 돼지우리가 되는 승연의 방에 익숙한 승효는 박수라도 치고 싶었다.

약간의 지저분함, 예를 들면 싱크대 바로 앞 아일랜드 식탁 위에 놓인 라면 부스러기라든가 두서없이 널려 있는 책 같은 건 옥에 티도 못 되었다.

"이 원룸은 시작하자마자 끝나는군요."

"원룸 평균 사이즈예요. 따지지 마세요. 셰프님 집하고 비교하지도 말고."

그녀가 슬쩍 발을 움직이자 바닥에 널려 있던 무언가가 침대 밑으로 쏙 들어갔다. 그는 보고도 못 본 척 냉장고 문을 열었다. 음, 연두색이었어.

"유통기한 이틀 지난 우유, 계란, 맥주……. 다진 마늘?"

"라면에 넣어 먹으면 맛있어요."

"떡국용 떡은 왜 사다 놨습니까?"

"떡라면 모르세요?"

"어린이 치즈 앙팡. 성장기 어린이에게 필요한 칼슘 함량."

"……오해세요."

"무슨 오해요?"

내가 뭐라고 했냐는 듯 그가 어깨를 들썩였다. 얄미워라. 현아는 볼을 잔뜩 부풀리고 콧바람을 내 가며 집 청소를 마저 했다. 침대 밑으로 쓰레기와 빨랫거리를 밀어 넣는 건 청소의 기본…….

……은 개뿔. 이 상황에서 청소의 기본이 뭐가 중요해?

한숨을 쉰 그녀가 상체를 슬쩍 비틀자 냉동실 문을 여는 그의 뒷모습이 보였다.

그는 그녀를 보고 있지 않았다. 그녀는 그가 자신을 보고 있다고 생각했다.

물론 긴장감이 만들어 낸 착각이다. 하지만 작동하지 않는 냉동고를 작동한다고 착각해 얼어 죽는 사람도 있다. 착각은 그렇게나 사실적이고 강렬하다. 앞, 뒤, 옆, 위, 아래 모든 곳에서 느껴지는 그의 시선 때문에 그녀는 꼼짝도 할 수 없었다.

그가 손을 움직일 때마다 몸이 경직되고, 느닷없이 말이라도 걸면 입술이 마른다. 그녀는 말하기 전 헛기침으로 신호하는 법을 만들고 싶어졌다.

그녀의 모든 신경은 태연을 가장하는 데 총동원되고 있었다. 그나마 장소가 익숙한 자기 집이었기에 망정이지 낯선 곳, 그러니까 그의 집이었다면 그녀는 그의 존재감에 압사당했을 것이다. 그곳에는 그녀의 긴장을 완충시켜 줄 무엇도 없을 게 분명했다. 과연, 똥개도 제집에선 절반 먹고 들어간다.

"텅텅 비어 있을 줄 알았더니, 이것저것 많이 들어 있군요."

"……법이 필요해."

"무슨 법이요?"

"아니에요, 아무것도. 헛소리했어요. 우리 뭐 시켜 먹을까요? 이 동네 배달음식 굉장히 많은데. 초밥도 배달해 줘요. 되게 고급 초밥."

손사래를 친 그녀가 배달음식 책자를 들고 왔다. 그는 빤히 보이는 그녀의 당혹과 긴장을 모른 체했다.

"우리 동네는 육사시미도 배달해 줍니다. 시켜 먹을 거였으면 무조건 우리 집으로 갔죠."

"그럼 어떻게 해요?"

그가 냉장고에서 꺼낸 식재료를 들었다. 현아는 경기를 일으켰다.

"셰프님, 이런 저도 유통기한 지난 우유는 안 먹어요!"

"식중독을 걱정하는 거라면 괜찮습니다. 이건 유통기한이지 소비기한이 아니거든요. 보통 유통기한 표기에는 안전계수를 적용하니까 이틀 정도는 전혀 문제없어요."

"요리하시게요?"

"그럼 현아 씨가 할 겁니까?"

여러 가지 단점들이 많지만 현아는 주제파악은 확실하게 하고 사는 여자였다. 그녀는 풍물패 활동하던 시절의 경험을 한껏 발휘해 상모 돌리듯 고개를 휘저었고 그는 그럴 줄 알았다며 작은 아일랜드 식탁 위에 도마를 올려놓았다.

"뭐 만드실 거예요?"

"맛있는 거요."

"저기 근데, 재료 부족하지 않으세요? 부족하면…… 이런 거도 있는데……."

한 손에 애호박, 한 손엔 감자를 들고 양손을 볼에 붙인 그녀가 눈동자를 데굴데굴 굴리며 어색하게 웃었다. 잠시 침묵이 흐르고, 영원 같은 시간이 지나간 후 그가 물었다.

"솔직히 말해 봐요. 이거 돈 주고 산 거죠?"

"아닌데요?"

"여기 마트 택 붙어 있는데?"

"싱싱해 보여서요."

"토마토소스는 얻은 거라면서?"

"얻은 건데요?"

"여기도 바코드 붙어 있는데?"

"요즘 부쩍 붉은색이 좋아져서요. 나이 들었나 봐요."

순간을 모면하기에 바쁜 그녀는 1초 간격으로 말을 바꿨다. 그런데도 아직까지 얼굴에 야채를 붙이고 있었다. 승효는 귀엽다는 말이 튀어나오는 걸 막기 위해 필사적으로 재료들을 노려봤다.

그런데 보다 보니 점점 혼란스러워진다. 토마토소스, 감자, 애호박. 대체 뭘 만들어야 할지 감도 잡히지 않았다.

"감자는 포타주 파르망티에라도 만들지……."

순간, 그는 깨달았다. 애호박과 토마토소스. 셰프를 시험에 들게 하는 이 재료들이 그에게 묘한 기시감을 불러 일으켰다. 다만 그때의 애호박은 수분이 다 빠져나가 있었고 토마토소스는 주스용 토마토로 급히 만들었다는 차이만 있을 뿐.

"맛있긴 했나 봅니다?"

그리고 그가 깨달았다는 것을 그녀도 알았다.

"뭐가요?"

"라타투이 에 그라탱."

현아는 감자와 애호박을 내려놓고 어깨를 쭉 폈다. 거울을 보지 않아도 제 얼굴이 붉어져 있을 거란 건 짐작할 수 있었다.

"저 그래서 사 온 건 아닌데요? 정말 애호박이 싱싱해서 사 왔어요. 매운 짜파게티에 애호박 넣어 먹으면 맛있거든요."

"그래요. 그런 걸로 칩시다."

여상하게 대꾸한 그가 프라이팬에 우유를 부었다. 무시당했다는 기분 나쁨보다 호기심이 더 큰 현아는 싱크대를 기웃거렸다.

"근데 진짜 뭐 하시려고요?"

"맛있는 거 한다니까요?"

현아를 위해 준비된 듯한 10평짜리 원룸의 주방은 임승효 한 명이 서기에도 좁았다. 범위도 분명했다. 어디서부터 어디까지는 싱크대, 그 옆에는 플라이트 팬이 있는 조리대. 좌우로는 모두 벽이었다. 그 와중에 그녀까지 끼어들다 보니 두 사람은 본의 아니게 팔꿈치를 맞대게 되었다. 정확하게 말하자면 그녀의 팔꿈치가 그의 옆구리 부근에 닿았다.

"그러니까 맛있는 거, 뭐요? 이름은 있을 거 아니에요. 셰프님이 좋아하는 불어 이름. 앙글라쥬(앙글레즈), 포타쥬, 프로타쥬(프로타즈) 이런 거."

"앙글라쥬, 포타쥬, 프로타쥬, 마이쥬. 이런 거요?"

"어? 저 그거 좋아하는데. 마이쥬, 스키틀쥬, 이런 거 환장해요."

뭐가 재미있는지 그녀가 박수를 치며 깔깔 웃었다. 그녀는 본래 마이쥬인 젤리를 마이쥬로 받아들였고 그는 스키틀즈는 죽었다 깨나도 스키틀쥬가 될 수 없다고 지적하지 않았다.

상대의 실수가 나의 기쁨이고 상대의 말꼬리를 잡는 데 열을 올리고 치열하게 말싸움을 하던 평소의 둘과 너무 다르다. 하지만 츄츄거리는 입술이 예쁘게 튀어나와 있는 상황에서 그런 건 너무나 소소한 것들이었다. 부글부글 끓고 있는 우유거품보다 가치가 없었다.

"크림소스 만드시는 거예요?"

"이야, 크림소스도 알아요?"

"왜 이러세요? 저도 크림스파게티는 먹거든요? 근데 이건 걸쭉하지 않은데? 원래 소스는 좀 걸쭉해야 하지 않나요?"

"밀가루로 루(roux)를 만들어야 하는데 밀가루가 없으니까 어쩔 수 없죠."

"그럼 어떻게 해요?"

"구하라, 그러면 얻을 것이다."

현아에게 익숙한 경구를 중얼거린 그가 그녀 쪽으로 어깨를 기울였다. 그녀가 서 있는 개수대 옆에 대충 올려놓은 떡국용 떡을 집으려는 듯했다.

그렇다면 그녀에게 달라고 하거나, 하다못해 앞쪽으로 손을 뻗어도 될 텐데 그는 부득불 그녀의 등을 감싸는 방향으로 손을 뻗었다. 앞은 개수대다.

갇혀 버렸다.

잠깐 상황을 파악하고 정신을 차려 보니 그의 얼굴이, 숨결이 느껴질 만큼 가까이 다가와 있었다. 밝은 빛 아래에서 본 그의 눈동자는 성격과 상관없이 다감해 보이는 까만색이었다. 피곤했는지 흰자가 조금 충혈되어 있었고 싱크대 위에 설치된 조명 때문인지 유독 반짝거렸다.

"왜요?"

그가 속삭였다. 얼굴이 기울어진 각도와 보기 좋은 일자형 눈썹, 콧날이 만들어 내는 건 완벽한 이등변 삼각형. 그녀는 피타고라스가 울고 가겠다고 생각하며 눈을 내리깔았다.

"제가 뭘요?"

기괴한 소리를 내며 도망쳤던 여우가 어느새 다시 나타나 꼬리를 흔들었다.

"쳐다보고 있었잖아요."

"가까이 다가오시니까 쳐다봤죠."

"가까이 다가오는 사람을 다 그렇게 쳐다봅니까?"

"제가 어떻게 쳐다봤는데요?"

"기대하는 눈빛으로."

바스락바스락, 옷깃이 스치는 소리가 들린다.

"사랑스럽게."

코끝으로 따뜻한 바람이 불었다.

"키스해 달라는 듯."

그녀의 눈이 감겼다.

시간을 찰나로 쪼개고, 그 한 개의 찰나 뒤에 그의 입술이 닿을 거라는 확신이 들었을 때, 현아는 사람 미쳐 버리게 만드는 궁금증에 시달리고 있었다.

'우리 무슨 사이예요?

키스로, 더 나아가 섹스로 시작하는 관계가 있다는 건 알 만한 나이다. 그런 관계가 나쁘다는 생각도 딱히 안 했다. 서른이나 먹어서 '오늘부터 시작!' 하고 사귈 것도 아니고, 만에 하나라도 그가 그런 말을 한다면 손발이 오그라들 것만 같았다.

그런데도 궁금했다. 이유는 알 수 없다. 어쩌면 자신도 미처 모르고 있었던 보수성이 발현되었을 수도 있다. 혹은 은근히 계속된 그녀의 물음을 그가 교묘하게 피해 가서였을 수도 있다.

이유가 무엇이든 확실한 건, 그녀가 바란 것이 키스가 아니라는 점이다. 그녀는 행동이 아닌 말을 원했다. 여명인지 별빛인지 일출인지 자의적으로 판단하게 만드는 행동이 아니라 '이건 일출이야.' 라고 확실하게 표현해 줄 말. 오직 인간만이 가능하기에 그 무엇보다 가치 있는, 말.

그 '말' 을 해 줄 생각이 그에게는 없어 보였다. 그래서 현아는 결심했다.

그럼 나도 절대 안 물어봐.

말에 엄격한 의미를 부여한 상황에서 묻지 않는다는 건 시작을 거부하는 행위다. 토라졌다고 해도 좋고 짜증났다고 해도 좋다. 길이 있다고 해서 꼭 가야 하는 것만은 아니니까.

그녀가 잠시 감았던 눈을 떴다. 아주 느리게, 눈이 깜빡인다. 짧은 사이 무슨 생각을 했는지는 모르지만 떴다 감기를 반복하는 눈동자가 의미하는 바는 명확했다. '난 다만 눈을 깜빡였을 뿐이에요.' 승효는 마음속으로 백기를 들고 굽혔던 허리를 폈다.

서로의 속눈썹 숫자를 셀 수 있을 정도로 가까웠던 두 얼굴이 자연스럽게 비껴갔다. 겉으로 보이는 그의 표정엔 큰 변화가 없었다. 아니, 적어도 화가 난 것 같지는 않다. 안도한 현아는 떡국용 떡을 집어 그에게 건넸다.

"이거 드려요?"

"고마워요."

그가 바짝 졸아든 우유에 떡을 집어넣자 고소한 향이 집 안에 진동했다. 어색함을 떨쳐 내는 익숙한 향이다.

"어릴 때 많이 먹었는데."

"떡 넣은 우유를?"

"아뇨. 끓인 우유요."

"아. 우유 먹으면 속이 안 좋았나 보군요."

"어떻게 아셨어요?"

"상식이죠. 락타아제, 즉 젖당분해효소가 부족한 사람들이 끓인 우유를 먹는 건."

"어디서부터 어디까지가 상식인데요?"

"전부 다요."

"말도 안 돼. 락타아제 처음 들어 봐요."

그녀는 과장되게 투덜거리며 프라이팬을 들여다보았다. 떡이 무슨 조화를 부렸는지, 끓인 우유에 지나지 않던 국물이 걸쭉하게 변해 있었다.

"설마 이거 떡볶이에요?"

"보편타당한 떡볶이라고 보긴 좀 힘들지만 그렇다고 할 수 있죠."

"이런 것도 할 줄 아셨어요?"

"말했잖습니까? 한식과 프렌치가 섞인 퓨전 같은 것도 할 줄 안다고. 기본적으로 난 못하는 게 없는 사람입니다. 뭐든 능숙하게 다 잘하죠."

그러나 뭐든 능숙하게 잘하는 그도 현아의 찬장 안을 들여다보곤 당혹을 감추지 못했다. 그녀의 찬장에 있는 것은 밥그릇 하나, 국그릇 하나, 어디선가 사은품으로 받은 것이 분명해 보이는 머그잔 세 개(모양도 서로 다 달랐다), 역시 사은품으로 추정되는 플라스틱 볼(bowl)이 고작이었다.

그는 울적한 표정으로 그의 혼이 담긴 퓨전 떡볶이를 허름한 플라스틱 볼에 담았다.

"불안한 예감 때문에 그러는데, 젓가락은 있습니까?"

"물론이죠."

그녀가 식탁 밑에 딸린 서랍에서 나무젓가락을 꺼냈다. 그녀는 우울한 그를 위해 배려를 아끼지 않았다.

"쇠젓가락 한 개 있긴 하거든요. 하지만 공평하게 저도 이거 쓸게요. 그렇게 심란한 얼굴 하지 마세요. 초밥 시킬 때 딸려 온 거라서 질이 되게 좋아요. 보세요, 이렇게 살짝만 벌려도……."

탁. 질이 좋다는 말이 사실인 듯 젓가락은 꽤 깔끔하게 갈렸다. 표면도 거칠거칠한 싸구려 나무젓가락보다 훨씬 부드럽다. 플라스틱 볼엔 과분하다는 생각까지 들 정도였다. 승효는 범사에 감사하는 법을 배웠다.

"그래도 어떻게 식탁 의자는 두 개군요."

"하나는 전 주인이 버리고 간 거예요."

"그런 건 알려 줄 필요 없습니다."

"왜요? 셰프님 그런 거 좋아하시잖아요. 정확한 거."

"분명하게 말해 두죠. 난 나한테 유리한 정확함만 취급합니다."

두 사람은 긴 아일랜드 식탁을 사이에 두고 서로를 마주 보며 앉았다. 식탁 밑의 공간이 좁다는 걸 의식한 현아가 다리를 꼬자 그녀의 발끝과 그의 바지가 서로 스쳤다.

순간, 그의 상체가 앞으로 살짝 기울었다. 자세히 보지 않으면 쉽게 알아차릴 수 없는 변화였다. 그녀는 그가 제 발끝을 느꼈다는 걸 알았다. 이성적으로 안 게 아니라 관념적으로 느꼈다.

시험 삼아 다리를 올려 차 보았다. 이번에 그는 허리를 세웠다. 오호라. 이것 봐라?

"죄송해요."

"뭐가요?"

"제가 실수로 셰프님 발로 찼어요. 여기 아래가 좁아서."

그리고 같은 순간 승효도 그녀와 똑같은 생각을 하고 있었다. 그는 그녀가 일부러 찼다는 것을 알았다. 다만 관념적인 현아의 깨달음과 달리 그의 '앎'에는 니스에서의 수많은 경험이 토대가 되어 주었다. 승효는 젓가락을 가르며 태연히 대꾸했다.

"그래요? 몰랐는데. 몰랐으니까 괜찮을 걸로 치죠."

그녀의 눈동자에 혼란이 비쳤다. 그렇게 솔직한 표정을 가지고 있는 주제에 남을 떠보려고 하다니. 다른 남자라면 속았을지 모르겠지만 상대가 나빴어, 박현아 씨.

긴가민가한 현아의 혼란스러움과 별개로 그가 만든 떡볶이는 그녀에게 떡볶이의 신세계를 보여 주었다. 이제까지 그녀가 먹은 떡볶이가 아메리카노라면 이건 에스프레소였다. 혼자 있을 때도 먹고 싶어지겠다고 생각한 그녀는 대충 만들던 그를 떠올리고 그 정도면 저도 만들 수 있을 거란 기대를 했다.

"그런 건 기대가 아니라 착각이라고 하는 겁니다."

그리고 그는 그녀의 기대를 자근자근 밟아 주었다.

"왜요? 그냥 기름 두르고 마늘 넣고 잠깐 볶다가 우유 넣고 떡 넣으면 되는 거 아니에요?"

"제이미 올리버가 15분 만에 스파게티를 만든다고 해서 나도 그럴 수 있을 거라 생각하는 건 오산이죠."

"제이미 올리버가 누군데요?"

승효의 이마에 주름이 졌다. 현아는 입에 물고 있던 젓가락을 뺐다.

"왜 그러세요?"

"정말 몰라요?"

"제가 알아야 하는 사람이에요?"

"아뇨. 그냥…… 영국의 유명한 요리삽니다. 요리를 좀 대충대충 하는 경향이 있는데 사람들이 그거 보고 따라 하다가 여러 요리 망쳤죠. 현아 씨가 내 흉내 내면 그 꼴 되기 십상입니다. 내가 방금 계량도 하지 않고 눈대중으로 이렇게 환상적인 맛을 낼 수 있었던 건 실력과 경험이 바탕이 돼서죠. 내가 어디서 굴러먹다가 셰프 하고 있는 줄 압니까?"

"그럼 알려 주세요. 레시피."

당당하다 못해 뻔뻔한 그녀의 요구에 그가 손바닥을 내밀었다. 현아는 다분히 의도적으로, 하지만 얌전하게 그 위에 제 손을 얹었다.

"음. 훈련이 잘된 개군요."

"손 달라는 거 아니셨어요?"

"현아 씨 손발, 필요 없다고 말한 적 있는 것 같은데?"

"제 손이 왜 쓸 데가 없어요? 이 손으로 작업해서 밥 벌어 먹고 살아요, 저."

"나한테는 쓸데없죠. 글쎄요. 굳이 용도를 찾는다면……."

승효는 바닥을 향해 누운 손을 똑바로 세우고 공중에서 깍지를 끼었다. 그녀는 의외로 가만히 있었다. 더 이상 어리지도 않고 경험도 풍부한 서른세 살의 남자는 여자의 의도를 단숨에 파악했다.

흐음. 출발선에 가만히 서 있기만 하겠다 이거지? 그냥 썸만 타시겠다?

"여기까지는 가용범위 내군요."

"손은 그냥도 잡는 거잖아요."

"그래요. 그냥도 잡는 거라서 현아 씨 손이 쓸 데가 없다는 겁니다. 말했죠? 나 어디서 굴러먹다 온 셰프 아니라고. give & take. 내 레시피를 얻으려거든 좀 더 귀한 걸 내놔요."

"이런 건 어때요? '새벽 3시 박현아 자유 이용권 1회.' 셰프님이 술 마시다가 차가 끊겼는데 택시비가 없을 때 콜 주시면 언제든지 모시러 가겠습니다."

"그것보다 '새벽 3시까지 같이 술 마실 수 있는 이용권'은 어떻겠습니까?"

"그런 이용권은 준비되어 있지 않습니다, 고객님."

"어떻게, 준비 좀 해 보죠?"

"그것은 제가 답변 드릴 수 있는 사항이 아닙니다, 고객님."

그녀가 꾸며 낸 흔적이 역력한 미소를 지었다. 손은 여전히 그와 깍지 낀 채다. 앙큼하긴.

"아아, 좋아요. 좀 괜찮은 테이크가 생각날 때까지 보류해 둡시다. 종이 가져와요. 적어 줄 테니까."

"여기요, 여기 적어 주세요."

그가 포스트잇에 끼적이기 시작하자 그녀가 고개를 쭉 뺐다. 그녀의 요리 실력을 믿지 못하는 그는 혹시나 하는 마음에 그림을 곁들였다.

"셰프님 그림도 그릴 줄 아셨어요?"

"건축학과 나오면 다들 어느 정도는 그릴 줄 알죠. 난 좀 더 특별히 잘 그리는 편이고."

"자기 PR은 1절만 부탁드릴게요."

"영광인 줄 알아요. 이런 레시피 얻기가 쉬운 게 아닙니다."

"말을 말아야지."

반쯤 눕힌 동전같이 생긴 떡들이 프라이팬 안으로 들어갔다. 꼼꼼한 임승효의 작품답게 프라이팬엔 명암까지 들어가 있었다. 그녀는 그의 그림을 훔쳐보다, 다른 종이에 그림을 그렸다. 정확하게는 낙서였다.

"파업 끝났으면 다음 주에 촬영하겠군요."

"네. 아, 맞다. 이번에도 저 사전답사 갈 때 같이 가실 거예요?"

"나로 말할 것 같으면, 고양이 손이라도 빌리고 싶은 사람이죠."

"하긴, 바쁘시죠……."

그녀의 목소리에서 힘이 빠졌다. 그는 그녀에게 완성된 레시피를 넘겨주며 넌지시 물었다.

"실망했어요?"

"아뇨. 무슨 말씀을."

그녀는 예의 가식적인 웃음을 지어 보이고 냉장고 문에 포스트잇을 붙였다. 그녀가 자리에서 일어나 포스트잇을 붙이고 잘 붙으라며 손바닥으로 포스트잇의 접착 부분을 두 번 눌러 찍는 그 짧은 사이, 그는 긴 생각에 잠겼다.

임승효는 분명한 걸 좋아한다. 일 더하기 일은 이. 이 더하기 이는 사. 숫자처럼 딱 떨어지는 것이 그의 취향이었다. 하지만 그는 일 더하기 일이 영이나 일이 될 수 있다는 것을 납득하는 관대함도 지니고 있었다. 다만 그런 경우에도 전제는 명확해야 했다. '산술적 범위 밖에서.'

요리도 마찬가지다. 그에게 요리란 창조의 범주가 아니라 계산의 범주에 있었다. 소금과 설탕이 합쳐졌을 때 발생하는 화학작용, 식초와 우유가 만났을 때 발생하는 분해작용, 응고작용, 경화작용……. 수십 가지의 작용들이 합쳐져서 탄생하는 것이 요리였다.

인간관계도 크게 다르지 않았다. 특유의 표정 때문에 격렬하게 티를 내지는 못했지만 호불호는 분명했다. 좋은 사람, 싫은 사람, 꼴도 보기 싫은 사람, 어쩔 수 없이 수용해야 하는 사람. 그는 그 주변의 사람들을 쪼개고 분류하고 이름 붙였다.

그가 지향하는 분명함은 사실 과단성에 기반을 두고 있었다. 과단성이 없었다면 음식이 맛있어 보인다는 이유로 프랑스 유학을 결정하진 않았을 것이다.

그러니까 규정하기 힘든 이성 관계, 속된 말로 '썸녀' 같은 건 그의 인생에서 존재하지 않았다. 마음에 들면 먼저 다가갔고 들지 않으면 가차 없이 밀어냈다.

그는 그런 자신을 잘 알고 있었고 그런 자신을 사랑했다.

하지만 지금은……?

지금은 무엇이 임승효인지 확신할 수 없다. 적어도 박현아라는 여자를 상대할 때만큼은 그랬다. 저 여자의 집 주소를 알아내려고 고모한테 김밥 열 줄을 약속하고 언제 들어오는지도 모르는 채 집 앞에서 하염없이 기다린 남자가? 억지로 음식을 먹이듯 억지로 마음을 여는 건 아니라고 생각해서 을임을 자처하는 남자가?

썸 타자고 달려드는 여자한테 조소 한 번 보내지 못하고 여자의 발끝이 바지에 닿은 것만으로도 긴장하는 남자가 임승효라고?

설마.

그런 임승효를 인정할 수 없는 그는 최대한 무감각한 눈으로 식탁을 닦는답시고 물티슈를 꺼내는 여자를 바라보았다.

"왜 그렇게 보세요?"

"내가 어떻게 봤는데요?"

"사랑스럽게, 키스해 달라는 듯 보신 건 아닌 것 같아요."

같은 자리만 계속 닦으며 그녀가 대꾸했다. 노련해 보이고 싶은 욕망으로 가득한 고동색 눈동자가 그를 응시하고 있었다. 그는 편두통에 시달리는 사람처럼 양손으로 이마를 문지르며 웃었다.

사심 가득한 동그란 눈이 변화를 인정하지 않으려던 고집 센 임승효의 마지막 부분을 무너트렸다. 인정하자. 그게 임승효다. 얼뜨기 같은 그 남자가, 우유부단한 그 남자가, 교양인이라면 '미쳤다'고 표현할 만한 그 남자가 임승효였다.

하지만 시인이라면 '사랑에 빠졌다'고 했을 것이다.

⚜

　어지간한 곳에선 꽃이 다 지는 6월 초. 겨울을 제외한 모든 계절이 늦게 당도하는 정선에서는 철쭉 축제가 열린다. 지역적 특색을 이용한 일종의 틈새시장 공략이었다.

　그러나 젊은 사람들이 주로 찾는 여타의 꽃 축제와 다르게 정선 두위봉 철쭉 축제를 찾는 사람들의 연령대는 상당히 높았다. 현아는 장미나 튤립에 비해 소박한 '철쭉'이 그 원인이라고 생각했지만 승효는 다른 데서 원인을 찾았다.

　"꽃 축제라는 건 말이죠, 꽃을 보러 가는 거지 고생을 하려고 가는 게 아닙니다."

　"왜요? 꽃 많잖아요. 아, 향기 좋다."

　꽃향기를 맡으려는 듯 그녀가 코를 벌름거렸다. 승효는 토할 것 같은 기분을 느끼며 양손으로 무릎을 잡고 엉거주춤하게 섰다.

　"뒤쪽 한번 보시죠?"

　그가 엄지손가락을 어깨 뒤로 넘겼다. 그의 손짓을 따라간 현아는 멋쩍게 뒷머리를 긁었다. 등산복으로 완전 무장한 사람들이 정상에서 팔을 벌리고 산바람을 맞고 있었다. 그 사람들에게 철쭉은 아름다움을 보고 향기를 즐기는 특별한 꽃이 아니라 등산로에 운치를 더하는 들꽃의 일부였을 뿐이다.

　"목적이 다르다는 겁니다."

　"⋯⋯이럴 줄은 몰랐거든요, 사실."

　"박 작가! 내가 너 죽여 버릴 거야! 골라도 이런 델 고르니!"

　역시 이럴 줄 몰랐던 박 피디가 조금 늦게 도착해 소리를 질렀다. 한 시간 반 동안 카메라를 메고 온 그녀는 입술이 다 말라 있었다. 카메라를 제외한 부대 장비를 들고 온 승효는 그녀의 의견에 80% 이상 동의했다.

"죽이는 건 좀 그렇고, 내려갈 때 굴러서 내려가게 하는 건 어떻겠습니까?"

"좋다! 딱 좋다! 임 셰프, 굴려요!"

덥석, 박 피디가 현아의 팔목을 잡았다. 산 정상에는 변변한 가드레일도 없었다. 억센 힘을 장난이라고 애써 믿으며 현아는 변명 같지 않은 변명을 했다.

"왜 이러세요? 그래서 제가 장비 나눠 들겠다고 했잖아요. 두 분이 괜찮다고 했으면서! 그리고 이건 짧은 코스란 말이에요. 4시간 반 코스도 있대요."

"4시간 반? 그랬으면 진짜 여기서 굴려 버렸을 거야!"

"진심으로, 100% 동의합니다."

승효는 박 피디가 잡지 않은 반대쪽 팔을 잡았다. 하지만 바깥으로 미는 박 피디의 힘과 달리 승효의 힘은 안으로 끌어당기는 쪽이었다. 안도한 현아가 혀를 빼물고 웃었다.

"죄송해요. 그래도 예쁘죠?"

"안 예뻐! 촌스러워!"

대한민국에서 자생하는 토종 철쭉은 은은한 연분홍색 꽃잎이 특징으로, 수수하고 은근한 멋이 있었다. 그러나 그 수수함이 카메라에 담겼을 땐 촌스러워 보이기도 했다.

"내가 예전에도 한 번 말했지? 파스텔톤은 엄청 좋은 렌즈로 찍어야 한다고."

"전 피디님의 실력을 믿어요. 박 피디님! 렌즈 따위에 굴하지 않는 당신의 능력을 보여 주세요."

"웃기셔. 내가 그렇게 호락호락한 사람인 줄 알아? 칭찬 좀 들었다고 홀랑 넘어가게?"

말은 그렇게 했지만 박 피디는 이미 주변 관찰을 마친 상태였다. 그녀는 카메라 렌즈에 눈을 박고 멀뚱히 서 있는 승효에게 이리 서 보라, 저리 가 보라며 주문했다.

"캬, 좋다. 꽃과 남자. 이런 게 비경(祕境)이지."

"좋죠? 좋죠? 거봐요. 제가 셰프님도 데리고 가자고 그랬잖아요."

"그르게. 딱이다. 선한 인상이라 그런가? 배경이 막 화려한 것보다는 이쪽이 훨씬 나아."

손뼉을 친 두 여자가 호들갑을 떨었다. 승효는 심각하게 이마를 문질렀다.

"앞으로 저를 데려갈 때는 장소를 미리 말해 주시기 바랍니다. 그리고 또, 제가 등산을 아주 싫어한다는 점도 고려해 주시고요."

"아니 뭐, 우린 임 셰프가 그렇게 발딱 따라 나올 줄 몰랐죠. 그리고 내가 끌고 나온 거 아니에요. 박 작가가 끌고 나왔지. 그렇지, 박 작가야?"

카메라 렌즈를 갈아 끼운 박 피디가 빙글거렸다. 뭔가 아는 듯한 표정과 미소에 현아는 딴청을 피웠고 승효는 나이 든 여자는 무섭다는 인생의 진리를 절감하며 박 피디가 시키는 대로 움직였다.

"그렇지! 향기를 맡으면서. 음, 스멜."

"정말 이렇게까지 해야 합니까?"

"그럼요. 이 프로그램의 꽃은 임 셰픈데. 자자, 뒤로 돌앗. 여긴 다 찍었으니까 셰프님 뒷모습 따라가면서 아래쪽 쭉 찍읍시다."

"스톱! 잠깐만요, 피디님. 그쪽 아니고 반대쪽."

올라온 길로 내려가려는 박 피디의 허리를 현아가 잡았다. 그녀는 왜 그러냐는 듯한 박 피디와 승효의 눈앞에 정선군에서 발행한 두위봉 등산로 지도를 펼쳐 보였다.

"저 길 말고, 이쪽으로 내려가면 바로 제가 섭외해 둔 곤드레 나물밥 하는 가게 나오거든요."

"이번 요리가 곤드레 나물 밥이야?"

"피디님. 제발 프로그램에 관심 좀 가져 주세요, 쫌."

"관심은 항상 가지고 있어. 나이 들어서 기억력이 가물가물해서 그렇지. 어디 보자. 이쪽으로 쭉 내려가면 돼? 얼마나 걸려?"

"올라올 때는 두 시간 반 코슨데 내려갈 때는 한 시간 반밖에 안 걸린대요. 길이 좋대요."

"한 시간 반? 허허허허, 이런."

경사가 완만하고 자시고, 올라온 시간만큼 다시 내려가야 한다는 소리를 들은 박 피디가 영감님처럼 웃었다. 그녀는 발을 들어 내려가는 길을 보고 있는 현아의 엉덩이를 겨냥했다.

"일단 구르고 시작하자."

"꺄하! 안 돼요!"

"게 섰거라!"

핸드 마이크와 야외용 스테레오 마이크를 집어 든 현아가 산을 달려 내려갔다. 승효는 올라올 때보다 한결 가벼워진 음향장비를 들고 추격전을 벌이는 두 여자의 뒤를 천천히 쫓았다.

현아의 말대로 내려가는 길은 한결 수월했다. 올라오는 길이 좁고 가파른 전형적인 산길이었다면 내려가는 쪽은 경사가 완만한 구릉지였다.

30분 정도 걷자 거대한 철쭉 군락이 나왔다. 동그랗게 모여 있는 모습에서 약간의 인공미가 느껴지는 것이, 사람들이 일부러 가져다

심은 것 같았다.

그러나 꽃의 인공미보다 세 사람의 시선을 잡아끈 것은 따로 있었다. 세 사람은 나란히 서서 철쭉 군락들 위로 쏙쏙 솟아오른 사람들의 머리를 바라보았다.

"뭐니, 저건?"

"저도 모르겠어요. 뭐지?"

"전통 혼례 코스튬 플레이 같군요."

사모관대를 쓴 남자들과 원삼을 입고 족두리를 쓴 여자들. 아줌마부터 할머니까지, 연령대도 다양하다. 현아는 두리번거리다 폴라로이드 사진기를 들고 있는 여학생을 발견하고 신분증을 꺼내 들었다.

"안녕하세요. 〈채널 100〉에서 촬영차 나왔어요. 혹시 축제 스태프분이세요?"

"네? 아, 아니요……"

접근이 너무 갑작스러웠는지 여학생이 주춤거렸다. 현아는 경계를 풀라는 의미로 활짝 웃었다.

"스태프 아니에요?"

"아니에요. 저희는 그냥 대학생 봉사동아리 회원이에요. 이거, 철쭉 축제 후원에 저희가 활동하는 봉사 단체가 있어서 일 도와드리려고 왔어요."

여학생이 살짝 편 손가락으로 다른 친구들을 가리켰다. 서너 명 정도 되는 학생들은 초로의 신랑 신부와 승강이를 벌이느라 정신없었다.

"아, 잘 좀 찍어 봐, 학생."

"할머니, 이거 진짜 잘 나온 거예요. 앗! 흔드시면 안 돼요. 그냥 말리세요."

"에잉. 이게 뭐야. 다시 찍어 줘."

"그러니까 흔드시면 안 된다니까요."

'어휴' 한숨을 쉰 남학생이 다시 폴라로이드 카메라를 들었다. 사진이 예쁘게 안 나왔다며 학생을 윽박지르던 할머니가 화관을 정돈했다. 급하게 화장을 덧칠한 듯 과하게 붉은 입술, 이마와 뺨에 찍은 연지곤지가 전체적으로 어색했지만 보기 싫은 모습은 아니다. 보고 있으면 그냥 웃음이 나오는 유쾌한 얼굴이었다.

"전통 혼례 체험 행사예요?"

"체험까지는 아니고요, 그냥 옷 대여해 드리고 사진 찍어 드리는 거예요. 꽃밭에서 사진 찍으면 예쁠 거라고……."

"그러네요. 정말 예뻐요. 그런데 인터뷰 좀 할 수 있을까요? 카메라 켜고."

"전 인터뷰는 좀 그렇고요, 담당하시는 분 계신데 지금 식사하러 가셨거든요. 근처에서 도시락 드시고 계실 텐데 전화해 볼까요?"

"그래 주면 정말 고맙고요."

여학생이 휴대폰을 꺼냈다. 그녀가 전화하는 사이 참가자들 인터뷰 따자며 박 피디가 카메라를 들었다. 사진 찍는 커플은 세 커플 정도되었다. 현아가 점찍은 커플은 남학생과 실랑이를 벌이던 할머니 커플이었지만 말 꺼내기 무섭게 거절당했다.

"방송? 어유, 안 돼. 어디 창피하게."

"뭐가 창피하다고 그러세요. 새색시 같기만 한데. 정 그러시면 저희가 카메라 초점을 좀 흘려서 할머닌 줄 모르게 내보낼게요."

"내가 오늘 우리 남편하고 여기 온 거 아는 사람은 다 아는데 얼굴 안 보인다고 모르겠어?"

할머니가 손사래를 쳤다. 다른 커플도 크게 다를 바는 없었다. 중년 커플은 카메라가 다가오자마자 옷을 벗어 던지고 도망쳤고 또 다른 노년 커플은 방실방실 웃으며 거절했다. 현아는 어깨를 늘어뜨렸고 박 피디는 카메라를 떨궜다.

"어떻게 하니? 그냥 인터뷰만 딸까? 아님 다른 사람들 올 때까지 좀 기다려 봐? 시간 많이 촉박해?"

"아뇨. 시간 여유는 좀 있어요. 근데 사람들이 언제 올지가 미지수라서……."

"한 30분만 기다려 보지, 뭐. 어차피 도시락 먹으러 간 담당자도 기다려야 하잖아."

문득, 승효가 두 여자 사이에 끼어들었다.

"시간을 효율적으로 소모해 보죠."

"어떻게요?"

"참가자를 찍는 게 아니라 참가자가 되면 되잖습니까."

"그래, 그거다! 그리고 폴라로이드 사진 나온 거 프로그램 맨 마지막에 스냅 사진처럼 넣으면 되겠다!"

박 피디가 손뼉을 쳤다. 현아는 이맛살을 찌푸리며 그의 계획의 허점을 지적했다.

"신랑 신부 사진이잖아요. 신랑은 셰프님이 한다고 쳐도 신부를 어디서 구……."

현아는 말을 멈췄다. 박 피디와 승효가 공포영화에 나오는 좀비처럼 서서히, 하지만 무섭게 다가오고 있었다. 하 수상쩍은 분위기에 그녀가 뒤로 물러나기 시작했다.

"절대 안 돼요. 경고하는데, 절대 안 돼요. 누구 혼삿길을 막으려고!"

"카메라 초점 흐려서 얼굴 잘 안 나오게 할게."

"원삼 입으면 얼굴 반이 가려집니다."

"이건 제 의무 외라고요! 난 작가라고요, 작가! 어느 작가가 카메라에 나와요!"

"대체 언제 적 이야기를 하는 거니? 너 TV도 안 보니? 작가도 프로그램의 일부야."

"그런 작가들은 예쁜 애들이고요!"

"너도 얼굴 작아."

"얼굴이 작은 게 문제가 아니라요!"

"구성도 평균 이상은 되죠."

이미 여학생에게서 사모관대를 받아 든 승효가 지나가는 말처럼 툭 던졌다. 박 피디는 반항할 타이밍을 놓쳐 어버버거리는 현아의 팔짱을 끼고 범죄자 연행하듯 질질 끌었다.

"자, 가자!"

"담당자 오면 인터뷰는 누가 하고요?"

"내가 하면 되지."

"피디님!"

"알았어, 알았어. 박 작가 옷 갈아입는 건 안 찍을게."

"피디니임!"

아담한 철쭉 군락 뒤로 그녀가 사라졌다. 승효는 높이 올라온 목깃을 만지작거리며 뜻밖의 상황을 제 뜻대로 풀어낸 저의 음흉함에 감탄했다.

하지만 그 음흉한 임승효도 현아의 반항이 의도된 행동이라는 건 알지 못했다.

허허벌판 꽃밭엔 옷 갈아입을 공간 같은 건 마련되어 있지 않았다.

그래서 모든 참가자는 입고 있는 옷 위에 한복을 입어야만 했다.

승효도 그럴 생각이었지만 상의가 약간 문제였다. 하필 오늘 같은 날 스탠딩 칼라를 입고 오다니. 한복 위로 보이는 스탠딩 칼라를 상상한 그는 사람이 없는 꽃밭 한가운데로 들어가 상의 단추를 풀었다.

"어머! 임 셰프 상의 탈의 중?"

"……!"

단추를 중간쯤 풀었을 때, 카메라를 든 박 피디가 등장했다. 승효는 무표정으로 그의 당황을 숨기고 빠르게 단추를 채웠다.

"아이, 그러지 말고요. 서비스 컷 한 번 쏴 줘요. 스탠딩 칼라에 한복 입으면 이상할 것 같은데."

"옷 안으로 집어넣겠습니다."

"깐깐하긴."

달칵. 박 피디가 카메라에 내장된 마이크를 껐다. 두 사람의 대화를 듣는 귀는 두 사람밖에 없었다.

"현아 씨는요?"

"옷 입고 있죠. 머리가 짧아서 고생 좀 하고 있어요. 비녀를 꽂아야 그 머리 뒤에 치렁치렁한 댕기가 걸린다나? 여기 의외로, 되게 구색 맞춰서 옷을 잘 구해 왔더라고요."

"네. 수놓아진 것도 정교하고 각대도 질이 좋은 것 같습니다. 그리고…… 지난번에는 감사했습니다."

"뭐가요? 아, 박 작가 집 주소?"

얼굴을 살짝 붉힌 승효가 고개를 끄덕였다. 박 피디는 손 페티시답게 어깨에서 카메라를 내리고 능숙하게 각대를 착용하는 승효의 손을 찍었다.

"우리 형님한테 김밥 열 줄 싸 주기로 했다면서요? 억울하네. 진짜 일등공신은 난데."

"언제 가족분들하고 가게 한번 오시면 대접하겠습니다."

"그거 말고 나도 김밥 열 줄 싸 주면 안 될까?"

그의 어깨가 눈에 띄게 경직되었다. 박 피디는 갈등하는 표정이 역력한 승효를 향해 윙크를 던졌다.

"앞으로 내 도움 많이 필요할 텐데."

"예를 들면 어떤?"

"뭐…… 박 작가 일을 도와줘서 일찍 퇴근시켜 준다든가, 자막 작업을 함께 해서 일찍 퇴근 시켜 준다든가, 회의에 대신 들어가서 일찍 퇴근시켜 준다든가……."

"열 줄 받고 누드김밥 열 줄 더. 사전답사에 따라오지 않으시는 걸로."

"콜!"

박 피디가 깔깔 웃었다. 그녀의 사악한 웃음이 잦아들 무렵 익숙한 비명이 들렸다. '으허헝. 이게 뭐예요?'

"박 작간데?"

"제가 가 보겠습니다."

한 손에 사모를 든 승효가 철쭉 군락 밖으로 뛰쳐나갔다. 때마침 담당자가 오는 바람에 박 피디는 쫓아가지 못했다.

현아를 찾는 건 전혀 어렵지 않았다. 그녀는 철쭉 군락 사이에 쪼그리고 앉아 거울을 보며 망연자실해하고 있었다. 승효는 찬찬히 그녀를 훑으며 문제점을 찾았다.

금박이 박힌 연두색 녹원삼, 나비 떨잠이 달린 붉은 화관, 커다란 비녀, 비녀 아래로 내려온 긴 댕기. 아이가 어른 옷을 입은 것 같은

면이 없잖아 있었지만 구색은 완벽하게 갖추었다. 이마와 **뺨**에 찍은 연지도……

"아."

뭐가 문제였는지 깨달은 승효는 손으로 입을 틀어막고 이를 악물었다. 옷 입는 것을 도와준 여학생이 난감한 표정을 지었다.

"저희가 가져온 연지가 좀 컸나 봐요."

아니지, 이 사람아. 이건 좀 큰 게 아니야. 얼굴 반을 가리고 있잖아.

"좀 더 작은 건 없습니까?"

여학생이 고개를 저었다. 승효는 팔짱을 끼고 최대한 진지한 표정을 지었다.

"픕."

마음만 그렇게 먹었다는 말이다.

"푸웁!"

"웃지 마세요."

"하하하하."

"에잇! 떼 버릴 거야! 떼 버려야지!"

그가 새어 나오는 웃음을 주체하지 못하자 발딱 일어난 현아가 연지곤지를 떼었다. 여학생에게 연지를 주는 그녀의 손길엔 짜증이 가득했다. 여학생은 어쩔 줄 모르고 카메라를 가져오겠다는 핑계로 자리를 떴다.

"빨리 가서 사진이나 찍어요."

"잠깐만."

치마를 걷고 팽 돌아 나가는 그녀의 팔을 승효가 붙잡았다. 현아는 이맛살을 팍팍 구겨 가며 날 선 목소리로 물었다.

"왜요?"

"그냥 가면 어떻게 합니까? 새신부가 왜 연지곤지를 찍는지 몰라요?"

"잡귀가 붉은색을 싫어하니까, 잡귀 들러붙지 말라고 찍죠. 호사다마. 좋은 일에는 잡귀가 붙는다고. 하지만 상관없잖아요. 진짜 좋은 일도 아닌데요, 뭐."

"나한텐 진짜 좋은 일인데?"

"……."

"둘이 사진 찍는 거 처음이니까."

깨지기 쉬운 와인 잔을 쥐듯, 그가 그녀의 얼굴을 감쌌다.

"연지곤지, 찍읍시다."

그리고 무슨 일이 일어났다.

그는 그녀의 이마에 제 입술을 눌러 찍었다. 가볍고 산뜻한 입맞춤은 아니었다. 낙인을 새기는 것처럼 뚜렷하고 확실했다. 현아는 떨리는 손가락을 숨기기 위해 주먹을 꽉 쥐었다. 원삼 소매에 가려져 손이 보이지 않는다는 생각 따윈 나지도 않았다.

입술이 뺨에 닿는다. 뺨에 닿은 입술이 자연스럽게 콧등으로 이동한다. 쥐 죽은 듯 가만히 있는 그녀를 향해 그가 나직하게, 촉촉하게, 은밀하게 속삭였다.

"여기까지가 가용범위인가 보군요."

"아니요……."

가슴이 턱 막혔다가, 언제 그랬냐는 듯 다시 숨이 쉬어진다. 우스꽝스럽게도 숨이 내려감과 함께 짜증도 내려갔다.

"그것보다는 좀 더 넓어요."

흰자가 보일 정도로 그의 눈이 커졌다. 현아는 까치발을 들어 그의 어깨에 손을 올리고 눈으로 웃었다. 그는 무릎을 굽혀 그녀가 너무 힘들지 않게 도와주었다.

때 이른 석양이 연분홍 철쭉 위에, 눈 감은 그녀의 얼굴 위에 내렸다. 기대로 오므라든 입술에 입을 맞추며 승효는 철쭉이 수수하다는 세간의 평가를 뭘 모르는 사람들이 하는 헛소리로 치부했다.

알싸한 향. 녹원삼과 같은 녹색 잎사귀, 수줍게 곤지 찍은 꽃잎. 니스의 햇살을 받고 피어난 붉은 히비스커스보다 화려하다. 그보다 화려하고 아름다운 꽃을 그는 이제까지 본 적이 없었다.

5.

플라 드 주르

⋮ 제가 먹어 보겠습니다,
이……게 무슨 요리예요?

　사람의 인생을 변화시키는 계기는 대부분 사소하다. 누군가가 자살을 결심하는 이유는 실연이나 불치의 병이 아닌, 그 사람이 자살하기 전날 친구가 던진 무심한 한마디라는 카뮈의 주장은 괜히 나온 게 아니다.

　무심한 한마디. 그것은 혼잣말일 수도 있고 들으라고 한 말일 수도 있다. 그러나 무엇이든, 사소하다는 사실은 변하지 않는다. 자살처럼 인생의 격변화를 야기하는 원인이 그렇게 사소한데 다른 변화는 얼마나 사소한 게 원인이 되는 걸까? 아직 창창했던 25살, 여름휴가를 맞아 들른 제천의 모처에서 현아는 그 사소함의 무게가 깃털처럼 가볍다는 걸 절감할 수 있었다.

　"우리 딸, 고생했다. 이거 먹자."

　밖으로 나오자 후다닥 달려온 엄마가 비닐봉지를 뒤적였다. 현실을 직시하고 싶지 않은 현아는 엄마를 외면했다.

"뭔데, 이게?"

"두부."

"엄마! 내가 이걸 왜 먹어?"

"이거 먹어야 다신 여길 안 올 거 아니야."

엄마가 현아의 뒤쪽을 가리켰다. 멋대가리 없이 네모나기만 한 건물 간판에는 '법치질서 성실봉사'라는 글귀가 적혀 있었다. '서'자와 '성'자 사이의 빈칸을 채운 무궁화는 화룡점정. 성실봉사는 개뿔이나. 현아는 두부를 우물거리며 엄마에게 물었다.

"아빠는?"

"일 가셨어."

"아빠 괜찮아?"

"딸내미 호적에 줄 가게 생겼는데 괜찮겠어? 하루 안 나가면 먹고살기 힘드니까 억지로 나간 거지."

"엄마. 구류는 아무런 기록도 남지 않거든? 구류는 유치장에서 나오면 바로 기록 없어져. 게다가 난 초범이라고."

"어이고, 그렇게 잘 아는 분이 경찰 패서 유치장 들어가셨어요?"

예의상 한 입 먹고 말려 했던 두부를 현아는 또 깨물었다. 오늘따라 두부가 입에 착착 들러붙는다.

"내가 뭐, 일부러 그랬나. 그놈이 아빠한테 욕하니까……."

'씨팔.' 주차 문제로 앞집 남자와 싸우는 아빠를 말리러 나갔다가 그 욕을 들은 게 문제였다.

경찰서 유치장에 하루 갇혀 있는 동안 생각해 보니 그 남자는 그냥 혼잣말을 한 것뿐이었던 것 같다. 짜증나는 상황에서 남자들이 흔히 하는 혼잣말, 씨팔. 배려 없이 무심한 한마디, 씨팔. 하지만 그 말을 듣는 순간 현아의 이성의 필름은 끊겼고, 범죄자가 되는 인생의 변화를 경험했다.

"하아……."

이성의 필름은 끊겼어도 시각 기능까지 끊기면 안 되는 거였는데.

남자가 듣도 보도 못했을, 온갖 지역 사투리로 쌍욕을 해 가며 남자에게 달려들기 직전 남자가 무언가를 내밀었다. 눈 돌아간 현아는 당연히 무시했고 경찰서에 끌려간 뒤에야 정신을 차렸다.

남자는 경찰이었다.

"나 참 어이가 없어서. 경찰 때리면 다 공무집행 방해야? 주차 딱지라도 떼고 있었냐? 그리고 폭행은 무슨 폭행! 머리끄덩이 좀 잡은 거 가지고."

현실로 돌아온 현아가 남은 두부를 몰아넣으며 이를 갈자 엄마가 혀를 찼다. 일하다 뒤늦게 달려온 그녀가 봤을 때 남자의 상태는 단지 머리끄덩이 '좀' 잡혔다고 보기엔 무리가 있었다.

"야. 눈탱이 밤탱이 되고, 너 걔 거시기도 발로 찼다면서. 팔뚝은 물어뜯고. 애가 멍이 시퍼시퍼하더라. 어휴, 내가 사람 새끼를 낳은 건지 쌈닭을 낳은 건지."

"그, 그랬나……."

"그랬나가 아니지. 너, 우리 집처럼 돈 없고 빽 없는 집안에서 경찰 패고 구류 1일 살다 오는 건 다 예림이 아빠 덕분인지나 알아. 알겠어? 너 좋은 친구 있어. 부자 친구 있고. 네가 어지간한 사고를 쳐도 예림이 아빠나 예림이가 도와주겠지. 그렇다고 또 그럴래? 남한테 계속 그렇게 피해 주면서 살 거야?"

"내가 언제 피해를 줬어……."

"피해 줬지. 예림이 아빠 경찰서 왔다 갔다 하면서 시간 뺏겨, 예림이 너 때문에 제천 와서 시간 뺏겨. 나이나 어려? 너 중학교 때 학교 선배들하고 싸웠을 때 엄마가 뭐라고 한마디라도 했어? 너 이제 중학생 아니야. 스물다섯이야. 스물다섯 살이나 먹어서 잠깐을 못 참고 남하고 싸워야겠어? 네 문제도 아닌 남 때문에?"

"아빠가 남은 아니잖아."

"아빠도 남이야. 사람 난 대로 가란 법은 없지만 순리상 아빠랑 엄마가 너보다 먼저 가. 아빠랑 엄마도 남이고 엄마 아빠 죽으면 너 챙겨 줄 사람 없어. 그럼 너도 너 생각만 할 줄 알고 살아야지."

엄마의 어조는 단호하고 확신에 차 있었다. 반박의 여지도 없다.

"알았어요. 죄송해요. 다신 안 그럴게요."

"약속해. 앞으로 남 일에 끼어들어서 경찰서 가는 일은 없게 하겠다고."

엄마가 새끼손가락을 내밀었다. 현아는 엄마의 말을 '경찰서만 가지 않으면 된다'고 자의적으로 해석하며 손가락을 걸었다. 그녀 역시 경찰서 쪽으로는 고개도 안 돌리고 자겠다고 다짐한 참이다. 포돌이 포순이의 커다란 눈망울만 봐도 신경질이 난다. 가증스러운 것들!

그 뒤로 약 1년 정도, 현아는 경찰차만 보면 피해 다녔다. 박 피디가 경찰 울렁증이라고 놀렸지만 그녀는 꿋꿋했다. 오지랖을 죽이진 못했지만 대신 성질을 죽였고, 타협과 자존심 중에서 항상 타협을 선택했으며, 폭력이 그녀를 유혹할 때도 대화를 선택했다. 그렇게 '진짜 어른'이 되어 갔다.

하지만 '진짜 어른'도 유아퇴행 정도는 하는 법이다.

✢

"어머. 박 작가야, 너 살쪘다?"

오전 내내 커피 한 잔 마실 시간도 없이 일하다가 12시가 되어서 겨우 밥 한술 뜨려는 찰나, 새삼 어마어마한 발견이라도 한 듯 박 피디가 말했다. 현아의 숟가락이 기울어지며 물냉면 육수를 줄줄 흘렸다.

"진짜요?"

"응. 잘 몰랐는데 머리 묶으니까 티가 확 난다."

묶이는 부분보다 안 묶이는 부분이 훨씬 많은 머리 길이였지만 요즘 현아는 회사에서 머리를 묶고 다녔다. 7월의 서울 날씨는 찜통이었고 각종 기계 장비들이 많은 방송국은 에어컨을 아무리 틀어도 더웠다. 이럴 땐 차라리 긴 머리가 부럽다. 틀어 올릴 수라도 있으니까.

"몸무게 안 재 봤어?"

"집에 체중계 없어요."

그러나 굳이 몸무게를 재서 확인할 필요는 없었다. 요즘 그녀는 점심, 저녁, 야식을 제대로 된 음식으로 섭취하고 있었다. 특히 야식은 거의 매일이다. 게다가 승효의 요리는 묘하게 칼로리가 높았다.

"그놈의 야식이 사람 잡네."

묶은 머리를 풀어 머리카락으로 뺨을 가린 현아가 투덜거렸다. 야식이라는 말에 짐작 가는 것이 있는 박 피디는 근질근질한 입을 참지 못했다.

"임 셰프가 집에 자주 와?"

"네?"

무슨 말씀이냐는 듯 눈을 동그랗게 떴지만 현아의 행동은 현아의 의지를 배반했다. 박 피디는 너무 놀란 나머지 의자에서 반쯤 일어난 현아의 손을 잡고 다시 앉혔다.

"내가 어떻게 알았겠어? 잘 생각해 봐. 답은 항상 가까운 데 있어."

현아는 생각했다. 정말 답은 가까운 데 있었다.

"피디님 형님?"

"정답."

"으아!"

이번에 현아는 머리카락 전체를 이용해 얼굴을 가렸다. 이건 방송국 내에 소문이 퍼졌다는 것보다 더 나쁜, 거의 최악의 상황이었다.

"피디님 형님이라면 셰프님 고모님이잖아요."

"그렇지."

"설마 그쪽 식구들 다 아는 건……."

"알걸? 우리 형님이 입이 무거운 사람이 아니거든. 지금쯤이면 임 셰프 할아버지 귀에까지 들어가지 않았을까 싶은데."

"히엑!"

그녀는 기괴한 비명을 지르며 양팔을 파닥거렸다. 그리고 박 피디 앞에서 한 편의 사이코드라마를 찍었다.

"아니야, 아닐 거야. 뭔가 이야기 들어갈 게 없어. 루트도 없어. 셰프님은 입이 무거우니까. 무겁겠지? 무거울 거야. 제발 그래야 해. 오 지쟈스! 교회 계속 다닐걸!"

"박 작가야, 너 왜 나는 빼니?"

"피디님은 아시는 게 없잖아요."

"내가 왜 아는 게 없어. 둘이 맨날 사전답사 가는 것도 알고, 둘이 꽃밭에서 뽀뽀한 것도 알고. 그러고 보니 뽀뽀가 뭐니 뽀뽀가. 다 큰 성인이."

"으악! 그건 신중한 성인의……! 아니지, 말려들지 말자. 정신 차려, 박현아!"

"임 셰프가 매일 박 작가 집에 찾아가서 맛있는 야식으로 박 작가

조련하는 것도 알고."

"살찐 거 안 보이세요? 조련 아니고 사육이라고요!"

"매일 찾아가는 건 맞구나?"

말렸다. 그것도 완벽하게. 현아는 애꿎은 제 머리카락을 잡고 뽑아 버릴 듯 들어 올리며 자학했다. 그녀는 이 모든 사건의 시발점이 되는 그 관계를 어떻게 잊어버릴 수 있었는지 도무지 이해가 가질 않았다.

"근데 신기하다. 박 작가, 임 셰프 요리라면 칠색 팔색 했었잖아. 고새 입맛이 변한 거야?"

"저도 모르겠는데요?"

압도적인 미맹을 자랑하는 현아가 그런 걸 알 리가 없다. 확실한 건 임승효가 사람 봐 가며 요리 스타일 바꾸는 사람은 아니라는 점이다. 그래서 일종의 관성이 아닐까 생각하고 있었다.

썩 재미도 없는 교회를 5년 가까이 다니고 관심이 사그라진 연예인을 십 년 넘게 좋아하는 것 같은 관성. 편의점 도시락도 처음 먹었을 때는 맛없다고 느꼈었다. 뭐든 하다 보면 괜찮아진다. 승효의 요리에도 익숙해진 것일 뿐이라고, 그녀는 확신했다.

"아무튼 피디님…… 제발 고모님한테는 아무 말도 하지 말아 주세요. 저희 그런 사이 아니에요."

"으흥……. 뭔지 알겠다. 썸만 타는 거구나?"

"뭐 그 비슷한……?"

"썸 타는 거 좋지."

박 피디가 고개를 주억거렸다. 간질간질하고 두근두근하고 짜릿짜릿한 썸. 그러나 노련한 그녀는 그 좋은 썸의 문제점도 알고 있었다.

"그래도 너무 오래 타진 말아. 그건 잠깐이 좋은 거야."

"왜요?"

"달리기랑 똑같지. 출발선에 딱 서서 자세 잡으면 심장이 튀어나올 것 같잖아. 언제 시작하지, 언제 시작하지 하면서. 그런데 아무리 기다려도 시작을 안 하네? 그럼 어떻게 되겠니?"

"음……. 지치나……?"

박 피디는 가타부타 대답 없이 하나 남은 만두를 반으로 갈랐다. 아마도 정답이었나 보다. 입맛이 달아난 현아는 젓가락을 내려놓았다.

"왜? 그만 먹게?"

"네. 절제 좀 하려고요."

"절제는 무슨. 박 작가는 살 좀 쪄야 해."

"키 작은 사람이 살찌면 더 작아 보이는 거 아시죠?"

"그건 많이 쪘을 때지. 지금 딱 보기 좋은데 뭘. 볼때기가 토실토실한 것이 귀엽기도 하고. 그리고 지금 안 먹어서 뭐하니? 어차피 이따 야식 먹을 거잖아."

"야식 안 먹어요. 아, 그리고 저 내일 월차예요."

"월차?"

한 입이라도 더 먹이려는 박 피디의 마수에서 벗어나기 위해 꺼낸 말이었지만 박 피디는 넘어가지 않았다.

"맞다. 내일 수요일이지? 임 셰프랑 어디 놀러 가나 보네? 놀러 가서 맛있는 거 먹어?"

"기승전먹을거예요?"

"아니. 기승전임 셰프."

"셰프님이랑 썸 타는 건 제가 아니라 피디님인가 봐요. 뭔 기승전임 셰프야."

"박 작가도 그러고 싶잖아."

"아닌데요?"

현아는 새침을 떨며 냉면 육수에 잘 익은 계란 노른자를 풀었다. 등받이에 몸을 푹 기댄 박 피디가 양 눈썹을 따로 움직였다.

"박 작가는 보면, 어떨 때는 참 솔직한데 어떤 때는 참 속을 모르겠어."

"피디님도 그래요. 저만 그런 줄 아세요?"

"하긴. 완전히 솔직한 사람이 어디 있니."

"맞아요. 그리고 그 만두, 제 그릇에 올려놓지 마세요."

"인간의 본질에 관해 이야기하고 있는데 만두 하나에 집착하는 건 좀 그렇지 않니?"

"인간의 본질과 다이어트는 별개죠."

곤란한 질문을 잘 피해 간 현아는 박 피디가 집어넣은 반쪽짜리 만두를 돌려주며 다이어트 하겠다는 제 말에 그가 어떤 표정을 지을까 상상해 보았다. 글쎄? 웃으려나?

"웃긴 소리 하지 마요."

식탁 위에 하얗고 동그란 접시를 내려놓은 그가 부드럽게 웃었다. 현아는 제 예지력에 한 번, 언행일치가 확실한 그에게 한 번 감탄했다.

"제 말의 어느 부분이 웃겼는지 설명 좀 해 주실래요?"

"처음부터 끝까지. 다이어트가 필요 없는 사람이 다이어트를 하겠다는 건, 섭식장애가 의심될 정도로 마른 여자를 선호하는 세태에 따라가겠다는 거죠. 웃기지 않습니까?"

"전 세태에 따라가겠다는 게 아니에요. 현상을 유지하고 싶다는 거죠."

"현아 씨의 현상이 문제라는 겁니다."

"제 현상엔 문제가 없어요. 섭식장애가 있는 것도 아니고. 셰프님도 잘 아시잖아요. 제가 얼마나 잘 먹는지. 그냥 살이 잘 안 찌는 체질이었던 것뿐이에요."

"그런 체질 따위는 없습니다."

승효는 단언하며 그녀의 미간에 검지를 가져다 댔다. 현아의 눈동자가 한가운데로 몰렸다.

"체중의 증감은 인풋 아웃풋의 영역이죠. 섭취한 칼로리가 소모한 칼로리보다 높으면 살이 찌고 섭취한 칼로리보다 소모한 칼로리가 높으면 살이 빠집니다. 양자가 동일하면 몸무게가 유지되는 거고요. 이 소모한 칼로리라는 부분은 사람마다 차이가 있는데, 예를 들면 운동선수 같은 경우는 기초대사량이 높죠. 그래서 남들보다 많은 칼로리를 섭취해도 살이 잘 찌지 않습니다. 기초대사로 소모하는 칼로리가 있으니까. 그런 경우도 아닌데 살이 찌지 않는다? 이건 병이 있는 겁니다. 대사 장애, 소화기 장애, 성격 장애."

"지금 저한테 성격 장애가 있다고 하시는 거예요? 셰프님이? 저한테? 다른 사람도 아닌 셰프님이?"

가운데로 몰린 그녀의 눈동자가 치켜 올라갔다. 승효는 그녀의 미간에서 손을 떼고 턱을 괴었다.

"그런 이야기는 한 적 없는데. 왜요? 찔려요?"

"대사 장애나 소화기 장애는 확실하게 아니니까요. 대사 장애가 그런 거 아니에요? 당뇨나 갑상선? 전 완전 건강체거든요."

"인풋보다 아웃풋이 많다는 생각은 왜 못 하는 겁니까?"

"운동을 안 하니까요."

"대신 잘 돌아다니죠. 항상 바쁘게."

"흐음."

현아는 엄지로 입술 아래를 꾹꾹 누르며 자신을 돌아보았다.

"제가 그래요?"

"네."

"그런 것 같기도 하고……. 하지만 대신 잘 먹는걸요."

"허기를 채울 정도만 먹죠. 조금만 배부르게 먹어도 본인이 힘들어하고. 그러니 에너지가 저장될 리가 있습니까? 흡수한 에너지를 모두 배출하면 자신에게 있는 에너지까지 끌어다 쓰는 겁니다. 당연히 살이 안 찌죠. 말하고 보니까 이건 성격 장애 쪽이군요. 한가한 걸 못 견뎌하는 성격 장애."

"뭐래요?"

그랬나 하며 고개를 끄덕이고 있던 현아가 발끈했다. 승효는 턱을 괴고 있던 팔을 풀어 팔짱을 끼었다. 턱을 만지는 버릇이 언제 나온다는 걸 아는 것처럼 현아는 승효의 팔짱이 의미하는 바도 잘 알고 있었다. 이건 '타협 없음'이다.

"치사해."

"그러니까 먹으라는 겁니다. 자기 자신의 에너지를 끌어다 쓰면서 몸을 학대하지 말고. 어차피 현아 씨가 심각할 정도로 살이 찌는 것 같다 싶으면 바로 관리 들어갈 거니까 살찔 걱정도 할 필요 없습니다."

"심각하게 찌는 것 같다 싶기 전에 미리미리 관리하면 안 될까요? 그러니까 뭐, 음식의 칼로리를 좀 낮춰 주신다거나."

"칼로리가 낮은 음식은 맛이 없습니다."

어쩜 이렇게 맞는 말만 할 수가. 현아는 절망하며 식탁 면에 턱을 가져다 댔다. 그러자 눈높이가 접시와 얼추 수평을 이뤘다. 오늘의 야식은 리코타 치즈가 담뿍 들어간 루콜라 피자였다. 치즈가 담뿍. 치즈가 담뿍. 치즈가 담뿍…….

그렇다면 안 먹으면 될 텐데, 그의 요리는 너무나 유혹적이었다. 하얀 접시와 어우러진 루콜라의 초록 색감도, 톡 쏘는 루콜라 특유의 향기도, 더불어 불패의 야식 신화까지. 이미 그의 요리에 길들여진 그녀는 괜한 꼬투리를 잡았다.

"……근데 이건 이탈리안 아니에요? 셰프님은 정통 프랑스 셰프잖아요. 오트 퀴진이 자랑하는. 프랑스 요리를 주세요."

"그럼…….."

그가 상체를 확 기울여 눈을 맞췄다. 현아는 빠르게 눈을 깜빡였다.

"우리 집으로 갈래요?"

그냥 흘러가고 말 목소리가 '우리 집으로'에서 특색 있는 억양을 띠었다. 시인이 읊조리는 시 같기도 하고 가수가 부르는 노래 같기도 하다. 그의 목소리는 때때로, 아직 듣지 못한 고백을 상상할 때보다 설레고 얼굴을 기울여 맞춰 오는 입술보다 자극적이었다.

"이런 부엌에서는 내 장기를 발휘하기 힘들거든요."

"그런 목소리로 힘들다는 말은 설득력 없어요."

"내 목소리는 내 의지대로 되는 게 아니라서."

"셰프님 목소리는 남자의 특정 부위와 같은가 보네요. 의지대로 안 되는."

그의 얼굴에서 미소가 옅어졌다. 평온을 가장한 무표정. 저건 당황이다. 그녀는 눈꼬리를 찡긋거리며 그의 당황을 즐겼다. 잠깐을 놓쳐버리면 그는 또 언제나의 웃는 표정으로 돌아가니까.

"흠……. 그런 말 하면 곤란해질 텐데."

"누가 곤란해져요? 셰프님이?"

"설마."

이렇게.

완전한 반구를 그린 그의 입술이 현아의 손등을 가볍게 물었다. 현아는 소리 내 웃고 손등을 제 가슴에 딱 붙였다. 승효는 그 틈을 타 그녀의 입에 피자 조각을 물렸다.

"거봐요. 곤란해진다고 했지."

"셰프님 정말 무서운 분인 거 아시죠? 행동 하나하나가 다 계획적이야."

피자를 우물거리며 그녀가 불만을 토했다. 작은 피자 조각은 순식간에 사라졌다. 그는 알아서 접시로 향하는 그녀의 손을 외면했다.

"나더러 무서운 사람이라고 하는 건, 현아 씨가 정말 무서운 사람을 못 만나 봐서 그런 겁니다. 세상엔 무서운 사람이 정말 많아요."

"왜 이러세요? 저도 무서운 사람 많이 만나 봤어요. 예전에 인터뷰한 아저씨 한 분은 온몸이 다 문신이던데요? 어디까지가 문신이고 어디까지가 살인지 구분이 안 가더라고요."

"정말 무서운 사람은 문신 같은 거 안 합니다. 내가 니스에 있을 때, 내 고용주가 전직 레드마피아였죠. 그 사람 몸은 깨끗했어요."

"레드마피아? 진짜? 그런 사람이 셰프님을 왜 고용해요?"

"식도락가라서."

당연하지 않냐는 듯, 양팔을 벌린 그가 어깨를 으쓱거렸다. 그러나 현아는 레드마피아라는 그의 전 고용주보다 그런 사람 밑에서 일한 승효가 더 무섭다고 생각했다.

"제정신인 사람은 그런 사람 밑에서 일 안 할 것 같거든요."

"하이 리스크, 하이 리턴이라고 하잖아요? 페이가 엄청 좋았습니다."

"하이 리스크니까 뭔가…… 요리를 잘 못하면 무시무시한 보복이 있을 것 같은데요."

"마음에 안 드는 셰프를 지중해에 수장시키는 특별한 취미가 있는 사람이었죠. 미국에 있을 때는 멕시코만을 즐겨 이용했다는데."

'거짓말.' 그녀가 얼굴로 말했다. 승효는 그녀의 착각을 굳이 정정해 주지 않았다.

"그런 유의 무서움 말고도 사람은 여러 형태로 무서울 수 있습니다. 피어와 호러가 다르듯."

"그럼 셰프님은 스멀스멀 다가오는 두려움이라고 할게요."

"그런 사람을 한 명 알긴 아는데, 그게 나는 아니에요."

"그런 사람이 또 있어요?"

"난 걔에 비하면 엄청난 상식인이죠. 적어도 난 '나랑 당신 친구가 함께 물에 빠졌는데 누구부터 구할 거야?' 라고 여자 친구가 질문했을 때, 왜 둘이 같이 빠졌냐고 물어보진 않아요."

"……허."

뜻을 곰곰이 생각해 보던 현아는 더 이상 말을 잇지 못하고 입을 딱 벌렸다. 그가 그녀의 턱을 살짝 올려쳤다.

"턱 빠집니다."

"정말 그렇게 물었대요? 왜 친구랑 둘이 같이 있냐고?"

"그것도 웃으면서."

"와, 나 소름……."

역시 세상은 넓고 괴이한 사람은 많다. 대조군에 약간 문제가 있는 것 같긴 하지만 현아는 승효가 상식인이라는 걸 인정했다.

"그럼 상식적인 셰프님은 여자 친구랑 그냥 친구가 물에 빠지면 누구부터 구하실 거예요?"

"전문가에게 맡길 겁니다."

"전문가가 없어요. 막, 망망대해고, 폰도 없고, 보트는 이인승 한 대야. 그러면요?"

"수영 못하는 사람."

"둘 다 수영을 못해요."

"다 먹었군요."

"에? 엑!"

아무 생각 없이 그의 손가락을 따라간 그녀가 소리를 질렀다. 접시에 소담하게 담겨 있던 피자가 온데간데없다. 초라하게 떨어진 루콜라 잎사귀만이 이곳에 뭔가 있었다는 걸 짐작하게 할 뿐이었다. 먹은 기억이 있는 건 한 조각뿐인데, 귀신이 곡할 노릇이다.

"참 잘했어요."

빈 접시를 들고 일어난 그가 도장을 찍어 주듯 그녀의 이마에 입을 맞췄다. 현아는 억울하고 원통한 마음으로 이마를 문지르며, 접시를 개수대에 놓고 여름용 재킷을 챙겨 입는 그의 주위를 얼쩡거렸다.

"셰프님, 내일은 뭐 하세요?"

"내일? 아……."

재킷의 목깃을 정리한 그가 눈살을 찌푸렸다. 어쩐지 가슴이 철렁해진 그녀는 저도 모르게 양손을 모았다.

"내일은 선약이 있습니다. 저녁때, 글쎄요……. 온다고 확실하게 말을 못 하겠군요."

"선약이요?"

"네. 어머니랑 약속한 게 있어서."

"아⋯⋯. 어머니⋯⋯."

"왜요?"

"아니요. 아무것도. 그냥 여쭤 봤어요. 잘됐네요. 내일 하루는 셰프님의 악마의 야식으로부터 프리네."

"그런 식으로 말하면 나도 안 미안해할 겁니다."

"셰프님이 미안하실 게 뭐가 있어요."

양손으로 팔을 감싼 그녀가 현관 좁은 통로에 섰다. 승효는 한 손으로 그녀의 팔을 잡아당기고 다른 한 손으로 꽤 길어진 그녀의 머리를 귀 뒤로 넘겼다.

"목요일 날, 저녁 예약 한 팀밖에 없는데 현아 씨 일찍 끝나면 같이 영화 볼래요?"

현아는 속으로 한숨을 쉬었다. 눈치 빠른 이 남자는, 제가 토라졌다는 것까지는 알았지만 왜 토라졌는지는 모르는 것 같았다. 하긴 말하지 않는 이상 알 수 있는 게 아니다. 그녀는 그의 무심함을 이해했다.

하지만 언제나 그렇듯, 논리적인 이해와 감상적인 수용은 전혀 다른 문제다.

"아시잖아요. 저 일 언제 끝날지 확실하지 않은 거. 일찍 끝나면 연락드릴게요."

고개를 기울이는 척하며 그녀가 그의 손을 밀어냈다. 행동은 자연스럽고 핑계는 확실하다. 더 캐물어 봤자 예전 그의 요리를 억지로 먹었을 때처럼 어색한 미소와 아무것도 아니라는 대답만 돌아올 것을 뻔히 아는 승효는 찝찝한 마음으로 그녀의 집을 나섰다.

그녀의 예상대로 그는 그녀가 월차 낸 사실을 짐작조차 하지 못했다. 그러나 설사 알았대도 어쩔 수 없었다. 선약이 있었기 때문이다.

시작은 그날 아침 승효에게 걸려온 한 통의 전화에서부터였다.

칸트처럼 결벽적인 규칙성을 지향하는 건 아니지만 일반적으로 승효의 기상 시간은 8시 반에서 9시 사이다. 그는 잘 먹는 것처럼 잘 자는 것도 중요하게 여겼다. 그리고 잘 자는 걸 중요하게 여기는 사람들이 그러하듯 잘 때 방해받는 걸 싫어했다.

그러니까 딱 8시 45분에 걸려온 전화는 운이 좋았다고 할 수 있겠다. 발신자 이름을 봤을 때 잠깐 인상을 찡그렸지만 잠을 방해받지 않은 그는 비교적 평온하게 전화를 받았다.

"예. 어머니."

— 애, 너 목소리가 왜 그렇게 잠겼어? 혹시 내가 너 깨운 거니?

"전화 때문에 깬 거면 이렇게 안 받죠. 아시면서 그러세요."

— '왜요?' 라고 했겠지. 퉁명스럽게.

수화기 건너편에서 어머니가 웃었다. 승효는 침대에서 일어나 계단을 세 칸 내려갔다. 리모델링한 그의 아파트엔 방이 없었고 침대가 있는 공간을 계단 위로 올려 거실과 구분했다.

"방금 일어나서 그래요. 무슨 일 있으세요?"

— 너 내일 쉬는 날이지? 고모가 그러던데. 너 매주 수요일에 쉰다고.

계단을 내려가면 바로 주방이다. 〈Bon voyage〉에 출연하기 전까지 쉬는 날 그가 가장 많은 시간을 보낸 주방은 거실보다 컸다. 그는 손바닥으로 벽을 밀어 매립형 냉장고 문을 열고 생수병을 꺼냈다.

"격주로 쉰다고 봐야죠. 한 주는 촬영 가니까요."

— 그래서 내일 촬영 가?

"아뇨."

냉장고 문이 닫히자 무늬 없이 까만 하이 글로시(high glossy) 벽면에 그의 모습이 비쳤다. 조금 여윈 얼굴이 시선을 잡아끈다. 음. 좀 초췌하지만 여전히 잘생겼어. 그는 조리대에 엉덩이를 걸치고 앉아 물을 마셨다. 아이보리색 대리석 조리대 아래로 검정 면바지를 입은 그의 다리가 흔들거렸다.

— 그럼 내일 오후에 시간 좀 내렴.

"오후 몇 시요?"

— 7시.

"그건 오후가 아니라 저녁이죠. 안 됩니다. 저녁엔 약속 있어요."

— 약속? 데이트하니? 그 방송작가 아가씨랑?

"……."

그의 긴 몸이 조리대 벽을 지지대 삼아 스르륵 내려왔다. 그는 주방 바닥에 쭈그리고 앉아 휴대폰을 양손으로 쥐었다. 당황한 나머지, 그 자세가 얼마나 옹색한지 생각도 못 했다.

"고모예요?"

— 고모 말고 또 누가 있겠어?

미치겠네. 어머니가 알면 아버지가 알고, 아버지가 알면 할아버지가 아는 것도 시간문제다. 승효는 목소리를 가다듬었다. 최대한 엄숙하게, 아무렇지도 않다는 듯.

"네. 그 아가씨랑 약속 있습니다."

— 어떻게 생긴 아가씨야? 예뻐? 고모네 동서 말로는 작고 야무지다고 했다는데.

누가 미리 준비해 놓은 영상을 트는 것처럼 그녀의 얼굴이 승효의 눈앞에 둥실 떠올랐다. 눈꼬리 부근으로 갈수록 뚜렷해지는 쌍꺼풀, 아래쪽이 좀 더 동그래서 더 커 보이는 눈, 이지적인 갈색 눈동자. 크지도, 날카롭지도 않은, 그 얼굴에 딱 어울리는 코. 얇지만 선이 분명한 윗입술, 도톰한 아랫입술, 약간의 뾰족함으로 일견 동글동글하기만 할 얼굴에 또렷함을 보태는 턱……. 그의 입꼬리가 한껏 위로 올라갔다.

"예뻐요. 그리고 그렇게 작진 않습니다. 아담해요."

— 나도 그 예쁜 아가씨 보고 싶구나. 집에 한번 데려오지 그러니?

"생각 없어요."

— 그래? 그럼 내일 어디 좀 갔다 오렴.

그럴 줄 알았다. 아마 이것이 어머니의 진짜 용건이었을 것이다.

"어디를요?"

— 여성경제인의 밤. 여성경제인연합회에서 하는 행사야.

싫다는 대답이 목구멍까지 치솟았다. 말이 좋아 여성 '경제인'의 밤이지, 실체는 옷 잘 입은 아줌마들이 모여서 자식자랑, 남편자랑, 돈자랑 하는 행사다. 이 행사에는 또 한 가지 중요한 역할이 있었는데, 일종의 맞선시장으로써의 역할도 했다.

"제가 거길 왜 가요? 그런 데 딱 질색하는 거 아시면서."

— 선보기 전에 탐색전하라는 말 아니니까 걱정 말아.

"그런데요?"

— 너 무슨 잡지 인터뷰할 때마다 우리 얘기 나오면 부모님 얘기는 하고 싶지 않다고 딱 잘라 말한다면서? 그래서 우리가 너랑 의절하고 산다고 소문이 무성해. 잘난 집안이라 요리사 아들 내쳤다고. 엄마가 그런 오해를 받고 살아야겠어?

"인터뷰 때 어머니 아버지 이야기 안 하려고 하는 건 당연하지 않습니까? 제 가게와 어머니 아버지는 별개인데. 인터뷰어의 단순한 호기심을 충족시켜 줄 생각은 없어요."

— 너의 그런 태도가 사람들에게 오해를 살 거란 생각을 안 하진 않았겠지. 네가 자초한 거야. 그러니까 엄마 대신 갔다 와.

"어머니는 뭐하시고요?"

— 일 때문에 일본 가야 해.

"전혀 내키지 않는데요."

— 그러면 그 아가씨 집에 데려오든가.

"그것도 내키지 않는군요."

— 그럼 어쩔 수 없구나. 엄마가 그 아가씨 보러 방송국에 가 보는 수밖에.

"어머니!"

— 귀 따갑다, 얘. 왜? 엄마가 그 아가씨 만나면 안 되는 이유라도 있어? 너 설마, 그 나이 먹어서 적당히 만나다 말 생각이야?

"설마……."

그는 대충 얼버무리며 절반 넘게 남은 물을 탈탈 털어 넣었다. 꿀꺽. 물 넘기는 소리가 오늘따라 유독 크게 들린다. 누군들 집에 안 데려가고 싶겠냐고. 물론 그가 집에 여자를 데리고 간다고 하면 부모님은 물론이거니와, 조부, 작은아버지 내외, 고모 내외까지 총출동하겠지만 그런 건 아주 소소한 골칫거리일 뿐이다.

그녀가 준비만 되어 있다면.

"그냥, 때가 아니에요."

— 그런데 내가 아가씨 만나러 가면 곤란해지겠구나.

"이렇게까지 하셔야 해요?"

— 엄마가 아들이 만나는 여자 얼굴 좀 보겠다는 게 그렇게 잘못이니?

"진짜 목적은 그게 아니시잖아요."

— 알면 행동해.

어머니는 인정사정없이 그를 압박해 왔다. 승효는 신경질적으로 턱을 문질렀다.

잠깐, 아주 잠깐 어머니를 이용해 관계의 변화를 모색해 볼까 하는 생각이 스치고 지나갔다. 어머니가 쐐기가 될 수 있을까? 그의 이성과 감성은 반반이라고 대답했다.

반반은 안 돼. 그는 자신을 달래며 심호흡을 했다. 다른 것도 아닌 그녀와의 관계를 두고 도박을 할 생각은 없었다. 아직 내 집에 들이지도 못했는데 어머니와? 됐다. 만에 하나의 경우 부담스러워한 그녀가 튕겨 나갈 수도 있었다. 그는 그 만에 하나의 경우도 싫었다. 사귀는 것도 아니고 아닌 것도 아닌 상태가 그를 조금씩 지치게 만들어도, 아예 잃는 것보다는 낫다.

"이번 한 번만이에요."

— 두 번은 바라지도 않아.

"장소는요?"

— 호텔 렘브란트. 마포에 있는 거, 알지? 7시야. 늦지 마. 나도 아들 자랑 좀 제대로 해 보자.

입술을 가리고 웃는 듯, 어머니의 웃음소리가 멀다. 승효는 맨바닥에 손가락으로 호텔 렘브란트와 7시를 써서 머릿속에 새기고 전화를 끊었다. 그리고 들고 있던 플라스틱 생수병을 우그러뜨렸다.

콰직.

제안을 가장한 협박, 어쩔 수 없는 선택. 무엇 하나 마음에 드는 게 없었지만 가장 마음에 안 드는 점은 따로 있었다. 방금 전 그는 신중함이라는 미명하에 소심하게 굴었다. 그녀가 싫어할까 봐서. 판단의 근간이 된 것은 오로지 그녀의 감정, 그녀의 반응뿐이었다.

그녀와의 관계는 그를 머뭇거리고 주저하고, 망설이게 만들었다. 처음엔 그런 저의 변화가 신기했지만 이젠 슬슬 짜증스럽다. 짜증스러운데도 뭘 어떻게 할 수 없으니 짜증이 배가 된다.

아아. 생각하지 말아야지.

구겨진 생수병을 공중으로 던졌다가 받길 반복하며 그는 고개를 저었다. 더 좋아하는 사람이 약자인 건 어찌 보면 자연의 섭리다. 그리고 자연의 섭리에 짜증을 내는 것처럼 어리석은 짓도 없다. 너의 존재로 인해 내가 길을 돌아가야 한다고 아무리 화를 내도 산과 들의 위치가 바뀌지 않듯, 짜증을 낸다고 해서 그녀가 바뀌지는 않는다. 관계에서 그는 철저한 을이었다.

그러니까 어머니 때문에 짜증의 방향을 관계로 돌리진 말자. 어머니의 협박이 얼마나 비겁했든 선택한 사람은 자신이다. 그냥 효도 한번 하는 셈 치자고, 가볍게 가볍게 생각했다. 그러자 기분이 다소나마 나아졌다.

❖

'달리려고 출발선에 섰는데 아무리 기다려도 출발하지 않으면 어떻게 될까?'

'지쳐요.'

보고 들은 게 있어서 정답을 맞히긴 했지만 대답을 하면서도 현아는 궁금해했다. '왜 지치는 걸까?'

오랜 기다림이 사람을 지치게 만든다는 건 알고 있었다. 그러나 '앎'에 인지가 선행되어야 한다면 그녀의 지식은 반쪽짜리였다. 그것은 불에 데어 본 적이 없는데도 불에 손을 가까이 가져가면 델 거라는 걸 알고 있는 것과 똑같았다.

뜨겁다는 건 알지만 정말 데어 보기 전까지는 불이 얼마나 뜨거운지 모른다. 마찬가지로 기다림이 '왜' 사람을 지치게 만드는지 그녀는 몰랐었다.

가만히 서 있기로 결정한 사람은 난데, 왜 지치지?

그가 돌아간 뒤 설거지를 하기 위해 식탁을 정리하며 그녀는 그 '왜'를 깨달았다. 식탁 위엔 동그란 모양의 자기그릇이 한 개, 스테인리스 스틸 재질의 포크가 두 개 있었다. 그릇은 마트에서 붙인 스티커도 다 안 떨어진 새것이었다.

"이걸 내가 언제 샀더라?"

이틀 전인가? 아니면 삼 일 전? 혹은 일주일 전일 수도 있다. 아무튼 분명 제 손으로 산 접시다. 새삼 그런 걸 왜 샀냐고 누가 묻는다면 플라스틱 접시에 음식을 담을 때 그의 표정이 신경 쓰여서라는 대답밖에 할 말이 없다.

그녀는 정말 자발적으로, 그의 강압이나 권유도 없이 접시를 샀다. 포크는 나무젓가락을 가르는 그의 손가락이 신경 쓰여서 샀고 새 머그잔을 산 이유는 맥도날드 로고가 큼직하게 박힌 머그잔을 그에게 주기 민망해서였다. 새 유리잔, 새 샐러드 볼, 새 칼, 새 도마……. 근래 급격하게 늘어난 그녀의 부엌 살림살이엔 다 똑같은 사연이 있었다.

그가 신경 쓰여서.

매시간, 매분, 매초, 그녀는 그의 반응을 살폈다. 접시나 포크에 국한된 이야기가 아니다. 일상이 그랬다. 하루 종일 연락이 없으면 불안하고 이전에는 또 하트 보내 달라는 거겠거니 싶어 버려두다시피 한 카톡을 재깍재깍 확인했다.

이제나저제나 출발할까, 심판에게 모든 감각을 집중한 단거리 육상 선수처럼 그녀의 신경은 모두 그를 향해 있었다. 심판이 코라도 긁으려 손을 들라치면 심장이 미친 듯 뛰었다가 아니라는 걸 알면 아예 죽어 버렸다. 구름 위로 올라가고 그게 언제였냐는 듯 나락으로 곤두박질친다. 초 단위로 바뀌는 감정이, 아니, 초 단위로 바뀌는 감정이라서 격렬했다.

혈관과 세포로 이루어진 신경 조직이 이런 격렬한 감정을 오래 감당할 수 있을 리가 없다. 출발선에 서 있는 단거리 선수는 출발을 기다리다 지치는 게 아니라 날카로워진 제 감각 때문에 나가떨어지는 것이었다.

이 예민함을, 그녀는 사랑에 빠진 여자가 남자에게 집중할 때와 같은 거라고 생각하려 했다. 그러나 양태는 같을지 몰라도 본질은 한참 다르다.

사랑에 빠진 여자의 예민함이 마시멜로처럼 폭신하고 달콤한 설렘으로 만들어져 있다면 그녀의 그것엔 각설탕처럼 뾰족뾰족한 불안함이 가장 큰 자리를 차지하고 있었다. 출발 신호가 떨어졌는데 내가 못 들은 게 아닐까? 혹시 이미 시작한 건 아닐까? 무슨 일이 생겨서 심판이 어디 가 버린 건 아닐까?

……혹시 내일부턴 그가 안 오는 게 아닐까?

못난 예기불안. 그것이 그녀를 지치게 만드는 진짜 이유였다. 불안함이 강해질수록 그녀는 단단한 껍질로 마음을 두르고 더 초연한 척했다. 이 관계에서 그녀는 철저한 갑이 되고 싶었다.

아무렇지 않아. 무슨 일이 일어나도 아무렇지 않아. 그가 내일부터 연락하지 않아도, 오지 않아도, 월차를 낸 게 허사가 되었어도 아무렇지 않다. 아무렇지 않아야 했다.

베일을 벗길 수 있는 단순한 질문, '우리 무슨 사이예요?' 라고 물어보지 않은 것이 다름 아닌 자신이었기 때문에. 출발선에서 뛰지 않기로 결정한 것은 그가 아닌 그녀였다. 그녀에겐 관계의 의무가 없고 그에겐 관계의 책임이 없다.

그 '아무렇지 않음' 과 '아무것도 아님' 을 증명하기 위해 현아는 휴대폰을 들고, 언제 어느 때나 전화해도 상관없는 예림에게 전화를 했다.

— Why, my friend?

예림은 언제나 그랬듯 통화연결음이 채 세 번도 울리기 전에 전화를 받았다. 주위가 시끌벅적한 걸 듣자 하니 역시 일하는 중은 아닌 게 틀림없다.

"너 어디야?"

— 나 태국.

"넌 한국 땅은 안 밟냐? 전화할 때마다 외국이야, 왜?"

— 한국 들어갔으면 너한테 벌써 연락했지. 당연한 걸 왜 갑자기? 나 보고 싶어?

곧장 본론으로 들어가는 평소의 현아와 다른 점을 느꼈는지, 예림이 은근하게 물었다. 현아는 식탁 위에 걸터앉아 다리를 흔들거렸다. 발목의 복숭아뼈가 부딪치며 탁탁 소리를 냈다.

"나 내일 쉬어서 너 있으면 얼굴 좀 보려고 했지."

— 쉰다고? 잘렸어?

"직장 생활을 안 해 본 넌 모르겠지만, 직장인들에게는 월차라는 게 있단다."

— 직장 생활을 하는 '친구' 라고는 딱 한 명 있는데, 그 친구는 월차라는 걸 쓴 적이 없어서 몰랐네.

꽤 센스 있는 예림의 대꾸에 현아가 피식 웃었다.

"월차 안 내면 돈이 생긴다고. 그거 1년 모으면 목돈이다, 너. 티끌 모아 태산 모르냐?"

— 그 목돈 모을 기회를 왜 날렸는데? 어디 아프기라도 한 거야?

"아니, 뭐, 그런 건 아니고, 그냥 냈어."

— 그런데 같이 놀 사람이 없다 이거지? okay. 이럴 때 달려가 줘야 진짜 친구 아니겠어? 기다려. 3시간 뒤면 인천 도착한다.

"야! 강예림! 끊지 마!"

당장이라도 전화를 끊고 출발할 듯 구는 예림을 현아가 불렀다. 예림의 반응이 대번에 퉁명스러워졌다.

— 왜? 고새 맘 바뀌었어?

"아니. 지금 와서 뭐하냐고. 너 도착하면 새벽이잖아. 아침에 와."

— 아, 그렇네? 그래, 그럼. 아침 일찍 갈게. 푹 쉬고 내일 봐용.

"어디서 혀 짧은 소리야?"

— 나 원래 혀 짧잖아.

깔깔거리는 예림의 웃음소리가 갑자기 뚝 끊겼다. 현아는 잠깐 어리둥절해하며 휴대폰을 흔들었다. 액정에 불빛이 들어오고, 벌써 잠금 패턴으로 돌아간 화면이 보였다.

"뭐야, 그러고 끊은 거야? 이년이?"

휴대폰을 침대로 집어 던진 그녀는 식탁 모서리를 붙잡은 채 서로 부딪치고 있는 발을 내려다보았다.

탁탁.

탁 탁 탁.

탁 탁 탁.

타악.

발짓이 천천히 느려지다, 완전히 멈췄다. 힘을 잃은 발이 허공에서 맥없이 흔들린다. 축 늘어진 발처럼 기분도 늘어지는 것만 같아, 그녀는 미끄러지듯 식탁에서 내려왔다. 그리고 깍지 낀 양손을 턱에 가져다 댔다.

"됐어. 괜찮아. 아무렇지도 않아."

머릿속에만 있던 말을 입 밖으로 꺼내자 놀랍게도 기분이 나아졌다. 정말 잘 먹고 잘 놀 수 있을 것만 같았다. 그래. 강예림이 누군데. 잘 먹고 잘 놀 수 있게 잘 인도해 줄 거야. 꺼림칙한 기분을 털어 버린 현아는 맹렬하게 설거지를 끝내고 평소 그녀가 잠드는 시각보다 일찍 침대에 누웠다.

하지만 도통 잠이 오질 않았다. 째깍, 째깍, 째깍. 존재 자체도 잊어버리고 살아온 벽시계의 초침 소리가 유독 크게 들리고, 삑삑삑삑, 누가 잘못 건드린 자동차 경보음 소리가 고막을 찌른다.

결국 그녀는 30분을 버티지 못하고 상체를 일으켜 세웠다. 차도를 접한 창밖에서 들리는 취객의 고함이 거슬렸다. 벽의 1/3을 차지한, 채광이 좋은 창 안으로 들어오는 달빛이 너무 밝다. 시끄럽고 산만하고, 안정이 되지 않는다.

한 번도 예민하다고 생각한 적 없던 신경이 바늘 끝처럼 날카롭게 곤두서 있고 누가 왜 그러냐고 물어보면 십중팔구는 절대 대답 못 할 감정 때문에 짜증이 났다.

그녀는 얇은 여름용 이불을 손으로 움켜쥐었다. 열이라도 나는지, 몸이 홧홧했다. 참 이상한 일이었다.

"이상한데……."

휴대폰을 메트로놈에 달린 진자처럼 좌우로 흔들며 예림이 중얼거렸다. 그녀가 근 20년간 알아 온 현아는 남에게 일정 이상을 바라지 않는 사람이었다. 하루에 4, 5시간씩 자며 알바하면서 학교 다닐 때도 예림에게 돈 한 번 달라고 한 적이 없을 정도다. 가끔 급하게 돈이 필요할 때면 항상 빌려 달라고 했었다. 그리고 빌려 간 돈은 언제가 되었든 꼭 갚았다.

그런 박현아가, 제가 한국으로 가겠다면 보따리 싸 들고 말릴 박현아가 은근 들어오라는 식으로 말한다는 건 아무리 생각해도 해괴한 일이었다. 사람이 안 하던 짓을 하면…….

"연애를 한다는 거지."

아마도 정답이겠지만 현아의 생활 패턴을 뻔히 아는 예림은 못마땅한 표정으로 다리를 꼬았다. 자고로 연애란 자기 시간이 충분할 때나 원활하게 이루어지는 법이고, 현아에겐 자기 시간이라는 게 별로 없었다. 그렇다면 만날 수 있는 남자도 한정적이다. 방송국 사람이거나 섭외 때문에 만난 사람이거나, 출연자거나.

예상할 수 있는 누구도 성에 차지 않는다. 예림이 생각하기에 현아는 정말 괜찮은 남자를 만나야만 했다. 돈도 많고, 잘생기고, 키도 크고, 성격도 좋고, 현아만을 사랑해 줄 수 있는 남자를 만나도 현아가 아까운 느낌이었다. 하물며 현아의 기운을 빠지게 만드는 남자는 볼 것도 없이 실격이다.

볼륨이 넓어야 해. 그래야 가능성도 많아지지. 그녀는 지체 없이 손짓을 해, 방콕 공항 측 사람과 전화 통화를 하고 있는 비서를 불렀다.

『며칠 전에 초대장 온 거 있죠? 그거 좀 가져다줘 봐요.』

『어디서 온 걸 말씀하시는지…….』

『한국에서 온 거요.』

『아, 네.』

비서가 수북한 초대장들 사이에서 한 장을 꺼내 예림에게 건넸다. 예림은 한지로 제작한 초대장 앞면에 적힌 시간을 확인했다. 내일 오후 7시. 설렁설렁 한 번 봤을 뿐인데, 제대로 기억하고 있었다.

『비행 시각은 잡혔어요?』

『네. 오전 5시 15분 출발로 잡아 놨습니다. 인천에는 9시쯤 도착할 것 같습니다.』

『9시…… . 딱 좋네요.』

흡족하게 웃으며 소파에서 일어난 예림의 눈에 활짝 펼쳐진 초대장이 보였다. 방금 전 읽고 아무렇게나 놔두면서 안이 벌어진 듯했다. 안쪽에는 약도와 모임의 목적이 진지한 궁서체로 적혀 있었다.

"여성경제인협회의 발전 방향과 여성경제인으로서 근본적인 경쟁력을 갖출 수 있는 방안을 모색하고자…… . 웃기고 있네."

예림이 싸늘하게 코웃음을 치자 비서가 무슨 일이냐는 듯 쳐다봤다. 예림은 고개를 젓고 초대장을 비서에게 넘기며 말했다.

『재연실업 대표 자격으로 참석하겠다고, 이쪽에 연락해요.』

✜

살다 보면, 결코 써먹을 일 없는 지식이라고 생각했던 것조차 써먹게 되는 날이 온다. 현아에겐 오늘이 그날이었다.

예림으로부터 인천공항에 도착했다는 연락을 받은 현아는 20분 뒤에 집에서 나왔다. 예림은 분명 헬기를 타고 올 것이고 집에서 약속 장소인 충무로까지는 지하철로 30분 정도가 걸렸다. 이렇게 철두철미한 시간 계산엔 인천에서 충무로까지 헬기로 50분이 걸린다는 지식이 바탕이 되어 주었다.

"그런데 왜 또 충무로야? 지난번에도 여기서 보자고 하더니. 너 여기 대학교에 장학기금이라도 만들었냐?"

단 1분도 기다리지 않고 호텔 로비에서 예림을 만난 현아가 물었다. 예림은 말없이 현아를 문제의 롤스로이스 팬텀에 밀어 넣었다. 그녀는 현아가 오도 가도 못하게 차 문을 잠그고 나서야 대답했다.

"모교에도 안 만든 장학기금을 왜 여기에 만들어? 여기가 가까우니까 그렇지. 가까운 거리에 헬기 이착륙 되는 호텔은 여기랑 하얏트밖에 없거든. 하얏트는 너 오기 불편하잖아."

"가깝다고? 어디랑?"

"어디든. 갤러리아도 가깝고 롯데 본점, 신세계 본점이랑도 가깝고."

"갤러⋯⋯. 나 내릴래."

예림이 나열하는 장소에서 확실한 공통점을 찾아낸 현아는 신경질적으로 문손잡이를 덜컥거렸다. 하지만 차 문은 꿈쩍도 하지 않았다. 예림은 가볍게 주먹을 쥐어 형형색색의 네일아트가 되어 있는 손톱을 내려다보았다.

"그 문, 안에서 안 열리게 조작되어 있지롱."

"이게 뭔 빽차야? 왜 안에서 안 열리는데?"

"누가 훔쳐 갈지도 모르잖아. 훔쳐 간 놈 차 안에서 굶어 죽으라고 주문할 때 특별히 요청했어. 참고로 유리도 방탄유리. 근데 경찰차는 왜 안에서 안 열려? 경찰차도 누가 훔쳐 가나?"

"이 미친⋯⋯! 경찰차를 누가 훔쳐 가! 범인 호송할 때 도망 못 가게 하려는 거지!"

"역시 유경험자는 뭐가 달라도 다르네."

"시끄럽고! 당장 열어!"

"아잉. 그러지 말고 딱 한 군데만 같이 돌아 줘. 금방 살게, 금방. 몇 개 안 살게. 안 입어 볼게. 응? 응? 현아야."

현아의 팔짱을 껴 온 예림이 콧소리를 냈다. 16년간 외동딸로 살아 온 예림의 애교는 강력했다. 6세 이후로 애교와 담쌓고 살아온 현아는 얼마간은 신기해하며, 어느 정도는 부러워하며 팔꿈치를 튕겨 예림을 떨어트렸다.

"떨어져라. 이 웬수."

"아잉, 아잉, 아잉."

"알았으니까 그만 앵앵거려. 대신 딱 한 군데만이야. 다른 데로 옮기려고 하면 나 진짜 가 버릴 거니까."

"응응."

"그리고……."

현아가 중간에 말을 끊자 예림이 재촉했다.

"왜? 뭐가? 말해."

"아니, 그냥……. 압구정 쪽으로 가자고."

의도하지 않은, 기분 좋은 행운 같은 우연한 만남. 현아는 그걸 기대하고 있었다. 그리고 기대를 내려놔야 한다는 것 역시 알고 있었다. 우연한 만남은 그 자체로 이미 기적이다. 이 좁은 서울 땅에서 대학 때 사귀었던 구남친 얼굴 한 번 본 적이 없는데 우연한 만남은 무슨.

횡단보도를 사이에 두고 보고 싶은 사람과 마주친다는 건 드라마에서나 나올 일이었다. 그녀는 기대를 내려놓기 위해 숨을 들이마시고 붉어진 얼굴을 숨기기 위해 검게 선팅 된 창문으로 가려진 바깥 풍경을 바라보았다.

"거기가 먹을 데도 많잖아. 좀 있으면 점심때고."

"오케이."

다행히 예림은 상기된 현아의 얼굴을 보지 못했다. 예림이 기고만장하게 손가락을 쭉 뻗으며 압구정을 외치자, 운전사가 좌회전 깜빡이를 켰다. 다른 차들이 급히 자리를 만들어 주는 모습은 거의 홍해를 가른 모세의 기적을 방불케 했다.

약속대로, 백화점에 도착한 예림은 별로 고민하지도 않고 매장 하나를 찍어 그곳에서만 옷을 세 벌 샀다. 묘하게도 평소 예림이 입는 스타일과는 달리 상당히 조신한 디자인이었다. 얘가 고새 취향을 바꿨나? 현아의 의문은 예림이 55사이즈를 주문할 때 폭발했다.

"55? 너 55 못 입잖아."

키가 큰 예림은 아무리 말랐어도 55를 입을 수가 없었다. 체형이나 동아시안이면 어찌어찌 욱여넣기라도 하겠지만 하필 체형도 가슴 크고 다리 긴 서구형이다. 예림은 미심쩍게 저를 훑어보는 현아를 무시하며 턱을 치켜들었다.

"입을 수 있거든?"

"그래. 중학교 때까지는 입을 수 있었지."

"고1 때도 입었어, 왜 이래? 그리고 나 요즘 그때 몸무게란 말이야. 봐봐, 좀 가녀려 보이지?"

피팅룸 거울을 짚은 예림이 모델 포즈를 취했다. 문제는 몸무게가 아니라 키야, 이것아. 현아는 우정의 힘을 빌려 가녀려 보이긴커녕 마른 소나무처럼 단단해 보이기만 한다는 평가를 꾹꾹 집어삼켰다.

"그렇다고 해도 퍼프소매는 어쩔 거야? 너처럼 마르고 팔 긴 애들은 퍼프소매 안 어울린다고 네가 네 입으로 말했던 건 기억 안 나냐?"

"관념을 바꿔 봐."

"퍼프소매에 관념씩이나 도입해야 하는 거?"

"당연하지. 스타일은 나 자신 그 자체라고. 대체 거기에 관념을 도입하지 않으면 어디에 도입해야 하는 건데? 정치? 경제? 에너지 낭비라고, 그건."

"스타일에 대해서는 지렁이 눈알만큼도 모르니까 일단 네 말이 맞다고 치고, 그래서 네가 이번에 지향하는 스타일은 뭔데?"

"부도덕."

"이야, 네가 드디어 너 자신을 깨달았구나. 그런데 퍼프소매랑 부도덕이 무슨 상관관계에 있는지는 알 수가 없구나, 친구."

"잘 생각해 봐. 퍼프소매는 뭐랄까, 어린 느낌이 나지 않니? 왠지 소녀틱 해 보이고 말이지. 그런데 퍼프소매를 입은 소녀의 가슴이 터질 것 같은 거야. 그럼 사람들이 무슨 생각을 하겠어? 이건 마치, 마스터베이션하는 수녀를 상상하는 것과 같은 느낌적인 느낌."

"뭐?"

그 엄청난 신성모독은 둘째 치고 사태의 심각함을 느낀 현아는 소리를 지르며 목소리를 낮추는 고난도의 기술을 발휘했다.

"소녀를 보고 그런 생각 하면 쇠고랑 차, 이 미친아!"

"생각은 죄가 아니야."

"네가 말한 생각은 죄야."

"그건 또 무슨 파시스트 같은 발언이야?"

"파시스트가 뭔지는 알고 하는 말이냐?"

"그 정도는 알아. 독일 나치……. 됐고, 그거 포장 필요 없어요. 그냥 주세요."

제 말을 스스로 싹둑 자른 예림이 직원에게서 쇼핑백을 **빼앗아** 매장 밖으로 나갔다. 미쳤다고 하며 예림의 뒤를 쫓아가기에 바쁜 현아는 이 브랜드는 55가 44 같다고 하는 다른 손님의 투덜거림을 듣지 못했다.

백화점 1층에서 귀걸이를 비롯한 액세서리를 구입하고 백화점 근처 한정식집에서 밥을 먹은 예림이 현아를 데려간 곳은 피부 마사지숍이었다. 피부 마사지숍이라고 단정 짓기도 좀 뭐한 것이, 1층은 마사지숍이었지만 2층과 3층엔 메이크업숍과 헤어숍이 있었다. 이쯤 되면 대체 누구를 위한 월차인지 모호해진다.

"어유, 강예림 진짜 너……."

"째려보지 마. 너한테 득 되면 득 됐지, 손해 볼 건 없어. 너 피부 관리 하나도 안 하지? 맨날 밖으로 싸돌아다니면서. 이것 봐, 이것 봐라. 피부 늘어진 것 봐라. 냉장고에 며칠 놔둔 인절미도 이것보단 탱탱하겠다."

"30대의 보편적인 피부야."

"이게 30대의 보편적인 피부라고 누가 그러냐? 원장님, 얘 보세요. 얘 좀 심각하죠?"

현아의 볼을 쭉 잡아 늘인 예림이 마사지숍 원장을 보며 동의를 구했다. 심플한 정장을 멋들어지게 차려입은 원장은 예림이 내일부턴 해가 서쪽에서 뜬다고 해도 동의할 사람이었다.

"요즘 30대가 30대 피부 가지고 있으면 자기 관리에 실패한 거죠."

"그러시다잖아. 그러니까 잔말 말고 나랑 같이 마사지나 받아. 온 김에 너 머리도 하고. 이게 뭐야, 파마 다 풀려서. 아줌마니?"

"그러세요. 이 위에 헤어숍 머리 정말 잘해요. 어머, 염색도 하셔야겠네. 염색 안 하신 지도 꽤 되셨죠?"

"야, 파마는 마음의 준비가 되어 있을 때 하는 거라고. 딱 앉았을 때, 내가 오늘 이만큼의 시간을 머리에 투자하겠다는 그런 마음가짐!"

"머리 하는 건 일상이야. 넌 생각이 글러먹었어. 다 필요 없고, 네 일아트도 받자. 너 지금 상태 굉장히 심각해. 내가 항상 말했지? 집 앞 슈퍼를 갈 때도 화장을 하고 나가야 괜찮은 남자를 만날 수 있는 거라고."

사람 마음이란 게, 좋다는 소리를 들으면 정말 좋은 것 같고 나쁘다는 소리를 반복적으로 들으면 아무 문제 없었던 현상에도 문제의식을 느끼게 된다. 현아는 만약 임승효가 이 자리에 있었다면 '권위에의 호소'라는 말로 예림을 찍소리 못하게 해 줬을 거라는 생각을 하며 마지못해 마사지용 침대에 누웠다.

일단 화장부터 지워야 한다며 클렌징크림을 꺼낸 원장이 현아의 얼굴에 발랐다. 전문가의 손길을 따라 차가운 크림이 얼굴 구석구석 꼼꼼히 묻혀졌다. 어쩐지 나른해진 현아가 하품을 하자 옆 침대에 누워 있던 예림이 물었다.

"졸려?"

"약간?"

"왜? 잠 못 잤어?"

"그냥, 뭐……."

현아는 말꼬리를 흐리고 눈을 감았다. 승효에 대한 예림의 평가를 떠올린 그녀는 약간의 죄책감과 어마어마한 짜증에 시달렸다. 친구에게 말하지도 못할, 연애도 아니고 아닌 것도 아닌 이런 관계를 나는 왜 시작했을까? 치밀어 오른 짜증을 숨기지 못한 그녀는 일상을 묻는 예림의 질문에 건성으로 답했다.

"너 살 좀 찐 것 같은데?"

"몰라. 안 재 봤어."

"방송국은 다닐 만하고? 시청률은 나와?"

"그럭저럭."

"너 연애해?"

"뭐? 아야!"

현아는 마사지 중이라는 것도 잊고 고개를 홱 돌렸다가, 원장의 손가락에 눈꺼풀을 찔렸다. 원장이 불에 덴 듯 손가락을 뗐다.

"어머! 어떻게 해! 죄송해요! 많이 아프시죠? 어떻게 해, 어떻게 해……."

"아, 아뇨. 괜찮아요."

분명히 현아의 잘못임에도 원장은 사과하고 또 사과했다. 원장의 처지가 남 일 같지 않은 현아는 그녀가 더 이상 곤란해지지 않게 이집트 미라처럼 똑바로 누워 천장을 보며 말했다.

"연애는 무슨. 아니야."

"그렇게 격렬하게 반응해 놓고 아니라고? 나 무식하지만 바보는 아니다."

"뭐가 격렬해? 어이가 없어서 그런 거지."

"짜증도 잔뜩 나 있고 말이야."

"내가 언제 짜증냈다고."

"여기에 덕지덕지, 주렁주렁 붙어 있어. 짜증이."

예림이 제 미간을 손으로 쿡쿡 찔렀다.

"볼살은 토실토실한데 얼굴이 썩어 있잖아. 내가 기억하기론 너네 집 쫄딱 망했을 때도 이것보다는 나은 표정이었던 것 같은데. 너, 안 그런 것 같아도 인간관계에 스트레스 많이 받지 않니? 쿨한 척하지만 절대 쿨하지 못한 박현아. 꼴에 요령은 좋아서 스트레스 안 받게 미리미리 잘 피해 가지. 근데 연애는 그럴 수가 없거든. 그러니까 연애를 하는 거지."

이상할 정도의 예리함과 날카로움에 현아는 질려 버렸다.

"네가 내 남자친구였으면 난 숨 막혀 죽었을 거야."

"내가 누구냐. 박현아 전문가 아니냐. 그리고 아무래도 내가 너보다는 연애를 많이 하지 않았겠어? 그러니까 빼지 말고 말해. 누구야? 누군데 나한테 말도 안 하는 건데?"

"안 하는 게 아니야."

'못 하는 거지.' 상대가 임승효가 아니라도, 그가 말하지도 않은 제 마음을 알아주지 못해서 짜증이 났다는 이야기는 할 수가 없었다. 그건 상상만 해도 얼굴이 붉어지는 일이었다.

하지만 예림은 현아의 부끄러움을 전혀 다른 방향으로 생각했다.

"뭔데? 잤어? 그런데 별로였어? 그런 거라서 말을 못 하는 거야?"

"이 미친이!"

"뭐야. 그런 걸 왜 부끄러워하고 그래? 어른이면 다 하는 건데. 요즘은 초딩도 한다더라. 너도 그렇게 해서 태어났다고. 하여간 한국 사람들 이상한 데서 근엄하다니까."

"아니락……!"

아니라고 악을 쓰는 현아의 입 주변에 원장이 반짝이고 눅눅한 느낌이 나는 종이 같은 걸 붙이기 시작했다.

"골드 테라피입니다. 저희는 다른 숍하고 다르게 18K 아니고 순금이에요."

다른 숍에서 뭘 사용하는지는 모르겠지만 순금의 위엄에 눌린 현아는 금가루 하나라도 떨어질까, 입을 앙다물었다. 예림은 빤히 듣고 있을 원장과 다른 관리사를 병풍 취급하며 신나게 떠들었다. 태국에서 골드 테라피를 이미 받고 온 예림의 얼굴에는 가벼운 비타민 팩만 발라져 있었다.

"손만 잡고 잘 거 아니면 테크닉 그거 중요하다, 너. 결혼한 사람들은 다 알아."

현아는 묻고 싶었다. '그러는 너는 어떻게 그렇게 잘 아는데?' 딸에게 맹목적인 사랑을 퍼붓는 예림의 아버지가 가장 질색하는 것이 동거라는 걸 알고 있는 그녀는 이 사실을 꼭 일러바치겠다고 결심했다.

"세상을 넓게 보란 말이야. 세상에 남자가 얼마나 많은데 넌 맨날 만나는 사람이 어째, 학교 다닐 때는 동아리 선배, 직장 다닐 때는 오디오 감독 아니면 낚시터 주인 아들이야? 너 그건 롱디였지? 그것도 얼마 못 갔잖아. 내가 그때 뭐라고 했어. Out of sight, out of mind. 롱디는 힘들다니까."

서울에서 안산이 롱디면 독일 남자랑 사귀었던 넌 갤럭시 디스턴스냐? 스타트랙이여, 뭐여. 우주적 스케일 돋네.

하지만 현아의 논리적인 항변은 입술을 달싹거리는 순간 귓가로 떨어진 금가루 몇 개 때문에 쏙 들어갔다.

"그러니까 진지한 게 아니면 때려치워. 네 성격에 그냥 즐기다 말 수 있는 것도 아니잖아."

스스로 박현아 전문가라고 자부하는 예림답게, 예림은 아무것도 모르면서 현아를 꿰뚫고 있었다. 현아는 조심스럽게 한숨을 내쉬었다. 진지한 게 아니면 때려치워. 그걸 몰라서 그러는 게 아니다.

진지해지기엔 왠지 모르게 무섭고, 때려치우기엔 너무 멀리 와 버린 게 문제였다. 오도 가도 못하게 된 현아에게 현실을 자각시키는 예림의 말은 잔소리에 지나지 않았다. 그녀는 날 잡아 잡소, 하는 마음으로 발을 겹치고 예림을 부른 제 선택을 후회했다.

아. 오늘 하루 종일 강예림 잔소리나 듣게 생겼구나. 이럴 줄 알았

으면 그냥 집에서 책이나 보는 건데.

그러나 후회는 아직 일렀다.

"이거 입어."

예림이 백화점 쇼핑백을 내밀었다. 아무런 마음의 준비 없이 네 시
간 반 동안 파마와 염색, 그리고 메이크업까지 받느라 지친 현아는
쇼핑백 안을 멍하게 들여다보았다.

"이거 아까 네가 산 거잖아?"

"응."

"너 설마, 처음부터 나 입히려고……."

"파마 잘 됐다. 화장도 괜찮고. 어때? 전문가의 화장은 뭐가 달라
도 다르지?"

"말 돌리냐?"

"아니. 안 들려. 네 말이."

어떤 면에서 예림은 승효에 버금가는 강적이었다. 아니, 승효보다
더하다. 적어도 승효와는 대화가 되었으니까. 벽에 대고 말하는 것이
더 낫다는 것을 깨달은 현아는 집에 가 버릴 심산으로 가방을 뒤졌
다.

"어? 내 지갑. 내 지갑 어디 있어?"

"지갑은 왜 찾아?"

흔들, 흔들. 예림의 머리 높이에서 현아의 지갑이 흔들렸다. 현아
에겐 그야말로 까마득한 높이였다.

"이 도둑년이?"

"그 욕은 좀 신선하네?"

아무렇지도 않게 머리 꼭대기에 현아의 지갑을 올린 예림이 계단

을 내려가기 시작했다. 떨어트려 볼 테면 떨어트려 보라는 투다. 친구를 계단에서 밀어 버릴 수도 없고 집에 갈 차비도 없는 현아는 죽으나 사나 예림의 뒤를 쫓아 차에 탈 수밖에 없었다.

"야, 내가 친구 사이에서마저도 을이 되어야겠어?"

"무슨 소리야. 넌 나한테 항상 갑인데. 너 없었으면 내가 초등학교나 졸업했겠어?"

"그 은혜를 도둑질로 갚냐?"

"원래 인생이 다 그래. 준 만큼 다 받고 사는 건 꿈이지."

"그래서 어른들이 머리 검은 짐승은 거둬 키우는 게 아니라고 했나 보다."

"털이 검은 짐승? 흑곰?"

설마 못 알아들었을까, 의심스러운 상황이었지만 스마트폰으로 흑곰과 관련된 속담을 검색하는 예림은 진지했다. 아무래도 예림에겐 너무 어려운 경구였나 보다. 만약 승효라면…….

그가 했을 법한 예의 바른 독설을 떠올린 현아는 진저리를 치며 차창문에 대고 숨을 불었다. 김이 서렸다가, 에어컨 바람에 사라진다. 하지만 얼룩은 남았다. 그에 대한 생각을 지운 그녀의 머릿속에도 그렇게 흔적이 남아 있었다.

한번 묻은 얼룩은 쉽게 지워지지 않는다. 현아는 휴대폰을 꺼내 아무것도 없는 카톡 메시지를 확인했다. 대화 내용은 어젯밤 그가 보낸 '집 앞입니다.'에서 끝났다. 또다시 짜증이 치밀어 오른 그녀는 예림이 새로 사 준 가방 깊숙한 곳에 폰을 찔러 넣고 생각했다. '아무렇지도 않아.'

차는 그사이 한강북로를 달려 마포에 도착했다. 호텔 로비에 차를 세운 운전사가 뒷문을 열자 햇볕이 차 안으로 들어왔다. 7시를 훌쩍 넘긴 시간이었지만 지는 것을 잊은 여름의 태양빛은 강렬했다. 현아는 인상을 찡그리고 빛에 반사되어 번쩍거리는 호텔 간판을 올려다보았다.

"여긴 뭐야?"

"렘브란트 호텔을 몰라? 너 서울 사는 애 맞아?"

"누가 여기가 어딘지 몰라서 묻냐? 여긴 왜 왔냐고."

"저녁 먹으러 왔지, 당연히."

"아하……. 때 빼고 광냈으니까 우아하게 호텔 레스토랑에서 스테이크를 써시겠다?"

"아니. 뷔페일걸?"

"뷔페면 뷔페고 아니면 아닌 거지 '뷔페일걸'은 뭐야?"

"내가 사는 게 아니거든."

마치 춤을 추듯, 발끝으로 서서 한 바퀴 빙글 돈 예림이 2층 연회장의 입구를 가리켰다. 입구에 걸린 플래카드의 글귀를 유심히 읽어 본 현아의 입에서 말 울음소리가 새어 나왔다. '히히힝이이익!'

"여성경제인의 밤? 저길 가자고? 왜?"

"나도 여성경제인이니까."

"뭐? 아니, 그래, 물론 너는 여성경제인이지. 하지만 난 왜 저길 가야 하는 거죠?"

"가족, 친구 동반 가능이니까."

"어이, 어이."

현아는 계속적으로 논점을 피해 가는 예림의 머리카락을 확 잡아당겼다. 허리까지 내려온 예림의 머리카락은 현아가 잡기에 가장 만만한 부위였다.

"야, 내 머리! 드라이 다 한 거란 말이야."

"그러니까 미친년처럼 머리 엉망 돼서 들어갈 거 아니면 똑바로 말해라, 응? 내가 저길 왜 가야 하는지. 당장, 롸잇 나우."

"알았어. 얘기할 게. 놔 봐, 놔 봐. 아야야야야……."

사다리 높이의 하이힐에서 내려온 예림이 말하겠노라 약속을 했다. 하지만 사실을 말할 생각 따위는 그녀에게 병아리 오줌만큼도 없었다. 예림은 그새 구겨진 머리카락 끝을 돌돌 말며 턱을 치켜들었다.

"나도 이런 데 싫어. 아줌마들 모여서 자기 자랑 하는 것도 듣기 싫고. 그런데 엄마가 온다고 그랬단 말이야. 알지? 우리 윤지영 여사, 아빠랑 한림이 자랑하고 싶어서 몸살 난 사람인 거. 엄마 아빠도 너 보고 싶어 하고, 너도 보고 싶어 할 것 같아서 데리고 온 거라고."

"아줌마가 오신다고? 아저씨랑?"

"응."

본래 거짓말엔 진실이 섞여야 진짜 같은 법이다. '소 잃고 외양간 고친다.'라는 속담을 '소 잃고 소 집 고친다.'고 알고 있는 예림이었지만 거짓말을 진짜로 만드는 법 정도는 확실하게 알고 있었다. 그녀는 반신반의하는 현아에게 증거로 엄마와의 카톡을 제시했다.

"봐. 아까 출발했다잖아. 톨게이트 들어왔는데 차 막힌다고 되어 있지? 맞지? 진짜지?"

"흐음……."

호텔에서 보자는 카톡 내용을 확인한 현아가 머리를 긁적였다. 결국 그녀는 밥만 먹고 나가자는 예림의 꼬임에 넘어가 연회장 문턱을 넘었다. 사실은 허기에 졌다.

대리석과 나무로 마감한 연회장 내부는 고급 호텔 연회장답게 화려했다. 조명은 한낮의 태양보다 밝았고, 구석구석 장식되어 있는 꽃들은 죄다 생화였다. 하지만 조명보다, 꽃보다 더 밝고 화려한 것은 연회장을 채운 사람들의 옷차림이었다.

"어머, 예림 씨. 오랜만이에요."

예림이 들어가자 거대한 액세서리를 착용한 아줌마들이 알은척을 해 왔다. 예림은 자연스럽게 아줌마들 군단에 합류하며 현아를 소개했다.

"제 친구예요. 초, 중, 대학교 동창이고, 지금은 방송작가로 일하고 있어요. 엄청 유능해서 프로그램을 거의 먹여 살리고 있죠."

"그래요? 잘 왔어요. 우린 일하는 아가씨 언제나 환영해요."

"그런데 예림 씨랑 동창이라고? 10살은 어려 보이는데?"

"그러게. 이 피부 봐. 어우, 고와라."

"곱게 컸나 보다. 부모님한테 예쁨받고."

"저희 부모님도 엄청 예뻐하세요."

"그래, 그럴 것 같아. 얼굴도 아주 예쁘네. 그런 얘기 많이 듣죠? 미인이라고."

"아, 아니요. 그건 아니지만…… 아무튼 감사합니다."

유능하고 예쁘고 곱게 큰 박현아라니. 그게 누군지 모르겠지만 나는 확실히 아닌 것 같다고 생각한 현아는 어색한 표정으로 고개를 꾸벅 숙였다.

그 순간 현아의 관심은 오로지 연회장 가운데 마련된 뷔페에 쏠려 있었다. 먹지도 못할 대리석 바닥이나, 눈이 부실 만큼 밝은 조명, 화려한 꽃, 화려한 꽃보다 더 화려해 보이는 아줌마들과 그 딸, 혹은 아들 따위보다야 주린 배를 채울 수 있는 뷔페가 중했다.

하지만 예림은 뭐든 먹고 싶어 하는 현아를 데리고 연회장을 누비기에 바빴다. 과장 조금 보태자면 연회장에 들어온 후 30분 동안 만난 사람이 기십이다. 그나마 다행인 것은 스탠딩 파티('파티'라는 단어를 끄집어내기 위해 현아는 상당한 오글거림을 감수해야만 했다)인 덕에 앉았다 일어날 필요는 없었다는 점이다. 얼레벌레 배도 채웠다. 아줌마들이 한잔하라며 준 스파클링 와인으로.

"음. 이번엔 저쪽으로 가 볼까?"

"야, 잠깐. 웨이러 미닛."

23명째, 예림이 소개해 주는 아줌마들의 공통점을 발견한, 아니, 확신한 현아가 그녀의 재킷 뒤에 달린 허리끈을 잡아챘다. 예쁘게 묶어 놓은 나비매듭이 풀리자 예림이 펄쩍 뛰었다.

"캭!"

"캭은 얼어 죽을. 너 의도가 뭐야? 솔직히 불어."

"무슨 의도?"

"이 많은 아줌마들 사이에서 아들 있는 아줌마들만 골라 다니는 의도!"

"무슨 소리야. 말도 안, 헉!"

시치미를 떼며 눈동자를 이리저리 굴리던 예림의 시선이 한 곳에 고정되었다. 뻔뻔함으로 철판을 두툼하게 깔아 놓은 얼굴이 끔찍하게 구겨져 있었다. 불쾌함보다는 공포에 가까운 표정이다. 뭘 본 거야? 궁금해진 현아는 예림이 보고 있는 방향으로 고개를 돌렸다.

여자들에게 둘러싸인 승효와 현아의 눈이 마주쳤다.

❖

아침부터 승효는 기분이 좋질 않았다. 전혀 반갑지 않은 사람이 그의 아파트에 찾아왔기 때문이다.

"고모가 웬일이세요?"

"그리고 서 있으면 내가 못 들어갈 줄 알고?"

문을 막고 섰지만 고모는 그의 배를 인정사정없이 꼬집었다. 과연 조카의 프라이버시 같은 건 눈곱만큼도 존중해 주지 않는 고모다웠다. 그는 문을 열어 버린 제 손을 잘라내 버리고 싶은 욕구를 느끼며 현관에서 물러났다.

"새언니가 보낸 거야. 나도 오고 싶어서 온 게 아니라고. 아쭈? 눈 곱게 안 뜨지?"

식탁 위에 핸드백을 던진 고모가 눈을 부라렸다. 승효는 한숨을 한 번 쉬고, 손바닥으로 얼굴을 문질러 본래의 표정을 찾았다.

"어머니가 왜요?"

"왜긴. 너 오늘 모임 데려가라는 거지."

"애도 아니고, 고모가 데리러 오지 않으셔도 알아서 잘……. 아니, 잠시만요."

등골이 싸늘해진 그가 식탁 모서리를 짚었다. 이건 뭔가, 아주 많이 이상하다.

"어머니는 절 맞선시장에 내놓을 생각 없다고 하셨는데요."

"그런데?"

"어른들끼리 만나서 소개하고 소개받는 것도 아닌데 고모가 왜 제 보호자로 따라가야 하는 거죠? 이 상황에선 어마어마한 음모의 냄새가 나는군요."

'어머, 모모산업 김 사장님 아니세요? 얘는 제 조카예요. 아시죠?', '그럼 알죠. 얘기 많이 들었어요. 여기는 제 딸, 이 모 양이에요.', '따님이 김 사장님 닮아서 미인이네요. 나이는 어떻게?', '서른 둘이에요. 큰일 났어요, 결혼도 안 하고.', '얘도 결혼 생각이 없어요. 그러고 보니 둘이 나이대도 비슷하네요.', '말이 잘 통하겠어요.', '그러겠네요. 둘이 이야기 좀 나누고 있어. 우린 저쪽 가서 인사 좀 드리고 올게.' 충분히 가능성 있는 전개였지만 고모는 콧방귀도 안 뀌었다. 어처구니없다는 듯 그를 물끄러미 쳐다본 고모가 물었다.

"새언니가 사업을 언제부터 시작했지?"

"……글쎄요? 저 세 살 때부터니까 30년 되셨네요."

"그 30년 동안 여성경제인연합회 행사가 몇 번이나 열렸을까?"

"무슨 이야기가 하고 싶으신 거예요?"

"네가 좋아하는 논리적인 접근을 해 보자는 거란다, 조카님. 30년 동안 여성경제인 모임은 몇 번이 열렸을 것이며, 넌 몇 번을 따라갔니? 내가 대충 기억하는 것만으로도 대여섯 번은 되는 것 같은데?"

승효는 기억을 더듬으며 손가락을 꼽았다. 중학교 들어가기 전까지, 즉, 어머니에게 반항하면 하늘에서 벼락이 떨어져 즉사한다고 믿었을 무렵까지 해마다 한 번은 간 셈이니까 고모의 말이 얼추 맞다.

"그래서요?"

"그래서 그 모임에 네 소문이 쫙 퍼졌다 이거지. 어릴 때부터 그렇게 싹수가 누리끼리했는데 소문이 안 났겠어? 그리고 설사 네 성질 모르는 집안 딸이 있다고 해도 너 소개 안 시켜. 네가 그 아가씨 붙들고 무슨 이야기를 할 줄도 모르는데, 새언니 사업 말아먹을 일 있니?"

"……."

"그러니까 조카님, 걱정 마세요. 조카님이 우려하는 그런 일은 계획하지 않았으니까. 난 오늘 네가 거기 사장님들의 발암물질이 되는 걸 감시하기 위해 파견된 평화의 사자야. 됐지? 아, 배고프다. 먹을 것 좀 내놔 봐. 빨리 빨리 빨리."

혼자서 정리를 끝낸 고모가 맛있는 걸 대령하라며 주먹으로 식탁을 긁었다. 고모의 결혼반지가 대리석 식탁에 흠집을 내며 소름 끼치는 소리를 만들었다. 정말 고모가 평화의 사자인가 하는 문제는 차치하고, 승효는 어머니에게 따지고 싶었다. 다른 사장님들의 정신건강은 중요하고 고모 때문에 아들 수명 뭉텅이로 잘려 나가는 건 상관없으신 겁니까? 진정?

"셰프의 혼을 실어서, 정성 들여 만들어라. 하늘 같은 고모님이 잡수실 것이다."

"대체 왜 이 시간까지 식사를 안 하신 건데요?"

"너는 뭘 그런 멍청한 소리를 하고 있어? 당연히 네가 해 주는 거먹으려고 그런 거지."

"그러니까, 왜요? 고모 한식 좋아하시잖아요."

"취향은 중요한 게 아니란다. 남이 해 준다는 게 중요한 거지. 삼시 세끼 시부모님 밥상을 차려야 하는 주부한테 가장 맛있는 밥은 남이 해 주는 밥이야."

논리성이라고는 집 안에 굴러다니는 먼지만큼도 찾아볼 수 없는데 설득력만큼은 확실한, 이상한 주장이었다. 승효는 참을성을 발가락 끝에서부터 끌어 올리며 냄비를 꺼냈다. 하지만 언제나 그렇듯 고모는 그에게 더 많은 인내심을 요구했다.

"얘, 네가 만나는 그 아가씨 애교 없지?"

"그걸 고모가 어떻게……. 고모!"

고모의 손에 들린 물체를 확인한 그가 경악에 찬 비명을 내질렀다.

"지금 뭐하시는 거예요!"

"보면 몰라? 네 카톡 훔쳐보고 있잖아."

"조카의 사생활을 존중해 줘야 한다는 생각은 안 드시고요?"

"억울하면 다음 세상엔 네가 고모로 태어나든지."

"고모!"

"응, 그래. 내가 네 고모야."

"고모, 찬우한테도 이러세요?"

"절대 안 그러지. 우리 귀염둥이 막내아들은 미주알고주알 다 말해서 재미가 없거든. 걔 고등학교 들어가면 적극적으로 훔쳐보려고. 옛다, 다 봤다."

스크롤을 맨 끝까지 내린 고모가 천연덕스럽게 휴대폰을 내려놨다. 모세혈관 구석구석 숨어 있던 인내심까지 쥐어짠 승효는 휴대폰을 고모 손이 닿지 않는 찬장 제일 윗줄에 숨겼다.

"그 아가씨, 큰딸이라더니 정말 애교가 없나 보다. 어쩜 낯간지러운 말 한 번 안 오나니? 훔쳐본 보람 없게시리."

모세혈관으로도 안 되겠다. 이번에 그는 조혈세포를 뒤지기 시작했다. 그의 노력은 성공했고, 5분가량이 흐른 뒤 평소의 임승효로 돌아갈 수 있었다.

"오늘은 그 아가씨 안 만나?"

"저녁에 약속 있으니까요."

"낮에 만나면 되잖아."

"직장 다니는 사람을 낮에 어떻게 만납니까?"

"그만두라고 해. 그리고 네가 먹여 살려."

"제가 알아서 하겠습니다."

"얘 봐라? 그럴 생각 없다는 얘기는 안 하네? 왜? 너도 집에서 살림하는 현모양처를 원해?"

"제가 알아서 하겠다는 말이 제 생각의 방향을 결정짓는 표현인지 몰랐군요. 그리고 집에서 살림하는 모든 여자가 현모양처인 건 아니죠. 고모를 생각해 보세요."

"네 말꼬투리 잡은 내가 죄인이다. 말자, 말어."

그러나 집요하다는 면에서 승효와 한 핏줄임을 증명하는 고모는 밥을 먹다가도, TV를 보다가도, 물을 마시다가도 승효가 찬장 근처를 지나가면 그에게 정신을 집중했다. 관심을 빙자한 방해에 질린 승효는 휴대폰의 존재를 잊었다.

그에게는 한 번의 기회가 있었다. 씻기 위해 욕실에 들어갔을 때였다. 고모는 휴대폰을 들고 가는 그를 보며 분한 표정을 지었지만 욕실까지 따라 들어오진 않았다.

몇 시간 만에 비로소 혼자가 된 승효는 카톡 아이콘을 눌렀다.

"……"

새로 온 메시지는 없었다. 그리고 카톡의 날짜 변경선 아래에 있는 메시지는 모두 그의 것이었다.

그는 카톡을 강제종료했다.

잊어버리고자 한 그의 의지와 달리 한 번 인식한 깨달음은 간헐적으로 그를 괴롭혔다. 호텔로 출발할 때까지 고모가 무슨 짓을 하든 침묵으로 일관한 그는 모임에 가서도 입을 꼭 다물고 최소한의 말만 했다. 안녕하세요. 예. 아닙니다. 감사합니다.

말만 안 하면 아줌마들이 좋아하는 모든 요소를 다 갖춘 사람이 임승효. 그의 주변으로 딸 가진 사장들이 하나둘씩 몰려들자 고모는 두려움에 떨었다. 얘가 왜 이래? 웃지만 말고 말을 해라, 말을.

"그러고 보니까, 정 사장님 따님 예일 대학 대학원 입학하셨다면서요."

"들으셨어요? 예. 지난달에 출국했답니다. 학기는 내년부터지만 미리 가서 준비 좀 하라고 먼저 보냈어요."

"그래서 같이 안 오셨구나. 부러워요. 우리 애도 대학원은 미국으로 보내려고 하는데."

"왜 이러세요. 박 사장님 따님 장학금 놓친 적 없다는 거 저희 다 아는데요."

"근데……."

입을 가리고 우아하게 웃던 아줌마 중 한 명이 저기 보라며 다른 이들의 주의를 끌었다. 아줌마들의 표정이 대번에 일그러졌다.

"어머!"

"온다는 얘기는 얼핏 들었는데, 진짜 왔네."

"그래요? 온다고 그랬대요? 누가?"

"사무장이요. 메일이 왔대요. 그것도 어제 밤늦게."

"아직 젊네요. 즉흥적인 게."

"투자자들의 성향인가 보죠. 왜, 강 사장한테 유산 물려준 사람도 투자자였잖아요. 생면부지의 아가씨한테 유산을 준다는 건 어지간한 즉흥성을 가지지 않는 이상 힘들지 않겠어요?"

"그거 정말 미스터리한 사건이었는데."

"아예 모르는 사이는 아닐걸요? 강 사장 아버지하고 둘이 거래하지 않았어요?"

"에이. 거래처 사장 자식한테 유산을 준다고요? 장 사장님이라면 그러겠어요?"

"3%밖에 안 되잖아요, 대신."

"그 3%가 어마어마한 돈이었죠."

그들의 대화 속에는 노골적인 적의와 은근한 부러움 이상의 무언가가 있었다. 그것은 성적인 부도덕이었다. '그렇고 그런 관계니까.' 설사 사실일지라도 같은 여자끼리 할 이야기는 아닐 텐데. 억눌러 온 짜증을 자극받은 승효는 귀를 닫았다. 논리적인 공박이 가능한 상대들도 아니었거니와 지금은 모든 것이 귀찮았다.

"아, 맞다. 승효 씨도 알지 않아요? 나이가 얼추 비슷하니까 몇 번 만났을 것 같은데."

"얼굴 보면 알걸요?"

하지만 승효를 자신들과 같은 수준으로 끌어내리고 싶은 그녀들은 그를 가만두지 않았다. 장 사장이 한쪽을 가리켰다. 승효는 마지못해 고개를 돌렸다. 하지만 그녀들이 보라고 한 사람이 누구든, 그가 본 사람은 절대 아니었다.

쌍꺼풀이 사라질 정도로 눈을 크게 뜬 현아와 그의 시선이 마주쳤다. 그녀는 그가 처음 본 모습을 하고 있었다. 누가 골라 줬을까? 날씬한 다리를 강조하는 타이트한 치마. 짧지만 과하진 않다. 끝으로 갈수록 삼각형으로 넓게 퍼지는 목깃과 굵게 웨이브 진 단발머리가 어려 보이기만 하던 그녀의 얼굴에 성숙함을 더했고 눈매를 강조한 화장은 그녀의 야무진 성격을 뚜렷하게 반영했다.

우습게도 그 순간 그는 짜증을 잊었다. 사라진 것은 아니다. 다만 짜증보다 그녀를 봤다는 기쁨이 더 컸다. 영화에서나 나올 법한 우연한 만남. 이토록 우주적인 행운. 심장이 뜨겁게 달아올랐다.

그녀에게로, 그가 걸어갔다.

"What the fuck! 오지 마, 오지 마. 왜 일로 오는 건데? 나 보고 오는 건 절대 아닌데. 설마 너야?"

한 치의 흔들림도 없이 두 사람을 향해 걸어오는 승효를 본 예림이 인상을 쓰며 물었다. 예림이 말하는 '너'가 저를 지칭한다는 것을 알았지만 현아는 대답하지 않았다.

"나 좀…… 나갔다 올게."

"뭐? 어딜? 왜?"

"바람 쐬러."

몸을 홱 돌린 그녀가 입구 쪽으로 걸음을 옮겼다. 누가 쫓아오기라도 하는 듯 빠르고 다급한 동작이었다. 분명 눈이 마주쳤는데? 황당한 나머지 본능적으로 손을 뻗는 승효의 앞을 길쭉한 인영이 가로막았다.

"잠깐."

키 175cm에 8cm짜리 하이힐을 신은 예림은 승효와 키가 비슷했다. 뒤늦게 예림의 존재를 눈치챈 승효가 도끼눈을 떴다.

"뭡니까?"

"현아 친구요."

"친구?"

어릴 때 몇 번 본 게 전부인 사이지만 승효는 예림의 얼굴을 기억하고 있었다. 그는 몇 가지 기억을 떠올렸다. 의문의 유산상속자이자 현재 뉴욕에서 가장 잘나가는 투자자, 강예림.

강예림과 그녀가 친구라면 그녀가 이 자리에 있었던 이유가 설명이 된다. 승효는 힘이 잔뜩 들어간 눈매를 부드럽게 만들고 예림의 옆쪽으로 몸을 틀었다.

"그렇군요. 실례지만 제가 바빠서. 나중에 인사하죠."

하지만 예림은 길을 비켜 주지 않았다. 오히려 승효가 왼쪽으로 가면 왼쪽을 막고 오른쪽으로 가면 오른쪽을 막으며 승효의 진로를 철두철미하게 방해했다. 이해할 수 없는 행동에 그가 눈동자를 굴리자 예림이 웨이터에게서 새로 받은 샴페인 잔을 내밀었다.

"한잔하세요. 우리 오랜만에 보는 것 같은데. 20년 만인가요?"

다람쥐처럼 빠른 현아의 흔적을 연회장 내에서 찾긴 이미 늦었다. 예림을 밀칠 수 없는 승효는 마지못해 잔을 받아 들었다. 어쨌든 강예림은 그녀의 친구였다. 수영장 티켓에 사촌 조카 얼굴을 찍어서 뿌려 줄, 가슴친구.

"정확하게는 19년 만입니다."

"그걸 기억하고 있어요? 혹시 나 좋아했어요?"

"……."

"라고 하기엔 오빠 기억력 좋다는 걸 잘 알아서. 이건 뭐 감동도 없고 재미도 없네요."

감동도 없고 재미도 없었지만 당혹은 확실히 있었다. 승효는 대체 무슨 말이 하고 싶냐는 의문이 여실히 드러나는 눈으로 예림을 바라보았다. 하지만 예림은 서두르지 않았다.

그녀는 묻지도 않는 재킷의 먼지를 털고, 새로 받은 잔에 지문 자국이 남아 있다며 웨이터를 부르는 까칠함을 보이고, 두 사람이 서 있던 곳에서 가장 먼 스탠딩 테이블로 이동해 팔꿈치를 기댄 뒤 서두를 꺼냈다.

"난 어릴 때 왕따였어요."

한참 늦은 그 서두조차 승효가 원하는 방향하곤 거리가 멀었다.

"자서전을 쓰려는 건 아닐 테고, 묻지도 않은 이야기를 할 때는 이유가 있겠죠. 궁금하진 않지만 일단 들어 보겠습니다."

"그 말 후회할 텐데. 나랑 현아가 어쩌다 친구가 되었는지, 궁금하지 않아요?"

술잔을 빙글빙글 돌리며 예림이 의미심장하게 웃었다. 승효는 고개를 끄덕였다. 처음 친구라는 말을 들었을 때부터 생각해 봤지만 두 여자 사이의 공통점을 발견할 수 없었다.

"나 제천에서 컸어요. 현아는 제천이 고향이고요."

"내가 기억하기론 미국에서……."

"오빠가 봤을 때는 그랬죠. 미국에서 학교 다니다가 6학년 때 한국 들어와서 제천에서 쭉 살았어요. 제천으로 이사 간 뒤에는 이 모임 안 나왔고. 속 시끄러운 사정이 있었지만 오빠 어머니가 말 전하는 분도 아니고, 오빠도 가십거리 좋아하는 성격은 아니니까 모를 줄 알았어요."

잠깐 쓴웃음을 비친 그녀가 말을 이었다.

"현아가 없었으면 난, 왕따를 벗어나지도 못했을 거고 고등학교도 못 들어갔을 거예요. 갠 인기도 많고 공부도 잘했거든요. 현아랑 친구 하다 보니까 개 친구가 내 친구가 되더라고요. 그 친구들이랑은 지금 은 연락 안 하지만. '다른' 사람들하고 오랫동안 친구 하기는 힘들잖 아요. 오빠는 그런 경험 없어요?"

간접적으로든 직접적으로든, 비슷한 경험을 해 본 그는 예림이 말 한 바를 충분히 이해할 수 있었다. 강예림 같은 사람 주위에 '진짜 친구'가 있다는 건 확률상 리미트 제로에 가깝다. 친구였다가도, 나 중에는 아니게 되는 것이 어찌 보면 당연했다.

박현아라는 여자가 얼마나 괜찮은 성품의 소유자인지 다시 한 번 확인하는 계기가 되었지만 승효는 전혀 즐겁지 않았다. '그건 나도 알아.' 오히려 그가 아는 사실을 예림이 먼저 알고 있었다는 것에 질 투가 났다. 마치 예림에게 그녀를 뺏긴 기분이었다.

"난 폰이 두 개 있어요. 하나는 그냥 휴대폰, 다른 하나는 내가 무 얼 하든, 어디에 있든 꼭 받는 휴대폰. 그 번호를 아는 사람은 우리 가족하고 현아뿐이에요."

"오래된 우정을 과시할 생각이라면 존중해 드리겠습니다."

"과시? 과시가 뭐야……. 아, show off. 아니. 이건 과시가 아니에요. 오빠가 좋아하는 fact지. 나한테 현아는 그만큼 중요하거든요. 난 그래서 현아가, 강한 척하지만 남의 일에 지가 더 상처받고, 지네 엄마 아빠 용돈 보내 주느라 지 쓸 돈도 없으면서 오만 데 다 기부하고 다니는 걔가 정말 마음씨 넓고 이해심 많은 사람을 만났으면 좋겠어요. 물론 재력과 능력은 기본이고 잘생긴 얼굴은 옵션이죠. 그런데 오빠가 그럴 사람이 돼요?"

예림의 마지막 질문은 다의적인 의미를 함축하고 있었다. 말문이 막힌 그는 입을 벙긋거렸다.

"어……."

"어떻게 알았냐고요? 걔 썸 타는 남자 있다는 건 진작 알았고, 그 사람이 누군지는 몰랐는데, 아까 두 사람 표정 보니까 알겠더라고요."

'썸 타는 남자' 그 말이 그의 가슴을 헤집었다. 이렇게 오랜 친구에게 말할 때도 결국은 썸 타는 남자밖에 되지 못했나?

"오빠 여기 왜 왔어요? 이 모임이 뭐하는 자리인지 모르는 사람도 아닌데. 등 떠밀려서 왔다고 하겠지만 애초에 이런 자리는 절벽에서 밀려도 와서는 안 되는 거죠. 현아가 있는데. 내 친구는 오빠가 그렇게 만날 사람 아니에요. 지금은 썸이라도, 절대로. 그러니까……."

예림은 스탠딩 테이블 위에 샴페인 잔을 힘껏 내려놓았다. 얇은 와인 잔과 대리석으로 된 테이블 상판이 부딪치며 잔의 밑동에 금이 갔다.

"그러니까 내 친구한테서 떨어져, 이 좌뇌발달변태야."

그녀의 어휘 체계엔 존재할 수 없는 고급 단어를 쏟아 낸 예림이 참았던 숨을 몰아쉬었다.

대로변에 위치한 호텔 앞 정경은 삭막했다. 현아는 삭막한 가슴을 더 삭막하게 만들어 주는 빌딩 숲도 나쁘지 않다고 생각하며 입술을 감쳐물었다.

그랬단 말이지?

눈치 빠른 그녀는 30분 동안 예림을 따라다니면서 모임의 성격을 명확하게 파악할 수 있었다. 그런 그녀가 서른셋의 그가 어머니와 한 약속이 어떠한 성질의 것인지 추리하는 건 누워서 떡 먹는 것보다 쉬운 일이었다.

깜짝 선물 같은 우연한 만남을 기대했었다. 하지만 그런 식으로는 아니었다. 참석자들의 의도가 빤히 보이는, 예비 맞선 탐색전 같은 자리에서 남의 옷을 입은 듯 어색하고 불편한 차림을 한 채, 자리에 더할 나위 없이 어울리는 투 버튼의 포말 슈트를 입은 그와 마주치는 건 결코 원하지 않았다.

그것은 언젠가, 주방에 있는 그를 보았을 때와 유사한 감정이었다. '이 사람은 원래 이런 곳에 있어야 하는 사람이구나.' 라는 그 절절한 깨달음.

그녀는 고개를 숙여 자신의 신발을 내려다보았다. 화려한 패턴으로 발등을 감싸고 있는 파티 샌들은 그녀의 것이 아니었다. 블랙 실크 스커트도 그녀의 것이 아니었다.

그 자리에서 그녀는 합성 사진의 한 부분이었다. 기술력이 좋아서 쉽게 눈에 띄진 않지만 자세히 살펴보면 이상하다며 갸웃거리게 되는. 남들은 영원히 모른다고 해도 그녀 자신은 알았다.

원한 적도 없는데 강제로 꿈을 꾸고, 그 꿈에서 강제로 끄집어져

내동댕이쳐진 기분이었다. 그러자 어제부터 머리를 들이밀 때마다 발로 짓이겨 억지로 죽여 놓은 짜증이 폭풍처럼 쏟아져 나왔다.

그녀는 짜증이 났고, 제가 짜증을 내고 있다는 것에 또 짜증이 났고, 짜증을 짜증이라고밖에 표현하지 못하는 제 비루한 표현력에 짜증이 났다. 하지만 가장 짜증나는 점은 이렇게 짜증이 나는 데도 그에게는 절대 짜증을 부릴 수 없다는 점이었다. 그래서 그를 피해 자리를 떴다.

"아니야. 피한 게 아니야. 이성적이고 현명한 선택이야."

짜증이 덕지덕지 붙은 얼굴을 보여 주는 건 여러모로 손해였을 테지. 그녀는 호텔 머릿돌을 툭툭 차며 스스로에게 용기를 불어넣었다.

"괜찮아. 잘했어, 박현아. 넌 현명했어."

그러나 어젯밤과는 달리 아무리 입 밖으로 괜찮다는 말을 꺼내도 기분은 썩 나아지지 않았다.

"잘했다니까. 진짜 잘한 거야……."

"현아 누나?"

힘들 때마다 사용해 왔던 마법의 주문을 중얼거리고 있는데, 뒤에서 익숙한 목소리가 들렸다. 상대를 확인한 현아는 '엇?' 하는 표정을 지었다가 문젯거리를 뒤로 밀어 놓은 사람들이 으레 그러하듯 과장된 반응을 보였다.

"와! 한림아. 반가워! 이제 도착했어? 차 많이 밀렸나 보네? 밥은 먹었어? 배 안 고파?"

"네, 밥은 먹었어요……. 근데 누나 왜 이래요, 무섭게."

현아가 대뜸 팔짱을 끼자 한림이 주춤거리며 물러났다. 현아는 한림의 옆구리를 쿡 찌르고 한림의 뒤에 서 있던 장신의 남자를 보며 환하게 웃었다.

"아저씨도 오셨어요?"

"음. 그래. 오래 기다렸니?"

쉰 중반이 넘은 남자는 까무잡잡한 피부색을 제외하면 한림과 판박이였고, 키는 한림보다 좀 더 컸으며 나이에 걸맞게 멋들어진 수염을 기르고 있었다. 그리고 예림과는 놀라울 정도로 닮은 곳이 없었다.

"아니요. 예림이도 늦었어요. 어? 근데 아주머니는요? 같이 오신다고 예림이가 그랬는데요?"

"아⋯⋯."

그가 곤혹스러워하는 미소를 지었다. 한림은 멋쩍어하는 아버지를 대신해 어머니의 행방을 간략하게 요약했다.

"오다가 손톱이 똑 부러지셔서."

"아하."

이해했다는 뜻에서, 현아는 엄지와 검지를 동그랗게 말아 오케이 사인을 보냈다. 남들이 들었다면 그게 뭐냐고 되물었을 한림의 부족한 설명이 그녀에겐 차고 넘쳤다.

"근처에 네일 하는 데가 있었어?"

"한 10분 거리에 있더라고요."

"그럼 못해도 20분은 넘게 걸리시겠네. 어떻게⋯⋯ 아저씨는 기다리실 거죠? 그럼 제가 한림이 데리고 들어갈까요?"

"아니야. 같이 들어가자."

'엄마가 먼저 들어가 있으라고 했어요. 주인공은 나중에 등장하는 법이라고.' 한림이 현아의 귀에 대고 소곤거렸다. 정말 강예림 어머니답다고 생각한 현아가 킥킥거렸다.

"아저씨, 같이 들어가 주시면 저 되게 안심될 것 같아요. 저 안은 엄청 불편하더라고요."

"왜? 누구 불편한 사람이라도 만났니?"

"아니요. 그런 건 아니고……. 그냥 다들 대단한 분들이라서요. 괜히 위축되고 그랬어요."

"쓸데없는 생각을 했구나. 어느 자리에도 부족하지 않을 아이가."

덤덤한 그 말이 현아에겐 짜증을 순간적으로 날려 보낼 위로가 되었다. 맞다고 고개를 끄덕이는 한림의 태도도 그녀를 잠시나마 으쓱하게 만들었다.

쑥스럽게 뒷목을 긁은 그녀는 그녀가 이제까지 본 중 가장 멋진 중년 남성과 가장 장래가 촉망되는 남자를 양옆에 끼고 연회장 안으로 들어갔다. 두 남자 뒤에 들러붙어 있는 후광 효과 때문인지, 처음보다 조금 당당해질 수 있었다.

"으음……. 아까 저기 있었는데……."

"저쪽에 있네요, 우리 누나."

밖으로 나올 때 예림이 서 있던 자리에서 예림을 찾지 못한 현아가 인상을 찌푸리자 한림이 손가락을 들어 구석에 있는 스탠딩 테이블을 가리켰다. 그리고 말릴 새도 없이 예림을 소리쳐 불렀다.

"누나!"

이목을 끌기로 작정이라도 한 듯, 한림의 목소리는 평소보다 수 배정도 우렁찼다. 사람들의 시선이 한 번에 한림에게로 쏠렸다. 그 사람 중에는 왠지 모르게 씩씩거리고 있는 예림과 당장이라도 터질 것 같은 휴화산 같은 얼굴을 한 승효도 있었다. 한림은 팔짱을 낀 현아의 팔 위에 제 손을 얹으며 한 번 더 예림을 불렀다.

"누나."

승효의 눈이 한림에게 한 번, 예림의 아버지에게 한 번 닿았다. 현아는 그의 눈에서 불똥이 튀었다고 생각했다.

"으악!"

처음 보는 그의 무서운 표정에 놀란 현아가 뒷걸음질 치는 순간, 갑자기 하늘과 땅이 역전되었다. 투우사에게 돌진하는 소처럼 달려온 승효는 현아를 어깨에 들쳐 메고, 내려 달라는 그녀의 요청을 깡그리 무시한 채 당당하게 밖으로 걸어 나갔다.

일부러 그를 자극한 한림도, 제 말을 듣고 난 뒤 그의 표정을 보고 어느 정도의 엽기적인 상황을 예상한 예림도, 가장 어른인 예림의 아버지도 손써 볼 새가 없었다.

연회장 안의 모든 사람이 조용해졌다. 말할 정신이 있는 사람은 승효의 고모뿐이었다. 주변을 돌아본 그녀가 누구에게라고 할 것 없이 물었다.

"납치인 것 같죠?"

❖

거꾸로 매달린 현아가 제정신이 아니라는 것은 짐작할 수 있겠지만, 멀쩡히 서 있는 승효도 정신없기는 매한가지였다. 하지만 현아의 혼미 상태가 중력을 거스르는 괴상한 자세 때문인 것과 달리 승효의 경우는 오로지 심리적인 문제 때문이었다.

좌뇌발달변태. 그 어마어마한 인신모독에 승효가 할 수 있는 것들은 많았다. 그는 논리적인 반박으로 예림의 주장을 혁파할 수도 있었고 예림은 상상조차 할 수 없는 어려운 단어로 예림의 인격을 난도질할 수도 있었다. 그에게는 불쾌함을 표현할 충분한 자격이 있었고, 실제로도 상당히 불쾌해하던 중이었다.

그러나 예림의 발언에서 느낀 불쾌함은 현아가 한림의 팔짱을 끼고 등장했을 때에 비하면 조족지혈이다. 그리고 현아의 왼쪽에 선 중년 남자를 보았을 때, 좌뇌발달변태는 우주의 먼지가 되어 비산했다.

'전 나이 좀 있는 남자 좋아해요.'

지나간 기억과 불가해한 감정이 그를 강타했다. 그 순간 그의 머릿속을 지배하는 생각은 단 한 가지였다. '저 괴물같이 잘생긴 중년에게서 저 여자를 떨어트려 놔야겠다.' 그 괴물같이 잘생긴 남자를 어릴 때 본 기억이 있다는 건 고려 대상이 되지 못했다.

그는 감정적으로 생각했고 충동적으로 결정을 내렸다. 내려 달라고 발광하는 현아를 사람들로 북적거리는 1층 홀에 어쩔 수 없이 내려준 뒤에 한 첫 질문도 지극히 폭발적이었다.

"대체 여긴 왜 온 겁니까?"

"에?"

저를 쌀부대 취급한 그의 태도에 분통을 터트려야 하는 건지, 바늘처럼 뾰족한 그의 어투에 경악해야 하는 건지, 여기 온 게 잘못이냐고 물어야 하는 건지 감을 잡지 못한 현아의 입에서 의미 없는 입소리가 나왔다. 그녀는 생각나는 대로 말을 내뱉었다.

"뭐라고요?"

"못 들었습니까? 거꾸로 뒤집혔다고 해서 청각 기능에 문제가 생긴다는 이야기는 들어 본 적 없는데. 여긴 왜 온 거냐고 물었습니다."

2층 계단 쪽을 가리킨 그가 이를 갈며 그녀에게 한 발 더 걸어왔다. 현아는 본능적으로 움찔했다가 얼굴을 일그러뜨렸다.

"그러는 셰프님은 여기 왜 오셨는데요?"

"오늘 어머니랑 약속 있다고 말했던 것 같습니다만?"

"아. 그 어머니랑 한 약속이 여기 와서 결혼적령기의 딸을 가진 사장님들에게 둘러싸여 있는 거였어요?"

"뭘 생각하는지는 알겠는데, 현아 씨 예상은 틀렸습니다. 현아 씨 친구도 틀렸고."

"독순술에 이어 독심술도 배우셨나 봐요? 그런데 어쩌죠? 전 아무 예상도 안 했는데. 현상을 보고 결론을 내렸을 뿐이지. 길을 막고 물어보세요. 누구나 저 같은 결론을 내릴걸요?"

"현아 씨가 그렇게 좋아하는 다수결에 의거해서 나도 물어보고 싶군요. 좌우에 젊은 남자, 나이 든 남자 끼고 등장한 여자를 보고 무슨 상상을 해야 하는지. 아빠와 동생은 절대 아닌데 말입니다."

"그럼 사람들이 셰프님더러 미쳤다고 하겠죠. 중학생과 유부남을 보고 무슨 상상을 하는 거냐고."

"100명의 사람이 있다면 반응도 100가지가 될 수 있다는 생각은 안 들어요? 누군가는 신문에서 본 중학생과 교사의 부적절한 관계를 떠올릴 수도 있고, 누군가는 불륜을 떠올릴 수도 있습니다."

"그래서 지금 그런 상상을 셰프님이 하셨다는 거예요? 정신이 나가신 거예요, 갑자기 바보가 되신 거예요, 그것도 아니면 억지를 쓰고 계신 거예요? 한림이 옆에 있는 중년 남자면 한림이 아버지죠! 똑같이 생겼는데 그걸 왜 못 알아봐요!"

두 사람은 타인의 시선을 아랑곳하지 않고 정말 박력 있게 싸웠다. 하지만 본질엔 이르지 못한 채 주변만 맴도는 소모전에 불과했다.

현아는 오면 안 된다는 그 말이 넌 자격이 없다는 말처럼 들린다고 말하지 않았다. 저 안에서 제가 왜소해진 것만 같았다고, 한림과 예림의 아버지 앞에서는 쉽게 했던 그 말을 승효에겐 할 수 없었다.

"아버지라고?"

멍청하니, 승효가 되물었다. 강예림, 강한림, 그리고 둘의 아버지. 약간의 사고 과정만 거치면 쉽게 알 수 있었던 사실이다. 심지어 완전히 모르는 사이도 아니었다. 자신이 그런 단순한 사실을 눈치채지도 못했다는 걸 믿을 수 없는 그는 고개를 털어 충동을 털어 냈다.

"네, 아버지요!"

그러나 소름 끼치는 단어에 이성을 찾은 승효와 달리 현아는 말을 할수록 열불이 나는 경험을 하고 있었다. 짜증은 분노의 훌륭한 자양분이고, 답답함은 오기의 원동력이다. 그녀는 그래서는 안 된다는 걸 뻔히 알면서도 배짱을 부렸다.

"그리고 설사, 아저씨가 한림이 아버지가 아니라고 해도 셰프님이 무슨 상관인데요? 내가 누구를 만나든! 좌우에 누굴 끼고 다니든! 셰프님은 내 허락받고 사람 만났어요?"

잠시 되찾았던 승효의 이성이 퐁 하는 소리를 내며 날아갔다. 한마디로 뚜껑 열렸다.

"지금 장난합니까? 내 허락 없이는 죽을 수도 없다는 거 기억 못 해요?"

"내가 왜!"

"당신 혀가 내 거니까!"

사람들이 흠칫했다. 현아가 악을 썼다.

"혀만 셰프님 거예요!"

"웃기는 소리! 발달의 첫 단계는 구강기야! 처음이 내 거라는 건 당신 전체가 내 거라는 거라고!"

"무슨 그런 억지……!"

와락, 현아의 허리를 잡은 그가 상체를 숙였다. 그의 입술이 그녀의 소리를 덮고 그의 혀가 그녀의 이 사이를 비집고 들어왔다. 꽃밭에서의 첫 키스, 그 후 몇 번인가 나누었던 가벼운 키스와는 다르다. 몇 초 만에 현아의 숨을 헐떡이게 만들 정도로 과격한 입맞춤이었다.

"싫⋯⋯."

그는 노련하게 그녀의 안을 탐닉했다. 혀뿌리가 뽑혀 나갈 듯 강한 힘이 그녀를 압박했지만 고통스럽지는 않았다.

현아는 의식적으로 진저리를 쳤다. 이런 건 싫다. 화난 이유도 모르면서 무조건 미안하다는 말부터 하는 남자들의 버릇 같은, 일방적이고 파괴적인 입맞춤. 마시멜로처럼 달콤하지도 꽃처럼 아름답지도 않다. 심장이 터질 것 같은 긴장감도 없었다. 오히려 가장 추운 날 비바람을 맞고 서 있는 듯 현아의 가슴을 싸늘하게 만들었다. 이런 걸 원한 게 아니야. 내가 원한 건⋯⋯.

"싫다고!"

짝―

허공을 가른 손바닥이 그의 뺨을 후려쳤다. 자그마한 그녀가 저지를 수 있는 최고의 폭력이었다. '엇' 하는 틈을 타, 그녀가 품에서 빠져나갔다. 그는 얼얼한 볼을 손등으로 쓸고 쓰게 웃었다.

"썸남한테 혀는 가용범위가 아니었나 보군요."

"⋯⋯."

앞머리를 쓸어 올리는 그의 눈에 뭐 대단한 구경거리라도 만난 듯 힐끔거리는 사람들이 보였다. 그제야 장소가 인식되었다. 공공장소에서 할 짓은 아니었어. 한숨을 쉰 그가 나직하게 말했다.

"확신이 없어서 그러는 거라고 생각했습니다. 우리, 순탄하게 시작한 사이는 아니었으니까. 그런데 아무리 봐도 내 자만심이었던 것 같군요. 난 이제 현아 씨가 뭘 원하는지 모르겠습니다. 내가 어떻게 해야 할지도 모르겠고. 내가 어떻게 해 줬으면 좋겠습니까?"

마치 시위라도 하는 듯, 그녀는 침묵을 고집했다. 집요함을 발휘해 봤자 그녀에게 아무런 영향력을 발휘할 수 없을 거라고 판단한 그는 입구 쪽으로 시선을 돌렸다. 긴 머리를 우아하게 틀어 올린 중년 여성이 홀로 들어오고 있었다. 드라이아이스처럼 차갑게 달궈진 그의 이성은 그 여자가 누군지 금방 알아차렸다.

"어라? 현아니?"

현아를 알아본 듯 그녀가 반색을 하며 빠른 걸음으로 다가왔다. 승효는 목을 까닥거렸다.

"일행분이 오셨군요. 오늘은 내 실수가 많았습니다. 미안합니다. 그럼, 먼저 실례하겠습니다."

의례적인 인사를 하고 돌아서는 그의 표정이 석회질 같았다. 현아는 멀거니 그의 등만 바라보았다.

그가 한 말이 일그러진 형태로 머릿속에서 부유했다. 뭘 원하는지 나도 잘 모르겠다고, 왜 이렇게 짜증이 나는지 모르겠다고, 당신이 아닌 누구도 할 수 없는, 말하지 않은 마음을 귀신같이 알고 행동해 주길 바라는 이 마음이 창피해서 말할 수가 없다고. 그러니까 당신이 좀 알아서 해 달라고 말할 수가 없어서 그녀는 그를 잡을 수가 없었다.

"왜 밖에 나와 있어? 혹시 나 기다렸어?"

본래 남한테 관심 없는 예림의 어머니는 승효를 알아보지도 못했다. 현아는 힘없이 웃으며 고개를 저었다.

"아니요. 그냥 나와 있었어요. 이제 들어가려고요."

"그래. 같이 들어가자. 저기 2층 맞지? 그런데 우리 현아, 오늘 예쁘네."

홀 귀퉁이가 빼꼼 보이는 2층 층계참에서, 예림의 어머니가 말했다. 현아의 걸음이 멈췄다. 아, 그래. 내가 원했던 건…….

납덩이처럼 무거운 목을 움직여 뒤를 돌아보았다. 낯설고 의미 없는 사람들만 홀을 오가고 있었다.

"너 표정이 왜 그래? 괜찮니?"

헤어지면서 그는 아무런 말도 하지 않았다. 내일 보자든가, 내일 연락하겠다든가, 다음에 보자든가. 앞으로를 기약하는 말은 하나도 없었다. 현아는 주먹을 쥐어 용기를 쥐어짜고 폐를 긁어내는 목소리로 대답했다.

"괜찮아요."

물론, 터무니없는 자기기만이었다.

제가 먹어 보겠습니다, 이 여자

"여자와 남자 사이에 친구나 선배, 동료 같은 관계가 가능하다고 생각해?"

비 오는 쾰른의 봄밤, 뜬금없이 놀러 와 며칠 승효의 집에서 죽치고 있던 정하가 뜬금없이 물었다. 질문하는 목소리가 빗소리처럼 습하고 눅진하다. 기질 때문일까, 승효는 모르는 어떤 트라우마 때문일까. 멀쩡함이 지나쳐 오히려 무감각해 보이는 정하에겐 가끔 이렇게 발작적인 감성이 찾아오곤 했다. 예술가들이란 정말.

"네 질문의 요지가 이성 간에 감정을 배제한 쿨한 관계가 성립될 수 있는가, 이거라면 내 대답은 ja."

승효는 논문에서 눈을 떼지 않은 채 볼펜을 빙빙 돌리며 대답했다. 저런 예민함에 일일이 반응하다간 제가 지치기 십상이다. 어쩌면 그의 그런 태도 때문에 정하가 그의 앞에서만은 우울함을 드러내는지도 모르겠다.

"정말 그렇게 생각해? 여자는 그럴 수 있다고 쳐. 그런데 남자도 가능할까? 짐승의 욕망을 너무 무시하는 거 아니야?"

"같은 남자로서, 남자를 허리 아래만 있는 존재로 취급하진 마. 남자도 뇌가 있고, 걷는 데 활용 불가능한 그 다리도 뇌의 지시를 받아. 그게 조절 불가능하면 죽어야지. 아니면 쇠고랑 차든가."

"감정 없는 섹스파트너도 충분히 가능하다고 들리는데?"

"본질을 호도하는 감이 없잖아 있지만, 일단은 ja."

"흐음."

소파 위에 벌렁 드러누운 정하가 바이올린 활을 제 상체 위에 얹었다. 느릿하게 손이 움직이고 옷과 부딪힌 현이 매미 날개 비비는 소리를 냈다.

"본 적 있어."

"뭘?"

"'우린 그냥 쿨한 섹파예요.' 라고 하는 애들."

"내 주장에 근거를 더해 주기 위한 노력이야?"

"아니. 그런데 그렇지 않다고. 그런 애들, 알고 보면 둘 중의 하나, 혹은 둘 다 서로를 좋아해. 한쪽만 좋아하는 경우는 다른 한쪽이 섹파임을 강조하니까 어쩔 수 없이, 조금이라도 더 같이 있고 싶어서 그냥 그렇다고 하는 거였어. 사랑하는 거지. 감정이 완전히 배제된 섹파는 본 적 없는 것 같아."

"글쎄. 너만의 개인적인 경험에 근거한 주장이 얼마나 신빙성이 있냐 하는 문제는 둘째 치고, 난 과연 그게 사랑일까 하는 의문부터 드는데."

"사랑이 아니면 뭔데?"

"굴종."

승효가 논문을 넘겼다. 사락거리는 소리가 옷깃과 바이올린 현이 부딪치는 소리와 비슷했다.

"굴종?"

"주체의식이 없잖아. 모든 감정의 주체는 난데, 그 주체가 흔들린다면 그 감정이 진실하다고 할 수 있겠어? 노예가 우리 주인님 정말 좋은 분이라고 했을 때 그 말을 100% 믿어야 할까?"

"교조적이네."

"그럴 수도."

그리고 한동안 조용했다. 똑바로 앉은 정하는 바이올린을 들었다. 그리고 문득 생각난 듯 말했다.

"근데 형, 논지에서 벗어났어."

"논의가 불가능한 주제를 끌고 온 건 너잖아."

"아아, 그렇지. 사랑이니까."

턱받침에 턱을 붙인 정하가 작게 소리 내 웃었다. 작은 1층 주택 거실로, 창문에 머리를 부딪치는 빗소리와 우울한 바이올린 소리가 섞여 들었다. 승효는 정하의 연주를 들으며 고개를 갸웃거렸다. 방금 전 주제가 사랑에 관한 것이었던가? 하지만 깊이 파고들진 않았다. 사귀는 사람이라도 생겼나 보지.

지금 와 생각해 보면 그때의 민정하는 그 당시의 임승효보다 더 어른이었다. 사랑을 먼저 깨달았다는 점에서.

✢

어느 직장이든 휴일 다음 날은 바쁘다. 그 점은 목요일의 카페 앙글레도 마찬가지였다. 평소보다 한 시간가량 일찍 출근한 수연은 오전에 들어온 오후 예약을 정리하고 재료 주문할 것을 결재 받기 위해 승효를 찾았다.

그러나 주방, 팬트리, 그가 즐겨 앉는 테이블, 사무실, 어디에서도 승효는 발견되지 않았다. 다른 직원들에게 물어보았지만 다들 모른다는 대답뿐이었다. 전화기는 꺼 놨는지 금방 음성사서함으로 넘어갔다.

뭔가 행방을 알려 줄 만한 게 있을까 싶어 사무실로 들어온 그녀는 조심스럽게 승효의 책상 위를 뒤적거렸다. 그러다 엄청난 걸 발견했다.

"이게 뭐야?"

소유주가 남자라는 걸 믿을 수 없을 정도로 깔끔하게 정리된 책상 위엔 책이 세 권 있었다. 그런데 이 책의 제목들이 가히 충격적이다. 〈몸짓으로 알아보는 그녀의 심리〉, 〈그녀는 당신에게 반하지 않았다〉, 〈모두 당신의 착각이었다〉.

소사소사맙소사. 암세포가 이런 걸 읽다니! 자기계발서도 아니고, 요리서적도 아니고, 골치 더럭더럭 아픈 철학서도 아니고, 구조공학론도 아닌 연애학 개론을 읽다니! 입을 틀어막은 그녀는 이 경천동지할 만한 사실을 혼자서만 알고 있어서는 안 된다는 막중한 책임감을 느끼고 주방으로 뛰어 들어갔다.

"호진 씨! 형철 씨! 크크크큰일, 큰일, 큰일 났어요!"

"예?"

당연히 호진과 형철은 수연의 말을 여름에 흔히 들을 수 있는 괴담 정도로 치부했다. 두 사람은 전혀 긴장하는 기색 없이 오후에 사용할 야채를 다듬었다.

"시각적으로 너무 호러잖아요. 〈모두 당신의 착각이었다〉를 읽고 있는 우리 셰프는."

"〈세상의 중심에서 나를 외치다〉를 읽고 있다면 또 모르지."

"아니, 이 사람들이! 진짜라니까요. 내 눈으로 똑똑히 봤다고."

"에이…… 아니에요. 그럴 리가 없어요. 그냥 선물 받았나 보죠. 아니면 누구 선물 주려고 했든가."

"읽은 흔적이 있던데요? 가운데가 벌어져서."

"……."

"책갈피도 꽂혀 있었어요."

여전히 반신반의하는 두 사람에게 수연이 쐐기를 박았다. 짧은 순간 자세히도 봤다. 두 사람은 동시에 혀를 찼다.

"불쌍하다……."

"안됐다, 진짜."

"왜요, 왜? 누가 불쌍해? 누가 안됐는데요?"

"그 여자요. 암세포에게 찍힌 그 여자."

만나는 장소가 주로 현아의 집이었던 덕에 카페 앙글레의 직원 중 현아와 승효의 사이를 눈치챈 사람은 없었다. 수연은 누군지도 모른 채 진심으로 그 여자를 동정했다.

"거기서 끝이 아닐지도 몰라요. 원래 불행은 혼자 오지 않는다고 하잖아요. 아마 지금쯤이면 그 여자, 앞으로 넘어져도 뒤통수가 깨지는 경험을 하고 있을걸요?"

"내가 누군가의 불행이 될 수도 있다는 점에 동의합니다. 덧붙여, 그 누군가가 지금 세 분일 수도 있다는 사실도 꼭 지적하고 싶군요."

"……!"

휘오오옹. 찬바람이 불었다. 세 사람은 숨 쉬는 것도 잊고 소리가 들려온 방향을 바라보았다. 주방으로 들어오는 스윙도어 건너편에 마트용 종이봉투를 든 승효가 서 있었다.

"아무래도 그 여자보다는 세 분과 함께 있는 시간이 더 많을 테니까."

"셰프님……."

"호진 씨는 오후에 사용할 콩소메 준비하시고, 형철 씨는 아침에 들어온 사슴고기 손질 시작하세요. 그리고 수연 씨는 이번 주 오후 예약 손님에게 전화 돌려서 예약 취소 좀 해 주십시오. 기념일이라 취소가 힘들 것 같은 손님은 리치 칼튼 쪽으로 연결해 주시면 될 것 같습니다."

"예? 취소요? 하지만 이번 주 주말에는 이미 예약이 꽉 차 있는데요. 그렇게 되면 가게 이미지에 타격이 생깁니다."

괜한 오기라고 생각한 수연이 이성적으로 반박했다. 승효는 사심 없는 미소를 지었다.

"내 가겐데, 문제 있나요?"

"……문제없습니다."

"그럼, 부탁 좀 드리겠습니다."

종이봉투를 바스락거리며 그가 사무실로 들어갔다. 수연은 정신 나간 사람처럼 머리를 흔들어 댔다.

"아아아아…… 그걸 언제 다 취소해."

"몇 테이블이나 돼요?"

"주말까지면 한 30 테이블?"

그것도 얼추 생각나는 것만 30 테이블이지, 실제로는 40 테이블이 넘었다. 수연 혼자 독박 쓰게 된 것 같다는 생각에 미안해진 호진과 형철이 위로했지만 별 도움은 되지 못했다.

그녀는 이제 와서 예약이 안 된다고 하면 어쩌라는 거냐고 화를 내는 고객을 달래고, 욕을 하는 고객에겐 다음 방문 시 와인 한 병을 무료 제공하기로 약속하는 걸로 브레이크 타임을 다 보냈다.

겨우겨우 마지막 손님과 통화를 끝낸 후, 쉬는 날 받은 네일아트의 끝 부분이 다 갈라진 것을 본 그녀가 중얼거렸다.

"역시, 재수 없는 일은 한꺼번에 오는 거야."

청소년과 불행의 가장 큰 공통점은 군집생활을 한다는 점이다. 그들은 떼로 몰려다니며 존재감을 드러내고 떼로 몰려다닐 때 1+1=2가 아닌 3, 4가 되는 시너지 효과를 발휘한다.

드물지 않게 군집생활만이 자신들의 정체성을 확인하는 유일한 방법이라는 희한한 생각을 하기도 하는데, 당하는 사람 입장에서는 참 달갑지 않은 생각이었다.

하지만 군집생활을 하는 그들이 가장 무서울 때는 의태를 하고 다가올 때다. 청소년은 성인으로 의태하고 불행은 가벼운 불운, 혹은 금방 지나갈 해프닝의 겉옷을 입는다.

밤새 한잠도 못 자고 출근한 목요일 아침, 어쩐지 머뭇거리는 표정의 박 피디를 채근해 한 가지 사실을 알아낸 현아도 그렇게 생각했다. 지독하게 재미없는 농담이라고.

"표절? 우리가? 우리 프로그램이요? 누가 그래요? 미저리가?"

"걔 말고 누가 있겠니?"

"걔 눈엔 똥만 보인다더니. 뭘, 별……."

자다가 봉창도 유분수지. 현아는 콧방귀를 뀌고 콘도 예약 확인차 폰을 꺼냈다. 막 예약목록이 뜨려는 찰나, 박 피디가 손바닥으로 폰 화면을 가렸다.

"왜요?"

"박 작가야, 화내지 말고 들어."

"왜 이러세요, 무섭게."

한숨을 쉰 박 피디가 가방에서 USB를 꺼내 편집실 컴퓨터에 꽂았다.

"이게 뭐예요?"

"신 작가가 구해다 줬어. 며칠 전에 이 피디가 슬쩍 신 작가한테 운을 뗐나 봐. 혹시나 해서 신 작가도 너한테 말은 못 하고 이것만 찾아서 본 모양이야."

동문서답도 이런 동문서답이 없다. 무슨 얘기냐는 듯 현아가 코를 벌름거렸지만 박 피디는 더 이상 설명하지 않고 프로그램을 실행시켰다.

"원래는 비디오 자료라서 화질이 좋지는 않아."

그 말대로, 화면에는 신경 거슬리게 하는 노이즈가 꽤 많았다. 현아는 삐딱하게 상체를 기울였다. 화면 왼쪽 상단의 방송국 로고는 TV를 즐겨보지 않는 현아가 알고 있을 정도로 유명한 채널 로고였다.

"제이미 앳 홈?"

그러나 방송 시작 전 보인 프로그램 제목은 현아가 한 번도 들어 보지 못한 것이었다. 해외에서 제작한 프로그램을 그대로 송출하는 것인 듯 화면 아래는 전부 다 자막이었고 혀 짧은 영국식 발음이 인상적인 금발의 남자가 진행하고 있었다.

남자가 요리를 시작했다. 커다란 소시지를 올리브 오일에 대충 버무려 오븐에 굽는다. 밭에서 직접 따 온 토마토는 썰지도 않고 냄비에 집어넣는다. 참 설렁설렁하네. 돈 벌기 쉽구나. 현아는 입을 가리고 하품을 했다.

장소가 주방이 아닌 야외라는 것만 약간 다를 뿐, 그냥 평범한 요리 프로그램이었다. 현아가 설명을 요구하는 눈으로 박 피디를 바라보자 박 피디가 다른 영상을 틀었다. 〈제이미 이탈리안 잡〉. 역시 같은 남자가 나왔고, 역시 설렁설렁 요리했지만 이번엔 여행을 하고 있었다.

"첫 번째 거는 얘가 자기 집에서 제철 야채와 재료로 할 수 있는 '간단'한 요리를 알려 주는 거고 두 번째 거는 이탈리아를 '여행'하면서 그 지역의 '경치와 음식을 소개'하고 요리 과정을 보여 주는 포맷이야. 어때? 뭐 떠오르는 거 없어?"

"없어요."

현아는 신경질적으로 키보드를 눌러 소리를 죽였다. 공통점이 있다는 건 인정한다. 하지만 그건 어떤 화가가 소를 그렸고, 또 그 화가가 고양이를 그렸는데 네 그림에 소도 나오고 고양이도 나오니까 그 화가 작품의 표절이라고 하는 것과 다를 바가 없었다.

"그렇게 따지면 세상 모든 요리 프로그램이랑 서바이벌 프로그램은 다 지들끼리 표절이게? 내가 차라리 6시 내 고향을 표절했다고 하면 이해나 해요. 그건 적어도 보기라도 하니까. 근데 어디서 이런 외국 프로그램, 그것도 이렇게 오래된 걸 걸고넘어져요? 미쳤나 봐, 걔 진짜. 그 말 듣고 쑥덕거리는 사람들은 또 뭐고?"

평소라면 그냥 어이없다는 듯 웃고 넘어갔을 현아의 반응이 놀랍도록 날카로웠다. 박 피디는 각진 모서리에 된통 찔릴 각오를 했다.

"걔 미친 걸 누가 모르니? 널 의심하는 게 아니야. 널 걱정하는 거지."

"아닌 걸 아는데 왜 걱정해요. '난 그렇게 생각 안 하는데, 그런 말들이 있네. 그런데 사실 나도 그렇게 생각해.' 이거잖아요."

"얘가 왜 이럴까? 세상이 언제부터 네가 아니라고 하면 아, 아니구나 하는 데였어? 그럼 억울한 사람은 왜 생기고, 울화통 터져 죽는 사람은 왜 생겨. 목소리 큰 놈이 이기는 게 세상이라는 걸 몰라? 사람들은 그걸 걱정하는 거야. 네가 목소리 큰 년한테 억울하게 당할까 봐."

"아, 진짜! 미저리 미친 거 방송국 다 아는데 누가 걔 말에 신경 쓴다고 그러세요, 자꾸."

"국장님이 신경 쓰니까 그렇지!"

기어코 박 피디의 언성이 높아졌다.

"잡음 나오는 팀, 묻지도 따지지도 않고 퇴출이라고 프로그램 들어가기 전에 각서 쓴 거 생각 안 나니? 지금 미저리는 그걸 노리고 있는 거야. 생각을 해 봐. 한 명은 겨우 25분짜리 꼭지 프로그램 작가고, 한 명은 책도 몇 개 쓴 스타 작가야. 너 같으면 누구 편을 들겠어?"

"스타 작가도 옛말이죠. 걔 프로 지금 죽 쑤고 있잖아요. 지난 분기에도 그랬고. 그래서 국장님하고 사이 틀어진 거 아니었어요?"

"대신 걘 파업을 안 했지. 우리가 파업하는 동안 걔가 뭐 했겠어? 국장 옆에서 신나게 박 작가 욕했을걸? 우리 국장이 귀나 두껍니? 걔가 스타 작가인 게 문제가 아니라, 우리가 미운털 콕 박힌 멤버라는 게 문제야."

박 피디는 욕하고 싶은 걸 참고 있는 것이 여실히 드러나는 표정을 하고 팔짱을 꼈다. 박 피디의 설명을 들은 현아도 같은 표정이 되었다.

"대체 어디까지 진행된 거예요?"

"어제 국장님 만났어. 징계 얘기가 나왔는데, 뭐, 설마 해고야 하겠니. 끽해야 시말서 후 감봉이겠지. 이 피디도 그런 식으로 말하더라. 어제 너 불러서 얘기할까 했는데 일찍 안다고 해서 뭐 달라지는 것도 없고, 너 진짜 몇 달 만에 연차 낸 건데 어떻게 부르니. 어차피 몇 시간 지나면 알게 될 거."

"······그냥 어제 전화 주시지."

박 피디 나름대로는 배려를 한 것이었지만 현아는 오히려 원망스러웠다. 어제 알게 되었다면, 그랬다면 적어도 그와 신경전을 벌이고 최악의 기분으로 밤을 새울 일은 없었다.

법적 효력이라고는 쥐똥만큼도 없는 각서, 아무 고민 없이 참여한 파업, 최고의 타이밍까지. 불행은 오랜 시간을 들여 함정을 파 놓고 마지막에 비로소 빅엿을 던졌다.

아마 현아에게 찾아온 불행은 인내심을 알고 있는 최고의 전략가로 의태한 것 같았다. 상식이 전무한 미친년과 귀 얇은 권력자의 크로스는 재앙이다. 그 엄청난 조합 앞에서 그저 그런 작가인 현아가 할 수 있는 일은 거의 없다고 봐야 했다.

"아! 진짜······! 미치겠네! 아, 나 너무 억울한데······. 시말서 쓰면 진짜 표절한 거 인정하는 게 되는 거잖아요. 그것도 공식적으로. 나 정말 이 프로그램 본 적도 없는데. 대체 이 남자 누구야. 어디서 갑툭튀 한 거야. 진짜 요리사는 맞아? 칼질도 완전 설렁설렁한 게."

현아는 떼쓰는 아이처럼 발을 구르며 머리를 마구 쥐어뜯다가, 중얼거리고, 종국엔 원망할 상대를 찾아 헤맸다. 하지만 대상이 나빴다.

"불행하게도 맞아. 제이미 올리버. 영국에선 엄청 유명한 셰프래."

"누구라고요?"

"제이미 올리버. 잘생긴 미남셰프라는데? 그쪽에선 먹히는 얼굴인가 봐. 찾아보니까 그 뭐지, 영국 급식을 고발한 프로그램은 EBS에서도 방송했었더라고. 그리고 또……."

박 피디의 설명이 장황하게 이어졌지만 현아는 듣지 못했다. 그녀는 벼락이 머리 위로 떨어진 느낌을 받으며 한 달 전쯤의 기억을 떠올렸다.

'제이미 올리버가 누군데요?'

'정말 몰라요?'

믿을 수 없다는 듯 되묻는 '정말 몰라요.' 그때 그의 표정엔 단순히 무식을 탓하는 수준이 아닌 다른 의미의 질책이 어려 있었다.

알고 있었어!

"박 작가야, 어디 가니? 안 돼! 지금 싸우면 안 돼!"

우악스럽게 가방을 집어 든 현아가 빠른 걸음으로 편집실을 나가자 미영과 거하게 한 판 하러 가는 것이라고 생각한 박 피디가 급하게 쫓아 나왔다. 그러나 군집생활을 하는 불행은 끝을 몰랐다.

"표정 안 좋은 거 보니까 얘기 들었나 보다?"

국장실로 올라가려고 했었는지, 엘리베이터 앞에 서 있던 미영이 현아에게 다가왔다. 그녀는 웃고 있었다. 어린애 장난처럼 유치하지만 그래서 더 소름 끼친다. 까닭 모를 적의와 대면한 현아는 인간으로서 최소한의 품위를 지키기 위해 남아 있는 이성을 닥닥 긁어모았다.

"선배. 정말 진지하게 물어보는 건데, 나한테 왜 이래요?"

"내가 뭘?"

"우리 학교 다닐 때, 특별히 친한 선후배 사이도 아니었지만 특별히 싸운 적도 없고, 아니, 난 선배랑 마주친 적이 거의 없잖아요. 가끔 마주쳤어도 인사나 했지 밥 한 번 사 달란 적도 없고요. 방송국 들어오고 나서 선배가 여기 있다는 거 알고 난 좀 반갑기도 했어요. 그

때는, 처음에는 선배도 나한테 잘해 줬던 것 같은데 우리 왜 이렇게 된 거죠? 선배는 내가 왜 싫어요?"

"그러는 너는 내가 왜 싫었는데?"

"난 선배 싫지 않았어요. 좋고 싫고가 없었어요. 그냥 선배잖아요."

미영의 얼굴에서 미소가 조각났다. 그녀가 말했다.

"난 네가 재수 없었어. 항상. 학교 다닐 때부터."

부족해. 부족하다. 사람이 사람을 싫어하고, 싫어하다 못해 가는 길에 똥 싸지르는 이유로는 너무나도 부족했다. 하지만 현아를 정말 불쾌하게 만든 것은 이유로서의 구성요소 부족이 아니라 재수 없다는 표현 그 자체였다.

바보를 바보라고 하는 건 명백한 욕이다. 사실이라서 더 기분이 나쁘고 더 상처가 된다. 불운과 불행이 겹쳐 불우해진 현아는 심호흡을 하고 가방을 손에 쥐었다.

"……야, 이."

그리고 그녀는 어떤 말을 했다. 현아가 이성을 찾은 것 같아 안심하고 있던 박 피디를 기겁하게 만들 만한 말이었다. 보다 직접적으로 표현하자면 조사와 종결어미를 제외한 모든 단어가 욕이었다고 할 수 있겠다. 미영은 제 귀를 의심하며 입을 쩍 벌렸다.

"뭐?"

"다시 말해 줘?"

묻지 않는 게 좋았다. 똑같은 욕을 두 번이나 얻어먹은 미영이 현아의 머리채를 잡았다. 같이 머리채를 잡아 주기엔 팔이 짧은 현아는 미영의 팔뚝을 물었다.

"아악! 아악! 너 죽고 싶어? 놔! 놓으라고!"

"박 작가야! 그만해, 그만! 권 작가도 그만하고!"

"회사에서 뭐 하는 짓들이야! 싸울 거면 밖에 나가서 싸워!"

"선배, 정신 차려요! 물면 전치 4주는 나와요!"

"이 좆만 한 게 진짜!"

박 피디를 비롯한 다른 사람들이 두 사람 사이에 끼어들었지만 자석처럼 달라붙은 두 사람을 떼어 놓을 수는 없었다. 누가 한 말인지 모르겠지만 전치 4주라는 말이 현아의 귀에 콕 박혔다. 그녀는 전술을 바꿨다.

"이렇게 큰 좆 봤냐! 아, 시발, 넌 없으니까 모르겠구나!"

투박하고 커다란 가방으로 미영의 머리를 후려치며 현아는 아직 자고 있을 엄마에게 사과했다. 엄마, 미안. 그래도 나 이번에는 내 문제 때문에 싸우는 거다.

✤

특별히 잘못한 게 없는데도 경찰서라면 왠지 꺼리는 보통 사람들과 달리, 구류 1일 전과를 가지고 있는 현아가 경찰서를 대하는 태도는 전형적인, '똥은 더러워서 피하는 거지 무서워서 피하는 게 아니다.'였다. 어설픈 범죄자가 유치장을 무서워하지 않는 것과 비슷한 이치다.

"악! 내 코! 내 코 부러졌나 봐! 너 이 개년! 고소할 거야!"

"해! 신고해. 누가 무섭대? 당장 해라, 너, 못하면 병신이다."

그렇게, 미영의 신고로 출동한 경찰을 따라 회사 근처 경찰서로 끌려갈 때까지만 하더라도 현아에겐 여유가 있었다. 경찰서가 뭐 별거 있어? 가서 조서 쓰고 오면 끝이지.

그녀의 교만함은 조서를 쓰기 위해 경찰서 책상에 앉는 순간 끝났다. 사무실과 유흥가가 밀집된 지역의 경찰들은 하나같이 피곤에 찌들어 있었고 사무적이었다. 경찰을 때린 거라 즉결심판으로 가게 생겼다며, 어린 아가씨가 어떻게 하냐고 걱정해 주던 제천의 경찰과는 달랐다.

"박현아 씨, 피해자가 고소한다고 하는데 법원까지 가 봤자 좋을 거 없으니까 사과하고 합의하시고 끝내시죠."

"저도 맞고소할 건데요?"

"맞고소? 뭐로요?"

"정, 정당방위?"

"정당방위?"

"저쪽이 먼저 때렸으니까……."

컴퓨터 모니터에서 시선을 뗀 경찰이 간이의자에 앉아 있는 미영을 바라보았다. 사람이 아닌 정물화를 감상하는 눈빛이다. 현아는 미영을 가리키던 손가락을 내리고 무릎 위에 얌전히 올려놓았다.

"피해자 코 수술한 거 삐뚤어진 것 같은데요? 눈 혈관도 터졌고."

"……."

"그리고 무기 썼죠?"

"무긴 안 썼어요!"

각목이나 야구 배트 같은 것을 떠올린 현아가 손사래를 쳤다. 경찰은 사무적인 목소리로 타이핑한 조서를 읽었다.

"음, 여기 있네. 가방으로 쳤다면서요. 가방도 무기죠. 가방 안에 무거운 거 많이 들어 있잖아요. 한눈에 보기에도 피해자는 상처가 위중하고 박현아 씨는 머리 좀 뽑혀 나간 것 말고는 없는데 이런 경우는 정당방위 성립되기 힘들어요. 엄청 한가한 검사가 있다면 모를까

검사가 이런 걸 받아 주겠어요? 공소기각하지."

"아……."

"뭐, 알아서 하세요. 우리가 참견할 바는 아니니까. 어떻게, 맞고소 하시겠어요?"

"형사님, 합의하면 전과는 안 남나요?"

현아가 어쩔 줄 모르고 망설이자 박 피디가 끼어들었다. 귀찮다는 듯 경찰이 의자 뒤에 등을 푹 기댔다.

"합의했는데 전과가 왜 남아요. 살인사건도 아니고 가벼운 폭력사건인데. 이런 건요, 고등학생들이 지들끼리 치고 패고 싸우는 것보다 못해요. 그러니까 저도 합의하라고 하는 거예요. 이거 맞고소로 법원 가면요, 진짜 복잡해져요. 변호사 비싼 사람 써야 할걸요?"

먹고 죽을 돈도 없는 현아에게 비싼 변호사 고용할 돈이 있을 리가 없다. 박 피디는 불만스럽게 입술을 오물거리는 현아를 살살 달랬다.

"박 작가야, 일단 쟤랑 얘기나 해 보자. 지금쯤 국장 귀에 들어갔을 건데 합의라도 해 놔야 할 말이 있지 않겠니?"

"무슨 얘길 해? 난 절대 합의 안 해! 네가 고소하라면서! 법대로 해! 나 이거 정신적 피해보상 청구해서 민사까지 갈 거니까!"

박 피디의 말을 들었는지, 미영이 소리를 꽥 질렀다. 조서를 작성하던 다른 경찰이 인상을 찌푸렸다.

"어이, 거기 시끄러워요. 여기 혼자 있는 거 아니에요. 경찰서에서 소란 피워 봤자 그쪽한테 좋을 거 하나도 없어요. 보아하니 피해자로 온 것 같은데 조용히 해요, 조용히."

"들었냐? 피해보상 청구란다."

"변호사 쓰는 값이 더 나오겠네."

"김 형사. 나 짬짜면 좀 시켜 주라."

어떤 경찰은 노골적으로 비웃고, 어떤 경찰은 아예 무관심했다. 경찰서 특유의 위압적인 분위기가 그녀의 기를 확 죽였다. 미영은 초초하게 형사과 입구를 쳐다보았다. 경찰서는 처음이지만 주워 들은 것이 많은 그녀는 이미 아는 사람을 통해 변호사를 불러 놓은 참이었다.

그때 한 남자가 열린 문으로 들어왔다. 상하좌우 어느 쪽에서 봐도 변호사스럽게 생긴 남자였다. 미영은 만면에 화색을 띠고 일어났다가, 변호사의 뒤를 따라 들어온 남자를 보고 똥 씹은 얼굴로 앉았다. 아무 생각 없이 고개를 돌린 현아도 그녀와 표정이 비슷해졌다. 현아가 힐난하는 눈으로 째려보자 박 피디가 어깨를 으쓱거렸다.

"왜? 어차피 임 셰프 귀에 들어가게 되어 있어. 프로그램에 문제 생겼는데 말 안 하고 넘어갈 거니? 그리고 기왕 알게 될 거, 도움도 받을 수 있으면 좋지. 혹시 또 알아? 아는 변호사라도 있을지."

"저도 건너 건너면 아는 변호사 정도는 있을 거거든요."

"그럼 뭐하고 있어? 당장 불러, 너도."

"그게 안 되니까 그렇죠."

예림에게 얘기하면 일도 아니겠지만 현아는 더 이상 예림에게 기대고 싶지 않았다. 도움받아야 하는 사람 따로 있고 도움 주는 사람 따로 있는 관계가 고착되어 버리면 친구 사이를 유지하기가 힘들다는 걸 그녀는 너무 잘 알고 있었다. 친구뿐만이 아니라 사회적인 모든 관계가 다 그렇다. 무엇이든, 일방적인 것은 안 된다. 그게 가능한 것은 가족뿐이었다.

"어떻게 된 겁니까?"

"아, 임 셰프. 이리 좀⋯⋯."

가까이 다가온 그를 박 피디가 잠깐 얘기 좀 하자며 형사과 구석으로 데리고 갔다. 그가 미영과 현아를 번갈아 가며 쳐다봤다. 놀라움, 혹은 충격? 한 단어로 규정할 수 없는 눈빛에 현아는 온몸에서 기운이 빠져나가는 걸 느꼈다.

"맞은 게 아니라 때렸다고요?"

미영의 진상 짓을 처음부터 끝까지 듣고 난 승효가 되물었다. 그가 생각하기에 지금 이 상황은 금강장사가 천하장사를 엎어 치고 메치고 들배지기로 들어서 모래판에 내리꽂았다는 것과 다를 바가 없었다. 그러나 가해자와 피해자가 명확하게 구분되는 두 여자의 모습은 그의 관념을 통째로 부정했고, 박 피디 또한 부정했다.

"박 작가가 어디 가서 맞고 다닐 애는 아니거든요."

"현명하군요."

"음?"

"말씀 들어 보니까 저쪽에서 엄하게 계속 시비 걸어온 것 같은데, 가만히 있으면 더 만만하게 보겠죠. 본때를 보여 주는 것도 나쁘지는 않습니다."

"그건 약간……."

"예. 핵무기 개발론 맞습니다."

그는 스스럼없이 저의 과격한 사상을 피력하고 함께 온 변호사와 상의를 했다.

"어때?"

"뭐가 어떠냐는 거야? 서로 합의할 생각 없어 보이는구먼. 여기서 변호사가 할 일이 뭐 있겠어? 일단 귀가조치하고 물밑작업 좀 하지, 뭐."

"가능해?"

"애들 장난이지. 근데 승효 너, 사람 됐다? 남한테 아쉬운 소리도 할 줄 알고. 지난번에도 전화해선 이상한 거 물어보더니만."

재미있다는 듯, 변호사가 그의 가슴팍을 툭 쳤다. 승효는 은은한 미소를 지었다.

그다음부터는 일사천리였다. 변호사와 몇 마디 나눈 형사는 이제 와서 도주 우려가 없다는 이유로 귀가를 명령해 3시간 동안 조서를 쓰느라 잡혀 있던 현아를 어이없게 만들었고, 뒤늦게 달려온 미영의 변호사는 승효가 데려온 변호사를 보고 어정쩡한 태도를 취해 미영을 속 터지게 만들었다.

들어올 때는 점심 전이었는데, 나올 때는 해가 붉은 기를 가득 머금고 있었다. 뭐라고 한마디 할 줄 알았던 현아가 경찰서 입구에 세워진 포돌이 포순이를 노려보고만 있자 박 피디가 승효에게 인사치레를 했다.

"고마워요, 임 셰프. 한창 손님 몰릴 때라 바빴을 텐데."

"아뇨. 요즘은 바쁘지 않습니다."

"하긴, 이럴 때는 아무리 바빠도 안 바쁘다고 해야지. 아차차. 내 정신 좀 봐. 박 작가야, 너 집으로 갈 거지? 내가 저녁에 약속 있는 걸 깜빡했네? 오늘 그냥 임 셰프 차 타고 가라. 들어가서 푹 쉬고. 나 먼저 갈게."

뭔가 느껴서 그러는 건지, 그냥 자리를 피해 주려고 하는 건지 없던 약속을 만들어 낸 듯한 박 피디가 두 사람의 시야에서 사라졌다. 현아는 그녀의 뒤통수에 꾸벅 인사를 하고 택시를 잡기 위해 팔을 들었다.

"현아 씨."

그가 위로 치켜 올린 그녀의 팔을 잡았다. 그녀는 아무런 감정도 느끼지 않으려고 애를 쓰며 그를 똑바로 쳐다보았다. 어제와 크게 달라진 점은 없지만 왠지 수척해진 느낌이다. 그녀는 혀로 입술을 축였다. 고맙다고 해야 해. 그게 예의니까.

하지만 고맙다의 'ㄱ', 한글 자모의 첫음절인 기역은 애초에 존재하지 않은 단어인 것처럼 발음되지 않았고 입 밖으로 나온 말은 전혀 다른 말이었다.

"알고 계셨죠?"

"뭘요?"

"제이미 올리버."

"표절 때문이라면, 프로그램 시작하기 전엔 나도 본 적 없습니다."

"시작한 후에는 보셨다는 거네요."

그가 입을 다물었다. 싸우고 싶지도, 설명하고 싶지도, 그렇다고 그냥 넘어가고 싶지도 않은 그녀가 힘없이 웃었다.

"변명이라도 하실 줄 알았는데. 셰프님답지 않으시네요."

"⋯⋯."

"재미있으셨겠어요. 다 알면서 모른 척, 언제 알게 될까 궁금해하는 거. 스릴 있죠, 그거."

싸우고 싶지 않은데, 설명하고 싶은데, 아니라는 거 아는데 독기 품은 혀는 미운 말만 쏟아 낸다. 왜 그랬냐고 물어보면 그는 분명 대답해 줄 것이다. 설득이 될 수도 있고, 이해를 요구하는 표현이 될 수도 있고 사과가 될 수도 있다. 무엇이 되었든 그녀는 그의 말이 듣고 싶었다. 그리고 또, 듣고 싶지 않았다.

이 지독한 이율배반은 어제의 연장선이다. 그녀의 어제는 어제로 끝이 아니었다. '어제'를 유산으로 받은 '오늘'은 급기야 바닥을 쳤고, 제 밑바닥을 직면한 그녀는 무감각해졌다. 차라리 우울하기라도 했으면 좋겠어. 그녀는 말간 눈을 깜박거렸다.

"오늘 일도 있고 해서, 징계위원회 열릴 것 같아요. 표절 건도 그때 결정 나겠죠. 결정 나면 연락드리겠습니다. 신경 써 주셔서 감사해요."

예의 바르게 인사하고 돌아서는 그녀를 그는 잡지 않았다. '그래도 오늘은 내가 먼저 돌아섰네?' 그녀는 이런 순간에조차 무의미한 자존심 싸움을 하는 저를 어린애 같다고 비웃으며 막 손님을 내려 준 택시에 올라탔다.

"어디 가십니까?"

룸미러로 새 손님을 힐끔거린 택시 기사가 행선지를 물었다. 짧은 시간, 현아는 대답을 망설였다. 집으로는 가고 싶지 않다. 아마 저는 물컵을 꺼내면서, 그가 앉았던 의자에 앉으면서, 저녁을 먹기 위해 젓가락을 들면서 그를 생각할 것이다.

"강남구청 뒤에 JCE 본사로 가 주세요."

아는 사람이라도 만나면 귀찮아지겠다 생각했는데, 다행히 회사 복도엔 아무도 없었다. 편집실로 들어온 현아는 버릇처럼 장비부터 켰다. 어두컴컴한 편집실이 모니터 불빛으로 파랗게 물들었다.

일할 생각은 아니다. 하지만 모니터 안에서 사람이 왔다 갔다 하니 자꾸만 눈이 갔다. 그녀는 바보상자를 보는 사람들이 흔히 그러하듯 뇌를 비우고 개그프로그램 보는 마음가짐으로 예전 방송분을 시청했다.

남원에 갔을 때였던 것 같다. 카메라가 그의 옆모습과 양파 써는 손을 함께 비췄다. 손 페티시라고 자부하는 박 피디 작품답게 손이 점점 커진다. 왼손 중지엔 칼에 베인 흉터가 있고 손등엔 불에 덴 자국이 있는, 투박하고 세련되지 않은 셰프의 손이.

아름다웠다.

현아가 손을 움직이자 화면이 멈췄다. 그녀는 넋 나간 사람처럼 영상에 지나지 않는 그의 모습을 바라보았다.

눈물이 한 방울 툭, 떨어졌다.

"……."

자막 작업을 하며 수십 번은 본 장면이지만 아름답다고 생각한 적은 한 번도 없었다. 한 달 전, 아니 며칠 전에도 그랬다. 다이어트를 결심할 때까지만 하더라도 그녀는 멋지고 아름다운 걸 객관적으로 평가할 수 있었고, 이 관계가 누구 때문에 썸밖에 안 되는지 역시 이성적으로 판단할 수 있는 사람이었다. 그게 불과 이틀 전 일이다.

그것이 한순간 무너졌다.

눈치채지 못한 사이 눈덩이처럼 불어난 감정이 기어코 이성을 덮쳤다. 이성이 동의한 적 없으니 명백한 강간이다. 감정에 유린당한 이성은 그녀를 어린애로 만들었다. 짜증이 나서 어린애처럼 군 것이 아니라, 어린애가 돼서 짜증을 다스리지 못했다. 그가 제이미 올리버를 알았든 몰랐든 그런 건 하나도 중요하지 않았다. 제이미 올리버는 단지 화낼 핑곗거리였다.

"흐흑……."

슬픔, 기쁨, 두려움. 눈물, 미소, 비명. 아이들은 표현에 자유롭다. 그러나 눈물이 더 이상 무기가 되지 못한다는 걸 알게 되고 미소로는 아무것도 얻을 수 없다는 걸 깨달을 때부터 아이는 눈물과 미소에 인색해진다.

하지만 흘려야 할 눈물이 어디로 갈까? 이제 아이는 울고 싶을 때 화를 내는 법을 터득했다. 엄마에게, 아빠에게, 친구에게, 화를 내도 괜찮은 사람에게. 같이 화를 내고 싸워도 아무 일 없었다는 듯 화해

할 수 있는 사람에게. 싸운 일 자체를 묻어 버려 주는 사람에게. 짜증이 나서 아무 말 안 하고 있어도 왜 그러냐고, 대답할 때까지 물어봐 줄 사람에게 화를 내서 눈물을 막는다.

그녀는 그에게 어리광을 피우고 있었다.

그녀는 그가 그녀의 엄마, 아빠, 친구, 혹은 화를 내도 괜찮은 누군가가 되었으면 했다.

그녀는 그의, 아무리 화나고 실망해도 결국엔 함께할 수밖에 없는 사람이 되었으면 했다.

그녀는 그의 가족이 되고 싶었다.

그 말을 할 수가 없었다.

"흡, 흐윽……!"

만약 그가 임승효가 아니라면 상황은 조금 달라졌을지도 모른다. 절대군주이자 절대법칙이고 절대원리인 임승효가 아니었다면 그녀는 훨씬 더 솔직해질 수 있었다. 과감하게 선택했을 것이고, 모든 시작하는 연인들처럼 이별 따위는 생각하지 않았을 것이다. 헤어질 것이 두려워서 아무것도 선택하지 않는 멍청한 짓은 절대 하지 않았다.

그가 다름 아닌 임승효였기 때문에 그녀는 부유하고 지치고, 흔들렸다. 그리고 모든 걸 엉망으로 만들어 버린 뒤에야 제가 진짜 바라는 게 무엇이었는지 깨달았다.

그러니 지금 흘리는 이 눈물은, 시간을 다시 뒤로 돌려도 똑같이 '선택하지 않는 것을 선택' 할 저에게 보내는 연민이고 솔직하지 못한 저를 꾸짖는 철퇴이며, 생각보다 훨씬 콤플렉스 덩어리인 자신에 대한 자각이었다.

"보고 싶어."

보고 싶어.

보고 싶어.

숨죽인 울음소리가 서러운 호곡으로 변했다. 두 손으로 얼굴을 가리자 손가락 사이로 눈물이 새어 나왔다. 그녀는 의자 위에 쭈그리고 앉아 엉엉 소리 내며 울었다. 중학교 2학년 여름 방학 이후로 처음 흘리는, 정말 본때 있는 울음이었다.

❖

〈몸짓으로 알아보는 그녀의 심리〉의 저자 가라사대, 여자가 화를 내거나 기이하게 차분할 때 섣부른 사과나 변명은 오히려 상황을 악화시킨다고 했다. '기다리면 알아서 말을 할지니, 기다려라. 뒤돌아서 가는 것 같아도 기다려라. 제 분을 못 이겨 다시 돌아온다.'

하지만 그것도 케이스 바이 케이스였다. 세상엔 정말 가 버리는 여자도 있었다. 닭 쫓던 개가 된 승효는 현아가 탄 택시의 뒤꽁무니를 보며 이를 갈았다.

"저 여자가 진짜……."

그렇다고 못 잡을 줄 알았다면 오산이다. 생활 패턴이 뻔한 그녀가 갈 데라고는 회사와 집밖에 없었다. 뛰어 봤자 벼룩이지. 그는 일단 가까운 회사부터 뒤져 보기로 결심하고 주차장 쪽으로 걸음을 옮겼다.

"저기요, 임승효 씨."

막 운전석 문을 여는 그를 누군가 불렀다. 승효는 소리가 난 방향을 찾아 고개를 들었다. 눈이 마주치자, 차 두 대를 사이에 두고 서 있던 미영이 그에게 걸어왔다. 자세히 살펴보니 꽤 미인이었다. 입술이 터지고 콧대가 살짝 삐뚤어져 있긴 했지만 말끔하게 차려입고 화장을 좀 하면 남자들의 눈길을 꽤 끌 듯했다.

"저 아시죠? 아까 경찰서 안에서."

"예. 기억합니다."

"권미영이에요. 아, 긴장하실 필요 없어요."

거리를 둘 필요성을 느낀 승효가 제자리에서 한 발짝도 움직이지 않자 미영이 픽 웃었다. 승효는 미영의 눈빛을 유심히 관찰했다. 왠지 이 상황에서 있을 법한 유혹이나 이성에 대한 관심은 없어 보였다. 그는 흥미가 당기는 걸 느꼈다.

"무슨 용무시죠?"

"그냥 궁금해서요. 현아랑은 무슨 관계신지."

"질문의 의도에 따라 대답도 달라질 것 같습니다만."

"음. 위로하는 의도? 지금 프로그램, 징계위원회에서 표절이라고 결정 나면 박 작가나 박 피디님이나 시말서 쓰고 프로그램 하차해야죠. 당연히 포맷도 바뀔 거고. 그런데 임승효 씨는 계약기간이 남았잖아요? 그럼 박 작가랑 떨어질 텐데, 깊은 사이면 안됐다고요."

"쓸데없는 걱정을 하셨군요. 그럴 일 없습니다."

"길고 짧은 건 대 봐야 안다?"

"아무래도?"

승효가 어깨를 으쓱했다. 두고 보면 알지 않겠냐는 듯 미영의 얼굴에서 웃음이 진해졌다. 현아로 하여금 이성의 끈을 놓게 만든 그 미소를 승효는 무시했다.

"저도 한 가지 물어보죠. 얘기 듣기론 현아 씨랑 계속 마찰이 있었던 것 같은데, 이유가 뭡니까?"

"주는 것 없이 싫은 사람. 그런 사람 있지 않나요?"

미영의 대답은 현아에게 했던 것과 크게 다르지 않았다. 하지만 그는 현아가 발견하지 못한 것을 미영에게서 발견했다. 예쁘장한 얼굴, 꽤 잘빠진 몸매, 화려한 경력, 괜한 시비까지. 그녀는 누군가를 닮아 있었다.

"글쎄요. 전 그런 사람은 없었습니다. 그리고 그렇게 말하는 사람들도 다 이유가 있더군요."

생각을 정리하며 그가 턱을 매만졌다. 미영이 그를 올려다보았다.

"권미영 씨는 프롬의 퀸이죠. 어릴 때부터 떠받들어졌을 거고 떠받듦이 어떤 것인지도 알고 있는 사람. 그런 사람들은 자기 험담보다 '무시'를 못 견뎌합니다. 환호와 질투가 비례한다는 걸 알고 있기 때문이죠."

"……."

"권미영 씨랑 현아 씨는 상극입니다. 그 여자, 오지랖이 넓고 마음이 여려서 싫어질 것 같은 사람에겐 아예 관심을 끄거든요. 장담하는데 지금쯤 그쪽 잊었을 겁니다. 아무리 시비 걸어 봤자 소용없다는 얘기죠. 그렇다고 해서 계속 시비만 걸기엔 권미영 씨 인생이 아깝지 않습니까?"

"엄청난 오해를 하고 계시네요. 전 걔 관심 같은 거 필요 없어요. 관심이라는 건 친한 사람 사이에서나 가능한 거 아닌가요? 호감이 있거나."

"방금 전까지 머리끄덩이 잡고 싸운 사람을 그냥 현아라고 하지는 않을 것 같은데요."

미영의 눈동자가 바쁘게 움직였다. 내가 정말 그랬나, 되짚어 보는 눈빛이다. 차 문을 열어 미영을 밀어낸 승효가 운전석에 앉으며 말했다.

"그런 심술, 어릴 때나 귀엽지 나이 들면 추합니다. 경험자의 조언이니까 새겨들어도 괜찮을 겁니다."

"이봐요!"

얼굴을 붉힌 미영이 소리를 질렀지만 승효는 유유히 차 문을 닫고 시동을 걸었다. 프랑스에 있을 때 사용하던 것을 그대로 가지고 온 그의 차는 일반적인 한국 차처럼 선팅이 짙지 않았다. 그는 씩씩거리는 미영을 사이드미러로 보며 생각했다. 동질감이 없었다면 그런 귀한 조언은 해 주지도 않았어, 이 사람아.

경찰서에서 방송국까지는 15분 정도가 걸렸다. 그의 얼굴을 알아본 보안요원 덕분에 귀찮은 과정 없이 방송국에 들어온 승효는 복도 끄트머리에 서서 어디로 가야 현아를 찾을 수 있을지 가늠해 보았다.

"아……."

짐작도 가지 않는다. 불친절하기 짝이 없는 방송국은 어느 사무실을 어느 프로그램이 사용한다는 최소한의 알림판도 없었다. 군소 프로그램마다 사무실을 줄 수도 없을 테니 당연한가? 그는 기억을 더듬으며 처음 왔을 때 안내받은 사무실을 찾아 복도를 헤맸다. 시간이 늦어서인지, 복도의 불은 두 칸에 하나꼴로 켜져 있었다.

"흐……."

디근 자로 생긴 복도의 첫 번째 코너를 꺾어 들어간 그의 귀에 이상한 소리가 들렸다. 다친 짐승이 낑낑거리는 것 같기도 하고 곧 죽어 가는 사람의 억눌린 비명 같기도 하다. 아무튼 어두침침한 복도에서 들었을 땐 등골이 오싹해지는 소리였다. 초초한 승효의 관심을 잡아챌 만큼.

소리는 파란 불빛이 점멸하는 사무실에서 나오고 있었다. 사람 얼굴만 한 작은 창문에 눈을 가져다 댄 그가 숨을 삼켰다.

등을 동그랗게 말고 무릎에 얼굴을 파묻은 동그란 인영. 그는 그녀를 알아봤다. 형태로, 냄새로, 소리로 알았다. 안이 캄캄하다든가, 그녀의 얼굴이 보이지 않는다든가 하는 건 문제가 아니었다.

왜 울고 있어?

마른 어깨가 들썩인다. 이렇게 울어 본 적은 없다는 듯 태어나서 처음 우는 사람처럼 운다. 지금 우는 것이 지상 최고의 가치인 것처럼, 당장 울지 않으면 죽을 사람처럼. 그녀는 그렇게 울고 있었다.

묵혀 둔 울음소리는 진하고 서러웠다. 그는 문고리에서 손을 뗐다. 인기척이 느껴지면 울지 않을 거니까.

화들짝 놀라 눈물을 닦고, 언제 그랬냐는 듯 웃겠지. 어쩌면 화를 낼 수도 있다. 결과가 어찌 되었든 눈물은 사라진 뒤다. 울지 않는 아이는 웃을 수도 없다. '엄마가 좋아, 아빠가 좋아'에 대답하지 못한 승연은, 울었기 때문에 다시 고모를 보며 웃을 수 있었다.

눈물의 카타르시스를 아는 그는 그녀가 가진 '울 권리'를 존중해 주었다. 그리고 펑펑 운 레이디가 창피해하지 않을 권리도 존중했다.

파란 복도를 걸어가는 그의 뒷모습이 지독하게 우울해 보였다.

침대 옆 작은 스탠드 조명으로는 책을 보기가 불편했다. 승효는 피곤한 눈을 비비며 책을 덮었다. 어차피 책은 읽고 있지도 않았다. 읽는다는 행위가 이해를 수반하는 것이라면 그냥 보고 있었을 뿐이다. 여자의 언어는 감성적, 감각적, 이해, 공감…… 뭐라는 건지, 원.

그는 터벅터벅 계단을 내려와 냉장고 문을 열었다. 시간은 벌써 새벽 3시를 향해 가고 있었다. 달도 별도 사람도 기력을 잃을 시간. 커다란 거실로 냉장고에서 나온 노란 불빛과 안개에 휘감긴 달빛이 섞여 들었다.

오렌지 주스로 뻗던 손이 야채 칸으로 내려갔다. 루바브, 아보카

404

도, 아스파라거스. 프렌치 셰프의 냉장고에 있을 법한 재료들이었다. 한 가지를 제외하고. 승효는 아직 다듬지 않은 우엉을 꺼내 그의 냉장고에서 이질감을 제거했다.

칼을 든 그가 손을 몇 번 움직이자, 우엉이 탁한 갈색 껍질을 벗기 시작했다. 그는 머릿속으로는 딴생각을 하며 거의 기계적으로 껍질을 깎았다. 예전이었다면 이러다 다쳤겠지만 이제 그는 베테랑이었고, 잠깐 정신을 팔았다고 해서 손가락 포를 뜰 염려는 없었다.

깎여 나가는 껍질처럼 잡념이 깎여 나간다. 그는 한 가지 생각을 하고 있었다. 만약 제가 그냥 썸남이 아니라 진짜 남자친구였으면 들어가서 우는 그녀를 달래 줄 수 있었을까? 만약 그랬다면 그녀가 마음을 열고 제 앞에서 울었을까?

하지만 정제된 생각은 그의 의문에 또 다른 의문을 제기했다. 네가 언제부터 상황에 따라 행동했지? 이런 이유로, 저런 이유로 태도를 달리하는 사람이었던가?

'을'이었기 때문이다. 싫어하는 음식을 억지로 먹이듯 제 마음을 억지로 받아들이게 할 수 없어서 을임을 자처했다. 그게 틀렸었다. 조금 덜 유치하다 뿐이지, 결국 그는 미영과 같은 과의 인종이었다.

무시당하면 심술부리지만 너무 과한 관심은 싫은 어린아이. 임승효는 아직 애였다. 그리고 그 애는 그녀를 가지고 싶었다. 무조건적으로, 어떤 일이 있어도, 어떤 수를 써서라도.

그녀는 그의 중력우물이었다. 땅으로 떨어지는 사과처럼, 블랙홀에 빨려 들어가는 별처럼 그는 그녀에게 끌려 들어갔다.

마침내 우윳빛 속살을 모두 드러낸 우엉을 도마 위에 올려놓으며 그가 말했다.

"이제 을 안 해⋯⋯!"

엊그제 산 책을 쓰레기통에 전부 처박은 그는 책상 서랍에서 오래된 명함집을 꺼냈다. 한국에 들어온 뒤로는 한 번도 펼쳐 보지 않은 것이다. 그는 니스와의 시차를 계산하고 명함에 적힌 번호로 전화를 걸었다.

❖

다음 날 오후쯤, 그러니까 대부분의 직장인이 퇴근 준비를 하며 시계만 쳐다보고 있을 시각에 징계위원회가 열렸다. 평소의 회사를 생각하면 도무지 믿을 수 없는 일 처리 속도였지만 현아는 윗사람들의 사정을 이해했다. 뭐, 자기들도 주말에 회사 나오긴 싫을 테니까. 그렇다고 미적거려 봤자 좋을 것도 없으니 차라리 빨리 처리하는 게 낫겠다는 생각이겠지. 이해한다.

표절로만 징계위원회를 열기엔 명분이 부족하다고 생각해서인지 인사과에서 선택한 사유는 '폭력사건으로 인한 회사의 명예의 실추'였다. 애들 패싸움한 것도 아니고 다 큰 어른들 싸움에 왜 끼어드느냐며 박 피디가 펄펄 뛰었지만 위원회는 신경도 안 썼고 박 피디도 위원회를 신경 쓰지 않았다.

"박 피디님 이러지 마세요. 이러면 박현아 작가한테 오히려 해가 됩니다."

박 피디가 위원회 사무실로 들어오자 인사과 과장이 양팔을 벌렸다. 박 피디는 눈을 치켜떴다.

"김정근, 너 많이 컸다? 프로마다 족족 말아먹어서 사무직으로 빠진 놈이 위원회 배지 달더니 눈에 보이는 게 없나 보지? 아니면 내가 이 나이 먹도록 꼭지나 하고 있으니까 우습니?"

"아, 왜 그러세요. 그런 게 아니잖아요."

"아니면 비켜. 네가 아무리 우습게 봐도 나도 엄연히 방송고시 보고 합격해서 들어온 피디야. 내 작가 내가 책임져. 징계를 받아도 내가 받고, 시말서를 써도 내가 쓸 테니까."

"피디님, 좀."

"들어오라고 하게."

정근과 승강이를 벌이던 박 피디는 결국 국장의 동의하에 참관이 허락되었다. 그녀는 사무실 벽에 등을 기대고 팔짱을 꼈다.

공포 분위기를 조성하려고 작정한 듯 사무실 책상은 입구에서 가로로 길게 뻗어 있었다. 현아는 책상도 없는 철제 의자에 앉아 무릎을 가지런히 모았다. 어쩐지 면접 보던 날이 생각났다.

미영이 들어오자 회의가 시작되었다. 위원회는 어제의 사건을 추궁했고 현아는 제가 미영을 때렸음을 순순히 시인했다. 어차피 의례적인 절차다. 때린 게 사실이기도 했지만 설사 때리지 않았더라도, '경찰서 출두로 인한 회사의 이미지 실추' 라는 부분에 대해서는 변명의 여지가 없다. 물론 박 피디의 생각은 달랐다.

"아니, 그걸 왜 우리 박 작가한테만 뭐라고 하세요? 경찰 부른 건 권미영 작가데. 권 작가, 경찰 누가 불렀어? 권 작가가 불렀잖아."

"박승아 피디. 조용히 하세요. 박 피디는 지금 참관인 자격으로 와 있는 겁니다. 그리고 권미영 작가한테도 징계 내려질 거니까 정 억울하면 나중에 서면으로 작성해서 올리세요."

날카로운 인상의 인사과 부장이 호통을 쳤다. 미영에게도 징계가 떨어질 거라는 말에 찜끔한 박 피디가 물러나자 계속하라며 국장이 손짓을 했다. 부장은 징계 내용이 적힌 서류를 들었다.

"회사 내규에 의거, 박현아 작가에게는 3개월의 감봉과 프로그램 하차, 권미영 작가에게는 2개월의 감봉과 프로그램 하차가 결정되었습니다."

'어라? 꽤 공평하네?' 하루 사이 해탈한 현아는 이런 징계라면 두 번은 더 받을 수 있겠다는 한가한 생각을 했다. 하지만 미영은 비장의 한 수를 준비해 두고 있었다.

"그리고 권미영 작가는 국장님 특별 지시로 지금 박현아 작가가 하고 있는 프로그램에 좌천되었습니다. 작은 프로그램 하면서 초심을 찾길 바랍니다. 이 징계는 월요일부터 효력을 발휘합니다."

뭐?

미영이 감사하다며 고개를 숙였고 국장은 어깨에 힘이 너무 들어가서 다른 작가랑 싸움질이나 하는 거라는 헛소리를 했다. 현아는 반사적으로 박 피디를 돌아봤다. 동공이 풀려 있는 박 피디는 정신이 나간 것 같았다. 미저리랑 일하는 게 얼마나 싫으셨으면, 어휴. 그녀는 최대한 공손해 보이도록 손을 들었다.

"저, 드릴 말씀이 있습니다."

"서면으로 제출하십시오."

"아뇨."

찬바람 풀풀 날린 부장이 현아의 요청을 일언지하에 거절했지만 그녀는 굴하지 않았다.

"당장 다음 주에 촬영 가야 하는데 서면으로 제출하면 늦죠. 어떻게든 촬영 강행하신 다음에 이미 작가 바뀌어서 다시 바꾸는 건 프로그램 안정에 도움이 안 된다고 하실 거잖아요."

"그래서 하고 싶은 말이 뭡니까?"

"제가 잘못한 부분이 있다는 거 압니다. 징계는 달게 받겠습니다. 초심을 찾으라는 국장님의 배려가 왜 저한테는 적용되지 않았는지도 묻지 않겠습니다. 하지만 권 작가님이 저희 프로그램으로 오셔야 하는지에 대해서는 납득이 가지 않습니다. 지금 저희 프로그램이 권 작가님이 하시는 프로그램보다 시청률 잘 나오는데 말이죠."

"0.5퍼센트나 높지!"

정신을 차린 박 피디가 끼어들었다. 그녀는 들불 맞은 황소처럼 날뛰었다. 언제나 케세라 세라, 하늘이 무너지고 땅이 솟아도 내 일이 아니니 상관없다는 박 피디로서는 있을 수가 없는 일인지라, 현아는 심히 억울한 와중에도 감동해 버렸다.

"밤낮없이 뛰어 가면서 프로그램 만들어 놓은 게 누군데, 왜 하필 우리 프로그램이야? 이건 누가 봐도 도둑질이잖아. 인사위원회가 언제부터 도둑년의 수호자였어?"

"박 피디! 말이 너무 심한 거 아닙니까? 회사 내규에 의해……."

"내규? 내규우? 이 부장님 말 잘했네. 지난번 노사협상에서 결정한 거 잊었어요? 피디나 작가를 하차시킬 땐 최소 한 달 이전에 고지해야 한다! 기억 안 나요?"

"박 피디야말로 기억 안 나나! 문제 일으키는 팀은 옳건 그르건 무조건 사직서라고 각서 쓴 거? 지금 그 프로그램 표절 이야기 나오는 거 모르는 것도 아닐 거고. 원칙대로라면 둘 다 사표 써야 하는 거, 내가 박 피디 입장 생각해서 봐준 거야!"

노사협상이라는 말에 심기가 상한 국장이 책상을 쾅 소리 나도록 쳤다. 울컥한 박 피디는 '그럼 사표 쓰겠다'고 하려 했고 박 피디가 사표 쓰겠다고 하면 결사적으로 말리겠다고 현아가 결심했을 때, 아직 한글을 떼지 못한 초등학교 1학년 어린애에게 한글을 가르치는 것 같은 목소리가 현아의 뒤에서 들렸다.

"그건 사람이 칼로 사람을 죽이니까 칼을 없애 버리자는 것과 같은 논리군요."

사람들의 정신이 박 피디에게 팔린 사이 승효가 들어와 있었다. 외부인이 올 데가 아니라며 정근이 막아섰지만 그는 정근을 가볍게 무시하고 현아를 지나쳐 국장의 앞에 가서 허리를 굽혔다.

"임승효라고 합니다. 윤 국장님 맞으시죠? 아버지께서 안부 전해 드리라고 하셨습니다."

"어…… 잠깐. 그럼 자네가 임 선배……."

"예. 아들입니다."

"허. 듣던 대로 잘생겼구먼."

자리에서 일어난 국장이 그의 손을 꼭 잡았다. 사리분별 못 하는 국장 덕분에 더 이상 외부인이 아니게 된 승효는 불안해하는 미영을 향해 치사한 웃음을 지어 보였다.

"일단, 갑자기 회의에 끼어들어서 죄송하게 생각합니다. 하지만 저도 전혀 무관한 사람은 아니니까요. 제가 출연하는 프로그램 문제기도 하고."

"아, 그럼. 물론이지."

"순서대로 처리하겠습니다. 밖에서 듣자 하니 표절 이야기가 나오더군요. 이걸 좀 봐 주시기 바랍니다."

재킷 안쪽에서 종이봉투를 꺼낸 그가 이 부장에게 건넸다. 봉투 안에 든 종이를 읽어 본 이 부장의 눈동자가 빠르게 돌아간다.

"아시겠지만, 표절은 친고죄입니다. 그래서 〈제이미 앳 홈〉과 〈제이미스 그레이트 이탈리안 이스케이프〉, 아, 이건 제이미 이탈리안 잡의 원제목입니다. 이 두 프로그램을 제작한 Ch 4의 프로듀서에게 직접 문의해 봤습니다. 영국 사람이라 그런지 답변이 영어로 왔군요. 읽으실 수 있겠습니까?"

410

"어, 그러니까, 이게……."

"시간 절약을 위해 먼저 읽어 본 제가 요약해 드리겠습니다. '우리 프로그램의 창의성을 높이 평가해 준 것에 대해 감사하게 생각한다. 그러나 제이미 앳 홈은 셰프의 집에서 요리하는 걸 중점으로 삼았고 제이미스 그레이트 이탈리안 이스케이프는 우리 프로그램만이 가진 독창적인 포맷이라고 보긴 힘든 것이 사실이다. 모든 포맷의 중심은 제이미 올리버다. 때문에 제이미 올리버가 출연하지 않는 한, 한국의 〈bon voyage〉는 표절이 될 수 없다.'"

말을 마친 승효가 싱긋 웃었다. 현아가 봤다면 '일 났구나.'라며 머리를 움켜쥐었을 미소였다.

"〈bon voyage〉는 기획 단계에서부터 제 의견이 90% 이상 반영되었습니다. 표절 운운하는 것은 제가 표절했다고 하는 것과 다를 바가 없다는 이야깁니다. 저는 이런 상황이 아주 불쾌하며, 차후 이런 이야기가 또 나올 시, 그게 누구든 끝까지 추적해서 명예훼손으로 고소할 생각입니다."

"이보게, 자네……."

"이해하셨으리라 믿고 다음, 회사의 이미지 실추 부분으로 넘어가겠습니다."

국장이 얼굴을 붉혔지만 그는 국장조차 무시했다. 순간적으로 뒤를 돌아본 그와 시선이 마주친 미영은 입술이 덜덜 떨리는 한기를 느꼈다.

"권미영 작가님. 법대로 하는 것 좋아하시는 것 같은데, 제가 알아본 바에 의하면 꽤 오랜 시간 박현아 작가님을 괴롭혀 오셨더군요. 사내 괴롭힘은 충분한 고소 사유죠. 게다가 회사에서 괴롭힘을 방치했다고 하면 변호사들이 좋아라 하며 달려들 겁니다. 이 징계 내용이 그대로 실행될 경우 저는 박현아 작가님을 적극적으로 후원할 용의가 있습니다. 참고로, 박현아 작가님이 고소하지 못할 거라는 기대는 버리시기 바랍니다. 제가 목을 졸라서라도 고소하게 만들 거거든요. 그리고 전 끝까지 가는 사람입니다. 병림픽 참가가 취미기도 하죠. 함께 좋은 이미지 실추 한번 만들어 봅시다."

뭔가 시작도 하지 않은 것 같은데 끝나 버렸다. 모두가 입을 다물었다. 국장은 그의 무례를 꾸짖고 그의 아버지와 척을 져야 할지, 아니면 그를 칭찬해 그의 아버지와의 관계를 돈독하게 만들어야 할지를 결정 못 해 침묵했고, 인사과 직원들은 국장을 따라 덩달아 침묵했으며 박 피디는 '원더풀', '브라보', '나이스' 중 어떤 감탄사를 터트려야 할지 결정하지 못해 침묵했다. 끝나지 않을 침묵을 깬 것은 승효였다. 결자해지를 아는 남자다웠다.

"현명한 선택하시길 바랍니다. 그럼 먼저 실례하겠습니다."

소리 없는 아우성을 뒤로하고, 그가 사무실 문턱을 넘었다. 현아가 박 피디를 바라보자 박 피디가 비장한 표정으로 고개를 끄덕였다. 현아는 국장의 허락도 받지 않고 그의 뒤를 쫓아 달려 나갔다.

한 사람의 등장으로 콧대가 높아진 박 피디가 책상을 치며 말했다.

"처음부터 다시 이야기해 볼까요?"

'휙 가 버렸으면 어떻게 하지?' 라는 걱정이 무색하게 그는 사무실 바로 밖에 서 있었다. 기세 좋게 뛰쳐나온 현아는 가까스로 그의 앞에 멈춰 섰다.

"사람을 어떻게 보고 있었던 겁니까?"

"네?"

다짜고짜 이게 뭔 뚱딴지같은 소리인가 싶은 현아가 어깨를 움츠렸다. 승효는 신경질적으로 앞머리를 쓸어 올렸다.

"대체 어떤 셰프가 요리 프로 보면서 프로그램 포맷을 봅니까? 레시피를 보지."

"네?"

잔뜩 찌푸려졌던 그녀의 인상이 서서히 펴지더니 곧 멍해졌다.

"어, 그럼……."

"네. 현아 씨 오해한 겁니다. 그것도 아주 심각하게. 날 대체 얼마나 우습게 보고 있었던 겁니까?"

현아가 양 뺨을 감쌌다. 그래. 그렇구나. 방송관계자도 아닌 셰프가 프로그램의 포맷을 볼 리는 없지. 분명히 생각할 수 있는 부분이었는데. 심술이 빚어낸 착각을 깨닫게 된 그녀는 쥐구멍에라도 들어가고 싶다는 말을 실감했다. 마음 같아서는 쥐구멍이 아니라 개미굴에라도 들어가고 싶었다.

"하, 하지만 셰프님 분명 제이미 올리버를 제가 모른다고 하셨을 때 놀랐잖아요. 제가 꼭 알고 있어야 하는 것처럼."

"당연히 알고 있어야죠. 요리 프로그램 진행하는 사람이라면 더더욱. 내가 고든 램지나 조 바스티아니치를 모른다고 하면 현아 씨는 안 놀랄 것 같아요?"

"왜 이러세요? 저희 요리 프로그램 아니에요. 엄연히 여행 프로그램이라고요."

"그럼 전문 여행가 데려다 쓰면 되겠군요."

"그거 따지자고 저 기다리신 거예요?"

"그럴 리가. 빚 받으려고 기다리고 있었던 겁니다."

"빚?"

"전통적으로, 을의 난제를 해결해 주는 건 갑의 의무죠. 그래서 을

이 갑에게 항상 감사해야 하는 겁니다."

갑과 을. 언젠가부터는 잊고 있던 단어다. 그럼 이제부터 다시 그에게 질질 끌려다녀야 하는 걸까? 시작도 끝도 선택할 권리 없이? 아니면 혹시 이미 끝났나?

그러나 뒷짐을 진 채 웃는 그의 얼굴은 전혀 차가워 보이지 않았다. 그의 의례적인 미소와 진짜 미소를 구분할 수 있는 그녀는 한번 튕겨 보았다.

"그래서 뭐 어쩌라고요? 배 째요? 등 따?"

"지금 그렇게 나올 때가 아닐 텐데요? 잊었어요? 누가 갑인지?"

팔짱을 낀 그가 턱을 쳐들었다. 오만하고 도도한 모습이 임승효 그 자체였다. 그다워서 잘 어울린다. 갑일 때 진짜 빛이 나는 그를 앞에 두고서야 그녀는 을의 정체성을 찾을 수 있었다.

"미천한 을이 나아갈 바를 알려 주시면 감사하겠습니다."

"예전에 얼레벌레 넘어갔던 16접시 풀 코스 한 번 가죠."

"네엣? 아니, 아니, 그것 말고요. 다른 건 없어요?"

"없습니다."

그는 경악한 현아의 손을 억지로 잡아끌고 주차장으로 데려가 차에 태웠다. 현아는 싫다고 투덜거리면서도 착실하게 벨트를 맸다.

"메뉴는 뭐예요?"

"예고편 안 본다면서요."

"마음의 준비는 필요하니까요."

"Rouge, Vert, Bleu, Trois types de Skittles, Bardane et œuf……."

"거기까지! 마음의 준비가 팍팍 되네요."

마음의 준비를 끝낸 그녀의 얼굴은 레몬 한 통을 통째로 씹어 먹은 사람의 그것과 같았다. 승효는 여유롭게 휘파람을 불며 속도를 높였다.

"어서오세……. 어? 작가님?"

그의 손에 이끌려 카페 앙글레 안으로 들어간 현아를 수연이 맞았다. 현아의 얼굴을 보고 반갑다는 표정을 지은 수연은, 승효의 손과 현아의 손이 서로 붙어 있는 것을 본 뒤 '설마?' 하는 표정을 지었다가, 눈물을 글썽였다가, '세상을 구원해 줘서 고마워요.' 라는 표정을 지었다. 수연의 표정 변화를 이해하지 못한 현아는 가게 안을 둘러보고 물었다.

"손님이……?"

한창 바쁠 저녁 시간이었지만 카페 앙글레는 한산했다. 아니, 한산 정도가 아니라 손님이 아예 없었다. 수연은 애매한 미소를 지었다.

"그게……."

"당분간 저녁 예약 안 받기로 했었습니다. 편한 데 아무 데나 앉아요. 수연 씨는 풀 코스 세팅 준비해 두시고."

수연이 말할 새도 없이 재빠르게 대답해 버린 그가 현아를 홀 쪽으로 밀었다. 현아는 주춤하며 항상 앉던 창가 쪽 자리에 앉았다. 조금 기다리자 포크와 나이프를 들고 온 수연이 테이블 위의 초에 불을 붙였다.

손님이 없어서인지 가게 내부는 전체적으로 어두운 편이었다. 조명이라고는 군데군데 켜진 벽등과 현아가 앉은 테이블 옆의 중세풍 스탠드에서 나오는 불빛, 그리고 촛불뿐이다.

모든 조명이 그녀를 향해 있었다. 꼭 스포트라이트 같은데? 제 생각에 화들짝 놀란 그녀는 얼굴을 붉히고 촛불의 둥근 그림자를 어루만졌다.

첫 번째 오르되브르는 10분 만에 나왔다. 접시를 들고 온 사람은 승효였다.

"어? 셰프님이 서빙도 하세요?"

"흔하진 않지만 아예 없는 일도 아니죠."

그러나 놀라운 것은 음식이 나온 속도나 그가 직접 서빙을 한다는 것이 아닌 내용물이었다. 넝쿨꽃이 정교하게 새겨진 최고급 은제 식기에 담긴 오르되브르를 본 현아는 입을 쩍 벌렸다.

"어뮤즈 부쉬는 레드, 그린, 블루. 세 가지 종류의 스키틀즈입니다. 단맛과 신맛의 풍미를 음미하시면서 드시면 좋습니다."

요리를 설명하는 승효의 목소리가 진지하다. 현아는 널찍한 접시에 한 알씩 담긴 '세 종류의 스키틀즈'를 보고, 보고, 또 쳐다봤다.

이게 뭐지? 이게 뭐지? 이게 뭐지? 설마 독이라도 탔나?

그녀는 사약을 받은 장희빈의 심정으로, 그나마 덜 위험해 보이는 초록색 스키틀즈를 들었다. 손이 떨린다. 사프란 가루의 무게 가격이 금과 같다는 것을 알았을 때보다 지금이 더 무서웠다.

맛이 어떠냐고 그가 물었다. 현아는 모르겠다고 대답했다. '아쉽군요. 좀 더 분발하겠습니다.' 역시 진지하게 말한 그가 주방으로 사라진 뒤에야 현아는 숨을 쉴 수 있었다.

아, 나 살아 있나? 살아 있는 거 맞지?

다행히, 혹은 당연히 몸에는 이상이 없었다. 그녀는 차마 먹지 못한 빨간색 스키틀즈를 보며 그의 의도를 파악해 보려 했다.

물론 무리였다.

모르겠어! 무슨 생각하는지 도저히 모르겠어!

그녀가 테이블에 머리를 콩콩 찧으며 고뇌하고 있을 때, 두 번째 오르되브르가 나왔다. 접시를 내려놓은 그가 근사한 목소리로 말했다.

"조림우엉으로 맛을 낸 계란김밥과 송아지 고기가 들어간 소고기 김밥, 깻잎의 향을 살린 참치김밥입니다. 오르되브르에 맞게 한 개씩 준비했습니다."

"······이걸 포크로 어떻게 먹어요?"

"떠서 드시면 됩니다."

"네······."

앙트레는 만두였다. '전통의 고기만두와 2년 묵은 김치를 소로 이용한 김치만두, 그리고 새우만두입니다. 셋 다 샤오룽바오 스타일로 쪄 냈습니다. 뜨거울 때 드십시오.' 그녀는 이제부터 무엇이 나와도 놀라지 않겠다고 결심했다.

하지만 요 며칠 그녀의 삶이 그러했듯 놀라움은 끝이 없었다.

"플라 드 주르입니다."

그것은, 멀리서부터 냄새를 풍기며 다가왔다. 짭조름하면서도 알싸한 향. 배고플 때 옆집에서 끓이고 있으면 그 향이 우리 집까지 퍼져 들어오는, 안 먹겠노라 수십 번 다짐해도 옆에서 누가 먹고 있으면 꼭 젓가락을 들게 만드는 마력의······.

"6가지 해산물과 소고기로 육수를 냈고 고춧가루로 깊은 맛을 더했습니다. 깔끔한 맛을 위해 계란은 풀지 않았으며 가니시로는 대파가 준비되어 있습니다."

라면이었다. 보편타당하고 일반적이고 완전무결한 라면. 무슨 광고 찍는 것도 아니고 위에는 하얀 대파가 품위 있게 올라가 있다. 현아는 그와 인간적인 대화를 할 필요성을 느꼈다.

"대체 저한테 왜 이러시는 거예요?"

"빨리 안 드시면 면발 불어 터집니다."

"그게 중요한 게 아니잖아요. 왜 이러세요?"

눈을 깜빡이는 그녀는 거의 울 것 같았다. 승효는 그녀의 건너편에 앉아 턱을 괴었다.

"왜요? 좋아하는 거 아니에요? 아, 라면 끊었습니까?"

"안 끊었……. 아니, 이게 아니라. 셰프님 이런 거 안 만드시잖아요."

"피자도 만들고 뇨끼도 만들었던 것 같은데? 야식으로."

"그래도 이건 아니죠. 라면, 김밥, 만두. 이건 이상해요. 뭔가 잘못됐어요. 이건 셰프님 요리가 아니잖아요. 셰프님은 오트 퀴진이라면서요. 혹시 저를 위해서라면, 그런 거라면…… 전 필요 없어요. 괜찮아요."

"뭔가 착각하고 있는 것 같은데, 나는 나를 가장 사랑하는 사람입니다. 이건 나를 위한 요리예요."

"어떻게 그렇게 돼요?"

"현아 씨가 좋아하는 걸 먹고 맛있다며 웃는 걸 볼 때 내 기분이 좋아지니까."

촛불이 은근하게 흔들리며 주황색으로 물든 그녀의 얼굴을 비췄다. '내 관성이 아니었던 거야?' 그녀는 불안하게, 하지만 확인하듯 물었다.

"그럼 이제까지 제 입맛에 맞춰 주신 거였어요?"

"맞춰 준 게 아닙니다."

그는 오만하게 다리를 꼬고 검지로 제 미간을 툭툭 쳤다. 자신을 버리는 굴종이 아니다. 엄연한 선택이었다.

"만 일 동안 맛없어하는 걸 먹이는 것보다 이쪽이 훨씬 편하죠."

그래서 사랑이다.

'만 일.' 그녀가 중얼거렸다. 또르륵, 또르륵 단어가 입안에서 구른다. 심장이 미친 듯 두방망이질을 치고 등줄기가 짜릿해지는 느낌이었다. 본질을 피하려는 게 아니라 상기된 얼굴이 부끄러워서, 그녀는 말을 돌렸다.

"이 요리는 이름이 뭐예요? 셰프님이 좋아하는 프랑스식 이름 있잖아요."

" 'je t' adore.' "

"무슨 뜻인데요?"

"쥬뗌므보다 좀 더 느끼한 뜻이라고 생각하면 될 겁니다. 마음에 듭니까?"

"……."

어찌할 바를 몰라 침묵하는 그녀에게로 그가 손을 뻗었다. 테이블을 가운데 둔 거리가 만만치 않았지만 그는 상체를 앞으로 한껏 숙여 거리를 제로로 만들었다.

그는 선택의 여지를 주지 않았다. 하지만 그녀는 선택할 수 있었다. 선택은 사실 아까 전, 그가 먼저 뒤돌아 가 버리지 않았을 때, 그의 손에 잡혀 제가 먼저 가 버릴 수 없었을 때 끝났다.

그녀는 그에게 끌려가는 걸 선택했다. 그리고 선택함으로써 선택하지 않은 것에 대한 미련을 버리고 선택한 것에 대한 두려움을 버렸다.

그녀가 고개를 들자 두 얼굴이 아주 가까웠다. 그의 입술을 끝이 예쁘게 말려 올라갔다.

"그래서, 대답은?"

요리를 하다 와서인지 그의 숨결에선 조금 들큼한 향이 났다. 임승효 하면 떠오르는 청량함이나 깔끔함과는 거리가 멀었지만 오히려 이쪽이 더 마음에 든다. 뒤가 어떻게 되든 이젠 아무 상관없다고 생각하며 그녀는 눈을 감았다.

"맛있어요."

'근데 셰프님, 라면을 어떻게 먹으라고 포크만 가져다 놓으신 거예요?'

'먹을 기회를 줄 생각도 없었어.'

'······계란은 왜 안 푸셨어요? 저 계란 라면 좋아하는데.'

'색이 안 예쁘잖아.'

'아, 네······. 근데 왜 반말이세요?'

'싫어?'

'······아니······요.'

0.
어뮤즈 부쉬

잘 먹겠습니다

"이게 뭐예요?"

투명한 유리병을 든 현아가 물었다. 승효는 셔츠 단추를 채우며 대답했다.

"스킨."

"스킨?"

현아는 손바닥에 내용물을 털었다. 찰랑거리는 대신 스르륵 미끄러져 나오는 스킨은 액체라기보다는 고체에 가까웠다.

"젤 타입이네? 남성용 스킨도 이런 게 나와요?"

"남자들 건 향이 강해서 잘 안 쓰거든."

코를 킁킁거려 봤지만 그의 말대로 아무런 냄새가 나지 않았다. 이상하게 비쌀 것 같다는 느낌이 온다. 그녀는 손바닥을 내려 보고 잠시 고민하다, 침대 발치에 앉아 양말을 신고 있는 승효에게 다가갔다.

"어, 어……."

"뭐 해?"

잘 걸어오던 그녀가 크게 휘청거렸다. 승효는 벌떡 일어나 곧 넘어질 것 같은 현아를 지탱했다. 아래를 살펴보니 휴대폰 충전기 선이 가느다란 발목을 감고 있었다.

"후아, 후아, 우하! 휴대폰이 날 죽이려고 했어!"

"아니야. 네가 내 폰을 망가트리려고 한 거야."

"무슨! 충전기 선 좀 빠졌다고 안 망가져요. 스마트폰이 괜히 스마트폰인 줄 알아요? 인간의 기술력을 무시하지 말라고요."

현아는 콧방귀를 뀌며 손바닥을 내밀었다. 그새 다시 앉은 그가 뭐냐는 눈으로 그녀를 올려 본다. 길지만 가녀리다기보다 우아해 보이는 목 한가운데 불쑥 튀어나온 울대뼈가 두드러졌다. 시간이 지나 알게 된 사실이지만 그는 애덤스 애플이 좀 발달한 축에 속했다. 그녀는 자유로운 한 손으로 애완동물 어르듯 그의 목 아래를 간질였다.

"뭐하는 짓이지, 이거?"

"손, 해 봐요. 손. 우쭈쭈쭈, 손, 손."

"하!"

"에이. 눈 부라리지 말고. 버리긴 아깝잖아요. 아직 스킨 안 발랐죠?"

그녀가 그의 손등에 스킨을 문지르려 했다. 의도를 알아차린 승효는 그중 반만 덜어 냈다.

"왜요?"

"나머지 반 발라."

"나 화장품 가져왔는데?"

"거기 말고, 여기."

그가 그의 오른쪽 뺨을 가리켰다. 그녀가 머뭇거리자 당장 시간 없다는 타박이 날아왔다. 현아는 밉지 않게 눈을 흘겼다.

"아니. 손이 없나, 발이 없나."

"두 손보다는 네 손이 빠르지 않겠어?"

"네 손이 다 빠를 거라는 건 편견이죠. 이 경우는 효율이 더 떨어진다고요. 그냥 쓱쓱 바르면 되겠구먼. 으, 미끄덩거려. 으, 기분 이상하다."

그녀는 투덜거리면서도 꼼꼼하게 스킨을 바르고 있었다. 작고 보들보들한 손이 그의 뺨을 지나 높은 코를 넘어 반대쪽 뺨까지 침범했지만 그는 온전히 그녀에게 저를 맡겼다.

"제천까지는 얼마나 걸리지?"

"음. 두 시간 반 정도? 두 시간? 평일이라 차도 안 막힐 테니까 두 시간 잡으면 될 거예요."

9월 둘째 주 촬영 장소인 제주도로 가는 비행기가 느지막이 불어닥친 태풍 때문에 결항된 탓에 사전답사 전날 급하게 변경된 지역은 제천이었다. 여행 장소로는 너무나 대중적이지 않은 곳이다. 승효는 주최 측의 농간을 의심했지만 현아는 하늘을 우러러 한 점 부끄러움이 없었다.

"아니 이분이 왜 이러실까? 자연치유도시! 청풍명월의 고장 제천이 어디가 어때서요? 청풍호! 청풍문화재단지! 의림지! 얼마나 볼 게 많은데."

"그 청풍호에 대해서 충주 사람들은 다른 생각을 가지고 있을 거야."

"청풍호가 왜왜왜왜왜."

"원래는 충주호잖아. 충주 사람들은 다 충주호라고 부를걸? 그리고 그 지명이 가진 역사를 생각해 볼 때 제천 사람들도 충주호라고 하지 않을까? 어때? 제천 토박이 생각은."

검지로 그녀의 턱을 추켜올린 그가 눈을 맞추며 물었다. 스킨에 이어 어느새 로션까지 다 발라 준 현아는 말끔해진 손으로 그의 이마를 탁탁 쳤다.

"고향 떠나온 지가 십 년인데 토박이는 무슨."

"그래도 살아온 날이 더 길지 않나?"

"십 년이면 강산도 변해요. 그리고 이번에는 청풍호 쪽으로 안 가니까 청풍호의 정체성에 대해서는 따지지 말자고요."

"그럼 어딜 가려고?"

"한방 바이오 박람회."

"한방 바이오 박람회?"

"제천이 약초가 유명하거든요. 우리나라에서 거래되는 국내산 약초나 한약재의 70%는 제천에서 나온대요. 그런 것들 모아 놓고 엑스포처럼 행사하는 거예요."

"약재시장으로 가장 유명한 건 대구 약령시라고 알고 있었는데?"

"거긴 시장이고, 제천은 생산지. 싸고 질도 좋아요. 약초밥상 같은 거 유명하고. 우리 엄마도 멸치육수 낼 때 황기나 당귀 이런 거 넣어서 내던데요."

"흠……."

"막 궁금하죠? 어떤 맛일까 먹어 보고 싶죠?"

생각할 때 나오는 그의 버릇을 본 그녀가 얼굴에 꽃받침을 만들었다. 그는 자신의 호기심을 순순히 인정했다.

"한식의 세계는 무궁무진하지."

"그러니까 조용히 따라오세요. 나갈 준비하시고."

"준비가 필요한 사람은 내가 아니라 현아 씨일 텐데?"

그가 물기가 남아 있는 그녀의 머리카락 끝을 매만졌다. 현아는 얼굴을 살짝 붉히고 욕실로 달려가 드라이기를 켰다. 습기로 뿌옇던 욕실 거울이 열기를 받아 조금씩 명확해진다. 그는 마치 개처럼 머리카락을 터는 그녀를 빼꼼 열린 욕실 문틈으로 바라보며 가을용 남색 재킷을 걸쳤다.

두 사람은 10분 뒤쯤 승효의 아파트에서 나왔다. 어두침침한 주차장을 나란히 걸으며 승효가 혼잣말처럼 말했다.

"방송국 들러야 하나?"

"아뇨. 차 가지고 왔어요. 바로 출발하면 돼요."

"그래? 아, 차 키 이리 줘."

"갑님이 친히 운전을? 성은이 망극하옵니다."

그녀는 공손하게 두 손으로 차 키를 넘기고 내비게이션에 '제천 의림지'를 입력했다. 2시간이 좀 안 되는 거리였지만 직선도로가 없어 고속도로를 무려 세 번이나 갈아타야 했다. 승효는 내비게이션 화면을 쭉쭉 밀어 어디서 빠져나가야 하는지부터 살폈다.

"제2중부, 영동, 중앙……. 여기는 아직도 길이 이렇군."

"원래 우리나라는 동서의 교통이……. 어? 언제 제천 온 적 있어요?"

그의 말투에서 묘한 뉘앙스를 읽은 그녀가 물었다. 그는 핸들을 잡은 채 고개를 뒤로 젖히고, 뒤로 젖힌 고개를 옆으로 틀었다. 책망하는 듯한 눈빛이 언젠가 본 듯했다. 그녀는 기억을 더듬으며 빠르게 눈을 깜빡거렸다.

"왜요?"

"아니. 아무것도. 그냥 잠깐 들른 적 있어."

"제천을요? 어디 가던 중이었는데요?"

"평창."

"잉? 그럼 더 이상하잖아요."

만종분기점을 기준으로 제천은 아래, 평창은 위쪽이다. 어떻게 해도 제천을 들를 루트가 아니라고 그녀가 종알거렸지만 그는 모르쇠로 일관했다.

"기억이 잘 안 나는데."

"장관 내정자예요? 기억이 나지 않습니다, 잘 모르겠습니다?"

"아침 어떻게 할까?"

"지금 말 돌리는 거죠?"

"의식주가 중요하다면서. 중요도가 높은 것부터 처리하자는 거야."

"더 수상해."

"왜 안 믿지? 나도 기억하지 못하는 건 있다고."

"아아아아! 알겠어요! 믿을게요. 하지 마요, 하지 마. 에비! 손 치워!"

그의 손가락이 그녀의 옆구리로 향하자 기겁한 그녀가 자라목을 만들었다. 그가 최근 들어 발견한 현아의 약점이었다. 상상만 해도 간지러운 듯, 그녀는 손이 닿기도 전에 웃음을 터트렸다.

"아, 진짜! 난 왜 간지럼을 타는 거야!"

"짜증내 봤자 체질이 바뀔 리도 없으니까 밥 어떻게 할 건지나 고민해 보지?"

"벌써 해 봤어요. 가다가 덕평 휴게소 들러요. 시간 딱 맞을 것 같은데."

"거기 뭐 맛있는 거 있어?"

"수, 수제 햄버거?"

"버거킹이라고 하지 않아 줘서 고마워."

"또! 또 버거킹 무시하신다! 버거킹에 대체 무슨 원한이 있길래 그 래요?"

그녀의 입술이 삐죽 튀어나왔다. 원한보다는 은혜 쪽일 텐데. 승효 는 대답 없이 웃으며 꽤 오래된 기억을 헤집었다.

✢

22살, 11월.

믿을 수 없는 참상을 목도한 승효는 들고 있던 가방을 그대로 떨어 트렸다. 그로서는 아주 이례적으로 격렬한 놀람을 표출한 것이었다. 시체처럼 딱딱해진 표정의 젊은 청년이 안쓰러웠던지, 얼마 전까지만 해도 그의 부모님 집이었던 아파트 문을 열어 준 아줌마가 혀를 찼 다.

"총각, 괜찮아?"

2년간의 영국 생활을 끝내고 돌아와 처음 들은 소식이 '집주인 바 뀌었다.'였는데 괜찮을 리가. 승효는 고개를 저었다.

"아니요."

"하긴, 그려. 부모님한테 버림받았는데 어찌 괜찮겠어."

"아. 그건 아닐 겁니다."

승효는 가볍게 손을 치켜들어 반대의견을 개진했다. 물론 그제 어 머니와 통화할 때만 하더라도 아무런 이야기를 듣지 못했지만 이 황 당한 상황을 설명할 방법이 없는 건 아니었다. 그의 부모님은 '잊어 버렸다.'

해답이 아무리 말이 안 되는 것이라도, 모든 가능성을 소거했을 땐 남은 것이 해답이다. 결론을 내린 그는 낯선 남자에게 선뜻 문을 열어 준 아주머니를 향해 정중하게 허리를 굽혔다.

"아무튼 감사합니다. 요즘 같은 세상에."

"뭘. 군대 간 내 아들이랑 비슷한 나이니께니 그랬지."

"그럼⋯⋯."

"으응, 그려. 살펴 가. 기운 내고."

손을 흔드는 아주머니의 표정에 동정심이 가득한 걸 보아하니, 아무래도 아니라는 그의 말을 믿지 못한 듯했다. 믿기 힘든 상황이긴 하지. 어떤 부모가 아들한테 말도 안 하고 이사를 하겠어? 그는 아주머니가 눈치채지 못하게 한숨을 쉬고 어깨를 폈다. 자신의 정신적 충격을 드러내고 싶지 않았다.

어떻게 할까 고민하던 그가 가장 먼저 전화를 한 사람은 고모였다. 한창 일하고 있을 어머니와 아버지는 전화를 받지 않을 가능성이 높았기 때문이다. 그리고 고모의 성격상 그가 전화를 하면 내용이 궁금해서라도 받을 것이다. 과연 고모는 신호음이 세 번 떨어지기 전에 전화를 받았다.

— 오옹, 임승효. 웬일?

"고모, 저 한국인데요."

— 설마 도착했다고 전화한 거야? 이야, 타지 생활 하더니 어른한테 안부 인사도 할 줄 알고. 사람 됐다, 너?

"원래 사람이었어요. 중요한 건 그게 아니라, 우리 부모님 어디로 이사하셨어요?"

— 응?

잠깐, 고모가 침묵했다. 그리고 터진 폭소.

— 푸하하하하! 조카님, 너 고려장당한 거야? 신개념 고려장?

"고모, 좀."

430

— 좀 뭐, 좀. 어? 아, 야. 이사한 지가 언젠데 그걸 이제 알았어? 그러니까 평소에 효도를 했어야지! 이름이 아깝지 않니?

"그런 거 아니라는 거 아니까 그만 놀리시죠."

— 뻥치지 마. 너 되게 쫄았잖아. 아이고, 내 광대. 아이고 내 광대 야! 푸하하하하!

순간적이지만, 이 집 전 주인 이사 간 지 한 달 넘었다는 아줌마의 말에 움찔했던 승효는 쫄지 않았다고 말하지 않았다. 말해 봤자 들어 줄 고모도 아니다. 고모는 광대뼈가 얼얼해질 때까지 웃은 뒤에야 그 의 질문에 대답했다.

— 너희 부모님 일산으로 이사 갔어. 그런데 그 집 리모델링이 아 직 안 끝나서 지금 호텔에 있단다. 둘 다 출장 중이라 너 가 봤자 반 겨 줄 사람도 없을걸? 어쩌냐? 오갈 데 없어서. 너 돈도 없지?

비싼 거 먹고 비싼 데서 자는 건 유학생의 도리가 아니라고 생각하 는 승효의 부모님은 승효를 유학 보내면서 카드 한 장 들려 보내지 않았다. 다행히, 오빠의 성격을 빤히 아는 고모가 대안을 제시해 주었 다.

— 성우한테 가 있는 건 어때?

"성우 형 제대했어요?"

— 오냐. 한, 두 달 됐다. 복학하기 전에 신나게 놀러 다니신다고 오피스텔엔 거의 없는 모양이더라.

승효와 한 살 터울인 성우는 말이 잘 통하는 상대가 아니었다. 승 효는 심각하게 갈등하며 지갑을 벌렸다. 남색 바랜 20파운드 3장이 보인다. 60파운드. 고급 호텔은 꿈도 못 꾸고, 모텔이나 겨우 들어갈 수 있는 돈이다. 그렇다고 시부모님하고 같이 사는 고모한테 신세를 질 순 없었다. 지고 싶지도 않고.

— 어떻게 할래?

시아버지 간식 준비해야 한다며, 고모가 결정을 재촉했다. 현실의 벽을 뛰어넘지 못한 승효는 제 처지를 받아들였다. 성우의 폰 번호를 외우는 그의 어깨가 아까보다 조금 처져 있었다.

세상 혼자 사는 것처럼 막무가내였던 고모가 고등학교 교생 선생님으로 온 미술 선생님에게 꽂혀 결혼에 골인한 게 고모 나이 23살 가을. 성우는 그다음 해 2월에 태어났다. 속도위반이었던 셈이다.

'부잣집 딸'이라는 평가를 끔찍하게 싫어한 고모는 성우를 보통의 평범한 집 자식처럼 키우려고 무던히 애를 썼다. 가정교육도 꽤 엄하게 시켰다. 그렇다면 성우도 평범한 아이로 자랐어야 했건만, 성우에겐 심각한 태생적 한계가 있었다.

바로 고모의 아들이었다는 것.

간단하게 말하면 성격이 고모를 빼다 박았다는 얘기다.

성우의 오피스텔에 도착한 승효가 옷도 갈아입지 못하고 평창으로 질질 끌려가고 있는 이유도 그 때문이었다.

"야, 임승효! 스키장 가자."

"혼자 갔다 와."

"스키장을 혼자 무슨 재미로 가!"

"혼자서도 잘 가잖아, 형은."

"혼자서 가면 부킹 확률이 떨어진단 말이다. 여자애들이 혼자 스키장 올 확률이 얼마나 될 것 같아?"

"부킹이 목적이라면 클럽을 가는 게 어때?"

"아, 그럼 클럽 갈까? 클럽도 괜찮지. 가자."

"내가 언제 클럽 간다고 그랬어."

"클럽 싫으면 스키장 가든가."

"난청인 거야, 이해력이 부족한 거야?"

"둘 다."

"나 돈도 없어."

"몸 팔아."

말이 통하질 않으니 이길 수가 없고, 꼴에 형이라 때릴 수도 없다. 이런 사태를 우려하긴 했다. 성우에게 덜미를 잡힌 승효는 반쯤 자포자기한 심정으로 따라나섰다.

금요일 오후 고속도로는 끔찍하게 막혔다. 특히 영동고속도로는 평균시속이 30킬로도 안 나왔다. 경부나 호남도 아닌 영동고속도로 상행이 막히는 걸 의아하게 생각한 승효가 고개를 갸웃거렸다.

"위쪽에 무슨 일 났어?"

"일은 무슨……. 아! 어제 수능 끝나서 그런가 보다. 이번에 수능을 되게 늦게 봤거든."

한마디로, 수능 끝난 고3들이 스키장을 찾아 금요일 오후에 몰려들었단 말씀 되시겠다. 영동고속도로 상행이 넓기나 하면 말도 안 한다. 평균 2차선인 도로가 이렇게까지 막히면 어쩌라는 건지. 승효는 6시간 이상 걸릴 것을 예상하며 얼굴을 쓸었다. 하필 성우는 지독한 길치이기까지 했다.

"뭐야? 이 좁은 골목에서 대가리부터 들이밀면 어쩌라는 거야? 지가 빠져야지."

"여기 일방이야."

"아, 그랬어?"

일방통행 역주행은 예사였고,

"어? 여기 왜 길이 없냐?"

"방금 전 P턴이라고 했잖아."

P턴 구역에서 좌회전해 다른 아파트로 들어가는 건 이벤트처럼 발생하는 일이었으며,

"3차선 타. 곧 호법이야."

"호법이 뭐?"

"호법에서 빠져야 영동을 타지."

"아, 그래?"

내비게이션 안내는 나 몰라라, 죽자고 직진만 하는 건 거의 본능인데다,

"그냥 내가 운전하면 안 될까?"

"싫은데?"

"왜 싫어?"

"너 같으면 네 여자 남한테 맡기겠어?"

주제에 고집까지 셌다. 수차례 평정심을 잃은 승효는 여유를 찾기 위해 성우에게 신경을 끄고 잠을 청했다. 어차피 막히는 게 기정사실이라면 정신노동 강도라도 줄일 생각이었다.

그것이 실수였다.

"형, 길이 이상한데?"

"뭐가?"

"중앙고속도로를 타고 있잖아."

"아, 그거? 아까 만종에서 빠져서 그래."

"왜 만종에서 빠졌는데?"

"3차선이 안 막히길래 3차선으로 빠졌는데 거기가 분기점 들어가는 길이었나 보더라고. 뒤에서 빵빵거려서 그냥 갔어. 어차피 만종에서 원주로 갔다가 국도 타면 되잖아."

"원주로 갈 생각이었다면 횡성 방향으로 빠졌어야지."

"남원주 방향이라고 되어 있었어."

뭐가 문제냐는 듯, 성우가 남원주를 강조했다. 승효는 현기증이 이는 것을 느꼈다. 남원주가 영동선과 중앙선에 걸쳐 있다는 설명은 소용없다. 설명해 봤자 '남원주는 원주 아니냐?'라는 반응만 돌아올 게 뻔하니까.

그래. 누구 탓을 하겠어. 잠든 내가 잘못이지. 중요한 건 성우가 중앙고속도로를 이미 탔다는 거고, 유일한 분기점인 남원주는 이미 지나친 상태였으며, 다시 영동을 타려면 30킬로를 더 간 후 제천 톨게이트에서 빠진 다음 온 길을 다시 30킬로를 돌아와 남원주로 나가야 한다는 점이었다.

이미 도로에서 4시간 이상을 허비한 승효는 죽는 게 낫겠다고 생각하며 스마트폰으로 빠른 길을 검색했다.

"그냥 가. 그냥 쭉 가서 제천 시내로 들어간 다음에 영월로 빠져. 영월에서 국도 타면 평창 금방이네. 제천에서 영월도 금방이고."

"뭐가 어쩌고 어째?"

"……그냥 내가 가란 대로 가."

"나이스한 결정이다, 임승효. 근데 나 배고픈데. 넌 배 안 고프냐?"

"어. 안 고파."

"그래. 난 햄버거."

"……"

이쯤 되면 차라리 자살이 이성적인 선택일 것 같기도 하다. 입맛도 잃고 삶에 의지도 잃은 승효는 입을 닫았다. 어쩜 이렇게 모전자전. 놀라운 DNA의 힘이여.

그나마 위안은 낙후된 중앙고속도로에 변변한 휴게소가 없었다는 점이다. 덕분에 승효는 제천 시내에 들어설 때까지 조용히 올 수 있었다. 하지만 그 작은 위안조차 제천 시내 한복판에 나란히 붙어 있는 롯데리아와 버거킹이 등장하며 깨졌다.

"오, shit! 존나 오래 사귄 여자 친구랑 클럽에서 만난 유학파 언니가 동시에 달려드는데?"

천재적이라며 칭찬을 해야 할지, 저속하다며 침을 뱉어 줘야 할지 모르겠는 비유를 내뱉은 성우가 롯데리아를 바로 마주한 대로변에 차를 댔다. 승효는 일단 내려서 고민하자는 성우의 뒷덜미를 잡아챘다.

"뭐? 왜? 야, 놔라. 형님 목 늘어난다."

성우가 몸부림을 쳤지만 성우보다 팔도 길고 키도 큰 승효는 꿈쩍도 안 했다.

"주차를 여기다 하면 어떻게 해?"

"왜 안 되는데?"

"버스정류장 앞이잖아."

"준법정신 돋네. 이 동네 패트롤이야, 뭐야?"

"법이라서 지키는 게 아니라 서로가 편하자고 지키는 거야. 형이 지금 당장 시트에다 똥 쌀 것같이 급한 상황 아니면 주차 똑바로 해."

"아, 임승효. 진짜 지랄."

성우는 약간 욕을 하다, 내가 봐준다는 식으로 다시 시동을 걸었다. 이럴 때의 임승효는 동생이지만 살짝 무섭다. 먼저 꼬리를 내리는 게 상책이었다.

"알았어. 알았어. 저기 공용주차장에서 기다리고 있을게. 그냥 차 안에서 먹지 뭐. 됐냐? 대신 네가 가서 사 와. 배고파 돌아가시겠으니까."

"어디서, 뭐로?"

"여기까지 나왔는데 유학파 언니 만나야지 않겠어?"

"와퍼? 세트로, 아님 단품으로?"

"세트로. 치즈토핑 추가해서. 야, 너 제대로 들은 거 맞아?"

알았다는 말도 없이 승효가 차에서 내리자 성우가 조수석 쪽에 대고 소리를 질렀다. 승효는 슬쩍 뒤를 돌아보고 힘껏 차 문을 닫았다. 내 애마가 어쩌고 하는 성우의 짜증이 들렸다.

10시가 가까워져 가는 시간. 서울이었다면 밤의 꽃이 활짝 피지도 않았겠지만 제천 시내는 썰렁했다. 술집 같은 유흥가는 다른 곳에 있나 보지. 승효는 어깨를 으쓱하고 버거킹 문을 열었다. 그가 들어오는 것을 본 카운터의 알바생이 허리를 꾸벅 숙이며 인사했다.

"어, 서 오세요. 버거킹입니다!"

낭랑한 목소리가 폐점시간이 다 되어 사람도 없는 매장을 쩌렁쩌렁 울렸다. 너무 반듯하게 쓴 모자와 목깃까지 빳빳하게 다려진 유니폼으로 자신이 초보임을 증명하는 알바생은 키가 그의 가슴께에 올까 말까 했다. 얼굴도 너무 앳되다. 내가 지금 불법 아동 고용의 현장을 목격한 건가?

"실례지만, 몇 살이죠?"

"네? 아, 저요? 고3입니다. 이번에 수능 봤습니다."

이미 수차례 받은 오해인 듯, 알바가 씩씩하게 웃었다. 하긴 사람들로 하여금 오해와 안쓰러움을 절로 불러일으키는 얼굴이긴 하다. 그래도 뭐 본인이 고3이라는데 어쩌겠어. 증명하라고 할 수도 없고.

"주문하시겠어요?"

"와퍼 세트 한 개 포장. 참, 치즈 추가할게요."

승효가 주문을 하자 뒷정리를 하고 있던 다른 여자 알바들이 힐끔거렸다. 하지만 정작 그의 목소리를 바로 앞에서 들은 어린 알바는 주문서를 입력하느라 정신이 없었다. 처음 들어올 때 인사도 자연스럽지 못했던 것을 떠올려 볼 때 수습 정도 되는 듯했다.

"와퍼 세트, 치즈……. 아, 저기 포인트 카드 있으십니까?"

"아뇨."

"네. 그럼……."

알바가 주문을 확인했다. 승효는 듣는 둥 마는 둥 하며 적당히 고개를 끄덕였다. 그의 관심은 계산용 터치 모니터를 두드리는 알바의 손가락에 팔려 있었다. 작고 아담한 손가락이 모니터 위에서 방황한다. 도토리를 문 다람쥐가 묻을 곳을 찾는 것처럼, 도무지 시선을 뗄 수 없게 만드는 손가락이었다.

"아……."

터치 패드를 누른 알바가, 뭐가 잘못되었는지 손가락을 떼고 입술을 사리물었다. 그리고 모니터 너머로 고개만 내밀어 그의 눈치를 보기 시작했다. 고동색 눈동자에는 손님 앞에서 노련해 보이고 싶어 하는 욕망이 가득 담겨 있었다.

아무래도 상관없고, 그래서 무시할 수도 있었지만 이상하게 그녀의 욕망을 존중해 주고 싶었다. 승효는 알바를 외면하며 스마트폰을 꺼냈다. 표현하자면 '나 한가해요.' 정도 될까?

효과가 있었는지 알바는 눈에 띄게 차분해졌다. 비록 카드 결제할 때 좀 버벅거리긴 했지만 제품 포장은 능숙했다. 카운터가 처음인가 보군.

"주문하신 제품 나왔습니다."

포장 비닐을 내민 알바가 뿌듯한 표정을 지었다. 하지만 같이 뿌듯해할 수 없는 승효는 우선 매장 내 걸린 행사용 포스터부터 살폈다. 어느 포스터에도 와퍼 세트를 시키면 햄버거 하나를 더 준다는 설명은 없었다.

"1+1 행사가 있었나요?"

"네?"

"치즈버거는 주문한 적 없습니다."

"예? 어, 자, 잠시만요."

완전히 당황해 버린 알바는 더 이상 노련해 보이길 포기하고 출력한 영수증을 뚫어져라 쳐다보았다. 잔뜩 찌푸려져 있던 이마가 조금씩 펴졌다.

"아닌데요, 고객님. 와퍼 세트 한 개에 치즈버거 추가하셨습니다. 주문하신 거 맞아요."

"와퍼 세트에 치즈를 추가했죠."

"네, 그러니까 와퍼 세트에 치즈버거 추가……."

알바의 목소리가 잦아들었다. 자신도 뭔가 이상한 낌새를 눈치챈 것이 틀림없다.

"보통 치즈 추가라고 하면 치즈토핑이라고 생각할 텐데요."

"……."

미안하지만 한편으로는 억울하다는 표정. 아아, 그래 주문 확인할 때 아무 말 안 했다 이거지. 승효는 입술을 비틀었다. 금방이라도 소리 내어 웃어 버릴 것 같아서 그럴 수밖에 없었다.

실수가 너무 어처구니없다 보니 오히려 귀엽다. 어리기 때문에 용납될 수 있고, 어리기 때문에 귀여워 보일 수 있는 거겠지만 그래도 오늘 하루 중 유일하게 진심으로 웃을 수 있는 순간이었다.

"뭐, 주문 확인할 때 제대로 듣지 않은 제 탓도 있으니까요. 그냥 넘어가겠습니다."

속마음을 들킨 알바가 입을 벙긋거렸다. 사과해야 한다는 교육을 의지가 배반하고 있는 듯했다. 승효는 아무렇지 않게 비닐봉지를 들고 입구 쪽으로 걸어갔다.

밖으로 나가기 직전, 그가 뒤를 돌아보았을 때까지도 알바는 카운터에 멍하니 서 있었다. 귀까지 새빨갛게 물들인 채! 차로 돌아온 승효는 치즈토핑이 안 되어 있으니 가서 따져야겠다는 성우의 입에 와퍼 세트를 처넣고 명찰에 적혀 있었던 알바의 이름을 떠올렸다. 그리고 그런 생각을 했다.

⁜

"흔한 이름이라고."

"음⋯⋯? 뭐라고 하셨어요?"

잠결에 그의 목소리를 들은 듯 현아가 몸을 일으켰다. 어쩐지 조용하다 싶더니, 잠깐 졸았던 모양이다. 승효는 고개를 저었다.

"아무 말도 안 했어. 졸리면 그냥 자."

"그래도요."

"옆에서 꾸벅꾸벅거리는 게 더 신경 쓰여."

"그럼 저⋯⋯ 딱 한 시간만 잘게요. 아 진짜 왜 이렇게 졸리지⋯⋯."

수마를 떨쳐 내지 못한 목소리가 늘어졌다. 그녀는 정말 순식간에 잠들었다. 왜 졸리긴. 잠을 안 재웠으니까 졸리지. 그는 꽤 엉큼한 미소를 지으며 뒷좌석에 벗어 둔 코트를 꺼냈다.

박현아. 흔한 이름이라고 생각했었다. 성도 흔하고 이름도 흔한, 너무나 평범한 이름. 그러나 카페 앙글레 밖에서 가게 창문을 삿대질하며 얼굴을 붉힌 그녀의 얼굴이, 십여 년 전 귀까지 새빨개져서 억울하다는 표정을 짓고 있던 알바와 겹쳐 보인 순간 흔하디흔한 그 이름이 의미를 가지게 되었다.

　십 년 만에 만난 알바는 그때 그녀의 바람대로 정말 노련해져 있었다. 하지만 솔직한 표정은 그대로였다. 시선을 뗄 수 없게 만드는 행동거지도 여전했다. 비록 제가 키운 건 아니지만 잘 키웠으니 잡아먹을 일만 남았다. 아니, 이미 잡아먹었나?

　그는 십 년 전 한 번 본 사람을 기억해 낸 제 기억력을 새삼 칭찬하며 코트로 드러누운 그녀의 상체를 덮어 주었다. 코트 깃이 얼굴을 건드렸는지, 그녀가 몸을 뒤척였다. 허리가 비틀리며 살짝 올라간 티셔츠 아래 숨겨져 있던 살을 드러냈다.

　바짝 말라 납작하기만 했던 배에 오동통 살이 올라와 있다. 아래로 조금 처진 것도 같다. 아무것도 아닌, 어쩌면 싫어질 수도 있는 그 모습이 이상할 정도로 너무나 좋아서 그는 숨죽여 웃었다. 그녀는 결코 알지 못할 그만이 가진 비밀이었다.

　유독 노란빛이 뚜렷한 가을 햇살이 들판을 황금색으로 물들인다. 서로 물들고, 닮아 간다. 결실과 수확의 계절에, 비로소 무언가 제대로 시작하고 있는 느낌이 들었다.

—fin

작가 후기

후아.(일단 숨 좀 쉬고.)

굉장히 오랜만에 책이 나왔습니다. 반갑습니다, 여러분. 글은 재미있으셨나요?

불만스러운 분들이 꽤 많으실 거라 생각합니다. 만남부터 사귀는 것까지만 보여 주는 글이라서 로맨스의 시작과 끝을 보여 줘야 하는 로설에는 크게 부족할지도 모르겠습니다. 잔인하게 평가하자면, 아무것도 보여 주지 않는 글이었지요.

하지만 한 해에도 수천 권의 로맨스 소설이 쏟아져 나오고 연재되는 것만 생각하면 몇 만 개가 넘을 텐데, 이런 글도 있고 저런 글도 있다고 관대하게 생각해 주시면 감사하겠습니다. 여러분이 여러분이 좋아하는 글을 읽으시듯 저도 제가 좋아하는 글을 쓰는 거니까요.

시놉만 가진 채로, 꽤 오랫동안 묵혀 둔 글이었습니다. 심지어 원래 제목은 〈풍년가〉였어요. 하지만 그 제목으로 글 쓰면 100% 망할 거라는 장민하 작가님의 독설 때문에 바꿨습니다. 바꾸고 보니 어디서 들어 본 듯한 제목이었지만 때는 이미 늦었을 뿐이고……

로코에 자신이 없어(전작들이 워낙……) 쓰지 않으려 한 글이었는데 장민하 작가님의 설득에 넘어가서 쓰게 되었습니다. 장민하 작가님의 〈이 짐승에게 먹이를 주지 마세요〉, 크로키 작가님의 〈개봉 후 반품불가〉와는 세계관을 공유하고 있고요. 때문에 표지콘셉트도 〈이 짐승에게 먹이를 주지 마세요〉와 같습니다.

혹시 장민하 작가님의 글을 읽은 분이 계시다면, 승효의 회상에 종종 등장하는 '정하'가 그 정하라고 생각하시면 될 것 같습니다. 아, 물론 〈그녀를 가두다〉는 말할 것도 없죠. 나이 든 시혁과 지영을 쓸 때에는 참 설레었습니다. 중간중간 글 쓰는 게 힘들다고 생각했을 때도 감초처럼 등장하는 그들의 존재가 저를 채찍질했습니다. '힘내! 조금만 더 쓰면 시혁과 지영이 등장해!'

책에 후기를 넣는다면 할 말이 많겠다고 생각했었습니다. 승효는 어떻게 탄생한 캐릭터인지, 현아는 어떤 애인지. 예림은 어떤 삶을 살고 있는지.

하지만 책이 나온 이상, 글에서 제가 표현하지 못한 것들을 후기에서 직접적으로 언급하는 건 읽으시는 분들에게 실례가 되겠죠. 글에 관한 것보다 더 긴 감사 인사로 후기를 마무리하려 합니다.

먹는 건 좋아하지만 여행은 딱 질색인 저에게 여행 소스와 HAM에 대해 알려 준 영진, 그저 상상에 지나지 않던 글을 활자로 옮기기까지 당장 쓰라며 쌍욕을 주저하지 않았던 장민하, 류도하. 나 너희들한테 고맙냐?

한 번씩 만나서 수다를 떨면 스트레스가 모두 날아가는 그녀의 서재 작가님들과 별거 없는 블로그와 연합 홈피에 찾아오셔서 저를 찾으시는 독자님들. 글 쓰라는 쪼임은 글을 쓰게 하는 원동력이 됩니다. 감사합니다.

　제가 끊임없이 글을 쓸 수 있게 해 주는 동시에 저를 너무 힘들게도 하는 아이러니의 가지 양. 다음 세상에는 꼭 반대 입장으로 태어나자.

　타자 치면 더 아프니까 글 쓰지 말라면서도 뿌듯해하는 이율배반의 엄마(어째서 내 주변은 다 이래?). 그냥, 우리 아빠. 사랑합니다.

　그리고 만년해로 하고픈 나의 오른쪽 심장.

　……& 관세음보살.

　감사하고 사랑합니다.

　부족한 재능 때문에 글의 완성도가 떨어져서 책으로 나오진 못해도, 한계에 부딪혀서 책으로 내지 못해도 저는 글을 쓰면서 행복해하고 있습니다. 제가 이 글을 쓰면서 행복해한 만큼, 이 글을 읽은 분들도 행복해하셨으면 좋겠습니다.

제가
한번
먹어 보겠습니다

1판 1쇄 찍음 2014년 11월 12일
1판 1쇄 펴냄 2014년 11월 18일

지은이 | 정찬연
펴낸이 | 정 필
펴낸곳 | 도서출판 뿔미디어

편집장 | 이재권
기획·편집 | 주종숙, 이은정

출판등록 | 2002년 9월 11일 (제1081-1-132호)
주소 | 경기도 부천시 원미구 상동로 117번길 49(상동) 503호
전화 | 032)651-6513 / 팩스 032)651-6094
E-mail | scarlets2012@hanmail.net
블로그 | http://blog.naver.com/dahyangs
홈페이지 | http://bbulmedia.com

값 9,000원

ISBN 979-11-315-3683-4 03810